विभूति नारायण राय

मूलत: उपन्यासकार विभूति नारायण राय का जन्म 28 नवम्बर, 1950 को हुआ। अब तक आपके पाँच उपन्यास प्रकाशित—*घर, शहर में कर्फ़्यू, क़िस्सा लोकतंत्र, तबादला* तथा *प्रेम की भूतकथा*। घर बांग्ला, उर्दू तथा पंजाबी; *शहर में कर्फ़्यू* उर्दू, अंग्रेज़ी, पंजाबी, बांग्ला, मराठी, कन्नड़, मलयालम, असमिया, उड़िया, तेलगू तथा तमिल; *क़िस्सा लोकतंत्र* पंजाबी तथा मराठी; *तबादला* उर्दू तथा अंग्रेज़ी और *प्रेम की भूतकथा* उर्दू, मराठी, पंजाबी, कन्नड़ तथा अंग्रेज़ी में अनूदित और प्रकाशित। भारतीय समाज में व्याप्त साम्प्रदायिकता को समझने के क्रम में *सांप्रदायिक दंगे और भारतीय पुलिस* तथा *हाशिमपुरा 22 मई* नामक दो महत्त्वपूर्ण पुस्तकों का प्रकाशन। इन दोनों पुस्तकों का अंग्रेज़ी, उर्दू, कन्नड़, मराठी, तेलगू तथा तमिल में अनुवाद।

विभिन्न पत्र-पत्रिकाओं के लिए व्यंग्य-लेखन जो संग्रह के रूप में *एक छात्र नेता का रोज़नामचा* नाम से प्रकाशित। लेखों के तीन संग्रह *रणभूमि में भाषा, फ़ेंस के उस पार, किसे चाहिए सभ्य पुलिस* प्रकाशित। कई पत्र-पत्रिकाओं में स्तम्भ-लेखन। लगभग दो दशकों तक हिन्दी की महत्त्वपूर्ण मासिक पत्रिका *वर्तमान साहित्य* का सम्पादन।

क़िस्सा लोकतंत्र उत्तर प्रदेश हिन्दी संस्थान द्वारा सम्मानित। *तबादला* कथा यू.के. द्वारा *इन्दु शर्मा कथा सम्मान* से सम्मानित।

पुलिस में लम्बी नौकरी के बाद आप पाँच वर्षों तक महात्मा गांधी अंतरराष्ट्रीय हिंदी विश्वविद्यालय, वर्धा के कुलपति भी रहे।

ई-मेल : vibhutinarainrai@gmail.com

तबादला

विभूति नारायण राय

राधाकृष्ण पेपरबैक्स

पहला पुस्तकालय संस्करण
राधाकृष्ण प्रकाशन प्राइवेट लिमिटेड द्वारा
2001 में प्रकाशित

राधाकृष्ण पेपरबैक्स में
पहला संस्करण : 2010
चौथा संस्करण : 2023

राधाकृष्ण पेपरबैक्स : उत्कृष्ट साहित्य के जनसुलभ संस्करण

राधाकृष्ण प्रकाशन प्राइवेट लिमिटेड
जी-17, जगतपुरी, दिल्ली-110 051
द्वारा प्रकाशित

शाखाएँ : अशोक राजपथ, साइंस कॉलेज के सामने, पटना-800 006
पहली मंजिल, दरबारी बिल्डिंग, महात्मा गांधी मार्ग, प्रयागराज-211 001
वेबसाइट : www.radhakrishnaprakashan.com
ई-मेल : info@radhakrishnaprakashan.com

यश प्रिंटोग्राफिक्स
नोएडा-201 301 (उत्तर प्रदेश)
द्वारा मुद्रित

मूल्य : ₹250

TABADALA
Novel by Vibhuti Narayan Roy

ISBN : 978-81-8361-389-7

श्री से. रा. यात्री
के लिए

एक

सर पर कुम्भ और तबादला ! अगर मुहावरे की भाषा में कहा जाए तो श्री कमलाकान्त वर्मा, अधिशासी अभियन्ता, प्रान्तीय खंड, सार्वजनिक निर्माण विभाग के लिए यह स्थिति किसी वज्राघात से कम नहीं थी। अक्तूबर खत्म हो रहा था और कुम्भ का काम धीरे-धीरे जोर पकड़ने लगा था। ज्यादातर कामों के टेंडर हो चुके थे। कुछ काम अवार्ड हो चुके थे, कुछ पर निर्णय की प्रक्रिया अपने अन्तिम चरण में थी। मेला क्षेत्र में सड़कें आकार लेने लगी थीं और पुलों के लिए पीपे नदी के किनारे पहुँचने लगे थे। बल्लियाँ, शामियाने, चेकर प्लेटें—ढेर-के-ढेर गंगा-यमुना के तट पर पड़े थे। जीप से मेला क्षेत्र में जब भी कमलाकान्त निकलते तो लगभग हर बार बन्धे पर कहीं गाड़ी रुकवाकर क्षेत्र में फैले इन सारे सामानों पर देर तक सन्तुष्ट नज़र डालते। इनसे टकराकर आती हुई हवा को वे गहरी साँसें खींचकर अपने फेफड़ों में भरते। लगता जैसे कि सरकारी नोट छापने की मशीनों से टकराकर आ रही हो यह हवा। शीतल और स्फूर्ति देनेवाली।

ऐसे समय में तबादला ! जितना कुछ खर्च करके वे यहाँ आए हैं, अभी तो दसवाँ हिस्सा भी नहीं निकला। बचत की तो बात ही क्या की जाए। इसलिए कमलाकान्त वर्मा, जिन्हें दफ्तर में सब लोग बड़े साहब कहते हैं, हतप्रभ हैं और दफ्तर का कमरा बन्द कर अपने विशेष मातहतों के साथ उस आदेश पर विचार-विमर्श कर रहे हैं जिसे अभी-अभी मुख्यालय का एक चपरासी थमा गया है।

कमरे में वर्मा साहब के अलावा चार लोग और थे। ये चार लोग अलग-अलग कारणों से वहाँ मौजूद थे। एक कारण ऐसा था जो चारों की उपस्थिति के पीछे था। दफ्तर में सत्ता-परिवर्तन हो रहा था। ये चारों सत्ता पक्ष के लोग थे। नौकरशाही में भी राजनीति की तरह सत्ता परिवर्तित होते ही मुँह फेरने की परम्परा शुरू हो गई थी, पर ये लोग कुछ हयादार लगते थे, जो तबादले का आदेश आने के बाद भी मन्त्रणा के लिए उपलब्ध थे। या यह भी हो सकता है कि छोटे-मोटे बनाना रिपब्लिकों की तरह यहाँ भी अभी सब कुछ अनिश्चित था। तख्तापलट हो भी सकता है और यह भी हो सकता है कि शाहे-वक्त दुश्मन के हाथी-घोड़ों को रौंदता हुआ वापस गढ़ पर काबिज हो जाए। वैसे भी इस प्रदेश में नौकरशाही के तबादलों के हुक्म नीलाम होते थे। दिन में चार बार भी उनमें परिवर्तन हो सकता था। जो भी कारण हो ये चारों लोग तबादले का आदेश आने के बाद भी वहाँ थे और आदेश को बार-बार उलट-पुलटकर पढ़ रहे थे,

फुसफुसाकर बातें कर रहे थे और बड़े साहब को अपनी बहुमूल्य राय दे रहे थे।

वर्मा साहब के बाईं तरफ थे रिजवानुल हक जो इस दफ्तर में सहायक अभियन्ता थे। पचास के पेटे में पहुँचा उनका शरीर बीमारी और दुर्घटनाओं के कारण लगभग ढल चुका था। माथे के ऊपर आधी सफाचट चाँद के कारण उनका पूरा व्यक्तित्व काफी गम्भीर किस्म का लगता था। वे कम बोलते थे और बिना माँगे कभी राय नहीं देते थे। दफ्तर में कोई भी बड़ा साहब आ जाए उनको इसी आदत के कारण अपना राजदार बना लेता था। लोगों को याद नहीं पड़ता था कि कभी किसी अधिशासी अभियन्ता से उनकी नहीं पटी हो।

जब कमलाकान्त वर्मा यहाँ आए तो कुछ दिनों तक उनसे भड़कते रहे। कारण सिर्फ यह था कि वे उनके पूर्वाधिकारी के करीब थे और पिछली बार जब वर्मा इसी तरह का आदेश कराकर लखनऊ से रवाना हुए तो उनके पूर्वाधिकारी ने अपने बँगले पर जो आपात बैठक बुलाई थी उसमें वे भी शरीक हुए थे। दफ्तर में कुछ दिनों तक हक साहब को बेचैन देखा गया। उनके विरोधियों ने चटखारे ले-लेकर वास्तविक, अर्द्ध वास्तविक और काल्पनिक खबरें प्रसारित कीं कि किस तरह हक साहब को बड़े साहब के कमरे में घुसने के पहले तीन घंटे प्रतीक्षा करनी पड़ती है या कि उनके पास अब कोई महत्त्वपूर्ण काम नहीं है या कि जल्दी ही बड़े साहब उन्हें डिजाइन सेक्शन में शंट कराने वाले हैं।

हक साहब इन सारी चर्चाओं से विचलित नहीं हुए। दफ्तर के अनुभवी बाबुओं की तरह उन्हें भी पता था कि यह तो अस्थायी दौर है। यह हर बार सत्ता परिवर्तन के साथ आता है, फिर कुछ महीनों में ठीक हो जाता है। इस बार भी यही हुआ। कभी ईद पड़ी, कभी बकरीद। हक साहब की बेगम अच्छा मुर्गा पकाती थीं और वर्मा साहब की पत्नी खाने की शौकीन थीं। पहली ईद पर हक बड़े साहब के बेरुखे मुबारकबाद के बावजूद दोहरे होते हुए बोले, "सर, मेरी फैमिली की बड़ी इच्छा थी कि मैडम और बच्चे हमारे गरीबखाने पर तशरीफ लाते पर आप इतने बिजी रहते हैं कि अर्ज करने की हिम्मत नहीं पड़ी और मैं खुद ही हाजिर हुआ हूँ। बेगम ने अपने हाथ से मुर्गा पकाया है। उम्मीद है बच्चों को पसन्द आएगा।"

मुर्गा बच्चों को खूब पसन्द आया पर वर्मा साहब की फाँस अभी दूर नहीं हुई थी।

अगले कुछ दिनों हक साहब की बेगम साहिबा किसी न किसी मौके पर मुर्गे या बकरे की कोई लजीज डिश बनाकर भेजती रहीं।

विरोधी खेमे का चपरासी बड़े साहब के घर पर तैनात था। उससे बात खुली तो यह खेमा चौकन्ना हुआ।

एक शाम जब दो टिफिन कैरियरों में भरकर मटन कोरमा, चिकन मुगलाई, मटन यखनी और सींक कबाब जैसी चीजों के साथ जानीवाकर ब्लैक लेबल की बोतल इस आग्रह के साथ पहुँची कि "सर, मेरा साला कल सऊदी अरब से आया है। वही एयरपोर्ट से मेरे लिए ड्यूटी फ्री स्काच ले आया। अब मैंने तो छोड़ रखी है। साला

ठहरा नमाजी, हाथ नहीं लगाता। बेगम ने कहा बड़े साहब इसकी कद्र जानते हैं, उन्हें यह तोहफा दे आओ। साथ में थोड़ा सा नान वेजिटेरियन बच्चों के लिए लेते जाओ। पता नहीं कैसा बना है। मेम साहब ने कभी राय नहीं दी," विरोधी कैम्प सक्रिय हो गया। गुप्तचर छोड़े गए और जो सूचना वे लेकर आए उससे इस कैम्प की बाँछें खिल गईं।

दूसरे दिन बड़े साहब के कमरे में स्टाफ मीटिंग के दौरान जब चाय का मध्यान्तर हुआ तो हल्की-फुल्की बातों के दौरान सहायक अभियन्ता गुप्ता ने हक से ऐसे ही अनायास पूछ लिया, "भाभी को कब ला रहे हैं हक साहब ? कब तक मातादीन के हाथ का खाना खाएँगे ?"

हक साहब ने चौंककर देखा। वे बोलते कम थे पर उनका दिमाग बड़ी तेज हरकत करता था। स्पष्ट था कि बड़े साहब को विरोधी खेमा यह बताने की कोशिश कर रहा है कि पिछले दो महीने से उनकी पत्नी अपने मायके बाराबंकी गई हुई हैं और वे करीम ढाबे से मुर्गा बनवाकर अपनी बेगम के नाम पर बड़े साहब को खिला रहे थे।

बड़े साहब ने चाय का प्याला नीचे रख दिया और हल्के से चश्मा हाथ में लेकर उसे रुमाल से पोंछने लगे।

"बेगम तो बाराबंकी और यहाँ के बीच चक्कर लगाती रहती हैं। दरअसल, सर, जब से फादर-इन-ला की तबीयत खराब हुई है उन्हें दो जगह के इन्तज़ाम देखने पड़ रहे हैं। एक ही भाई है उनका जो सऊदी अरब में है। जमींदारी है--छोड़ी भी नहीं जा सकती। बेगम को ही देखनी पड़ रही है। कल साला उन्हें लेकर आया था। आज फिर वापस गए हैं वे लोग।"

विरोधी खेमे के लोग इस तरह मुस्कुराए कि किसी और को मुस्कान दिखाई दे न दे, बड़े साहब को जरूर दिखाई दे जाए।

अपने देश में पिछले कुछ सालों में और कोई तरक्की हुई हो या नहीं पर इलेक्ट्रॉनिक एक्सचेंजों की बहार जरूर आ गई है। मोहल्ले-मोहल्ले में खुले पी.सी.ओ. में से एक बाराबंकी के लिए सक्रिय हुआ और देर रात तक बेगम हक शहर में हाजिर हो गईं। विरोधी खेमा दूसरे दिन हतप्रभ रह गया जब उसे पता चला कि मेम साहब की बीमारी की खबर, जिसकी कोई बुनियाद नहीं थी, सुनकर बेगम साहिबा बड़े साहब के घर अगले दिन दोपहर हालचाल पूछती देखी गईं। साथ में पिछले दिन से बड़ा टिफिन कैरियर था।

बाद में जैसा कि पिछले कई मौकों पर हुआ था और दफ्तर के अनुभवी बाबू पहले से जानते थे, वैसा ही हुआ। वे बड़े साहब की अन्तरंग टीम के सदस्य बन गए और उसी हैसियत से आज की मन्त्रणा में शरीक थे।

कमरे में वर्मा साहब के दाहिनी तरफ बैठे हुए व्यक्ति की उपस्थिति का कारण बड़ा दिलचस्प था। छोटे-छोटे बाल, गैंडे जैसी गर्दन और टूटे हुए कानवाले इन सज्जन को किसी अखाड़े में होना चाहिए था। वे दफ्तर में थे पर इससे कोई फर्क नहीं पड़ता था।

उनके जीवन का मूलमन्त्र था कि पूरा जीवन ही अखाड़ा है। वे कभी भी कहीं भी कुश्ती लड़ने के लिए तैयार रहते थे। चूँकि अपने जागृत समय का बड़ा हिस्सा वे दफ्तर में बिताते थे इसलिए मौजूदा जीवन की अधिकांश कुश्तियाँ भी वे यहीं लड़ते थे। अक्सर उनके साथ बातचीत करनेवाले को उनकी कुश्ती कला से परिचित होने का अवसर मिलता था। धोबिया पाट उनका प्रिय दाँव था और दफ्तर के बरामदों में अगर कोई कर्मचारी, ठेकेदार या मुलाकाती लँगड़ाता हुआ दिखाई दे जाता तो बिना बताए लोग मान लेते कि वह व्यक्ति इनसे कुछ गम्भीर विचार-विमर्श करके जा रहा है।

ध्रुवलाल यादव नामक ये सज्जन जूनियर इंजीनियर थे और डॉ. रघुबीर जैसे उत्साही हिन्दी-प्रेमियों की मेहनत को धता बताते हुए लोग उन्हें अवर अभियन्ता न कहकर जे.ई. कहते थे। वे जे.ई. थे इसलिए जब तक बोलते या लिखते नहीं थे, लोग मानकर चलते थे कि उन्होंने सिविल इंजीनियरिंग में डिप्लोमा जरूर हासिल किया होगा। जैसे ही उनके श्रीमुख से कोई वाक्य निकलता या वे कागज पर अपने पेशे से सम्बन्धित कोई चीज लिखते, सामनेवाला मान लेता कि वे भी उन फैक्टरियों से निकला हुआ माल थे जिन्हें हमारे शिक्षाविद स्कूल, कॉलेज, यूनिवर्सिटी या पालीटेक्नीक के नाम से पुकारते थे और जो धड़ाधड़ साल-दर-साल हजारों लाखों की तादाद में ध्रुवलाल जैसे होनहार निकालते रहते हैं। उन्होंने पालीटेक्नीक में पढ़ाई के अतिरिक्त प्रयुक्त होनेवाले दो तरीकों में से एक का प्रयोग करके डिप्लोमा हासिल किया था। उनके द्वारा प्रयुक्त तरीका विभाग में भी बड़ा काम आता है, यह उन्हें नौकरी शुरू करने पर ही पता चला।

जे.ई. ध्रुवलाल यादव के सामने जीवन की प्राथमिकताएँ शुरू से ही बड़ी स्पष्ट थीं। उनके बाप मझोले दर्जे के काश्तकार थे और लगभग बीस भैंस-गायों की सेवा-सुश्रूषा करके अपने परिवार को औसत भारतीय किसान की जिन्दगी से बेहतर जीवन प्रदान किए हुए थे। लेकिन ध्रुवलाल अपने परिवेश के मुकाबले ज्यादा महत्त्वाकांक्षी थे। टखने-टखने तक गोबर में डूबकर गाय-भैंसों की सेवा करना और शाम को कान पर हाथ रखकर बिरहा गाना—सिर्फ इन्हीं दो कामों तक वे अपनी जिन्दगी सीमित नहीं रख सकते थे। लिहाजा उन्होंने पढ़ने का फैसला किया। बाप के बहुत बच्चे थे। जमाना भी बदल रहा था। अपने लिए अब 'करिया अच्छर भैंस बराबर' सुनना बाप को खलने लगा था। इसलिए एक लड़के का पढ़ाई की तरफ रुझान उसके लिए खुशी की बात थी। उसने औपचारिक रूप से ससुरी महँगाई का जिक्र जरूर किया पर ध्रुवलाल को शहर भेज दिया।

बचपन से ही घी-दूध का सुख होने तथा बाप के प्रिय मुहावरे के अनुसार जूता मारकर सुबह-सुबह अखाड़े में ठेले जाने के कारण ध्रुवलाल एक अदद कसरती बदन के मालिक थे। उनका कद छह फुट से कुछ ऊपर था, दोनों तरफ के कान टूटे हुए थे, रंग गन्दुम और स्वर लट्ठमार हद तक उजड्ड था। यही सारी चीजें उनकी पूँजी थीं। सबसे पहले यह पूँजी पालीटेक्नीक में काम आई।

पालीटेक्नीक में पहुँचने के पहले दो-तीन हफ्ते में ही यह स्पष्ट हो गया कि राष्ट्रभाषा हिन्दी में छपी पाठ्य-पुस्तकें उनके लिए ग्रीक और लैटिन के महाकाव्यों की

तरह थीं।

ध्रुवलाल यादव के ईमानदार मन ने उन्हें सलाह दी कि भाग चल प्यारे! कहाँ फँस गया ! जीवन इन किताबों से परे ज्यादा सुखद है। दर्जा आठ में किसी कवि ने, जिसका नाम स्वाभाविक था कि वे भूल गए थे, सही ही लिखा था कि अहा ! ग्राम्य जीवन भी क्या है, क्यों न इसे सबका मन चाहे। पर आगे काशी फल कूष्मांड के साथ-साथ भूसा, गोबर और बाप के जूते का ऐसा त्रिकोण फ्लैश बैक की तरह सामने आता कि वे तो वे उनका ईमानदार मन भी काँप जाता। उन्होंने अपने मन की अनसुनी कर दी और सफलता के गुर दूसरी जगह तलाशने शुरू कर दिए।

भारतीय समाज में बिरादरी बहुत बड़ा सम्बल है। ध्रुवलाल के काम भी यही सम्बल आया। पहले रैगिंग के समय भी यह सम्बल उनके साथ था। रैगिंग में तो उनका डील-डौल और टूटे हुए कान भी निपट लेते पर पढ़ाई में मामला कुछ दूसरा था। उनके बिरादरी के सीनियरों ने बताया कि सूबे के दूसरे पालीटेक्नीकों की तरह इस पालीटेक्नीक में भी सफलता के लिए पढ़ाई के अलावा दो रास्ते थे। पढ़ाई तो निरीह छात्र करते थे। ध्रुवलाल सरीखों को तो शेष दो रास्तों में से एक चुनना था।

पहला रास्ता था बाहुबल का और दूसरा था धनबल का। बाहुबली छात्र कट्टा या चाकू मेज पर रखते और आराम से किताबें खोलकर नकल करते। इन बाहुबली छात्रों की प्रतिभा सत्र के प्रारम्भ में ही पहचान ली जाती और अध्यापकों का कोई न कोई गुट उनके सिर पर वरद-हस्त रख देता। बाहुबली से यह गुट साल-भर अपने विरोधी अध्यापकों को पिटवाता या गाली दिलवाता और इम्तहान में इन्हें पर्चा आउट करने से लेकर छोटी-छोटी पुर्जियों पर उत्तर लिखकर पहुँचाने तक का काम करता।

दूसरा रास्ता था धनबल का। जिस समय ध्रुवलाल पालीटेक्नीक में पहुँचे भारतीय समाज में बहुत कुछ बदल रहा था। शिक्षा की दुनिया बदल रही थी और उससे जुड़े गुरु बदल रहे थे। अब गुरु राजपुत्रों को दौड़ जिताने के लिए निर्धन शिष्यों के अँगूठे नहीं कटवाते थे। वे धनिक पुत्रों से वाजिब फीस लेकर उन्हें दौड़ शुरू होने के पहले ही आगे कर देते थे। प्रधानाध्यापकों और कॉलेजों के मैनेजरों ने नकल को एक व्यवस्थित रोजगार का रूप दे दिया था। हर चीज के रेट निर्धारित हो गए थे। यदि अपने तयशुदा कक्ष में नकल करनी थी तो उसकी एक कीमत थी, किसी अलग कमरे में बैठकर सहायक की मदद से उत्तर पुस्तिका लिखनी थी तो उसकी दूसरी कीमत थी, किसी दूसरे को बैठाकर उससे उत्तर लिखवाने की कीमत अलग थी और अगर कोई छात्र चाहता कि विषय का अध्यापक ही उसके पास खड़ा होकर इमला दे तो इसकी फीस सबसे भिन्न थी।

ध्रुवलाल ने पहला रास्ता चुना। वे एक-एक कर सारी कक्षाएँ पास करते गए। यह रास्ता परीक्षा पास करने के अलावा नौकरी में भी उनके काम आया। प्रारम्भ में जब वे इस दफ्तर में आए उनकी छवि पहले ही यहाँ पहुँच चुकी थी। अपने सुगठित शरीर और उजड्ड जुबान के साथ वे एक ऐंटी इस्टैब्लिसमेंट छवि लिये दफ्तर में घुसे। नियुक्ति

पत्र के मुताबिक जिस समय उन्हें वहाँ होना चाहिए था उससे वे सिर्फ पाँच महीने लेट थे। हुआ यह कि सरकारी नौकरी मिलने के पहले ही उन्हें कहीं विदेश में भी नौकरी दिलाने का भरोसा किसी एजेंट ने दिया था। अतः इस नौकरी का नियुक्ति-पत्र जेब में रखे वे विदेशी नौकरी के लिए दौड़ते रहे और अन्त में निराश होकर पाँच महीने बाद ज्वाइन करने इस दफ्तर में पहुँचे। पहुँचते ही उनके और बड़े बाबू के बीच में बड़ी संवैधानिक किस्म की बहस छिड़ गई। बड़े बाबू के मुताबिक कोई भी नियुक्ति-पत्र कुछ खास समय तक ही वैध रहता है। कम से कम पाँच महीने तक तो नहीं ही रहता। उनकी राय में ध्रुवलाल यादव को फिर से जाकर अपने नियुक्ति-पत्र का नवीनीकरण कराना चाहिए था। इसके विपरीत ध्रुवलाल का मानना था कि एक बार नियुक्ति-पत्र मिलने के बाद रिटायरमेंट की उम्र तक प्रभावी रहता है। उन्होंने बड़े बाबू को चुनौती भी दी कि वे एक भी नियम ऐसा दिखा दें जिसके मुताबिक कोई नियुक्ति-पत्र पाँच महीने बाद रद्द हो जाता है। बड़े बाबू कोई भी ऐसा नियम नहीं दिखा पाये। फिर भी बड़े बाबू को धर्मसंकट से उबारने के लिए उन्होंने मीठे स्वर में आग्रह किया कि उन्हें पाँच महीने पहले की निर्धारित तारीख में ही ज्वाइन करा दिया जाए। बड़े बाबू जो दफ्तर के दूसरे बाबूओं की तरह उन्हें उनके सुगठित शरीर और मुँह में ठूँसे हुए पान के कारण 'महिमा बरनि न जाए' वाले भाव से निहार रहे थे, उनके इस आग्रह पर एकदम से बड़े बाबू बन गए। उन्होंने अपने तीस साल की बाबूगिरी का निचोड़ फाइनेंसियल हैंडबुक के फलाँ पेज और अलाँ पैरे तथा गवर्नमेंट सर्वेंट्स कांडक्ट रूल्स के पेज नं. इतने से इतने तक के उद्धरण के रूप में देना शुरू कर दिया जिसे ध्रुवलाल काफी अनिच्छा और अधैर्य के साथ झेलते रहे। इसीलिए पब्लिक सेक्टर इस मुल्क में असफल हो रहा है—उन्होंने निराशा से सोचा और हवा में मुँह उठाकर किसी काल्पनिक व्यक्ति की माँ-बहन के साथ अपने शारीरिक सम्बन्ध कायम करने लगे। बड़े बाबू अगर काफी मोटी चमड़ी के न होते तो इन सम्बोधनों को अपने लिए ही समझ लेते पर वे निर्विकार भाव से किसी फाइल में डूब गए। दूसरे बाबुओं ने जरूर आँखें मटकाईं, एक दूसरे को देखकर मुस्कुराए और अपने उद्गारों से यह स्पष्ट करने का प्रयास किया कि श्री ध्रुवलाल जिन स्त्रियों के सम्मान में कसीदे पढ़ रहे थे वे बड़े बाबू की ही पत्नी और बेटियाँ थीं।

बड़े बाबू ने भारतीय नौकरशाही का मूल मन्त्र पकड़ा। जब कोई फैसला न करना हो तो फौरन फाइल पर लिखो—बात करें। यहाँ उनके नीचे कोई ऐसा नहीं था जिसके पास 'प्लीज स्पीक' लिखकर वे फाइल भेज सकते थे और यमदूत की तरह ध्रुवलाल सामने खड़े थे इसलिए वे भुनभुनाते हुए स्वयं ही उनका नियुक्ति-पत्र लेकर उठ खड़े हुए और बड़े साहब के कमरे की तरफ बात करने के लिए बढ़ गए और दो-तीन घंटे तक नहीं लौटे।

इन दो-तीन घंटों का बड़े साहब के विरोधियों ने जमकर सदुपयोग किया। दूसरे दफ्तरों की तरह इस दफ्तर में भी काम होता हो या नहीं, राजनीति खूब होती थी। कौटिल्य ने सहस्रों वर्षों पूर्व राजनीति और गुप्तचरी का सम्बन्ध परिभाषित कर दिया

था और यह दफ्तर पूरी श्रद्धा के साथ उस पर विश्वास करता था। सरकारी गुप्तचर एजेंसियों की तरह यहाँ गोपनीय सूचनाएँ अखबारों की कतरनों से नहीं उपजती थीं बल्कि इन्हें हासिल करने के लिए मेहनत की जाती थी, इसलिए अक्सर इनमें कुछ दम भी होता था। ध्रुवलाल यादव का कमरे में प्रवेश, बड़े बाबू के साथ उनके नाटकीय संवाद और बाबुओं की प्रतिक्रिया के बीच अचानक जायसवाल नामक ठेकेदार क्यों ? बाबुओं की सेवा के लिए लाया गया मगही पान का आधे से ज्यादा भरा खोखा तिवारी बाबू की मेज पर छोड़कर कमरे से गायब हो गया, इसका पता करने के लिए अशोक कुमार शुक्ला सहायक अभियन्ता अर्थात ए.ई. के कमरे में चलना पड़ेगा जो इस कमरे से तीन कमरे दूर था और जिसमें चौरसिया नामक एक अन्य ए. ई. भी बैठते थे और जो इस समय किसी साइट पर गए हुए थे। उनके न होने से ही ध्रुवलाल वहाँ निमन्त्रित किए गए थे। अगर वे होते तो यह गोष्ठी कहीं और होती क्योंकि उनके बारे में शुक्ला का मानना था कि वे बड़े साहब के गुप्तचर थे और उन्हें इस कमरे में बिठाया ही इसलिए गया था कि वे शुक्ला एंड कम्पनी पर निगरानी रख सकें।

इस कमरे में ध्रुवलाल यादव की दफ्तरी दीक्षा शुरू हुई।

कमरे में दो मेजें थीं। दो मेजें इसलिए थीं कि सिर्फ दो ही मेजें उसमें आ सकती थीं। दोनों मेजों के पीछे एक-एक कुर्सी थी। एक कुर्सी का एक हत्था उखड़ा हुआ था और पीछे के ताँत भी जगह-जगह से टूटे हुए थे, उस पर शुक्ला बैठे हुए थे। दूसरी कुर्सी घूमनेवाली थी और उस पर न सिर्फ मैली-सी एक गद्दी थी बल्कि पीछे एक लिहाफ भी था जो शुरू में जरूर सफेद रहा होगा पर अब बदरंग हो चुका था। कुर्सियों की यह दशा दफ्तर में बड़े साहब से निकटता का पैमाना था।

दोनों मेजों के सामने दो कुर्सियाँ थीं। चार में से कोई कुर्सी साबुत नहीं थी। किसी के पीछे के ताँत टूटे थे किसी के नीचे के, किसी का हत्था हिल रहा था तो किसी के पाँव डगमग कर रहे थे। मेजों पर बेतरतीब फाइल कवर, कागज, पेपरवेट और पान के खोखे फैले हुए थे। पूरे कमरे में सिगरेट के टुकड़े और राख बिखरी हुई थी और कमरे के हर कोने में दीवारें पान की पीक से अमूर्त चित्रकला का नमूना पेश कर रही थीं। दफ्तर में बड़े साहब के कमरे को छोड़कर सभी कमरों की ऐसी ही हालत थी और इस कमरे में भी दूसरे कमरों की तरह सरकारी काम के अलावा सब कुछ होता था।

इसी कमरे में ध्रुवलाल यादव नौकरशाही में दीक्षित हुए। उन्हें चौरसिया ठेकेदार कनखियों से इशारा करते हुए यहाँ तक ले आया था।

कमरे में शुक्ला नामक सहायक अभियन्ता या ए.ई. के अलावा दो जे.ई. और एक बाबू पहले से थे। छोटे से कमरे में उन्होंने सामने पड़ी कुर्सियों का रुख इस तरह मोड़ लिया था कि पहली बार घुसने पर किसी गोलमेज सम्मेलन का-सा माहौल लगता था। किसी को बताने की जरूरत नहीं पड़ी, ध्रुवलाल ने चौथी खाली पड़ी कुर्सी पर कब्जा कर लिया। जायसवाल ने चारों तरफ इस प्रकार देखा मानों उसकी दृष्टि से वहाँ कोई कुर्सी उत्पन्न हो जाएगी। अभी उसकी हैसियत ऐसी नहीं थी कि शुक्ला उसे चौरसिया

की कुर्सी पर बैठने को कहते इसलिए थोड़ी देर इधर-उधर देखकर वह 'अभी पान लेकर हाजिर होता हूँ' जैसा कोई वाक्य बुदबुदाकर अदृश्य हो गया।

"आइए...आइए यादवजी। विभाग में आपका स्वागत है।" ध्रुवलाल कुछ असहज हुए। इस तरह के औपचारिक माहौल के वे अभ्यस्त नहीं थे। उन्होंने गम्भीर होकर अंग्रेजी में 'थैंक यू' से मिलता-जुलता कुछ कहा।

कमरे में मौजूद आठ जोड़ा शातिर आँखों ने उनका मुआयना शुरू कर दिया था। बीच-बीच में ये आँखें एक-दूसरे को अपना मूल्यांकन भी दे रही थीं। है पट्ठा जोरदार ! ऐसा आदमी जो शरीर और भाषा से मजबूत हो और दिमाग से कमजोर, उनके लिए बड़े काम का था।

ध्रुवलाल को कमरे का माहौल घबराहट पैदा करनेवाला लग रहा था। वे वहाँ मौजूद किसी व्यक्ति की आँखों में आँखें डालकर अपना आत्मविश्वास प्रदर्शित करने का प्रयास बीच-बीच में करते पर शीघ्र ही उनकी आँखें झुक जाती थीं। उनके लिए यह एकदम अपरिचित दुनिया थी। अगर कोई कहता कि वहाँ बैठे लोगों में से किसी को जूता निकालकर मारो तो वे बड़े प्रसन्न होते पर यहाँ तो मामला एक्रास द टेबल यानी मेज के आर-पार था। दूसरे खिलाड़ी ज्यादा मँजे हुए थे इसलिए वे फँसते गए।

"ज्वाइन कर लिया ?" बगल में बैठे बाबू ने भोलेपन से मीठे स्वर में पूछा।

"कर लेंगे। बड़े बाबू को ज्वाइनिंग लेटर दे दिया है," ध्रुवलाल ने अपना आत्मविश्वास बरकरार रखते हुए कहा।

"साला एक नम्बर का पाजी है। ज्वाइन करते समय तारीख देख लीजिएगा।"

"दर हरामी है साहब। बिना पैसा लिये पादता भी नहीं। एक पैसा मत दीजिएगा। ज्वाइन तो उसके बाप कराएँगे।"

"इतना आसान मत समझिएगा मिश्रा बाबू। पिछली बार उपधिया का केस नहीं याद है। बेचारा कितने दिन यहाँ से लखनऊ तक दौड़ा। बस एक नुक्स था कि उपधिया बेचारा तीन दिन लेट आया था। साले ने उसके हजारों रुपये गलवा दिए जब जाकर ज्वाइन करवाया।"

ध्रुवलाल के कान खड़े हो गए। वे तो पाँच महीने लेट हैं।

"पर ये सब साले जूते के यार हैं। आपने तो अच्छा किया कि साले की माँ-बहन कर दी। आपसे शराफत से बोलेगा।"

अच्छा तो ख्याति यहाँ तक पहुँच गई। ध्रुवलाल प्रसन्न हुए।

यह प्रसन्नता क्षणिक थी। आगे जो भयावह सम्भावनाएँ उनके सामने रखी गईं उनके मुताबिक कुछ भी हो सकता था। वे पाँच महीने लेट थे। (बिना बताए यह बात इस कमरे की मंडली को मालूम थी)। बड़ा बाबू उन्हें ज्वाइन कराने से मना कर सकता था। और भी कुछ हो सकता था। मसलन उनकी नियुक्ति रद्द हो सकती थी, उनकी वरिष्ठता खतरे में पड़ सकती थी या इस जैसा कुछ और। आत्मविश्वास बनाए रखने का प्रयास करते-करते वे रुआँसे हो गए। खँखारकर उन्होंने गला साफ किया और जो

कुछ उन्होंने पूछा उसका मतलब था कि अब उन्हें क्या करना चाहिए।

उन्हें बताया गया कि अब उनके पास तीन विकल्प बचते थे–

पहला, वे उच्च न्यायालय की शरण में जाएँ जो सौभाग्य से इसी शहर में था और जहाँ निलम्बन, स्थानान्तरण या उनके सामने उपस्थित वर्तमान समस्या जैसे मसलों में इस शहर के सरकारी कर्मचारी जाते थे। समस्या सिर्फ इतनी थी कि वकीलों पर उन्हें कुछ हजार रुपए खर्च करने पड़ते और अगर "किस्मत काम कर जाए तो परसों तक, नहीं तो कुछ साल प्रतीक्षा करनी पड़ सकती है।"

दूसरा, वे शाम की गाड़ी से लखनऊ चले जाएँ और किसी जोरदार विधायक को पकड़कर कल तक मन्त्रीजी के समक्ष हाजिर हो जाएँ और "जब मन्त्री साले की खास जगह में डंडा करेगा तो बड़े बाबू को छोड़ो, बड़ा सहबवा जयमाला हाथ में लेकर ज्वाइन कराएगा।"

तीसरा, वे वही करें जो ऐसी परिस्थिति में फँसने पर उनके जैसे वीर पुरुष को करना चाहिए। अर्थात "निकालिए जूता और दीजिए हनाहन। लगाइए पचास और गिनिए पाँच। साला पैंट में हग देगा और ज्वाइन कराएगा।"

तीनों विकल्पों पर बड़ी गम्भीरता से विचार-विमर्श हुआ। उच्च न्यायालय का विकल्प ध्रुवलाल ने ही खारिज कर दिया। न तो उनके पास पैसा था और न ही इतना धैर्य कि अगर किस्मत साथ न दे तो वे कुछ वर्ष प्रतीक्षा कर सकें। सुझाव देनेवाली मंडली भी इस विकल्प के बारे में गम्भीर नहीं थी क्योंकि इसमें मसाला फिल्मों का सबसे महत्त्वपूर्ण अंश ऐक्शन नहीं था। बिना ऐक्शन के वे इस दफ्तर के इसी तरह उपेक्षित अंग बने रहते और सारी मलाई बड़े साहब के इर्द-गिर्द बैठे लोग खाते रहते।

दूसरे विकल्प के लिए एक अदद जोरदार विधायक की आवश्यकता थी। बिना अधिक जोर डाले ध्रुवलाल को याद आ गया कि उनके एक दूर के ममिया ससुर विधायक हैं। जोरदार हैं या नहीं, बार-बार पूछने पर वे इसका कोई सन्तोषजनक उत्तर नहीं दे पा रहे थे क्योंकि अभी तक उनसे कोई काम नहीं पड़ा था। पर वे जोरदार होंगे इसके पक्ष में वे सिर्फ यही दलील दे पाए कि विधायक होने के पहले उनके ऊपर हत्या और डकैती के कई मुकदमे दर्ज हुए थे। वे इस समय लखनऊ में होंगे या उनके पी.डब्लू.डी. मन्त्री से अच्छे सम्बन्ध हैं या वे ध्रुवलाल के पहुँचते ही हाथ में सोटा लेकर सचिवालय चल देंगे–प्रश्नों की ऐसी भूल-भूलैया थी जिसमें फँसाकर कमरे में मौजूद लोग चालाकी से उन्हें तीसरे विकल्प की ओर ढकेलकर ले गए।

तीसरा विकल्प ध्रुवलाल को शुरू से ही पसन्द था क्योंकि वह उनके व्यक्तित्व और सोच के अनुकूल पड़ता था।

इस विकल्प को सरअंजाम कैसे दिया जाए इस पर गम्भीरता से विचार-विमर्श शुरू हुआ।

इस विमर्श में जायसवाल ठेकेदार की भूमिका बड़ी महत्त्वपूर्ण रही। वह इस बीच पान लेकर लौट आया था। सबको बारी-बारी से पान दिखाने के बाद वह चौरसियावाली

मेज पर इस तरह टिककर खड़ा हो गया कि देखनेवाले अपनी-अपनी सुविधा के अनुसार उसे खड़ा या बैठा मान लें। इससे उसे बैठने का सुख भी मिलने लगा और कमरे में मौजूद ए.ई. और जे.ई. उस जैसे टुटपुंजिया ठेकेदार के सामने मेज पर बैठकर अनुशासन भंग करने के त्रास से भी बच गए।

जायसवाल ठेकेदार ने दफ्तरों में पिटाई के बारे में ध्रुवलाल के सामान्य ज्ञान में काफी वृद्धि की। ''यादवजी, अभी तो आपको बड़ी नौकरी करनी है। इन सालों को जूते की नोंक पर रखिए। पिछली फरवरी में सक्सेना जे.ई. ने मुझे पेमेंट में बड़ा दौड़ाया। मैंने कहा कि साले एडवांस कमीशन तुम लो, घर की सब्जी और राशन-पानी तुम मँगाओ, बच्चों की फीस तुम हमसे भरवाओ। अब राजा हरिश्चन्द्र के अवतार तुम्हें और क्या चाहिए। अरे पेमेंट करो और बाकी कमीशन भी लो। हम कहाँ भाग रहे हैं। पर नहीं साहब, पट्ठा हाथ न धरने दे। कभी बोले साइट पर फिर से मेजरमेंट करेंगे, कभी मैटीरियल घटिया होने की शिकायत, कभी कुछ, कभी कुछ। मैं परेशान हो गया। ये तो बाद में शुक्ला साहब ने बताया कि इसमें दफ्तर की पालिटिक्स है। मैं तो सीना ठोंककर कहता हूँ कि शुक्ला साहब का आदमी हूँ। तो इसलिए नहीं हो रहा था पेमेंट। पर रास्ता भी साहब ने ही बताया,'' जायसवाल शुक्ला साहब की तरफ इशारा कर चुप हो गया है। ध्रुवलाल के सामने एक नई दुनिया उद्‌घाटित हो रही थी। वे चाहते थे कि जायसवाल उस तथाकथित रास्ते के बारे में तफसील से बताए।

काफी देर तक कमरे में बैठे लोग उनकी उत्सुकता का मजा लेने के लिए पान खाने, खाँसने-खँखारने या मौसम के वर्णन जैसी बेहूदगियों में लिप्त रहे। यदि ध्रुवलाल यादव आज जैसी माहिर और पुख्ता तबीयत के मालिक होते तो वे भी इन सारी हरकतों में मजा लेते और निरपेक्ष तटस्थता में 'हमसे क्या मतलब' वाला भाव चेहरे पर ओढ़कर जायसवाल ठेकेदार को मुख्य मुद्दे पर आने के लिए विवश कर देते। पर उस समय तो वे पूरे बुरबक थे। (यह शब्द बाद में उनका प्रिय विशेषण बन गया और गम्भीर-से-गम्भीर माहौल में अपने विरोधी के लिए बिना किसी शिकन के इसका इस्तेमाल कर सकते थे।) थोड़ी देर में उनके धैर्य का बाँध टूट गया और बेफिक्री का प्रदर्शन करने के बावजूद जब वे बोले तो उनकी आवाज़ कुछ-कुछ टूटी हुई थी।

''फिर क्या हुआ जायसवाल साहब ?''

कमरे में बैठे पात्रों के चेहरों पर मुस्कानें दौड़ गईं।

''अजी सरकार हुआ क्या ? वही फार्मूला नं. उन्नीस।''

ध्रुवलाल ने मूर्खतापूर्ण ढंग से आँखें झपकाईं।

''अपने शुक्ला साहब का फार्मूला नं. उन्नीस बड़ा कारगर है साहब। साहब ने हरी झंडी दी और मैं दूसरे दिन अपनी बुलट पर...।''

''अरे पाजी, मुझे क्यों बदनाम करता है ?'' शुक्ला ने आँखों से बरजा।

जायसवाल काइयाँ ढंग से मुस्कुराया, ''बिना आपके हुकुम के मैं एक कदम नहीं रखता। यादव साहब तो अपने आदमी हैं इसलिए जबान फिसल गई नहीं तो मजाल

है कहीं ज़बान खोली हो।''

ध्रुवलाल को इस अनावश्यक विस्तार में कोई दिलचस्पी नहीं थी। वे फार्मूला नं. उन्नीस जानना चाहते थे पर ये लोग बात को विस्तार देने पर तुले थे।

बहरहाल थोड़ी देर में उनकी उत्सुकता शमन हो गई। हुआ कुछ ऐसे कि जायसवाल ठेकेदार अपनी बुलेट मोटरसाइकिल पर दो स्थानीय गुंडों को लेकर जूनियर इंजीनियर सक्सेना के घर पर सुबह-सुबह पहुँचा। वह मोटरसाइकिल स्टार्ट किए सड़क पर खड़ा रहा और दोनों गुंडे, जिन्हें उसके कथनानुसार 'ठेकेदारों को पालना ही पड़ता है' दनदनाते हुए ऊपर सक्सेना के घर पर चढ़ गए। जब तक नीचे मकान मालिक का परिवार या ऊपर सक्सेना की पत्नी कुछ समझें तब तक दोनों सक्सेना को बनियान-पाजामे में घसीटते हुए नीचे ले आए। उसके बाद ''साला चार घूँसों में ही लाइन पर आ गया। बीवी के पीछे छिप गया। बीवी ने—भैया-भैया कहना शुरू कर दिया। हमने भी कहा कि चल बेटा किस्मत ही खराब है साली, सारी बहनें ही मिलती हैं।'' जायसवाल अश्लील ढंग से मुस्कुराया।

आगे की कहानी हिन्दी फिल्मों के अन्त की तरह स्पष्ट थी। जायसवाल ठेकेदार का पेमेंट हो गया। हाँ, उन्होंने सक्सेना जे.ई. या ऊपरवालों का कमीशन पूरा दिया क्योंकि ''साहब, धन्धे के उसूल बहुत साफ हैं। अगर ठेकेदारी करनी है तो कमीशन तो नकद गिनकर देना ही पड़ेगा।''

उस दिन यादवजी ने भी फार्मूला नं. उन्नीस ही अपनाया।

हनुमान की तरह कमरे में उपस्थित लोगों द्वारा अपने बल से अवगत कराते ही वे चमककर उठे और पहले उन्होंने दफ्तर के कमरे में बड़े बाबू नामक जीव को तलाशा। कई घंटे व्यतीत हो जाने के बाद भी वह अभी तक अपनी कुर्सी पर नहीं आया था। बाद में जब वे इस तन्त्र के अंग बन गए तभी उनकी समझ में इतनी लम्बी अनुपस्थिति का कारण समझ में आया। जब कभी ऐसी कठिन घड़ी बड़े बाबू के समक्ष आती थी वह राजनेताओं की तरह उस मुहावरे पर अमल करने लगते थे जिसमें शुतुरमुर्ग और रेत का जिक्र आता है। वह बड़े साहब के कमरे में फाइल दबाए घुसे और थोड़ी देर तक खुसुर-पुसुर करके दूसरे दरवाजे से बाहर निकल गए थे और नीम, इमली, जामुन जैसे पुराने दरख्तों के नीचे खुले बहुत से ओपन एयर रेस्टोरेंटों में से किसी एक में बैठे चाय-समोसे के तीसरे दौर से गुजरते हुए चायवाले का भुगतान करनेवाले किसी ठेकेदार के साथ गम्भीर वार्तालाप में लिप्त थे।

इस बीच बड़े साहब भी लंच पर उठकर चले गए थे।

समस्या गम्भीर थी और ध्रुवलाल अकेले इसका हल नहीं निकाल सकते थे। मित्र, दार्शनिक और मार्गदर्शक के रूप में यदि जायसवाल ठेकेदार बीच-बीच में अवतरित न होता रहता तो वे दफ्तर के भूल-भुलैया जैसे गलियारों में अभिशप्त आत्मा की तरह भटकते रहते।

जायसवाल बीच-बीच में उन्हें इशारे से किसी चाय या पान की दुकान पर ले जा

कर जो बताता रहा उससे यह स्पष्ट हो गया कि आज न बड़ा साहब आएगा और न बड़ा बाबू। ये दोनों तभी आ सकते थे जब ध्रुवलाल अपनी हरकतों से उन्हें मजबूर कर दे। ध्रुवलाल ने यही किया।

बड़े साहब के कमरे के सामने खड़े होकर उन्होंने हवा में किसी अदृश्य को माँ-बहन की गालियाँ दीं। भौंचक चपरासी के सामने उढ़के हुए किवाड़ को लात मारकर खोला और बड़े साहब की अनुपस्थिति नामक तथ्य को अपने उजड्ड थोबड़े के माध्यम से कमरे में झाँककर सत्यापित किया। फिर वे हुँकारते साँड़ की तरह बड़े बाबू के कमरे की तरफ आए। वहाँ जायसवाल द्वारा इंगित बड़े बाबू के खास चमचे बाबू के समक्ष खड़े होकर उन्होंने तरह-तरह की घोषणाएँ कीं।

ध्रुवलाल की घोषणाएँ शरीर-वैज्ञानिकों और भाषा-शास्त्रियों दोनों के लिए बड़ी महत्त्वपूर्ण थीं। शरीर के विभिन्न अंगों के इतने सुन्दर और ललित प्रयोग दोनों के लिए आँख खोलनेवाले सिद्ध होते। उनकी घोषणाएँ अन्तर्राष्ट्रीय राजनय की भाँति निरर्थक और भाषा का अपव्यय नहीं थीं। इनसे ठोस कार्यक्रम छलछला रहे थे। इन कार्यक्रमों के मुताबिक अगर शाम तक उन्हें ज्वाइन नहीं करा दिया गया तो बड़े साहब और बड़े बाबू नामक प्राणियों के नश्वर शरीरों के कुछ भागों का ऐसा प्रयोग होता जिसका वर्णन सुनकर निरन्तर अश्लील और फूहड़ भाषा का इस्तेमाल करनेवाले बाबू, ठेकेदार और दफ्तर में प्रचुर मात्रा में घूमनेवाले दलाल भी सनाका खा गए होते।

अश्वमेध यज्ञ के अश्व की तरह अपनी उन्नत ग्रीवा से बरामदों, कमरों, फाइलों, कुर्सियों, मेजों पर प्रभाव का आकलन करनेवाली भरपूर दृष्टि डालनेवाले श्री ध्रुवलाल यादव बाहर वटवृक्ष के नीचे की चाय की दुकान पर अगले कुछ घंटों तक रहनेवाली अपनी उपस्थिति की घोषणा करते हुए चले तो गए पर उनकी ओजस्वी वाणी से उत्पन्न थरथराहट काफी देर तक उस दफ्तर को कँपकँपाती रही।

इसके बाद घटनाएँ बड़ी तेजी से घटित हुईं। बड़े साहब और बड़े बाबू यानी दफ्तर के सत्ता पक्ष के समर्थक बाबुओं, चपरासियों और ठेकेदारों की आपात बैठक हुई। आम राय बनी कि ऐसी प्रतिभा को विरोधी खेमे में जाने देना जोखिम भरा है। बाहुबल और भाषा के इस धनी को तो अपने साथ ही रखना उचित होगा। इस पूरे घटनाक्रम में ध्रुवलाल के शुक्ला के कक्ष में जाने और बार-बार जायसवाल ठेकेदार के साथ फुसफुसा कर बातें करने का भी विस्तार से विश्लेषण किया गया और रामदीन चपरासी और विमल तिवारी जे.ई. को अगली कार्यवाही के लिए अधिकृत किया गया। इन दूतों ने बड़े बाबू को कचहरी की एक लस्सी की दुकान पर डकारते हुए पकड़ा। उनके साथ गप्प लगा रहे ठेकेदार को भुगतान करने का इशारा करते हुए वे इन्हें एक पान के खोखे पर ले गए। जितनी देर में बनारसी पान लगा, मुँह में गया और पहली पीक थूकी गई बड़े बाबू सारा मामला समझ गए। लस्सी का पैसा देकर उनका पिछला साथी जब तक लौटा बड़े बाबू रिक्शे पर बैठकर चल चुके थे और विमल तिवारी पान का पैसा दे रहे थे।

शाम को चार बजते-बजते बड़े बाबू के अदृश्य होने का परिणाम भी आ गया।

रामदीन चपरासी ने वटवृक्ष के नीचे चाय की दुकान पर ध्रुवलाल को विनीत भाव से सम्बोधित किया—

"साहेब, आप इहाँ बैठे हैं। हम पूरी कचहरी ढूँढ़-ढूँढ़कर हैरान हो गए। चलें, बड़े बाबू कब से बुला रहे हैं।"

ध्रुवलाल ने बौड़म की तरह आँखें झपकाईं। वे लगातार दफ्तर के दरवाजे पर निगाहें टिकाए बैठे थे। बड़ा बाबू अन्दर घुसा कैसे ? अब उनकी बुलाहट क्यों है ? वे इस खेल के नए खिलाड़ी थे, ये सारे प्रश्न उनकी समझ में अबूझ पहेली की तरह थे। पर बगल में बैठे जायसवाल ठेकेदार ने आँख के इशारे से उन्हें चपरासी के साथ जाने को कहा और वे उठ गए।

अन्दर का माहौल सौहार्द और स्वागत से बजबजा रहा था। दिन-भर के तनाव का मद्रासी फिल्मों जैसा सुखद अन्त ध्रुवलाल के लिए सर्वथा अप्रत्याशित था। उन्होंने लाख गम्भीर रहने की कोशिश की पर बीच-बीच में उनके भदेस चेहरे पर बड़े बाबू की मिसरी घुली बातें सुनकर फिस्स से मुस्कान आ ही जाती थी।

"कहाँ थे यादवजी, बड़े बाबू कब से आपको तलाश रहे हैं। बेचारे इस दुपहरिया में आपका कागज दस्खत कराने बड़े साहब के बँगले तक गए थे।"

ध्रुवलाल ने देखा कि बोलनेवाला वही बाबू था जिसे जायसवाल ठेकेदार ने बड़े बाबू का खास चमचा बताया था और जिसे अभी-अभी वे गरियाकर गए थे। उसके चेहरे पर कोई शिकन नहीं थी।

"बिना मिठाई खाए तो ज्वाइन नहीं कराऊँगा।"

बड़े बाबू के इसरार पर ध्रुवलाल शरमाए। उन्होंने जेब से सौ का नोट निकालकर पास खड़े चपरासी को थमाया।

"इन अफसरों का तो टाइम से लंच और टाइम से सोना, मरन तो हमारी होती है। आपका कागज तो टाइप हो गया था पर बड़े साहब के लंच का टाइम हो गया। जब तक कागज लेकर पहुँचूँ साहब निकल गए। फिर इस धूप में रिक्शे पर बैठकर उनके घर गया। सर धूप में चिटक गया।"

ध्रुवलाल पूरी तरह चित हो गए। बेकार बड़े बाबू को जदुद-बदुद बक रहे थे। कृतज्ञता से लबरेज स्वर में बोले, "बेकार परेशान होने की क्या जरूरत थी बड़े बाबू। शाम को दस्खत हो जाते।"

"अरे नहीं भैया, एक बार दफ्तर से निकले अफसर का कोई भरोसा नहीं होता, फिर मिले न मिले। इसलिए मैंने कहा कि एक होनहार नौजवान हमारे दफ्तर में आया है, कल को हमारा साहब बनेगा, इसके कागज पर आज ही चिड़िया बिठवा—कल का भरोसा नहीं, साहब कहीं निकल जाएँ। इसीलिए चटखती धूप में गया। अच्छा हुआ जो चला गया। जरा भी आलस करता तो कई दिन की छुट्टी थी। साहब कल लखनऊ जा रहे हैं। मीटिंग है।"

ध्रुवलाल को जायसवाल ठेकेदार और उसके गुट के लोग दुनिया के सबसे नीच प्राणी लग रहे थे। अगर उस समय जायसवाल ठेकेदार मिल गया होता तो वे शर्तिया उसके साथ अपने बाहुबल का प्रयोग कर चुके होते। बड़े बाबू जैसे भले प्राणी के लिए उनके मन में कैसे-कैसे दूषित विचार भर दिए थे उसने।

अब जब ध्रुवलाल यादव इस व्यवस्था के अंग बन चुके हैं, उन्हें कभी-कभी इस प्रसंग की याद आती है तो वे मुस्कुराकर अपने मुँह के पान की पीक थूकते हुए, गोल-सा मुँह बनाकर कहते हैं, "साला...धूर्त...अच्छी ऐक्टिंग करता है। खूब बुरबक बनाया।"

पहले दिन ध्रुवलाल की ऐंग्री यंग मैन की जो छवि बनी वह आज तक उनसे चिपकी हुई है।

दफ्तर में कई गुट थे। अक्सर कोई न कोई गुट उनका इस्तेमाल अपने विरोधी खेमे से किसी सदस्य की पिटाई कराने या उसे गाली दिलाने के लिए कर लिया करता था। पर शुरू के वर्षों में वे अपनी इस छवि के कारण घाटे में रहा करते थे। वे व्यवस्था विरोध के चक्कर में अक्सर दफ्तर के सत्ता पक्ष के खिलाफ खड़े हो जाते थे। नतीजा यह रहता कि लोग उनसे आतंकित रहते, दफ्तर में बिगड़ैल साँड की तरह नथुने फुलाकर घूमते हुए उन्हें देखकर मुग्ध भाव से उनकी देहयष्टि पर प्रशंसा-भरी निगाहें डालते अथवा चाय-पान की दुकानों पर घेरकर उनकी वाहवाही करते रहते किन्तु मार्च में जब कमीशन के अन्तिम बँटवारे का समय आता वे सबसे कम पैसा जेब में डाले निकलते।

वक्त ने धीरे-धीरे उन्हें होशियार बना दिया था। वे अब भी लम्पट थे, उजड्ड थे और बुद्धि से अधिक बाहुबल का प्रयोग करते थे पर अब वे सत्ता पक्ष के उपयोग की चीज थे। जिस तरह हिन्दी का क्रान्तिधर्मा लेखक पहले तो 'वाम वाम वाम दिशा समय साम्यवादी' का उद्घोष करता है फिर धीरे-धीरे पुरस्कारों और अध्यापक से रीडर बनने के चक्कर में रणनीति निर्धारित करता हुआ दुनियावी सफलताओं के सोपान चढ़ता है, उसी प्रकार ध्रुवलाल यादव जे.ई. को भी वक्त ने धीरे-धीरे इतना प्रशिक्षित कर दिया था कि इधर वे दफ्तर के सत्ता पक्ष के साथ रहकर दफ्तर के मुहावरे में साल-भर काफी मोटी रकम चीरते थे।

इसीलिए ध्रुवलाल यादव इस समय इस गम्भीर मन्त्रणा में शरीक थे।

मन्त्रणा में सम्मिलित अन्य दो व्यक्ति बड़े साहब के सामने बैठे थे। बाईं तरफ बैठे थे दफ्तर के बड़े बाबू लाभचन्द्र श्रीवास्तव उर्फ लाला बाबू। इन्होंने इस दफ्तर में अपनी जिन्दगी का अधिकांश भाग बिताया था। उन्होंने लगभग तीन दशक पहले अपनी सरकारी जिन्दगी इसी दफ्तर में बाबुओं की सबसे निचली जमात से शुरू की थी। वे मक्कारी, चापलूसी और गिरावट के मानवीकरण थे और इसीलिए स्वाभाविक रूप से निरन्तर सफल थे। भारतीय नौकरशाही उन जैसे पुख्ता खम्भों पर ही टिकी हुई थी।

लाभचन्द्र श्रीवास्तव जिनका असली नाम दफ्तर के ज्यादातर बाबू अफसर या ठेकेदार नहीं जानते थे और जिन्हें लोग लाला बाबू के नाम से पुकारते थे, बीच-बीच में तब्दील होकर बाहर जाते थे लेकिन फिर घूम-फिरकर साल-छह महीने में वापस आ

जाते थे। इस शहर में उन्होंने एक मकान बना लिया था जिसे वे बड़ी दयनीय विनम्रता से झोंपड़ा कहते थे और उनके विरोधी उनके तबादले के लिए दरखास्तें देते समय तिमंजिला महल कहते थे। सबसे ऊपरी मंजिल पर दो छोटे-छोटे कमरों में वे अपने कुनबे यानी खुद, बीवी और चार लड़कों के साथ रहते थे। शेष दोनों मंजिलों पर उनके अनगिनत किरायेदार रहते थे। अनगिनत इसलिए कि उनके और उनकी बीवी के अलावा उस भवन में रहनेवाले भी नहीं जानते थे कि किस समय वहाँ कितने किरायेदार थे। मकान बनवाते समय उन्हें जहाँ कहीं जगह मिली उन्होंने पाखाना, गुसलखाना या रसोईघर बनवा दिया। इससे फायदा यह हुआ कि इमारत की दो मंजिलों पर कई स्वतन्त्र हिस्से निकल आए जिनमें उन्होंने किरायेदार बसा दिए। पूरा घर सराय की तरह लगता था और उसमें रहनेवाले गोर्की के चरित्रों की तरह भाँति-भाँति के लोग थे। जिनसे निरन्तर गालियाँ, घुड़कियाँ, धमकियाँ प्राप्त करते हुए भी वे अपनी नियमित प्रातःकालीन पूजा में ईश्वर को धन्यवाद देते रहते।

लाला बाबू के जीवन के कुछ बुनियादी उसूल थे जिन्हें वे कभी नहीं छोड़ते थे। इनमें से एक विनम्रता थी। बड़ी से बड़ी अपमानजनक परिस्थिति में भी वे हे...हे...करते हुए अपने को क्रोध से दूर किए रहते थे। भारतीय नौकरशाही में बाबू की स्थिति ही कुछ ऐसी है कि अपमान की घड़ियाँ पल-पल उसके समक्ष आती रहती हैं। कभी अफसर घुड़कता है, कभी मातहत। लाला बाबू के महकमे में तो ठेकेदार नामक एक तीसरा दुष्ट ग्रह भी है जिससे बाबुओं का निरन्तर पाला पड़ता था। ठेकेदारी में जो नई पौध आ रही थी वह पूरी तरह से लम्पट और उजड्ड नौजवानों की थी जो चाकू-पिस्तौल के बल पर सारा काम कराना चाहती थी। इनके गाली-गलौज का सबसे ज्यादा शिकार निरीह बाबू ही बनते थे। पर लाला बाबू कठिन से कठिन परिस्थिति में भी अपना धैर्य नहीं खोते थे।

हाल के सालों में जो नए बाबू आ रहे थे उन्हें देखकर लाला बाबू को जरूर कुछ निराशा होती थी। ये बाबू नए फैशनों के कपड़े पहनते, अफसरों के सामने कुर्सी पर बैठ जाते, कई बार उनसे तू-तड़ाक भी कर देते और सबसे बुरी बात दफ्तर में अपने पैसे से मँगाकर चाय-समोसा खा लेते। लाला बाबू अपनी पीढ़ी के बाबुओं के साथ बैठकर इनके पतन पर शोक प्रकट करने के सिवाय कुछ न कर पाते।

किसी नए बाबू के दफ्तर में आने पर लाला बाबू उसे अपने जीवन का एक अनुभव जरूर सुनाते। यह किस्सा दफ्तर के सारे बाबुओं के सामने अलग-अलग ढंग से सुनाया जा चुका है। कभी लाला बाबू के मुख से, कभी उनके किसी विरोधी खेमे के सदस्य द्वारा। इसलिए दफ्तर के लगभग सभी लोग इसके एक-एक प्रसंग को जानते हैं। किसी अंश पर अगर कथावाचक भूल करता है तो श्रोता उसकी पूर्ति कर देते हैं। बड़े बाबू इस किस्से को यों शुरू करते हैं, "बरखुरदार, जब मैं भी तुम्हारी तरह जवान था" या "जब मेरी भी कमर में ताकत थी तब का वाकया है।" विरोधी इसे कुछ ऐसे सुनाते, "साला जब नया-नया दफ्तर में आया तब से ही अफसरों के सामने पतलून खोल देता

है। एक बार "ऐसा हुआ कि..."

जिस तरह हिन्दी की ज्यादातर फिल्मों में कहानी घुमा-फिराकर एक जैसी होती है और केवल तर्जे-बयाँ बदलता रहता है, उसी तरह दोनों पक्षों की कहानी का मूल तत्त्व एक ही था, केवल उसे सुनाने का ढंग बदल जाता था। कहानी का प्रारम्भ होता था लाला बाबू के एक नौजवान कनिष्ठ लिपिक के रूप में दफ्तर में प्रवेश से और अफसरों के प्रति उनकी ताबेदारी की भावना के वर्णन से। इस दृश्य को लाला बाबू अपनी कर्तव्य निष्ठा और अनुशासनप्रियता जैसे विशेषणों से बखान करते और उनके विरोधी 'पक्का हरामुद्दहर जो हमेशा अफसर का गू उठाने को तैयार रहता था' जैसे ईर्ष्यालु वाक्यों से व्यक्त करते।

इसके बाद कथा का ललित पक्ष आ जाता। इसको बड़े बाबू तेजी के साथ इस सूचना से निपटा देते कि 'मेरी घरवाली को गाँव का पानी रास नहीं आ रहा था इसलिए न चाहते हुए भी उसे यहाँ लाना पड़ा और यहीं कालोनी में बड़े साहब से कह-सुनकर एक क्वार्टर मिल गया जिसमें बाद में पन्द्रह साल हम लोग रहे और एक-एक कर चार पुत्ररत्नों की प्राप्ति हुई।'

पर विरोध पक्ष इतनी जल्दबाजी में नहीं रहता। पहले तो वह इस मामले की तह में जाने की कोशिश करता कि उनकी पत्नी अचानक गाँव से एक दिन दफ्तर के दरवाजे पर कैसे प्रकट हुई। इसके बारे में अलग-अलग किंवदन्तियाँ थीं पर कमोबेश सभी इस मामले पर एकमत थीं कि लाला बाबू की शहर में गुलछर्रे उड़ाने की अफवाहें कुछ इस रूप में गाँव में पहुँचीं कि एक दिन उनके वृद्ध पिता अपनी बहू को सीधे उनके दफ्तर लेकर पहुँच गए और इस आघात से हक्का-बक्का मुँह बाए लाला बाबू के पास छोड़कर सीधे बस अड्डे रवाना हो गए।

समस्या बड़ी विकट थी। लाला बाबू खुद एक दूसरे बाबू के साथ एक कमरा लेकर रहते थे। दोनों अकेले थे, इसलिए कोई दिक्कत नहीं थी। दफ्तर के एक चपरासी को उन लोगों ने पटा रखा था। वह खाना उनके साथ खाता और एवज में उनका खाना पका दिया करता था। जिन गुलछर्रों की खबरें उड़ती-पुड़ती गाँव में पहुँची थीं वे इसी सान्निध्य और छड़ेपन की उपज थीं। उस माहौल में लाला बाबू पत्नी को लेकर कैसे जाते ?

दफ्तर में पत्नी की उपस्थिति से अलग-अलग चेहरों पर जो मुस्कानें तैर रही थीं उन्होंने लाला बाबू को असहज बना दिया। ये मुस्कानें कुटिलता, उपहास, अश्लीलता और तरस से भरी थीं। उन्होंने पहला काम किया कि सर से पैर तक कपड़े की गठरी बनी पत्नी को दफ्तर के सामने एक परिचित चायवाले की दुकान पर बैठा दिया और उस समय के दफ्तर के बड़े बाबू लक्ष्मी बाबू के पास रुआँसा चेहरा बनाकर अपनी आवास समस्या लेकर पहुँच गए।

घटना लगभग दो दशक पुरानी है पर दफ्तरों में राजनीति आज जैसी ही थी।

उस जमाने के बड़े बाबू लक्ष्मीधर द्विवेदी उर्फ लक्ष्मी बाबू की बड़े साहब से नहीं

पटती थी। उन्होंने लाला बाबू को दफ्तर की राजनीति का शिकार बना दिया।

लक्ष्मी बाबू के मेज के इर्द-गिर्द दफ्तर के कर्मचारियों की आपात बैठक हुई और लाला बाबू की समस्या पर गम्भीर-विचार विमर्श हुआ। लक्ष्मी बाबू खुद तो कम बोले पर उनके एक समर्थक ने जो हल सुझाया वह उस समय लाला बाबू को बहुत आसान लगा। अब, जब वे भी उसी खुर्राट व्यवस्था के अंग बन चुके हैं उन्हें उस साधारण सुझाव का पेंच समझ में आता है।

पी.डब्लू.डी. कालोनी में एक टाइप टू का मकान काफी दिनों से खाली था। उस जमाने में कालोनी में मकान काफी कम थे पर आज के मुकाबले अधिकारी और कर्मचारी भी कम ही थे, इसलिए मारामारी भी कमोबेश आज जैसी ही थी। यह मकान किसी बाबू को मिल सकता था और कई बाबू शहर में गन्दे तंग मकानों में रहते थे। उन सभी ने इस मकान के लिए अपनी-अपनी दरखास्तें लगा रखी थीं। वे बारी-बारी से बड़े साहब के सामने पेश होते रहते थे और झिड़की खाकर वापस लौट आते थे।

यह मकान किसी बाबू को अलाट क्यों नहीं हो रहा था, यह राज लक्ष्मी बाबू और दफ्तर के सभी घाघ बाबू और चपरासी जानते थे। नहीं जानते थे तो सिर्फ लाला बाबू या उनके जैसे दो-चार गावदी जो इस दुनिया में नए-नए आए थे। बात कुछ ऐसी थी कि बड़े साहब का एक दूर का साला काफी दिनों से बेरोजगार था। उनकी मेम साहब का हठ कुछ ऐसा था कि बड़े साहब ने अपना सारा रसूख और जोर लगाकर उसे किसी तरह बाबू बनवा दिया था। अब वे कोशिश कर रहे थे कि उसका तबादला इसी दफ्तर में हो जाए। तबादला हो भी जाता पर इस बीच प्रमुख अभियन्ता कार्यालय में उनका एक विरोधी प्रमुख अभियन्ता का पी.ए. होकर पहुँच गया था। वह लगातार अड़ंगे डाल रहा था और कई महीनों से उनका प्रयास सफलता के कगार पर पहुँच-पहुँचकर लक्ष्य से थोड़ी दूर रह जाता था। यह मकान इसी चक्कर में उनके साले की प्रतीक्षा में पिछले कई महीनों से खाली पड़ा था।

उस दिन लक्ष्मी बाबू के मेज के इर्द-गिर्द जो मीटिंग हुई उसमें यह तय पाया गया कि लाला बाबू बड़े साहब के सामने उसी मकान के लिए दरखास्त पेश करेंगे। सम्भावित तर्क एवं उनकी काटें भी उन्हें समझा दी गईं। बड़े हल्के ढंग से बताया गया कि लखीमपुर खीरी में कोई बाबू है जो बड़े साहब का दूर का रिश्तेदार है और जिसका यहाँ तबादला कराने के लिए बड़े साहब प्रयासरत हैं। अव्वल तो यहाँ कोई जगह नहीं है जिस पर उसका तबादला हो सके और अगर हो भी गया तो उसके यहाँ पहुँचने में दो-चार महीने तो लग ही जाएँगे। लाला बाबू की समस्या तो तात्कालिक है। फिलहाल वे अपनी पत्नी को लेकर उस क्वार्टर में चले जाएँ, बाद में अगर बड़े साहब का रिश्तेदार यहाँ आया तो वे मकान खाली कर देंगे। तब तक सभी लोग मिलकर उनके लिए शहर में कोई न कोई मकान ढूँढ़ ही लेंगे।

लाला बाबू को एक बात और अलग तरह से समझाई गई। इस दफ्तर में सीधी उँगली से घी नहीं निकलता। सीधे कर्मचारी पर सभी अफसर सवारी गाँठने की कोशिश

करते हैं। बड़ा साहब भी आसानी से नहीं मानेगा, पर लाला बाबू को अपनी आवाज थोड़ी ऊँची करनी होगी और आँखें तरेरनी होंगी। मकान देगा कैसे नहीं ? कोई उसके बाप का क्वार्टर है ? इतने महीने से खाली पड़ा है, सरकार को किराये का इतना नुकसान हो रहा है, उसे कौन भरेगा ?

सारे तर्क-वितर्क का यही अंश थोड़ा कठिन था। लाला बाबू की प्रकृति के यह खिलाफ था कि वे बड़े साहब के सामने ऊँचे स्वर में बोल सकें। पर बीवी बाहर चाय की दुकान पर घूँघट काढ़े बैठी थी। इस शहर में कोई सगा-सम्बन्धी नहीं था जिसके पास जाकर दो-चार दिन बिताए जा सकें। किराये का मकान भी इतनी आसानी से कहाँ मिलेगा ? उन्हें रह-रहकर अपने बाप और बीवी पर गुस्सा आ रहा था। पर अब गुस्सा करने से भी क्या मिलनेवाला था ? शाम हो रही थी। एक बार बड़े साहब उठकर घर चले गए तो फिर उन्हें पकड़ पाना मुश्किल होगा। उन्होंने मन कड़ा किया। कागज-कलम लेकर एक दरखास्त लिखी और कुरुक्षेत्र की तरफ बढ़ चले।

लक्ष्मी बाबू ने उनके साथ दो-तीन बाबू और कर दिए। यह एक डेलीगेशन की सी शक्ल बन गई जिससे शुरू में तो लाला बाबू का हौसला बढ़ा पर बाद में कमरे से बाहर निकलने पर उन्हें सबको साथ ले जाने का अफसोस हुआ क्योंकि बहुत सी बातें बाहर नमक-मिर्च लगाकर इन्हीं लोगों द्वारा फैलाई गईं।

जब यह शिष्टमंडल कमरे में घुसा। बड़ा साहब ऐनक नाक के ऊपर चढ़ाए किसी फाइल को पढ़ने में मशगूल था। एक बाबू उसके बगल में खड़ा उसे कुछ समझाने की कोशिश कर रहा था। तीन-चार बाबुओं के एक साथ कमरे में घुसने में कोई नई बात नहीं थी, इसलिए उसने कोई ध्यान नहीं दिया। पहले से खड़े बाबू की बात बड़े साहब की समझ में आ गई और उसने फाइल के सामने खुले पन्ने पर हस्ताक्षर करके फाइल सरका दी।

बड़े साहब ने थोड़ी देर इन्तजार किया कि नए आनेवाले बाबू कोई फाइल या कागज उसके सामने रखेंगे पर उनकी तरफ से कोई हरकत न होने पर उसने चिढ़कर पूछा, "हाँ...क्या बात है ?"

"सरकार...ये लाला बाबू कुछ अर्ज लेकर आए हैं। इनकी बीवी गाँव से आ गई है," लाला बाबू की खामोशी न टूटने पर एक दूसरे बाबू ने खीस निपोरी।

"अच्छा," साहब ने कौतूहल से लाला बाबू को निहारा जैसे उसने आज की सबसे मजेदार खबर सुनी हो।

थोड़ी देर फिर खामोशी रही। एक बाबू ने लाला बाबू से मजाक कर माहौल को अपनी विनोदप्रियता, साहब की विशालहृदयता और लाला बाबू की निरीहता जैसी स्थितियों से भरने की कोशिश की। "अरे समस्या बताओ लाला बाबू। साहब से क्या शर्म। कोई भगाकर तो लाए नहीं हो। ब्याहता है। इस अनजान शहर में साहब ही तो गार्जियन हैं। बता डालो।"

लाला बाबू ने साहस बटोरा और अर्जी साहब के समक्ष बढ़ा दी।

बड़ा साहब चौकन्ना हुआ, "तो ये मामला है। साले बड़े घाघ हैं। बीवी का बहाना बनाकर मकान लेना चाहते हैं। हरामजादे लक्ष्मी ने पट्टी पढ़ाई होगी।" उसने मन ही मन अपनी रणनीति बनाई।

इसके बाद कथा में क्या हुआ, इसके बारे में लाला बाबू और उनके विरोधियों में मतभेद हैं।

लाला बाबू बताते हैं कि काफी-बहस मुबाहिसों और जद्दो-जहद के बाद जब बड़े साहब किसी तरह टस से मस नहीं हुए तो उन्होंने साफ-साफ कह दिया कि "हम तो आपकी औलाद हैं। नहीं मकान देंगे तो आपकी बहू को लेकर शाम को आपके घर पहुँच जाएँगे। कहीं-न-कहीं सर छुपाने की जगह मेम साहब दे ही देंगी। कुछ रूखा-सूखा भी मिल जाएगा। पड़े रहेंगे।"

उनके सामने तो कोई कुछ न कहता। पर पीठ पीछे लोग उन बाबुओं की फैलाई बातें दोहराते जो लाला बाबू के साथ उस ऐतिहासिक क्षण मौजूद थे।

विरोधी खेमा इस प्रसंग को इस तरह बयान करता है कि जब काफी देर तक बड़ा साहब दुत्कारता रहा और डपटता रहा, साथ गए बाबुओं के इशारों के बावजूद लाला बाबू ने आवाज़ ऊँची नहीं की और पूरे शिष्टमंडल को यह विश्वास हो गया कि अब ज्यादा तर्क-वितर्क करने से कोई फायदा नहीं इसलिए वापस लौटना चाहिए। तभी एक ऐसी घटना हुई जिसने कमरे में मौजूद सभी लोगों को हतप्रभ कर दिया।

अफसरों की मौजूदगी में सदा दीनता की प्रतिमूर्ति बने रहनेवाले लाला बाबू अचानक अधिक दीन हो गए। उन्होंने हाथ जोड़ लिये और बोलते-बोलते उनकी आवाज़ रुँध गई, "हुजूर माँ-बाप की जगह हैं। नहीं पालेंगे तो हम कहाँ जाएँगे।"

इसके अलावा भी लाला बाबू बहुत कुछ बोले पर आवाज़ के रुँध जाने से सब कुछ अस्पष्ट सा हो गया।

साहब कौतूहल, वितृष्णा और आत्म-मुग्धता के भाव से लाला बाबू का विलाप सुनता रहा। वह इस उद्गार से सहमत था कि वह दयालु हैं, बन्दापरवर और गरीब-नवाज जैसा न जानें क्या-क्या हैं।

लाला बाबू और विरोधी खेमे दोनों की कथाओं का सार यही था कि साहब ने अन्त में लाला बाबू के प्रार्थना-पत्र पर घसीटकर 'मकान आवंटित' लिख दिया और विजयोल्लास की भावना के साथ पूरा शिष्टमंडल बाहर आ गया।

यह कथा लाला बाबू नए बाबुओं को इस भाव से सुनाते थे कि वह भी अफसर को अपना माई-बाप समझे। शुरुआती दौर में तो सब ठीक-ठाक चलता था लेकिन पिछले कुछ वर्षों से बाबुओं की पौध में बड़ा गुणात्मक परिवर्तन आ गया है। अब बाबू पहले जैसी श्रद्धा से यह प्रसंग नहीं सुनते। कुछ तो उनका लिहाज-शर्म छोड़कर कथा के बीच में ही उठकर चल देते हैं, कुछ मुँह बिचकाते हैं, कुछ तरस खाने के भाव से मुस्कुराने लगते हैं और कुछ-कुछ तो इतने शरारती हो गए हैं कि विरोधी पक्ष द्वारा प्रचारित झूठ को समस्यापूर्ति की तरह उनके किस्से में बीच-बीच में जड़ते जाते हैं।

बाबुओं के बीच हो रहे ये परिवर्तन लाला बाबू को विचलित करते हैं।

सारे परिवर्तनों के बावजूद लाला बाबू ने अपनी लीक नहीं छोड़ी। वे पिछले तीस सालों से अफसर को माई-बाप समझते आए हैं। आज भी एक आदत की तरह नए से नए छोकरे अफसर के लिए उनका सर लिहाज से झुका रहता है। आज भी वे रोज सबेरे एक घंटे भगवान की पूजा करते हैं। रोज भगवान को इस बात के लिए धन्यवाद देते हैं कि उसने उन्हें लड़कियाँ नहीं दीं, चार बेटे ही दिए। घर का कुछ बाहर नहीं जाएगा, घर में ही कुछ-न-कुछ आएगा। कभी-कभी कोई किरायेदार बहुत तंग करता तब अन्तिम विकल्प के रूप में ही लाला बाबू उसके अशुभ की प्रार्थना भगवान से करते हैं, नहीं तो अक्सर वे इतने से ही सन्तुष्ट हो जाते थे कि भगवान किरायेदार की जेब में पैसा और मन में सद्‌बुद्धि पैदा कर दे कि वह उन्हें समय से किराया दे दिया करें या किरायेदार की पत्नी में इतनी सुघड़ता भर जाए कि वह अपना कूड़ा-कचरा लाला बाबू के बाहर निकलनेवाले दरवाजे पर न डाला करे या किरायेदारों में से भगवान जाने किसका बच्चा जो अक्सर उनकी साइकिल का पहिया ब्लेड से काट देता है, उसे अक्ल आ जाए और वह ऐसा करना बन्द कर दे। ये छोटे-मोटे संवाद थे जो वर्षों से लाला बाबू धन्यवाद या शिकायत के रूप में ईश्वर से करते आ रहे थे।

वर्षों से लाला बाबू दाल-रोटी खाकर दफ्तर के समय से आधा घंटा पहले घर का दरवाजा खोलकर बाहर निकलते थे। अपनी बुढ़िया साइकिल को पन्द्रह मिनट तक झाड़ते-पोंछते थे, दोनों पहियों की हवा चेक करते थे, ब्रेक, पैडिल और चेन का मुआयना करते, घंटी बजाते और सब कुछ ठीक-ठाक होने पर दफ्तर के समय से दस मिनट पहले घर से निकल पड़ते। उनके घर से दफ्तर पास ही था और सात-आठ मिनट में वे दफ्तर पहुँच जाते। जब यह जमीन उन्होंने खरीदी थी तब शुरू के कई सालों तक ईश्वर को धन्यवाद देने के एजेंडा में यह जमीन भी थी जो दफ्तर के इतने करीब थी और जो भगवान की दया से उन्हें प्राप्त हो गई थी। इधर वे जरूर ईश्वर को इस बात के लिए धन्यवाद नहीं देते क्योंकि अब धन्यवाद देने के लिए और बहुत सी चीजें हो गई थीं।

दफ्तर में पहुँचनेवालों में लाला बाबू हमेशा पहले या दूसरे होते। चौकीदार और फर्राश अभी दफ्तर का ताला खोल रहे होते या मेज-कुर्सियों की धूल पर कपड़ा मार रहे होते कि लाला बाबू की बुढ़िया साइकिल दफ्तर के बाहर आकर खड़ी होती। चौड़े पाँयचे वाली पैंट में लोहे का हुक फँसाकर उसे पतला किए हुए लाला बाबू धीमी रफ्तार वाली अपनी साइकिल बिना किसी हड़बड़ी के रोकते और आहिस्ता से नीचे उतर आते। जब से वे बड़े बाबू हुए हैं, कोई-न-कोई चपरासी या चौकीदार कहीं-न-कहीं से प्रकट हो जाता और उनकी साइकिल पकड़कर बरामदे में खड़ा कर देता। अगर कोई नज़र नहीं आता तो स्वयं ही धीरे-धीरे ले जाकर साइकिल नियत जगह खड़ी कर देते। उनकी साइकिल हमेशा ऐसी जगह खड़ी होती जहाँ पर अपनी कुर्सी से वे बैठे-बैठे फाइलों से सर उठाकर थोड़ी-थोड़ी देर में उसे देख लेते। इस दफ्तर में वे अलग-अलग जगह बैठे हैं लेकिन साइकिल के लिए हमेशा उन्होंने ऐसी जगह तलाश ही ली है जहाँ से साइकिल

उन्हें दिखाई देती रहे। इसी तरह साइकिल में ताला लगाने का काम भी वे एक खास नियम की तरह करते हैं। साइकिल खड़ी कोई करे, ताला वे खुद लगाते हैं। ताला लगाकर वे दो-तीन बार जाँचते हैं, फिर सन्तुष्ट होने पर ही आगे बढ़ते हैं। इधर जमाना खराब हो गया है इसलिए वे रबड़ चढ़ी लोहे की चेनवाला दूसरा ताला भी साथ रखने लगे हैं जिसे अगले पहिए में लगा देते हैं। कभी-कभी भावुक होकर वे प्रातःकालीन ईश वन्दना में प्रभु को इस बात का भी धन्यवाद देते हैं कि इतने खराब वक्त में भी उनकी साइकिल कभी चोरी नहीं हुई।

पचास के आसपास लाला बाबू अपनी उम्र से काफी बड़े लगते हैं। चेहरे पर हमेशा मौजूद रहनेवाली दो-तीन दिन की बढ़ी दाढ़ी, दयनीयता बिखेरते हुए पिचके गाल, छोटे-छोटे सीधे खड़े बाल, गन्दे कालरों वाली कमीज और चौड़े पाँयचोंवाली बदरंग पतलून ट्रेडमार्क से उनके व्यक्तित्व के अभिन्न अंग की तरह उनके साथ रहते हैं।

आज की इस गम्भीर मन्त्रणा में लाला बाबू के उपस्थित रहने के दो कारण हैं। वैसे तो सारे अफसर लाला बाबू के लिए माई-बाप हैं पर वर्तमान बड़े साहब कमलाकान्त वर्मा से उनके कुछ विशेष सम्बन्ध हैं। एक तो वे अपनी बिरादरी के हैं, दूसरे ससुराल पक्ष से वे उनकी पत्नी के मामा के फुफिया ससुर भी लगते हैं। यह लाला बाबू की शाइस्तगी ही थी कि उन्होंने आज तक कभी भी इस रिश्ते का अनुचित लाभ उठाने की कोशिश नहीं की और अफसर और मातहत के रिश्ते को कभी नहीं भूले।

दूसरा कारण भी कम महत्त्वपूर्ण नहीं था। नए आनेवाले बड़े साहब थे बटुकचन्द उपाध्याय। लाला बाबू जैसा विनम्र व्यक्ति भी कभी-कभी दाँत किटकिटाकर उनके लिए कह उठता था, 'हरामुद्दहर'। पहले भी वे इस दफ्तर में रह चुके थे। एक बार नहीं—दो-दो बार। दोनों बार का लाला बाबू का अनुभव बड़ा कटु था। उपाध्यायजी एक नम्बर के जातिवादी थे। उनके आते ही दफ्तर के ब्राह्मण चपरासियों और बाबुओं का राज हो जाता। बेचारे ठाकुर-कायस्थ एक किनारे कर दिए जाते। पंडितजी मुँह में पान दबाए अपने पैर मेज के बाहर निकालकर दफ्तर में बैठते। उनके कमरे में घुसने पर ठेकेदारों या बाबुओं को उनका पैर छूना पड़ता। अफसरों में भी ज्यादातर पैर छूते। पैर तो लाला बाबू ने भी खूब छुआ पर बात कुछ बनी नहीं। दोनों बार उपाध्याय ने लाला बाबू का तबादला करा दिया और दोनों ही बार काफी परेशान होकर वे वापस इस दफ्तर में लौट पाए।

आज लाला बाबू की इस मन्त्रणा में भागीदारी का राज यही था। वे अपने स्वभाव के विपरीत बटुकचन्द उपाध्याय की सम्भावित उपस्थिति से उत्तेजित थे और अपने स्वभाव के विपरीत ही अपने वरिष्ठ अधिकारियों की उपस्थिति में उपाध्याय का नामोल्लेख होने पर कभी-कभी मुँह बिचकाकर कह उठते थे, 'हरामुद्दहर'।

लाला बाबू की बगल में यानी बड़े साहब के सामने मेज की दूसरी तरफ चेचक के दागोंवाला चेहरा लटकाए, हरे और काले रंगों के बीच के किसी रंगवाला चश्मा पहने ऊपर की दो खुली बटनोंवाला चारखानेदार सफारी सूट चढ़ाए और बोलते समय अपने

मुँह में ठुँसे पान की पीकें दाहिने-बाएँ-सामने हर तरफ उछालते हुए, फूहड़ता ही जिनके जीवन का सबसे बड़ा धन था ऐसे श्री लल्लन राय विराजमान थे। उनका यहाँ होना कोई आश्चर्य की बात नहीं थी। दफ्तर का कोई भी व्यक्ति उन्हें इस विभागीय गोष्ठी में शिरकत करते देखता और वह लल्लन राय की पृष्ठभूमि जानता होता तो वह उन्हें कत्तई बाहरी व्यक्ति न मानकर उनकी उपस्थिति को सहज रूप में लेता।

लल्लन राय बहुमुखी प्रतिभा के धनी थे। उन्होंने अपना जीवन अखबारों की हाकरी से प्रारम्भ किया था। अखबार बेचते-बेचते वे पत्रकार बन बैठे। शुरुआत में एक दैनिक अखबार, जो इसी शहर से छपता था, के वे अपने मोहल्ले के संवाददाता बन गए थे। यद्यपि वे सही हिन्दी नहीं लिख पाते थे और उनकी ज्यादातर खबरों को डेस्क पर बैठा कोई उप-सम्पादक अपना माथा पीटते हुए लगभग फिर से पूरा लिखता था, पर वे शीघ्र ही शहर के सबसे सक्रिय खबरनवीस बन गए। वे रोज बिना किसी पारिश्रमिक की अपेक्षा किए कई-कई पेज काले करते थे और उन्हें अँधेरा होते-होते अपने अखबार के दफ्तर पहुँचा आते थे।

लल्लन और उनका अखबार दोनों एक दूसरे के लिए बड़े उपयोगी थे। वे एक ऐसे समय पत्रकारिता की दुनिया में आए थे जब समाज के दूसरे अंगों की तरह अखबारों की दुनिया में भी आदर्शवाद एक फालतू शब्द हो गया था। उपभोक्ता संस्कृति ने हर चीज़ की तरह अखबार को भी व्यापार बना दिया था। इस दुनिया में या तो बड़े उद्योगपति थे जो राजधानियों से अखबार निकाल रहे थे और जिनका उद्देश्य अखबारों की ताकत के बल पर अपने जूट, सीमेंट या तेल साम्राज्यों की रक्षा करना था अथवा छोटे और मझोले पूँजीपति थे जो छोटे शहरों से अखबार निकालकर अपनी जमीनों की खरीद-फरोख्त, चिटफंडों या राजनीतिक दलाली जैसे धन्धों में बिना किसी बाधा के फलना-फूलना चाहते थे। जिस तरह के अखबार के लल्लन राय संवाददाता थे उनमें काम करनेवाले ज्यादातर लोग अर्द्ध शिक्षित या लगभग अशिक्षित थे। उन्होंने अपनी साइकिलों, स्कूटरों और मोटरसाइकिलों पर मोटे-मोटे अक्षरों में प्रेस लिखवा रखा था और खुद को पत्रकार कहते थे। उनके सम्पर्क में आनेवाले सरकारी कर्मचारियों की दृष्टि में वे सिर्फ दलाल थे जो पार्टटाइम पत्रकारिता भी करते थे।

इन पत्रकारों की एक न्यूजसेंस वैल्यू थी जिसके कारण सरकारी अधिकारी या कर्मचारी इनसे डरते थे। खबरें इकट्ठी करने के बहाने ये थानों, दफ्तरों या अस्पतालों में कोई न कोई सिफारिश लिये घूमते रहते थे। जिन अफसरों के पास वे सिफारिश लेकर पहुँचते वे अक्सर उनसे बड़े घाघ होते थे। सिफारिश करनेवाला चाहे जितने भोलेपन से सिफारिशी को अपना रिश्तेदार, पड़ोसी, मित्र या परिस्थितियों का मारा निरीह घोषित करे, घाघ अफसर को यह ताड़ने में ज्यादा वक्त नहीं लगता कि पैरवी के पीछे कितने का लेन-देन हुआ है। कुछ पत्रकारों के अफसरों से बिचौलिए के सम्बन्ध कायम हो जाते। वे थाने पर पैरवी की जगह सीधे-सीधे लेन-देन की बात करने लग जाते। इस लेन-देन का एक हिस्सा उन्हें भी मिल जाता। ठेकेदार और इंजीनियर के बीच में

कमीशन को लेकर विवाद हो तो वे मध्यस्थ की भूमिका निभाते। विकास प्राधिकरण में प्लाट या फ्लैट अलाट कराकर वे अपना हिस्सा काटकर अफसर को घर पर उसके हिस्से की राशि पहुँचा आते।

लल्लन राय को पत्रकार बनने का सौभाग्य उनकी एक विशेष योग्यता के कारण मिला। उनके पिता अपने क्षेत्र के सबसे बड़े समाचार पत्र एजेंट थे। उन्होंने शुरुआत तो एक साधारण हॉकर के रूप में की थी पर धीरे-धीरे पिछले दो दशकों में उन्होंने एक बड़े एजेंट की हैसियत हासिल कर ली थी। इसमें तिकड़म के साथ-साथ उनकी मेहनत ने भी उनका साथ दिया था। पहले वे अपने पाँचों लड़कों के साथ सबेरे तीन बजे उठकर मीलों साइकिल चलाते थे। गर्मी-जाड़ा-बरसात उनकी एक जैसी दिनचर्या रहती थी। सारे बाप-बेटे भोर में उठकर अखबारों के दफ्तरों या एजेंटों की दुकानों का चक्कर लगाते और फिर आठ बजे तक घर-घर घूमकर अखबार और पत्रिकाएँ बाँटते। इसके बाद ही उनके पेट में कुछ अन्न जाता। दिन में पूरा परिवार अलग-अलग जगहों में अलग-अलग धन्धे करके जीविका कमाता था। बाप ने सभी बच्चों को पढ़ाने की कोशिश की थी। पर पारिवारिक माहौल और जीवन की दुश्वारियों के चलते सभी लड़के पाँच-सात साल स्कूल में बिताकर बारी-बारी से बाहर निकल आए। बाद में बाप ने कुछ अखबारों की एजेंसी ले ली। मेहनत और व्यावसायिक बुद्धि ने अब यह स्थिति पैदा कर दी थी कि बाप-बेटों को सिर्फ प्रबन्ध देखना पड़ता था और बीसियों हाकर उनके नौकर की हैसियत से अखबार ले जाकर बाँटते थे। इसी एजेंसी के कारण लल्लन राय को पत्रकार की हैसियत प्राप्त हुई।

हुआ कुछ ऐसे कि प्रदेश में तीन अखबार घरानों में भयानक युद्ध छिड़ गया। ये अखबार प्रदेश के पूर्वी, पश्चिमी और केन्द्रीय भागों से निकलते थे और इनके अपने-अपने क्षेत्र थे। व्यापारिक प्रतिस्पर्धा के चलते तीनों के मालिकों ने एक दूसरे के इलाकों में घुसपैठ शुरू कर दी। उन्होंने धड़ाधड़ नए-नए शहरों से अपने संस्करण निकालने शुरू कर दिए। बैंकों और सरकारी संस्थाओं का पैसा उनकी अखबारी ताकत के कारण आसानी से उपलब्ध था। हलवाइयों, हज्जामों या हर्र-बहेड़ा बेचनेवालों की दुकानों में तमाम महत्त्वाकांक्षी नौजवान मौजूद थे जो पत्रकार बनने के लिए दो-तीन सौ रुपयों पर भी आने के लिए तैयार थे।

सनसनी ही इन अखबारों की सबसे बड़ी पूँजी थी। हर तरफ की नैतिकता और दायित्वबोध से मुक्त ये अखबार अपनी खबरों के कारण कस्बों या देहातों के चायखानों में सबसे लोकप्रिय थे। इनमें छपनेवाली खबरों को लिखने के लिए पढ़ा-लिखा होना जरूरी नहीं था। इसलिए लल्लन राय जैसे लोग यहाँ पूरी तरह से फिट थे।

लल्लन राय में कुछ विशेष बात जरूर थी जिससे वे अपने जैसे अर्द्धशिक्षितों के बीच भी अलग पहचान बना लेते थे। उनके सम्पादक-कम-मालिक उनकी इस प्रतिभा को पहचानते थे। जब अयोध्या में बीस आदमी कार सेवा के दौरान मरे और उनके अखबार के अलग-अलग संस्करणों ने मरनेवालों की संख्या दो हजार से शुरू करके बीस

हजार तक पहुँचा दी, उसी दौर में लल्लन राय की एक खबर ने उनके कल्पनाजीवी सम्पादक को भी भौंचक्का कर दिया। लल्लन राय ने एक शाम खबर दी कि जब से राम जन्मभूमि आन्दोलन चल रहा है, शहर की सब्जी मंडी की एक धर्मपरायण बुढ़िया को सब्जी-विक्रेता की दुकान पर बिकनेवाले बैगनों को काटने पर उनमें जय श्री राम लिखा हुआ दिखाई देता है।

उनकी प्रतिभा का ही परिणाम था कि उनका मालिक जिसका नाम अखबार के सम्पादक के रूप में जाता था, उन्हें पत्रकारिता के अलावा बहुत सारे काम सौंपता था। उसके बच्चे का दाखिला कराना हो, घर में गैस खत्म हो गई हो या बन्दूक के लाइसेंस का नवीनीकरण हो—ये सारे काम लल्लन राय के जिम्मे रहते थे। मालिक की पत्नी को बाजार जाना हो, लल्लन राय की खोज होती। बच्चे सर्कस जाना चाहते तो लल्लन राय पास लेकर हाजिर होते। घर में किसी का जन्मदिन होता तो लल्लन राय शहर के आला हुक्कामों को निमन्त्रित करने का दायित्व उठाते। वे उत्सव के समय लगातार मालिक के पोर्टिको में खड़े रहते और अफसरों की अगवानी और विदाई करते रहते।

बदले हुए समय में पत्रकारिता ज्यादातर लोगों के लिए दलाली बन गई थी। अपनी-अपनी हैसियत के हिसाब से बड़ी या छोटी। मसलन लल्लन राय का मालिक कोलोनाइजिंग करता था। अखबार ने ही उसे यह ताकत दी थी कि सारे नियम-कायदों की धज्जियाँ उड़ाकर ऐन सिविल लाइंस में बनाई गई उसकी बहुमंजिला इमारत का उद्घाटन प्रदेश के नगर विकास मन्त्री ने किया था और अब जब उसने आधी खरीदी और आधी अवैध कब्जा की गई सरकारी जमीन पर एक नई कालोनी बनाने की घोषणा की तो उसका शिलान्यास शहर के कमिश्नर से कराने जा रहा था। यह अखबार उसका सबसे बड़ा कवच था।

अखबार के इस मालिक-कम-सम्पादक की व्यावहारिक बुद्धि बड़ी तेज थी। जब प्रदेश के दूसरे अखबारों ने उसके शहर में धावा बोला तो अपनी इसी व्यावहारिक बुद्धि के चलते उसने उन्हें काफी दुखी किया। सबसे पहले उसने हाकरों के तन्त्र पर कब्जा किया। हॉकरों को मोपेड से लेकर टेलीविजन जैसे उपहार बाँटे गए। इसी चक्कर में लल्लन राय पत्रकार बन गए। उनके पिता बड़े वितरक थे और यह उनका प्रभाव था कि नए अखबारों को बरसों उनके प्रभाव क्षेत्र में हॉकर नहीं मिले। शुरू के वर्षों में तो नए अखबारों को लगता था कि उनके वितरण का कोई तन्त्र इस शहर में नहीं बन पाएगा। पर अब धीरे-धीरे उनके पाँव भी जमने लगे हैं, हालाँकि अब भी हॉकरों पर लल्लन राय के अखबार का ही असर मुख्य है। हॉकर बार-बार माँगने पर ही कोई दूसरा अखबार देता है नहीं तो अगर बहुत आग्रही ग्राहक न हो तो उसे लल्लन राय का अखबार ही पढ़ने को मिलता है। बरसों तक इन नए अखबारों के दफ्तरों में रहस्यमय ढंग से आग लगती रही या उनके अखबार में छपी छोटी सी खबर पर छात्रों का कोई दल आकर तोड़-फोड़ करता रहा और पुलिस देर से पहुँचती रही या रात की पाली से लौटते उनके सहायक सम्पादकों की पिटाई होती रही। अब तो इन अखबारों ने भी बहुत

सारे हथकंडे सीख लिए हैं पर फिर भी लल्लन राय का भवन-निर्माता मालिक अब भी उन पर भारी पड़ता है।

लल्लन राय के शहर के पत्रकारों को दुख था कि राजधानी की तरह उनके यहाँ दलाली के लिए बड़ी सम्भावनाएँ नहीं थीं। राजधानी के पत्रकारों की मन्त्रियों और बड़े अफसरों के साथ बिताई जानेवाली शामों की खबरें जब उन तक पहुँचतीं, वे ईर्ष्या और आत्मग्लानि में डूबने-उतराने लगते। उनका शहर कहने के लिए तो सूबे के बड़े शहरों में था पर व्यवहार पूरी तरह कस्बाई शहर की तरह करता था। एक बोतल शराब देकर अफसर दस जगह गा देता। एक थानेदार को कमाऊ जगह लगवाने में जितना पैसा मिलता उससे ज्यादा शहर में इसकी चर्चा हो जाती। हाल में यह चलन जरूर शुरू हो गया था कि प्रेस कान्फ्रेंस रेस्तराओं या होटलों में होने लगी थीं पर उनमें भी शहर का कस्बाई टुच्चापन झलकता। अक्सर तो कान्फ्रेंस बुलानेवाले चाय-समोसे पर ही टरका देते। बहुत कम मौकों पर राजधानी की तरह शराब मयस्सर होती। राजधानी में प्रेस कान्फ्रेंसों में मिलनेवाले सूट के कपड़े, घड़ियाँ या टू-इन-वन तो अभी भी इस शहर के पत्रकारों के लिए हसरत-भरी व्यथा थे। अभी तक इस शहर ने सिर्फ इतनी तरक्की की थी कि अब पेन या सस्ती घड़ी तक बात पहुँचने लगी थी।

राजधानी के पत्रकारों की तरह इस शहर के पत्रकारों ने भी अपने-अपने बीट चुन लिए थे—खबरों और दलाली के बीट। इनमें पुलिस सबसे लोकप्रिय बीट थी। हर पत्रकार क्राइम रिपोर्टर बनना चाहता था। इस बीट में मेहनत कम और मक्खन ज्यादा था। अपराध की ज्यादातर खबरें तो कंट्रोल रूम में शाम को फोन करने पर मिल जातीं। दिन-भर क्राइम रिपोर्टर थानों और पुलिस दफ्तरों के चक्कर लगाकर काजू और मिठाई खाते और एकाध मुर्गा भी ढंग का फँस जाता तो उसकी पैरवी करके दिन-भर की मेहनत वसूल कर लेते। एक-दो आदर्शवादी किस्म के पत्रकारों को छोड़कर बाकी सबकी शाम का इन्तजाम हो जाता। सब कुछ यहाँ संस्थागत हो गया था। समझदार पुलिस कप्तान एक-एक क्राइम रिपोर्टर एक-एक थानेदार के हवाले कर देता। थानेदार ही उसके बीवी-बच्चों के लिए फिल्म अथवा सर्कस के पास पहुँचा आता या शाम को निर्धारित मात्रा में शराब और मुर्गे की व्यवस्था कर देता। छुटभैये क्राइम रिपोर्टर जो कप्तान तक नहीं पहुँच पाते वे चौकियों या थानों में रम जाते और वहीं से फलते-फूलते। लल्लन राय ने भी शुरू में इसी बीट की माँग अपने सम्पादक से रखी थी। पर उनका सम्पादक उनकी इस माँग से सहमत नहीं हुआ क्योंकि उस समय उसका एक खास चमचा इस बीट में लगा था और वह लल्लन राय की प्रतिभा से आज की तरह वाकिफ भी नहीं था। उसने लल्लन राय को पी.डब्लू.डी. नामक महकमा आवंटित कर दिया। पहले तो लल्लन राय ने काफी नाक-भौं सिकोड़ी, हाथ-पाँव मारे कि पुलिस मिल जाए पर बाद में जब उन्होंने इसमें प्रवेश किया तो पाया कि यहाँ भी पुलिस की तरह चरने-खाने के लिए विस्तृत मैदान था।

शुरू-शुरू में लल्लन राय को काफी मेहनत करनी पड़ी। पी.डब्लू.डी. यानी

सार्वजनिक निर्माण विभाग उनके लिए एकदम नई दुनिया थी। पर वे जल्दी ही कामयाब पत्रकार माने जाने लगे। एक तो वे बेहद मेहनती थे। बचपन की ट्रेनिंग काम आई। इस पेशे में सफलता के साथ क्रमशः परिवर्तित होनेवाली साइकिल, मोपेड और स्कूटर पर वे हाड़ कँपाती सर्दी या माथा चकरा देनेवाली लू में बारह घंटे से अधिक काम कर सकते थे। दूसरे सफलता के कुछ गुर उन्हें उन्हीं के अखबार में काम करनेवाले अमृतलाल गुप्ता ने सिखाए।

अमृतलाल गुप्ता अखबार की पुलिस बीट के वही पत्रकार थे जिन्हें हटाने का प्रयास प्रारम्भ में लल्लन राय ने किया था और बाद में निराश होकर मित्रता गाँठ ली थी। गुप्ताजी जीवन में कुछ भी उधार रखने में विश्वास नहीं रखते थे। वे दोस्त के दोस्त और दुश्मन के दुश्मन थे। स्थानीय थाने से रोज उन्हें एक पाव शराब मिलती थी। जब तक यह व्यवस्था जारी रहती उनके थाने में अमन-चैन का साम्राज्य रहता। जैसे ही कोई थानेदार इस व्यवस्था में विघ्न डालता वैसे ही गुप्ता जी का अखबार कुछ खास तरह के शीर्षकों से भर उठता। इनमें से कुछ की बानगी इस तरह थी–'थाना रूपनगर में चोरों की बन आई', 'डाकू कस्बा लूटते रहे, पुलिस थाने में सोती रही' या 'दिन दहाड़े थाने में बलात्कार'। बाद में जब उनकी शराब फिर से बँध जाती तो शीर्षक कुछ इस तरह हो जाते–'थाना रूपनगर में पूरी तरह अमन-चैन,' 'रात-भर पुलिस की गश्त से चोरों के हौसले पस्त' या 'अब नहीं लुटेगी किसी अबला की इज्जत–रूप नगर के थानाध्यक्ष लोहा सिंह की गर्जना'। दरअसल उनके शीर्षक देखकर ही यार-दोस्त बता देते थे कि आजकल पुलिस और अमृतलाल गुप्ता की कैसी छन रही है।

इन्हीं गुप्ता पत्रकार ने लल्लन राय को पेशे के गुर सिखाए। शुरू-शुरू में तो जब लल्लन राय टुटपुँजिया साइकिल पर सवार अपने चेचकरू चेहरे पर हरे और काले रंग के बीच के किसी रंग का चश्मा पहने अपने चारखानेवाले सफारी सूट के साथ पी. डब्लू.डी. के दफ्तर में पधारे तो अफसरों और बाबुओं ने उन्हें किसी चिड़ीछाप हॉकर से ज्यादा महत्त्व नहीं दिया। उन्होंने पत्रकारों के रोब-दाब और महत्त्व को लेकर जो सपने देखे थे वे चूर-चूर होने लगे थे। वे निराशा और क्षोभ के समुद्र में डूबते-उतराते रहते अगर उन्हें अमृतलाल गुप्ता की विशेषज्ञ सेवाएँ न मिली होतीं। काफी दुख उठाने के बाद वे अमृतलाल गुप्ता के शरणागत हो गए।

अमृतलाल गुप्ता ने सबसे पहले लल्लन राय की मुलाकात एक ऐसे जूनियर इंजीनियर से कराई जो पी. डब्लू. डी. महकमे में सतत चलनेवाले सत्ता-संघर्ष में विरोधी खेमे में था। उसने जो-जो सूचनाएँ दीं उनसे लल्लन राय के दिव्य चक्षु खुल गए। कुछ निर्माणाधीन इमारतों, पुलियों और सड़कों का उन्होंने चुपके-चुपके मुआयना किया। कुछ जगहों के फोटो उतारे गए। फिर दिखाए जौहर उनके शीर्षकों ने–'एक बरसात नहीं झेल पाएगी प्राइमरी स्कूल की इमारत : अपने बच्चों को दाखिल कराने से पहले अभिभावक सौ बार सोचेंगे', 'इंजीनियर शर्मा का कमाल : सड़क बनी बाद में बही पहले,' 'विचित्र किन्तु सत्य : एक बोरा सीमेंट में मिला रहे हैं छब्बीस बोरा बालू' या

'सार्वजनिक निर्माण विभाग का प्रांतीय खंड लूट का अड्डा बना'। इन शीर्षकों का जादुई असर हुआ और एक दिन बड़े साहब ने लल्लन राय को बुलवा भेजा। बन्द कमरे में दोनों के बीच डेढ़ घंटे की शिखर-वार्ता के दौरान हर मुलाकाती को चपरासी लगातार 'साहब बिजी हैं' कहकर टरकाता रहा। इस गोष्ठी के बाद जब लल्लन राय बाहर निकले तो वे इस प्रतिष्ठान के अभिन्न अंग बन चुके थे।

कुछ ही दिनों में लल्लन राय को पी.डब्लू.डी. इतना रास आया कि उन्होंने पुलिस के बारे में सोचना बन्द कर दिया। पी.डब्लू.डी. बीट ने घर में उनकी हैसियत बढ़ा दी थी। बेटा पत्रकार हो गया है और हाकिम-हुक्काम उससे मिलने आएँगे, यह सोचकर उनके बाप ने पास पड़ी सरकारी जमीन घेरकर दो कमरे बनवा डाले। पत्रकारजी का मकान बन रहा है, यह जानकर नगर महापालिका वाले रोकने नहीं आए। बालू, सीमेंट, सरिया वगैरह पी.डब्लू.डी. के बड़े साहब ने अलग-अलग जूनियर इंजीनियरों के जिम्मे लगा दी। ईंट अमृतलाल गुप्ता ने एक थानेदार से कहकर आधे दाम में भट्ठेवालों से दिला दी। शुरुआती पत्रकारिता में ही परिवार तथा पड़ोसियों पर लल्लन राय का रोब पड़ गया। जल्दी ही उन्होंने अपने सबसे छोटे भाई को, जो चाकूबाजी और लड़कियाँ छेड़ने के दो मामलों में जेल जा चुका था और भविष्य में जिसके ज्यादा समय जेल में ही बिताने की सम्भावना थी, ठेकेदारी में लगवा दिया। देखते ही देखते वह इस क्षेत्र में तरक्की कर गया।

लल्लन राय हर बड़े साहब के लिए काम की चीज हुआ करते थे। वर्तमान बड़े साहब भी उनका तरह-तरह का इस्तेमाल करते थे। अपने विरोधियों के खिलाफ अखबार-बाजी करानी हो, शहर में आए हुए सार्वजनिक निर्माण विभाग के मन्त्री की प्रेस कान्फ्रेंस में विरोधी खेमे के पत्रकारों को साधना हो, किसी नेता को हमवार करना हो या बड़े साहब के किसी बड़े अफसर को खुश करने के लिए अखबारों में कोई इंटरव्यू छापना हो—हर मौके पर लल्लन राय अपनी सेवाओं के साथ हाजिर होते। वर्तमान बड़े साहब का तो कुछ ज्यादा ही विश्वास जम गया था उन पर। राजधानी में कुछ लोग थे जिन्हें वह नियमित पैसा भेजते थे। कभी-कभी कोई नहीं मिलता तो वह लल्लन राय को ही पैसा लेकर भेज देते। लल्लन राय के अपने राजनीतिक सम्बन्ध भी इस बीच बन गए थे।

यही सारे कारण थे कि आज की आपात बैठक में लल्लन राय उपस्थित थे।

रोज की दिनचर्या के मुताबिक वे 11 बजे पी.डब्लू.डी. दफ्तर में प्रवेश करते थे। उसके पहले दस से ग्यारह तक का समय वे कचहरी और दूसरे सरकारी दफ्तरों के सामने चाय या लस्सी की दुकानों पर बिताते थे। अक्सर उनके साथ अमृतलाल गुप्ता भी होता। रोज ही कोई न कोई जूनियर इंजीनियर या ठेकेदार मिल जाता जो उन्हें चाय, समोसा या लस्सी का सेवन कराता। जब लल्लन राय की बीट का कोई मुर्गा नहीं फँसता तो अमृतलाल गुप्ता किसी दरोगा या सिपाही को पकड़ लेता जो उनके चाय-पानी का खर्च उठाता। इस बीच तरह-तरह के लोगों से उनका साक्षात्कार चलता रहता और वे

खबरें एकत्रित करते रहते। दिन-भर के कार्यक्रम की रूपरेखा वे यहीं बैठे-बैठे तय करते। घंटे डेढ़ घंटे की मटरगश्ती के बाद वे मगही पान का जोड़ा मुँह में दबाते और अपनी-अपनी बीट पर रवाना हो जाते। अमृतलाल गुप्ता की मंजिल होती वरिष्ठ पुलिस अधीक्षक का कार्यालय या कोई थाना और लल्लन राय पी.डब्लू.डी. दफ्तर में प्रवेश करते।

आज इस दिनचर्या में थोड़ा फर्क आया। अभी लल्लन राय ने अपना स्कूटर चाय की दुकान के बाहर खड़ा कर अपना चश्मा उतारकर इस उम्मीद से पोंछना शुरू किया ही था कि कोई न कोई परिचित चाय पिलानेवाला या अमृतलाल गुप्ता कहीं न कहीं से उन्हें देखकर उनकी तरफ आ जाएगा, तभी बड़े साहब का ड्राइवर जाने कहाँ से उनके सामने प्रकट हो गया।

"आज बड़ी देर कर दी राय साहब। बड़े साहब कब से ढुँढ़वा रहे हैं ? चार बार हमें भेज चुके।"

लल्लन राय ने गौर से ड्राइवर की तरफ देखा। मामला कुछ संगीन लगा। अभी मुश्किल से सवा दस बजा था। बड़े साहब इतनी जल्दी दफ्तर आ गए और उन्हें ढूँढ़ रहे हैं, जरूर कोई खास बात है। "हमें कुछ नहीं पता, बस बार-बार साहब हमें भेज रहे हैं आपको देखने को। अभी आप न मिलते तो गाड़ी लेकर आपके घर पहुँच जाते हम।"

"अच्छा...चलो...एक जोड़ा पान मुँह में दबा लिया जाए तो चलें।"

"आप चलें, हम पान लगवाकर ला रहे हैं। यहाँ खड़े रहेंगे तो अभी आपके चाहने वाले घेर लेंगे, फिर निकलना मुश्किल हो जाएगा।"

"ठीक है। पान लगवा के आओ, हम चल रहे हैं," लल्लन राय ने कहा और स्कूटर स्टार्ट कर सड़क के दूसरी तरफ स्थित पी.डब्लू.डी. दफ्तर की तरफ कचहरी की भीड़ में से धीरे-धीरे स्कूटर निकालते हुए बढ़ गए।

लल्लन राय जब बड़े साहब के कमरे के सामने पहुँचे तो उन्होंने पाया कि दरवाजा बन्द था। पर जिस तरह लपककर चपरासी ने दरवाजा खोलकर उन्हें अन्दर जाने का इशारा किया उससे यह स्पष्ट हो गया कि मामला कुछ खास था और उनका इन्तजार हो रहा था।

अन्दर पसरी हुई उदासी और क्षोभ को घुसते ही सूँघा जा सकता था। लल्लन राय ने भी बिना पूरा मामला समझे मुँह लटका लिया। उन्होंने यह सोचकर जरूर सन्तोष का अनुभव किया कि वे बड़े साहब के लिए इतने महत्त्वपूर्ण हैं कि चार लोगों के अंतरंग विचार-विमर्श में उनका भी नम्बर पड़ता है।

कमरे में बैठे लोग फुसफुसाकर बातें कर रहे थे। उन्हें देखते ही सभी चुप हो गए। बड़े साहब की अर्द्ध चन्द्राकार और काफी हद तक भव्य मेज के बाईं तरफ सहायक अभियन्ता रिजवानुल हक, दाईं तरफ अवर अभियन्ता ध्रुवलाल यादव तथा सामने बड़े बाबू बैठे थे। हालाँकि तीनों के बगल में कुर्सियाँ खाली पड़ी थीं पर लल्लन राय बड़े

बाबू के पासवाली एक कुर्सी पर बैठ गए।

थोड़ी देर तक खामोशी छाई रही। मामला क्या है, इस उत्सुकता में लल्लन राय ने बौड़म की तरह बारी-बारी से सबकी तरफ देखा। कोई नहीं बोला तो वे असहज हो गए। उन्हें कुछ नहीं सूझा तो सामने प्लेट में रखे पान के बीड़ों में से दो पान उठाए, उसके बगल में रखे तम्बाकू में से एक चुटकी तम्बाकू उठाई और मुँह में डाल लिया।

पान खाकर लल्लन राय चूना-कत्था अपने बालों में पोंछ रहे थे कि साहब ने अपने सामने पड़े एक कागज को उनके सामने सरका दिया। यह स्थानान्तरण आदेश था जो सुबह-सुबह एक विशेष पत्रवाहक लाया था। "बड़ी शुद्ध हिन्दी है साहब," लल्लन राय ने लोगों को हँसाने की कोशिश की पर कोई मुस्कुराया तक नहीं।

क्लिष्ट सरकारी हिन्दी में जो लिखा था उसे पढ़ने में लल्लन राय को दिक्कत जरूर हुई पर समझने में नहीं। मतलब साफ था कि बड़े साहब अर्थात श्री कमलाकान्त वर्मा का स्थानान्तरण विभागीय हेडक्वार्टर में डिजाइन सेल में हो गया था और उन्हें तत्काल दफ्तर के नम्बर दो श्री ऋषभ चरण शुक्ल सहायक अभियन्ता को कार्यभार सौंप देना था। बटुकचन्द उपाध्याय नामक अधिशासी अभियन्ता को शीघ्र ही आकर ऋषभ चरण शुक्ल से कार्यभार लेकर इस खंड का अधिशासी अभियन्ता बनना था। इतना पढ़ने के बाद लल्लन राय की समझ में आ गया कि मामला गम्भीर है क्योंकि समय कम था।

उन्हें पता नहीं था कि अभी तक क्या रणनीति बन चुकी है और क्या-क्या फैसले किए जा चुके हैं। इस पूरे प्रकरण में उनकी क्या भूमिका होगी इसे समझने के लिए उन्होंने कागज सामने से सरकाया और बड़े साहब की तरफ देखते हुए निरर्थक-सा शब्द मुँह से उच्चारित किया—

"तो..."

"तो क्या...पत्रकारजी आप बताइए क्या करना है ?" रिजवानुल हक ने पूछा।

इसका मतलब उनकी राय का महत्त्व है। लल्लन राय गम्भीर हो गए। राय देने के पहले कुछ जरूरी जानकारियाँ होनी चाहिए।

"बटुकचन्द उपाध्याय कब तक आ रहा है ?"

"चल चुका है। आधे-एक घंटे में पहुँच रहा है।"

"कैसे पता ?"

"लखनऊ फोन किया गया था। उसके दफ्तर से पता चला कि सुबह किसी प्राइवेट कार से रवाना हो गया है। अब तो पहुँचनेवाला होगा।"

"बड़े साहब इतना सबेरे दफ्तर क्यों आ गए ?"

"धोखा देकर बुलाया गया। एस. ई. ने फोन किया कि दस बजे वो दफ्तर आएँगे। यहाँ आने पर यह स्पेशल मैसेंजर खड़ा था।"

"ऑर्डर रिसीव कर लिया ?"

"साहब ने नहीं किया पर ऋषभ चरण साले ने डिस्पैचर से करा दिया है।"

"इस हरामजादे ऋषभ चरण से तो मैं निपटूँगा। दफ्तर में सालों ने ब्राह्मणवाद

फैला रखा है,'' ध्रुवलाल ने दाँत पीसते हुए कहा।

बड़े साहब के सामने तबादलों से उपजी ऐसी स्थिति कई बार उत्पन्न हुई थी। उनका आधा ध्यान अपने मातहतों की बातचीत पर था और आधा आगे की रणनीति बनाने में था। बीच-बीच में मुस्कुराकर या कुछ मजाकिया वाक्य बोलकर वे अपने को सहज दिखाने की कोशिश कर रहे थे।

''अब क्या करना है साहब, जल्दी फैसला किया जाए। नहीं तो बटुकवा सार कभी भी पहुँच सकता है,'' ध्रुवलाल यादव कर्म में विश्वास करते थे। इतनी लम्बी गोष्ठी में उन्हें ऊब महसूस होने लगी थी।

''आपने जो करने का फैसला किया है, पत्रकारजी को भी सुना दीजिए। बेचारे देर से आए हैं,'' बड़े साहब ने चुहल की। बड़े बाबू मुस्कुराए और रिजवानुल हक हँसने लगे।

ध्रुवलाल को भी मजा आया। उन्होंने अपनी खास अदा में लल्लन राय पत्रकार को समझाया, ''पत्रकारजी अपना तो खुला खेल फर्रूखाबादी है। लात के देवता से बात नहीं करनी चाहिए। आने दो बटुकचन्द उपाध्याय को। पोर्टिको में गाड़ी रुकते ही दूँगा हनाहन सौ जूते और गिनूँगा एक, साले ने जितना पैसा खर्च किया होगा लखनऊ में पीछे के रास्ते सब निकल जाएगा। बड़े साहब बस एक बार हाँ कर दें।'' बात तो लल्लन राय को भी जमी। अगर कुछ दिनों पहले यह प्रस्ताव उनके सामने रखा गया होता तो वे किलकारी मारकर हँसते और अपने चेचकरू चेहरे पर शरारत-भरी मुस्कान लाकर एक आँख दबाते और शरारती अन्दाज में कहते, ''गुरु आइडिया तो ठीक है पर जूता कड़ुआ तेल में डुबोया होना चाहिए।'' पर इस समय वे पत्रकार थे इसलिए गुरु-गम्भीर तरीके से सिर्फ मुस्कुराए।

''चलिए आप लोगों को छुट्टी मिली मुझसे। सोचते होंगे बड़ा परेशान करता था पाजी,'' बड़े साहब ने अपने को सहज दिखाने के लिए मजाक किया। पर उनका चेहरा देखकर कोई भी व्यक्ति जो उन्हें करीब से जानता हो समझ सकता था कि उनके अन्दर तेजी के साथ कुछ पक रहा था।

''आप भी कैसी बात कर रहे हैं साहब ? उस हरामुद्दहर के साथ...'' बड़े बाबू की आवाज रुँध गई।

''काम करने का मजा तो आपके साथ ही आया। आपको जाने नहीं देंगे हम,'' रिजवानुल हक ने इसरार किया।

''हम तो साहब लंठ थे। आपने हमें जे.ई. बना दिया। पहली बार ध्रुवलाल यादव ने भी काम करना शुरू कर दिया। आप गए तो बटुकचन्द को चार जूता मारकर फिर लंठई शुरू कर देंगे,'' ध्रुवलाल यादव ने भी अपनी वफादारी का इजहार किया।

बड़े साहब ने चश्मे को नाक पर खिसकाया और बोलनेवालों को गौर से तौला। साले यही सब डायलाग बटुकचन्द के सामने बैठकर भी झाड़ेंगे। बड़ी जलील दुनिया है यह, उन्होंने ठंडी साँस ली।

"राय साहब आपको लखनऊ का मोर्चा सँभालना पड़ेगा," रिजवानुल हक ने कहा।

"मुझे हुकुम चाहिए," लल्लन राय ने बड़े साहब की तरफ देखा।

"हक साहब सबको बताएँगे कि किसे क्या-क्या करना है ?" बड़े साहब ने युद्ध का सेनापति हक साहब को मुकर्रर कर दिया।

"सबसे पहले तो आप ही यहाँ से तशरीफ ले जाइए। आपको धोखा देकर यहाँ बुलाया गया है। पर अब आपको बीमार पड़ने से कोई नहीं रोक सकता। बटुकचन्द को आसानी से चार्ज नहीं मिलना चाहिए।"

बड़े साहब के चेहरे पर हिचकिचाहट देखकर हक ने चापलूसी और शरबती चाशनी में भिगोकर अपनी जुबान का वार किया, "फिर आप एस.ई. साहब की मुरव्वत में पड़े। उन्होंने आपके लिए क्या किया ? झूठ बोलकर दफ्तर बुला लिया। इसका मतलब उन्हें बटुकचन्द के आदेश का पता चल गया था। प्रमुख अभियन्ता के दफ्तर से हुकुम मिला होगा कि आपका चार्ज करा दो तो झूठ बोलकर आपको यहाँ बुला लिया। थोड़ी देर में बटुकचन्द यहाँ पहुँच जाएगा। फिर आप देखिएगा कि एस. ई. साहब भी पीछे-पीछे हें...हें...करते पहुँच जाएँगे। तब आपके पास क्या चारा होगा। वक्त कम है, आप पहले यहाँ से जाइए तब हम फैसला करेंगे कि क्या करना है।"

"वक्त सचमुच कम है," बड़े साहब अर्थात कमलाकान्त वर्मा ने सोचा और उठ खड़े हुए। ऐसा नहीं था कि वे इस बात को समझ नहीं रहे थे। अपने मातहतों की बातें सुनते हुए वे बोले, बहुत कम पर उनका दिमाग लगातार काम कर रहा था। दफ्तर में आते ही वे समझ गए थे कि उनके साथ षड्यन्त्र हुआ है। सुपरिंटेंडिंग इंजीनियर प्यारेलाल ने सुबह-सुबह उनके घर चपरासी भेजा कि वे दस बजे दफ्तर आएँगे और कोई जरूरी रिपोर्ट लखनऊ भेजनी है, उसी के बारे में बात करनी है। उन्होंने फौरन फोन से एस.ई. से सम्पर्क करके जानना चाहा कि मामला क्या है लेकिन एस.ई. का फोन लगातार व्यस्त मिला। अब समझ में आया कि उसका रिसीवर ही हटा दिया गया होगा। इतने सबेरे दफ्तर पहुँचना और एस.ई. का भी उनके दफ्तर आना उन्हें खटका जरूर लेकिन यह उम्मीद नहीं थी कि वहाँ पहुँचने पर उन्हें स्थानान्तरण आदेश थमा दिया जाएगा।

इस उम्मीद के पीछे सबसे बड़ा कारण तो यह था कि कमलाकान्त वर्मा अपने को एस.ई. प्यारेलाल का सबसे खास समझते थे। उनके और अधीक्षण अभियन्ता के सम्बन्ध दूसरे अधिशासी अभियन्ताओं के लिए ईर्ष्या का बायस थे। इन सम्बन्धों के कारण लोग उनकी पीठ पीछे तरह-तरह की बातें करते थे। उन्हें इन बातों का पता था लेकिन इसे ईर्ष्याजन्य क्षुद्रता मानकर उन्होंने कभी किसी की परवाह नहीं की। उन्हें पूरी उम्मीद थी कि कभी उनके ऊपर कोई मुसीबत आई भी तो प्यारेलाल सबसे पहले उन्हें चेतावनी देंगे। इस तरह धोखा देकर दफ्तर बुला लिए जाने की तो उन्होंने कल्पना भी नहीं की थी। दूसरे इस समय कुम्भ मेले की तैयारियाँ चल रही थीं। रोज लखनऊ तरह-तरह की सूचनाएँ मँगाई जाती थीं। कई बार तो देर रात तक सूचनाएँ एकत्रित की जातीं, लम्बे-चौड़े ड्राफ्ट बनते और रात में ही जाकर एस.ई. के दस्तखत कराए जाते

और सुबह ट्रेन पकड़कर कोई बाबू लखनऊ रवाना होता। महीने में दस दिन से ज्यादा वे और एस.ई. लखनऊ में रहकर अलग-अलग किस्म की बैठकों में शरीक होते। यह उनकी मेहनत और कौशल का परिणाम था कि कुम्भ मेले का बजट पिछले कुम्भ से ड्योढ़ा हो गया था।

इस सारी मेहनत का यही फल उन्हें मिलना चाहिए था ? कमलाकान्त वर्मा ने उदास होकर सोचा। इस साले प्यारेलाल से तो वे बाद में निपटेंगे। साला उनका नहीं हुआ तो दुनिया में किसी का नहीं होगा। उन्होंने उसके लिए दफ्तर के सारे उसूल तोड़ दिए। पिछले एस.ई. जिन टेंडरों को खुद मंजूर करते थे, उन पर एक प्रतिशत लेते थे। इसने डिवीजन की कैश बुक देखकर पूरे काम पर एक प्रतिशत लेना शुरू कर दिया। दूसरे अधिशासी अभियन्ताओं ने विरोध किया पर कमलाकान्त वर्मा ने मंजूर कर लिया तो झख मारकर उन्हें भी यह स्थिति स्वीकार करनी पड़ी। इसी तरह पिछला एस.ई. हर डिवीजन से दो हजार रुपया महीना लेता था लेकिन इसने तो आते ही पाँच हजार रुपया कर दिया। पहले बड़ी हाय-तौबा मची पर कमलाकान्त नें यहाँ भी सबसे पहले समर्पण किया। दूसरे डिवीजनों के अधिशासी अभियन्ताओं ने कुछ दिन तो प्रतिरोध किया पर उनको भी झुकना पड़ा। हर महीने एस.ई. पहले हफ्ते में सबकी मीटिंग करता था। उसी दौरान सभी अपना-अपना लिफाफा बढ़ा देते थे। कई महीने तक एस.ई. उन इंजीनियरों को छोटे-मोटे कारणों पर जलील करता रहा जिन्होंने कमलाकान्त वर्मा की तरह लिफाफे में पाँच हजार रखने नहीं शुरू किए थे। उनके कागजों पर तरह-तरह की आपत्तियाँ लगती रहतीं। अन्त में एक-एक कर सबने समर्पण कर दिया। आपसी बातचीत में वे सब कमलाकान्त को इस बात के लिए कोसते थे कि उन्होंने पूरा माहौल बिगाड़ दिया है।

इतना सब करने के बाद प्यारेलाल ने उनके साथ ऐसा सलूक किया—कमरे के बाहर निकलते-निकलते उन्होंने दर्द-भरे अन्दाज में सोचा।

उनके कमरे के बाहर दफ्तर का माहौल उत्सुकता और रहस्य से सराबोर था। बाहर आते ही वे अपनी जीप की तरफ बढ़े। मुश्किल से दस कदम पर जीप खड़ी थी लेकिन ये दस कदम तय करते हुए उन्हें लगा कि जैसे पूरा एक युग बीत गया हो। पता नहीं कि यह उनका भ्रम था या हकीकत, उन्हें अहसास हुआ कि दफ्तर के दरवाजों और खिड़कियों से आँखें चिपकी हुई थीं और वे सभी उन्हें घूर रही थीं। रास्ते में दफ्तर के मातहतों और ठेकेदारों ने हाथ उठाकर अभिवादन किया और वे अपने स्वभाव के अनुरूप सर की हल्की जुम्बिश से उन्हें जवाब देते रहे। उनके जीप में बैठते ही ड्राइवर ने गाड़ी रवाना कर दी। पूरे माहौल का उस पर भी असर था। रोज की तरह एक बार भी उसने गन्तव्य के बारे में नहीं पूछा और हड़बड़ाहट में दूसरे गेयर में गाड़ी उठा दी। इंजन ने दो-तीन बार झटके खाए, ड्राइवर ने क्लच दबाया तो हल्की थरथराहट के बाद गाड़ी लय में आ गई और दफ्तर के गेट से बाहर निकल गई।

दो

प्रान्तीय खंड, सार्वजनिक निर्माण विभाग नामक इस कार्यालय में अगल-बगल स्थित कई दर्जन सरकारी कार्यालयों की तरह पहले भी कोई काम नहीं होता था, आज भी नहीं हुआ। फर्क सिर्फ इतना आया कि आज बाबुओं और अफसरों ने कामचोरी के साथ रहस्य, रोमांच और सनसनी में पूरा दिन बिताया। शुरुआत रहस्य से हुई।

दफ्तर का नियम था कि सवा नौ बजे से इसके धूल से अटे और पान की पीक से अमूर्त चित्रकला गैलरी का भ्रम पैदा करनेवाले बरामदों में चहल-पहल शुरू होती थी। सवा नौ बजे फर्राश नामक कर्मचारी कहीं से प्रकट होता था। इसका काम था दफ्तर के कमरों के अन्दर की मेज-कुर्सियों की सफाई। वह आकर दफ्तर की किसी सीढ़ी पर बैठ जाता और अगल-बगल की सीढ़ियों और दीवालों पर अपने मुँह में भरे तम्बाखू की पीक से कुछ नई चित्रकारी करता रहता। बीच-बीच में वह हवा में मुँह उठाकर कुछ अस्पष्ट-सा बुदबुदाता। दफ्तर की दीवार पर छप्पर टिकाकर चलनेवाली चाय की दुकान के जो नियमित ग्राहक उसकी अलंकरणों से भरी भाषा समझते थे वे जानते थे कि वह इस दफ्तर के चौकीदार नामक एक दूसरे कर्मचारी के परिवार की महिलाओं से इस बात के लिए अन्तरंग सम्बन्ध कायम कर रहा था कि चौकीदार को इस समय तक दफ्तर के सारे दरवाजे खुले रखने चाहिए थे पर उसका कहीं पता नहीं था। फर्राश की बातों से यह रहस्य भी उद्‌घाटित होता था कि चौकीदार की नालायकी से उसकी कर्तव्य-परायणता में बाधा पहुँच रही थी। वह चाहता था कि दफ्तर के कमरे चमाचम चमकते रहे और इसके लिए आवश्यक था कि चौकीदार उसके दफ्तर पहुँचने तक सारे दरवाजे खोलकर रखे। थोड़ी देर बाद तो बाबू लोग आने लगेंगे और उसके किए-धरे पर पानी फेरेंगे ही लेकिन उसके पहले वह अपना कर्तव्य पूरा कर ही लेना चाहता था। चौकीदार के गायब होने से उसकी यह सदिच्छा पूरी नहीं हो पा रही थी। फर्राश को जाननेवाले जानते थे कि उसकी यह भावना अकादमिक अधिक थी और अकादमिक होने के कारण सच्चाई से उसका कुछ लेना-देना नहीं था। आज भी यही सब हुआ। आज भी वह तब तक बड़बड़ाता रहा जब तक चौकीदार आ नहीं गया और जब चौकीदार ने आकर कमरे खोलने शुरू किए वह दफ्तर की दीवाल से सटी चाय की दुकान पर चला गया और उसने दिन-भर में दूसरों के पैसे से पी जानेवाली पच्चीस-तीस कप में से पहले कप चाय का हुकुम सुनाया।

इसके बाद चौकीदार ने एक-एक कमरे का दरवाजा खोलना शुरू कर दिया और वायुमंडल रोज की तरह फिर एक बार अज्ञात महिलाओं की शान में गूँजनेवाली कसीदाकारी से भर उठा। इस बार ये महिलाएँ फर्राश के परिवार की थीं। चौकीदार की बातों को सच माना जाए तो उसके मुखारविंद से निकले वाक्यों से कुछ इस तरह के नतीजे निकलते—यह पूरा दफ्तर कामचोरों से भरा हुआ है, फर्राश उनमें सबसे बड़ा कामचोर है, चूँकि सरकार ने फर्राश की तनखाह काफी कम रखी है लिहाजा उसके परिवार की महिलाओं को तरह-तरह के ऐसे काम करने पड़ते हैं जिनका वर्णन कर वह अपनी जुबान गन्दी नहीं करेगा, यह दफ्तर सिर्फ बड़े साहब और चौकीदार के बल पर चल रहा है और जैसा कि जमाने का चलन है, लोग उसकी अहमियत नहीं समझ पा रहे हैं; वगैरह वगैरह। इस बीच में इक्का-दुक्का बाबू, ठेकेदार, दलाल आदि आने शुरू हो जाते हैं। उन्हें देखकर चौकीदार का स्वर थोड़ा और ऊँचा हो जाता है पर उनमें से ज्यादातर उसकी बात सुनकर अपनी कमीज पर से धूल झाड़ने लगते हैं या अधिक से अधिक किसी काल्पनिक मक्खी को उड़ाने में मशगूल हो जाते हैं।

आज भी इस दफ्तर में दिन की शुरुआत रोज की तरह हुई।

बाबू लोग आए और हालाँकि उन्हें दिन का काफी हिस्सा चाय की दुकान पर बिताना था, वे अपना-अपना झोला, रुमाल या तौलिया अपनी कुर्सियों पर फेंककर चाय की दुकानों पर चले गए।

कुछ दलाल और ठेकेदार आए और बरामदों में पान की पच्चीकारी करते हुए, कमरों में झाँकते हुए 'इस मुल्क में साला कोई काम नहीं करता' जैसा कोई अमूर्त सा वाक्य बड़बड़ाते हुए चाय की दुकानों पर चले गए।

दो जे.ई. एक बुलेट मोटरसाइकिल पर आए। उन्होंने दफ्तर के बाहर हच्च से मोटरसाइकिल रोकी, क्लच और एक्सीलेटर का कुछ ऐसा खेल खेला कि मनुष्य नामक प्राणी से शून्य दफ्तर की दीवालें और छत देर तक थरथराते रहे और फिर वे एक चाय की दुकान पर मोटरसाइकिल लेकर इस अन्दाज में चढ़ गए जैसे मध्य युग का कोई बिगड़ैल राजपूत सरदार अपनी प्रियतमा के स्वयंवर में पहुँचा हो।

किस्सा कोताह यह कि रोज की तरह आज भी सारी सड़कें चाय की दुकानों की तरफ जाती थीं।

ये चाय की दुकानें देश के किसी कोने में किसी सरकारी दफ्तर के सामने उग सकती थीं। यहाँ भी उग आई थीं। यहाँ चूँकि सरकारी दफ्तर काफी संख्या में थे इसलिए दुकानें भी बड़ी तादाद में थीं। ये दुकानें आवास और भूमि प्रबन्ध जैसी सरकारी चिन्ताओं का शाश्वत इलाज थीं। इनका मूलमन्त्र था—जहाँ भी दो गज जमीन मिले अपना छप्पर डाल लो। फिर उसमें चूल्हा, फर्नीचर और नल जैसी चीजें अपने आप समा जाएँगी। छप्पर को टिकाने के लिए बाँस-बल्ली के साथ-साथ सरकारी चारदीवारियाँ बहुतायत से थीं। दुकानों के लिए जमीन जैसी बेकार की चीज खरीदने की कोई आवश्यकता नहीं थी क्योंकि इफरात में चारों तरफ सरकारी जमीन पसरी हुई थी।

विपक्षी दल सही कहते हैं कि हमारी सरकार बहरी है क्योंकि अगर वह सुन सकती तो इन दुकानों से विस्फोट जैसी आवाजों में प्रसारित होनेवाले ये सन्देश अवश्य सुनती–

देश में जमीनों की कोई कमी नहीं है। जो जमीन सरकारी है, वो जमीन हमारी है।

सफाई, हाईजीन और इनसे मिले-जुले शब्द पश्चिम ने इसलिए गढ़े हैं कि वेदों जैसे महान ग्रन्थों के प्रणेता भारतीयों को बीच-बीच में शर्मिन्दा कर सकें पर चूँकि शर्मिन्दगी हमारी राष्ट्रीय नीति के खिलाफ है इसलिए वे बकते रहते हैं और हम उनसे कर्ज लेकर उनकी बकवास मक्खियों, मच्छरों और तिलचट्टों के साथ मिलाकर चाय के कप में परोसते रहते हैं।

समोसा नामक एक राष्ट्रीय खाद्य इस देश में विकसित हुआ है जिसके लिए आवश्यक कच्चा माल पूरे देश में बहुतायत से मिलता है। यह पहला राष्ट्रीय आहार है जिसमें आलू के साथ कश्मीर से कन्याकुमारी तक की धूल और लीद मिलाई जा सकती है।

सरकार इतने महत्त्वपूर्ण सन्देशों की उपेक्षा करती है लेकिन जिम्मेदार शहरी के रूप में दफ्तरों के बाबू, चपरासी और फरियादी अपने दफ्तरी समय का अधिकांश हिस्सा इन चाय की दुकानों पर बिताते हैं और राष्ट्र के नाम प्रसारित होनेवाले इन सन्देशों को पूरी तन्मयता से सुनते रहते हैं।

रोज की तरह बड़े बाबू की साइकिल नियत समय पर दफ्तर में घुसी। फर्राश न जाने कहाँ से प्रकट हो गया। उसने झुककर नमस्कार किया और साइकिल पकड़ ली। बड़े बाबू ने निर्विकार भाव से उसे देखा और नमस्कार का उत्तर नहीं दिया। उन्हें पता था कि फर्राश ने प्रोविडेंट फंड से उधार के लिए अर्जी लगा रखी है और कागज बड़े बाबू के पास है। इसलिए उसके नमस्कार का उत्तर नहीं देना ही उचित था। फर्राश ने साइकिल ऐसे स्थान पर खड़ी कर दी जहाँ से बैठे-बैठे बड़े बाबू उसे देख सकें। उसने साइकिल में ताला लगाकर चाभी बड़े बाबू को दे दी। रबड़ की जंजीरवाला ताला बड़े बाबू ने खुद लगाया और फर्राश के लगाए ताले को हिला-डुलाकर सुनिश्चित किया कि ताला सही लगा है। फिर वे अपनी सीट पर बैठ गए।

कमरा खाली था। पहले बड़े बाबू भी आते ही कुर्सी पर अपना झोला रखकर चाय की दुकान पर चले जाते थे पर बड़े बाबू होने के बाद से नहीं जाते। उनके लिए चाय-समोसा यहीं आ जाता है। दिन में जरूर तीन-चार बार ठेकेदारों या जूनियर इंजीनियरों का अनुरोध मानकर वे इन दुकानों पर चले जाते हैं। आते ही चाय की दुकान पर जाने से दफ्तर के अनुशासन पर बुरा असर पड़ता है, ऐसा उनका मानना था।

आज भी वे खाली कमरे की अपनी कुर्सी पर बैठे अपनी साइकिल निहार रहे थे। बीच-बीच में किसी बाबू या चपरासी के अन्दर झाँकने पर सामने पड़ी फाइल के पन्ने उलटने लगते थे। उनका मानना था कि उनके इस तरह नियम से कुर्सी पर बैठने से

दफ्तर का अनुशासन सुधरेगा और बाबुओं में कार्य करने की प्रवृत्ति पैदा होगी। बाबुओं की राय दुर्भाग्य से इस मामले में बिल्कुल उलटी थी, इसलिए रोज की ही तरह वे अन्दर बैठे रहे और बाबू बाहर दुकानों पर मटरगस्ती करते रहे। तभी उस रहस्य और रोमांच की शुरुआत हुई जिससे अगले कुछ दिनों तक इस दफ्तर की जिन्दगी प्रभावित होने जा रही थी।

अभी दस बजने में पाँच मिनट बाकी थे कि दफ्तर में बड़े साहब की जीप घुसी और पोर्टिको में जाकर खड़ी हो गई।

दफ्तरों में बड़े साहब लोग दस बजे नहीं आते, उनका आने का वक्त ग्यारह-साढ़े ग्यारह के बाद शुरू होता है। कभी-कभी दोपहर बाद भी हो सकता है। खास तौर से ऐसे बड़े साहबों के लिए जिनके काम में दौरों की गुंजाइश होती है, दफ्तरों में बैठने का समय निर्धारित नहीं किया जा सकता था। इस दफ्तर के बड़े साहब को भी दौरे करने पड़ते थे इसलिए उनके दस बजे के पहले दफ्तर पहुँचने पर छोटा-मोटा तूफान-सा आ गया।

बड़े साहब के कमरे को खोलने और साफ करने का काम उनका चपरासी करता था। वह चाय की दुकान पर था। सबसे पहले वह भागा।

साहब ने अपने दरवाजे के सामने खड़े होकर चारों तरफ नज़र दौड़ाई। उनका ड्राइवर बाहर की तरफ दौड़ा पर आधे रास्ते में ही चपरासी से मुलाकात हो गई। दोनों दौड़ते हुए दरवाजे तक आ गए। चपरासी ने ताला खोला, ड्राइवर पर्दा उठाए खड़ा हो गया और बड़े साहब अन्दर घुस गए।

बड़े बाबू ने बड़े साहब को अन्दर घुसते देखा तो बगल में एक फाइल दबाए उनके कमरे की तरफ लपक लिए। एक तो उत्सुकता-शमन का मामला था, दूसरे बड़े साहब को दिखाने का अच्छा मौका था कि इस दफ्तर में सिर्फ वे समय से आकर अपना काम शुरू कर देते हैं।

बड़े बाबू जब कमरे में घुसे तो चपरासी कमरे के फर्नीचर की जल्दी-जल्दी सफाई कर रहा था और साहब जेबों में हाथ डाले पंखे के नीचे खड़े हल्के-हल्के सीटी बजा रहे थे। सब कुछ सहज लग रहा था। बड़े बाबू को देखते ही बड़े साहब बड़े साहब बन गए। उन्होंने सीटी बजाना बन्द कर दिया। जल्दबाजी में साफ की गई कुर्सी पर हाथ फेरते हुए वे बैठ गए। बड़े बाबू ने फाइल सामने रख दी, पर उसे परे सरकाते हुए वे बोले–

"एस.ई. साहब पहुँचनेवाले हैं। आपके दफ्तर में तो ग्यारह बजे तक काम शुरू होगा। जाइए इन सब कमबख्तों को चाय की दुकानों से खदेड़कर अन्दर कीजिए। कुछ काम-धाम शुरू करें। कुम्भवाले बाबू से कहिए कि फाइल मुझे दे जाए। शायद उसी बारे में शासन को कुछ भेजना है।"

आदत के मुताबिक बड़े बाबू 'बहुत बेहतर' जैसा कुछ बुदबुदाए और बाहर निकल आए।

बाहर जो कुछ उनके साथ हुआ, उससे वे पाँच मिनट के अन्दर भागकर फिर बड़े साहब के कमरे में आ गए।

बड़े बाबू की कुर्सी के पास जो आदमी खड़ा उनका इन्तजार कर रहा था उसे वे जानते थे। वह लखनऊ मुख्यालय का चपरासी था। पिछले बीसियों सालों से वहीं था। वहाँ की डाक लेकर आता था। उसके दफ्तर में आते ही अफसरों से लेकर बाबू तक उसे अलग-अलग बैठाकर मुख्यालय की खबरें पूछा करते थे। उसकी अच्छी आवभगत भी होती थी। पर वह इतना सबेरे कभी नहीं पहुँचता था। लखनऊ से आनेवाली रेलगाड़ी नौ बजे तक आती थी। शहर में उसके दो-एक अड्डे थे जहाँ से वह नहा-धोकर बारह बजे तक आराम से डाक लेकर आता था। आज इतनी जल्दी कैसे आ गया ? बड़े बाबू का माथा ठनका।

"क्या लाए सोनेलाल ? इतनी जल्दी आ गए आज। कोई डाक है क्या ?" मुख्यालय के चपरासी को भी विशिष्ट अतिथि का दर्जा हासिल होता है, यह बात बड़े बाबू ने अपनी लम्बी नौकरी में अच्छी तरह सीख रखी थी, इसलिए उनकी आवाज शहद घुली थी।

सोनेलाल चपरासी था तो मुख्यालय का पर पिछले बीस साल से इस दफ्तर में आ रहा था। इसलिए यहाँ के बाबुओं और चपरासियों से उसका आत्मीय किस्म का सम्बन्ध था। वह जब इस दफ्तर के कर्मचारियों से बात करता तो उसकी आवाज़ में थोड़ी ऐंठ जरूर होती थी पर इस तरह की उजड्डता नहीं होती थी जो आज उसकी आवाज़ में बड़े बाबू के प्रश्न का उत्तर देते समय सुननेवालों ने महसूस की–

"इसे रिसीव कर लीजिए बड़े बाबू," उसने बड़े बाबू की तरफ एक लिफाफा बढ़ाया।

सीलबन्द खाकी रंग का लिफाफा बिच्छू के डंक की तरह हवा में झूलता रहा। बड़े बाबू के लम्बे दफ्तरी अनुभव ने उन्हें चौकन्ना कर दिया। आगे बढ़ाने की जगह उन्होंने अपना हाथ पीछे कर लिया।

"भैया, तुम इस दफ्तर में नए हो क्या ? डाक तो डिस्पैचर कालिका रिसीव करता है। दे दो उसे," बड़े बाबू ने दयनीय स्वर में कहा।

"कालिका अभी आया नहीं। इस दफ्तर में सब साले कामचोर हैं," सोनेलाल ने उस गुरु-गम्भीरता से कहा जिसे मुख्यालय वाले अमूमन अपने सिर पर लादे चलते हैं।

"आप ही ले लीजिए बड़े बाबू। दफ्तर के बड़े तो आप हैं। सारा दफ्तर आप चलाते हैं।"

"नहीं भैया, इससे डिसिप्लिन बिगड़ जाती है। सबको अपना-अपना काम करना चाहिए।"

सोनेलाल ने बहुत समझाया कि इस दफ्तर में डिसिप्लिन नामक पदार्थ वैसे ही इतनी कम मात्रा में है कि बड़े बाबू के एक कागज ले लेने या न लेने से उस पर कोई फर्क नहीं पड़ेगा, पर बड़े बाबू नहीं माने। सवाल सिद्धान्त का था। राष्ट्रीय बहसों की

तरह यह बहस भी बिना किसी निष्कर्ष के घंटों चलती रह सकती थी पर तभी इस बहस के सबसे महत्त्वपूर्ण पात्र कालिका बाबू घटनास्थल पर प्रकट हो गए जो डिस्पैच क्लर्क का काम देखते थे और बड़े बाबू के सैद्धान्तिक आग्रह के अनुसार जिन्हें यह कागज रिसीव करना था।

"लीजिए कालिका बाबू आ गए। रिसीव कर लीजिए यह कागज," सोनेलाल ने लिफाफा उनकी तरफ बढ़ाया। इस बीच बड़े बाबू और कालिका बाबू की आँखों में न जाने किस प्रकार के सन्देश का आदान-प्रदान हुआ कि कालिका बाबू को प्रकृति की पुकार सुनाई देने लगी।

"बैठो सोनेलाल, चाय-वाय पीओ, हम अभी पेशाब करके आते हैं।"

एक बार फिर सैद्धान्तिक बहस होने लगी। कालिकाप्रसाद चूँकि बड़े बाबू की तरह पुरानी पीढ़ी का नहीं था लिहाजा उसने दीन बनने से इनकार कर दिया। उसने सोने लाल को बताया कि दफ्तर दस बजे शुरू होता है और अगर वह कई घंटे से मारा-मारा फिर रहा है तो इसमें कालिकाप्रसाद की गलती नहीं है। फिर उसने बताया कि पेशाब करना एक मौलिक अधिकार है जिसे संविधान नामक किसी किताब में भी शरीक किया गया है। लेकिन सोनेलाल ने चूँकि इस किताब का अध्ययन नहीं किया था इसलिए उसने यह मानने से इनकार कर दिया कि मुख्यालय के कागज से पेशाब करना ज्यादा महत्त्वपूर्ण था।

बड़े बाबू अपने स्वभाव के अनुसार दयनीय तटस्थता से लबरेज खड़े रहे और बहस में हस्तक्षेप से बचते रहे।

यह बहस भी पहली बहस की तरह लम्बी खिंचती पर चूँकि इसमें नई पीढ़ी शरीक थी इसलिए आवाजें कुछ ऊँची हो गईं। और, इसीलिए दूसरों को भी हस्तक्षेप का मौका मिल गया।

निर्णायक हस्तक्षेप साबित हुआ ऋषभचरण शुक्ल नामक सहायक अभियन्ता का। अफसर होने के कारण उसने मिठास और रौब दोनों का प्रयोग करते हुए कालिका बाबू को समझाया कि उसे लिफाफा फौरन ले लेना चाहिए क्योंकि मुख्यालय की डाक हमेशा महत्त्वपूर्ण होती है और दो-चार मिनट पेशाब रोकने से उसे डायबिटीज नहीं होनेवाली। अफसर के बीच में पड़ने से बड़े बाबू लिहाज में पड़ गए और कालिका बाबू ने भी यह भुनभुनाते हुए कि "अब साहब कह रहे हैं तो ले लेते हैं," लिफाफा ले लिया और सोनेलाल की डाकबही पर दस्तखत कर दिया।

यह तो बड़े बाबू को बाद में समझ में आया कि सहायक अभियन्ता ऋषभचरण शुक्ल का दस बजे ही दफ्तर में उपस्थित रहना और बहस में निरपेक्ष भाव से हस्तक्षेप करना उतना निर्दोष नहीं था जितना उस समय लग रहा था।

इतनी बहस के बाद रिसीव किए गए लिफाफे में क्या था, सभी को जानने की उत्सुकता थी। डिस्पैचर सीधे लिफाफा लेकर बड़े बाबू के पास आ गया। इसी बीच बड़े साहब के दफ्तर में होने की खबर बाहर चाय की दुकानों तक पहुँच गई थी और बरामदों

और कमरों में पान की पीक की बारिश, शोर-शराबा, गाली गलौज और भाग-दौड़ जैसी गतिविधियाँ शुरू हो गई थीं जिनसे ऐसा लगने लगा था कि दफ्तर में काम शुरू हो गया है।

बड़े बाबू ने अपनी उत्सुकता छिपाते हुए लिफाफा खोला, कागज निकाला, ऊपर की दो-तीन लाइनें पढ़ीं और फिर से कागज लिफाफे में डाल दिया। उनके इर्द-गिर्द खड़े लोगों की उत्सुकता विस्फोटक बिन्दु पर पहुँचती कि बड़े बाबू झटके से अपनी कुर्सी से उठे और बड़े साहब के कमरे की तरफ लिफाफे के साथ लपक लिये।

काफी देर तक बड़े साहब के कमरे में उनके विश्वस्तों की बैठक चलती रही और बड़े बाबू कमरे से बाहर नहीं निकले। पर लिफाफे में बन्द कागज में क्या था, इसे जानने के लिए उनके निकलने की जरूरत भी नहीं पड़ी।

''लद गए न। बड़े तीसमार खाँ बनते थे,'' बड़े बाबू के पीठ फेरते ही सोनेलाल ने पिच्च से थूकते हुए कहा।

''कौन में...का बड़े बाबू फिर गए।''

''नहीं जी, ई ससुर बड़े बाबू के लिए सोनेलाल इतनी दूर से सीलबन्द लिफाफा लेकर नहीं दौड़ेंगे। अरे तुम्हारे बड़े साहब लद गए। अबकी चीफ साहब खुद लिफाफा थमा के बोले कि सोनेलाल सँभल के जाना किसी को कानोकान खबर न हो, नहीं तो साला फिर भाग जाएगा। जाते ही ऑर्डर रिसीव करा देना। पिछली बार की तरह न हो...''

सोनेलाल को पिछली बार का किस्सा सुनाने की जरूरत नहीं पड़ी। दफ्तर के सभी लोग उससे वाकिफ़ थे। पिछली बार बड़े साहब के तबादले का हुक्म लेकर चपरासी उनके घर सबेरे-सबेरे पहुँच गया। उसके लिए बाहर चाय भेजकर साहब पीछे की दीवाल से कूदकर भाग गए। काफी देर बाद चपरासी को बताया गया कि साहब तो पिछली रात ही अपनी बीमार माँ को देखने शहर के बाहर चले गए हैं और दो-तीन दिन बाद लौटेंगे। घर के लोग सरकारी कागज नहीं लेते हैं इसलिए चपरासीजी बाद में आएँ। तीन दिन बाद साहब तबादला कैंसिल कराकर लौटे। जितनी देर बड़े साहब के कमरे में बैठक चली ऋषभचरण शुक्ल के कमरे में दूसरी उच्चस्तरीय मन्त्रणा चलती रही।

इतिहास के अध्येताओं को इस बैठक को देखकर दकन से झपटकर आते हुए किसी ऐसे सूबेदार के दरबार का भ्रम हो सकता था जिसे आगरा पहुँचते-पहुँचते पता चल जाता है कि दिल्ली में उसके आका को गद्दी मिलनेवाली है। दिल्ली सामने है और सूबेदार आगरे में अपने खेमे गाड़कर जश्न की तैयारी शुरू करता है। ऐसे तमाम लोग जिनकी स्वामिभक्ति सन्देह के घेरे में थी, दिल्ली दरबार के पहले आगरा दरबार में अपनी-अपनी वफादारी की कसमें खाने हाजिर होते हैं।

आज सबसे पहले कालिका बाबू हाजिर हुए : ''मैं तो सरकार आज बाल-बाल बचा। मैं समझा ई ससुर सोनेलाल कोई रोजमर्रा की चिट्ठी लेकर आ गया है और बकबका रहा है। वो तो सरकार ने बचा लिया। सरकार डपटकर बोले कि ले लो

कालिका तो हमने ले लिया नहीं तो हम बेकार फँसते।" कालिका बाबू ने दाँत निपोरते हुए जो कहा उसका निहितार्थ यह था कि उन्हें गलत न समझा जाए। सोनेलाल का कागज पहले न लेने के पीछे उनका प्रकृति के प्रति उत्कट प्रेम अकेला कारण था। यदि उन्हें मामले का पता होता तो प्रकृति की पुकार अनसुनी कर वे कागज पर खुद ही झपट पड़ते।

सभी को पता था कि नए बड़े साहब बटुकचन्द उपाध्याय, सहायक अभियन्ता ऋषभचरण शुक्ल के दूर के साढ़ू लगते हैं। पिछला सत्ता-सन्तुलन उनके खिलाफ था। बाबू लोग उन्हें नमस्कार करते समय नाक से मक्खी उड़ाते थे। कोई जे.ई. सामने से उन्हें आते देखता तो उसे शाकभाजी का हिसाब याद आ जाता और वह इस तरह बुदबुदाने लगता कि रीतिकाल के कवि भी सनाका खा जाते। जिस तरह वे राधाकृष्ण के शृंगार का वर्णन करके कविताई और सुमिरन दोनों का भ्रम पैदा करते थे उसी तरह बाबू बुदबुदाकर ऋषभचरण शुक्ल को यह आश्वस्त करते कि उन्होंने सामने पड़ने पर उनके प्रति अभिवादन रूपी सम्मान प्रकट कर दिया है और विरोधियों को बताया जाता कि कमबख्त बीवी इतनी लम्बी फेहरिस्त थमा देती है कि हर बार शुक्लजी के सामने पड़ने पर उन्हें याद करना पड़ता है।

आज दृश्य बदला हुआ था। लोगों को झुककर मेज के नीचे उनका पैर तलाशने में दिक्कत हो रही थी, इसलिए उन्होंने अपने पैर बाहर निकालकर फैला दिए। नायलान के मोजों को न जाने कितने हफ्तों से धूप या साबुन के दर्शन नहीं हुए थे इसलिए जूते से बाहर आते ही उन्होंने बदबू के भभूके पंच लोगों की नाक पर मारे, पर कमरे में आनेवाले चेहरों पर उन्हें छूते समय स्निग्ध मुस्कान बनी रही। वे सत्ता पक्ष के चरणों पर चढ़े हुए थे इसलिए पूज्य थे।

बीच-बीच में ऋषभचरण शुक्ल कुछ सूचनाएँ भी हवा में पटाखों की तरह छोड़ते जाते थे।

"बस पहुँचनेवाले होंगे। हमें तो रात जगाकर दो बजे फोन पर बताया कि सुबह सात बजे चल रहे हैं।"

"इस बार बड़ी सावधानी रखनी पड़ी। ई साला लाला असली कायस्थ खोपड़ी का है। जरा भी भनक लगती तो अब तक लखनऊ होता। पिछली बार क्या हुआ था नहीं मालूम...।"

लोगों को पिछली बार का मालूम था। लेकिन फिर भी कोई बड़े साहब के घर तबादले का हुक्म सुबह पहुँचने और उनके पीछे के दरवाजे से निकल भागने का किस्सा सुनाने लगा।

"अबकी चीफ साहब ने एस.ई. साहब को लगा दिया है कि अपने सामने चार्ज करा दो। एस.ई. साहब पहुँच रहे होंगे।"

इस बीच विरोधी खेमे की भी बैठक शुरू हो गई थी। उसमें पहुँचनेवाले हर नए योद्धा की खबर इस दरबार में पहुँच जाती। उनके साथ भविष्य में किस तरह का सलूक

किया जाएगा इसकी घोषणा भी दरबार करता जाता था।

"इस साले रिजवानुल हक को पहली बार पता चलेगा कि ऊँट पहाड़ के नीचे आता है तो कैसा लगता है। साले ने पूरी नौकरी मुर्गा खिला के काट दी। मैंने भाई साहब से साफ-साफ कह दिया था कि अगर आपको मियाँ मुकड़ी का मुर्गा खाना है तो हमसे नहीं पटेगी। भाई साहब बोले कि भई जिन्दगी में बहुत मुर्गा खा लिया, अब कुछ दिन शाकाहारी रहेंगे।"

"बाबू ध्रुवलाल यादव बहुत दिनों तक ओवरसीयरी कर चुके। भाई साहब फिर इन्हें भैंस चराने भेजेंगे। भूल गया वो दिन जब इसी दफ्तर में भाई साहब ने बचाया था, नहीं तो कब का सस्पेंड हो गया होता। साले ने कमलाकान्त वर्मा की रिजीम में खूब पैसा चीरा है। अब पता चलेगा नौकरी कहते किसे हैं?"

"ई साला कनवा लल्लन राय। पत्रकार के नाम पर कलंक है। हमारे यहाँ पुरानी मसल है कि भूमिहार डंडे का यार। इन सालों को जूतों की नोक पर रखना चाहिए। पर नहीं साहब, कमलाकान्त तो अपने बेडरूम में घुसाए रहते थे। सबसे ज्यादा उनकी बदनामी इसी लल्लनवा के कारण हुई। पत्रकार है या दलाल। ऐसे लोगों को तो भाई साहब इस दफ्तर में नहीं घुसने देंगे।"

बड़े बाबू तो घर की मुर्गी साग बराबर थे। इस दरबार का नजला उन पर भी गिरा पर वे मनसबदारों में इतनी निचली सीढ़ी पर माने गए कि बीच-बीच में उनका जिक्र जरूर आया औरँ जिन शब्दों में आया उन्हें सुनकर उन जैसा स्वभाव से दब्बू आदमी भी उबाल खा जाता पर वे हाशिए पर ही याद किए गए। उनकी हैसियत स्वतन्त्र रूप से गाली खाने की भी नहीं मानी गई।

सार्वजनिक निर्माण विभाग के प्रान्तीय खंड के इस कार्यालय में सुबह-सुबह सोने लाल नामक दूत के आने, कालिका बाबू द्वारा प्रारम्भ में उसका सन्देश ग्रहण करने से इनकार करने और बाद में ले लेने से जो रहस्य का माहौल बना था वह तो बड़े बाबू के लिफाफा खोलने से समाप्त हो गया था। लेकिन अब वह धीरे-धीरे रोमांच में परिवर्तित हो रहा था। हिन्दी फिल्मों की तरह यहाँ सब कुछ निश्चित नहीं था। अन्त में कुछ भी हो सकता है। बटुकचन्द उपाध्याय को चार्ज मिल भी सकता है और नहीं भी। उन्हें चार्ज मिलने के बाद भी कमलाकान्त वर्मा आदेश रद्द कराकर वापस आ सकते हैं। कुछ भी हो सकता है।

बाहर चायखानों से लेकर दफ्तर के अन्दर तक सबको पता चल गया था कि एस.ई. साहब पहुँचनेवाले हैं। कमलाकान्त वर्मा के कमरे में बैठक अभी जारी थी। लोग दम साधे उस लमहे का इन्तजार कर रहे थे जब दोनों पक्षों का आमना-सामना होगा। दफ्तर के लोगों को प्यारेलाल और कमलाकान्त वर्मा, दोनों के बीच के अन्तरंग सम्बन्धों का पता था इसलिए उनकी मुलाकात का उन्हें दिलचस्पी से इन्तजार था।

सबको निराशा हुई। लोगों ने देखा कि कमलाकान्त वर्मा अपने दफ्तर से निकले और पूरी कोशिश से चेहरे पर ओढ़ी गई निर्विकार तटस्थता के साथ अपनी गाड़ी में

बैठकर रवाना हो गए।

फौरन बाद अधिशासी अभियन्ता के कमरे से बड़े बाबू, रिजवानुल हक, ध्रुवलाल यादव और लल्लन राय निकले। सबके चेहरे गम्भीर थे। उन्हें पता था कि पूरा दफ्तर उन्हीं लोगों को देख रहा था। एक ऐसा रहस्य उनके सीनों में दफ्न था जिसे दफ्तर से लेकर चायखानों तक सभी लोग जानते थे पर चूँकि सभी लोग उन्हें देख रहे थे इसलिए उन्होंने अपने चेहरे लटका लिए और सारे जहाँ का दर्द अपने जिगर में लिये अपनी चालें मन्थर कर दीं।

बड़े बाबू अपने कमरे तक पहुँचते-पहुँचते फिर से पुराने, दयनीय बड़े बाबू बन गए। फर्क सिर्फ इतना आया कि बवासीर का उनका पुराना रोग तेज दर्द की लकीरों के रूप में उनके चेहरे पर पछाड़ें खाने लगा। उन्होंने एक फाइल के पन्ने खोले और उसमें इस भाव से डूब गए कि 'कोई नृप होय हमें का हानी'।

लल्लन राय ने स्कूटर स्टार्ट किया और दफ्तर से बाहर निकल गए। पिछले दो सालों से दफ्तर में वे बड़े साहब के खास आदमी की तरह जाने जाते थे। दफ्तर के सारे अफसर उन्हें अपने पास बैठाकर चाय पिलाते, बाबू लोग बाहर सड़क पर घेरकर बनारसी पान पेश करते और चपरासियों की जमात खीसें निपोरकर सलाम करती। आज उन्होंने गौर किया कि गेट पर फर्राश उनके स्कूटर के बगल से मक्खी उड़ाते निकल गया। उन्होंने मकान की दूसरी मंजिल शुरू करवा रखी थी। स्कूटर भी पुराना हो गया था, बिना नए के काम नहीं चलेगा। छोटे भाई की ठेकेदारी अभी शुरुआती दौर में थी। बहुत सारे कारण थे जिनसे कमलाकान्त वर्मा का तबादला रुकना आवश्यक हो गया था। उनके मन में संकल्प और दृढ़ हुआ।

रिजवानुल हक और ध्रुवलाल यादव कमरे से निकले तो साथ-साथ पर अपने-अपने स्वभाव के मुताबिक उन्होंने हरकतें अलग-अलग कीं। रिजवानुल हक पहले से ही कम बोलते थे। आज तो वे और भी ज्यादा खामोश हो गए थे। वे सर झुकाए अपने कमरे की तरफ बढ़ गए। रोज से थोड़ा सा ही फर्क आया। ऋषभचरण शुक्ल के कमरे में दरबार चल रहा था। बाहर दरवाजे पर ही रुककर वे कुछ बुदबुदाए। अन्दरवालों ने भाष्य किया कि विरोधी खेमे का एक मजबूत सरदार अपनी स्वामिभक्ति के रूप में खिलवतें पेश कर रहा है। बुदबुदाहट इतनी अस्पष्ट थी कि यदि कमलाकान्त के खेमे का कोई सदस्य देखता तो उसे समझाया जा सकता था कि रिजवान साहब ऋषभ की मादर-पिदर कर रहे हैं।

ध्रुवलाल यादव ने दफ्तर के बरामदों में किसी डकारते हुए साँड़ की तरह एक चक्कर लगाया। सत्ता पक्ष और विपक्ष दोनों उनके बारे में आश्वस्त नहीं थे, इसलिए उनके भ्रमण के दौरान सबने कोशिश की कि उनके सामने न पड़े। खम्बे, दरवाजे और खिड़कियाँ छिपने के लिए बड़े आदर्श पाए गए। क्रोधी विश्वामित्र की भाँति जब विपक्षी खेमे के कमरे के दरवाजे पर उन्होंने अपना पैर पटका तो नाटक की भाषा में मंच पर सन्नाटा छा गया। इसके पहले कि खामोश पात्र सदमे से उबरें, आगे बढ़ गए। अपने

कमरे में बैठे वे जरूर पर उनका मन कमरे के फर्नीचर को उलटने-पलटने और कागजों को चिन्दी बनाकर फर्श पर फेंकने के अपने प्रिय खेल में नहीं लगा। वे उठे और कमरे के बाहर निकल गए, कमरे के ही नहीं दफ्तर के भी बाहर निकल गए।

हिन्दी फिल्मों के लिहाज से आदर्श स्थिति थी। जिस समय ध्रुवलाल यादव दफ्तर के बाहर निकल रहे थे, एक अम्बेसडर कार दफ्तर के गेट से अन्दर आ रही थी। इसके सामने की तरफ लाल रंग की एक बड़ी सी तख्ती लगी थी जिस पर पीतल के मोटे-मोटे अक्षरों में अधीक्षण अभियन्ता, सार्वजनिक निर्माण विभाग लिखा था। यदि ध्रुव लाल यादव गुस्से में बलबलाते हुए जमीन पर पड़े हुए ईंट-पत्थरों के टुकड़ों में काल्पनिक दुश्मनों की छवि तलाशते हुए अपने पैरों को दुख नहीं दे रहे होते तो वे देखते कि कार की पिछली सीट पर अधीक्षण अभियन्ता प्यारेलाल और नए अधिशासी अभियन्ता बटुकचन्द उपाध्याय बैठे हुए थे। अगर ये तीनों किसी मसाला फिल्म के पात्र होते तो अब तक एक धाँसू गाने या ढिशुम-ढिशुम की स्थिति बन गई होती पर जिन्दगी हिन्दी फिल्मों के ढर्रे पर नहीं चलती, इसलिए हुआ सिर्फ इतना कि ध्रुवलाल यादव अपने पैरों से कंकड़ी उड़ाते हुए बाहर निकल गए और लाल नामपट्टवाली कार दफ्तर के पोर्टिको में जाकर खड़ी हो गई।

कार के रुकते ही दफ्तर के चपरासियों में भगदड़ मच गई। एक ने दौड़कर कार का दरवाजा खोल दिया और दूसरा बड़े साहब के कमरे की चिक उठाकर खड़ा हो गया।

प्यारेलाल बाँईं तरफ से और बटुकचन्द कार के दाहिनी तरफ से उतरे। प्यारेलाल के चेहरे पर वही गम्भीर भाव था जो किसी भी वरिष्ठ अधिकारी के चेहरे पर ऐसे मौके पर होना चाहिए था। इस दफ्तर में सभी उनके मातहत थे और मातहतों के अभिवादन का उत्तर देना बड़े अधिकारियों को शोभा नहीं देता—नौकरशाही के इस सुनहरे नियम के अनुसार वे सर उठाए सीधे चलते रहे और चपरासी द्वारा उठाए गए चिक को पार करते हुए अधिशासी अभियन्ता की तख्ती लगे कमरे में प्रवेश कर गए। बटुकचन्द उपाध्याय को कोई जल्दी नहीं थी इसलिए वे थोड़ा पीछे रह गए।

सबसे पहले ऋषभचरण ने उनके पैर छुए। उनके मुँह में इतने पान ठुँसे थे कि आशीर्वचन के रूप में जो शब्द फूटे उन्हें सुनकर किसी को भी ऊँट के बलबलाने का भ्रम हो सकता था।

इसके बाद पैर छूने और पान पेश करने की जो अद्भुत छटा वहाँ उपस्थित हुई उसे देखकर चाय की दुकानों और दफ्तर के बाहर की सड़क पर मौजूद तमाशबीनों को आश्वस्ति हो गई कि इस दफ्तर में अगले कुछ दिनों तक लोकतन्त्र के प्रमुख स्तम्भ चापलूसी और भाई-भतीजावाद की स्थिति मजबूत बनी रहेगी।

बटुकचन्द इस दफ्तर में कई हैसियत से पहले रह चुके थे। पर बड़े साहब के रूप में उनका पहला प्रवेश था, इसलिए उन्होंने सन्तुष्ट और गर्वीली निगाहों से दफ्तर के गलियारों, कमरों और अपने इर्द-गिर्द घिरे चाटुकार मातहतों को देखा। इस समय उनके मन में वही उच्च विचार आ रहे थे जो नौकरशाही के किसी भी पुर्जे के मन में अपनी

नई नियुक्ति के सीन पर पहुँचने पर आते हैं।

नया अफसर आते ही सबसे पहले अपने दफ्तर की दुर्दशा पर दुखी होता है जो उसके पूर्वाधिकारी की नालायकी की उपज होती है। सब कुछ बरबाद हो गया—वह चिन्तित भाव से सोचता है। पूर्वाधिकारी का भौंडा सौन्दर्यबोध उसे शर्मिन्दगी के गहरे समुन्दर में डुबो देता है। कैसा फूहड़ फर्नीचर खरीदा है उसने कि कमरे में बैठने का मन न करे, और पर्दे कितने भद्दे हैं—चटख और आँखों को चुभनेवाले। क्या सोचते होंगे लोग इस दफ्तर के बारे में। कोई समय से नहीं आता, सब कमबख्त लूटने में लगे हैं। हर तरफ गड़बड़ है। खैर, अब मैं आ गया हूँ, सब ठीक कर दूँगा।

भारतीय नौकरशाही की गतिशीलता का मूलमन्त्र शायद यही भावना है। जिले में नया कलक्टर आता है। लोग दफ्तरों में समय से आना शुरू कर देते हैं। बाबू रिश्वत अपनी मेज पर बैठे-बैठे नहीं लेता बल्कि उठकर पान की दुकान तक जाने लगता है। कई बार कुछ कागज भी सचमुच में निकल जाते हैं। नया कप्तान आते ही प्रेस कान्फ्रेंस करता है और घोषणा कर देता है कि अब वह आ गया है इसलिए जिले में या तो अपराधी रहेंगे या वह। थानों में पुलिस जनता की सेवक बनकर रहेगी। बँगलों और दफ्तरों के पर्दे बदल जाते हैं, फर्नीचर का कोण बदल जाता है। लोग कुछ ही दिनों में पंचवर्षीय योजनाओं के लुभावने नारों की तरह इन घोषणाओं को भूल जाते हैं। बाबू मेज पर बैठे-बैठे रिश्वत लेने लगता है और जनता फिर से थानों में मुर्गा बनने लगती है। फिर नए अफसर आते हैं। फिर सब कुछ ठीक होने लगता है और इस तरह गतिशीलता बरकरार रहती है।

बटुकचन्द ने दफ्तर की दीवारों पर पड़ी पीक और गलियारों में जमी धूल पर निराश दृष्टि डाली। कितना पतन हो गया है इस दफ्तर का ! दो साल पहले जब वे यहाँ से गए थे तब तो हालात इतने बुरे नहीं थे। अच्छा हुआ कि वे आ गए, नहीं तो न जाने अभी क्या होता। उन्होंने दुःख और सन्तोष से सोचा और पिच्च से अपने मुँह की पीक दीवाल पर मारी। वे और उनके साथ चल रही भीड़ अब उस कमरे के सामने पहुँच गई थी जो बड़े साहब के रूप में उनका कमरा होने जा रहा था और जिसमें थोड़ी देर पहले प्यारेलाल नामक उनका बास घुस गया था। चपरासी चिक उठाकर खड़ा था। पीक थूकने के बावजूद उनके गले और मुँह में अभी भी इतनी पीक भरी थी कि वे बस गो-गो की आवाज में ऐसा कुछ कह पाए जिसका मतलब था कि उनके प्रशंसक, अनुयायी, चापलूस और मातहत अपने-अपने कमरों में जाएँ और अब वे आ गए हैं, इसलिए सब कुछ ठीक हो जाएगा। इतना कहकर वे तेजी के साथ कमरे में घुस गए।

जैसी कि हमारे देश में परम्परा है कि हर नायक या खलनायक के साथ एक चिपकू जरूर रहता है जो अपनी मूर्खतापूर्ण बातों से उसका दिल बहलाने और गोपनीय किस्म की सलाह देने जैसे काम करता रहता है, बटुकचन्द उपाध्याय के साथ एक और व्यक्ति उस कमरे में घुस गया जिसका नाम था ऋषभचरण शुक्ल और जिसने कमरे में घुसते-घुसते पहला फर्ज यह निभाया कि फुसफुसाहट-भरी आवाज में बटुकचन्द को यह

सलाह दे डाली—

"इस साले से सावधान रहिएगा भैया। दर हरामी है।"

सलाह छोटी और दबे स्वर में सिर्फ इसलिए थी कि जिस व्यक्ति से सावधान रहने की बात की जा रही थी वह दस-बारह फुट की दूरी पर ही बैठा मेज पर पड़े बेतरतीब कागजों पर प्रत्यक्ष रूप से नजरें गड़ाए परोक्ष रूप से उनकी हरकतें भाँपने की कोशिश कर रहा था।

दूरी और समय ने बटुकचन्द को बाअदब मातहत बना दिया था, इसलिए उन्होंने सामने बैठे अधीक्षण अभियन्ता प्यारेलाल की शान में कसीदे नहीं पढ़े। सिर्फ अपने पीक-भरे मुँह को गोल बनाते हुए अपनी आँखों के माध्यम से उन्होंने सलाह के प्रति आभार व्यक्त करते हुए जो भाव प्रकट किए उन्हें सलाह देनेवाले शुभचिन्तक ने इस रूप में ग्रहण किया कि—

"इस जैसे चिड़ीमार बहुत देखे हैं, बन्धु। इससे भी निपट लेंगे।"

किसी छोटे-मोटे राष्ट्र में राष्ट्रपति या प्रधानमन्त्री की कुर्सी उलटने के बाद जैसी गहमागहमी पैदा होती है, कुछ-कुछ वैसी ही इस दफ्तर में हुई। कमरे में प्यारेलाल के सामने बटुकचन्द और ऋषभचरण बैठ गए। ऋषभचरण ने मुख्यालय से सोनेलाल के आने, बड़े बाबू और डिस्पैचर द्वारा प्रारम्भ में डाक लेने से मना करने और बाद में लेने, बड़े बाबू के भागकर कमलाकान्त वर्मा के पास जाने और फिर कमलाकान्त वर्मा के कमरे में चलनेवाली बैठक तथा उसके बाद उनके अज्ञात स्थान पर हुए पलायन का विस्तार से वर्णन किया। वर्णन समाप्त होते ही प्यारेलाल ने कहा, "अब ?"

इस अब के कई मतलब थे। पहला मतलब था कि अब क्या किया जाए। दूसरा मतलब था कि जब कमलाकान्त भाग ही गए हैं तो क्या किया जा सकता था ? ऋषभचरण ने पहला अर्थ निकाला और वही कहा जिसके लिए बटुकचन्द उन्हें अपने साथ अन्दर लाए थे।

"अब क्या ? बुलाए हैं सर बड़े बाबू को। चार्ज सर्टिफिकेट पर दस्तखत हो जाए। कमलाकान्त नहीं होंगे तो क्या चार्ज नहीं होगा।"

इसके बाद उन्होंने भारतीय परम्परा के अनुसार एक मुहावरा सुनाया जिसे प्यारेलाल ने भी अपने छात्र-जीवन में पढ़ा था और जिसका मतलब था कि अगर मुर्गा नहीं बोलेगा तो क्या सूरज नहीं निकलेगा।

प्यारेलाल ने घंटी दबाई। चपरासी आया। बड़े बाबू को बुलाकर लाने का हुक्म सादिर हुआ।

जितनी देर में बड़े बाबू आए, नौकरशाही की उस परम्परा का निर्वाह होता रहा जिसके अनुसार मन में उठनेवाले विचारों और मुख से निर्गत होनेवाले वाक्यों में कोई घनिष्ठ सम्बन्ध नहीं होता। बटुकचन्द ने कमलाकान्त वर्मा के सम्बन्ध में कुछ वाक्य कहे जिन्हें सुनकर प्यारेलाल ने ऐसा मुँह बनाया मानो खबरें खत्म होने के पहले मौसम विभाग की भविष्यवाणी सुन रहे हों। जानते हुए भी कि ये भविष्यवाणियाँ गलत होंगी,

उन्हें सुनना औसत भारतीय श्रोता की मजबूरी है, अतः वे भी कान खोदते रहे और सुनते रहे।

"सरकार की यही बात खराब लगती है साहब। बीच सेशन में तबादला कर दिया। बेचारे बच्चों की शामत आती है। मैंने तो वाइफ से कह दिया कि बच्चे अब लखनऊ में ही रहेंगे। रोज-रोज कौन स्कूल बदलेगा।"

"बेचारा कमलाकान्त बड़ा गऊ आदमी है। उसकी बीवी तो उससे भी गऊ है। हम दो बार साथ रहे। इतना अच्छा सम्बन्ध रहा दोनों परिवारों के बीच कि लोग जलते थे कालोनी में।"

"मैंने चीफ साहब से बहुत कहा कि मुझे मत डालिए इस पचड़े में। मेरा क्लासफेलो है कमलाकान्त, उससे चार्ज लेने में बड़ा बुरा लगेगा। पर नहीं माने चीफ साहब। बोले उपाध्यायजी कुम्भ का मामला है, आप ही सँभाल सकते हो, पूरे विभाग की इज्जत दाँव पर लगी है, रोज सी.एम. पूछते हैं," जब तक बड़े बाबू नहीं आए तब तक बटुकचन्द उपाध्याय बोलते रहे और प्यारेलाल कान खोदते रहे। बड़े बाबू के आने में देर हुई तो कान खोदना छोड़कर वे दीवाल पर रेंग रही छिपकली को घूरने लगे। इस एकालाप में उन्हें न तो कोई अपना रोल नजर आ रहा था और न ही उन्होंने कोई हस्तक्षेप किया। अन्त में इन्तजार की घड़ियाँ समाप्त हुईं और बड़े बाबू प्रकट हुए।

"चार्ज सर्टिफिकेट बन गया, बड़े बाबू ?" प्यारेलाल ने पूछा।

बड़े बाबू ने अपने दयनीय चेहरे को और दयनीय बनाते हुए ऐसी प्रश्नवाचक निगाहों से प्रश्नकर्ता की तरफ देखा जैसे भारत की परमाणु नीति के बारे में कोई प्रश्न पूछा गया हो।

"साहब पूछ रहे हैं कि चार्ज सर्टिफिकेट टाइप हो गया कि नहीं ?" इतनी देर में ऋषभचरण को अपनी उपस्थिति का औचित्य सिद्ध करने की जरूरत पड़ी।

"सरकार मुझसे चार्ज सर्टिफिकेट के लिए तो कोई नहीं बोला।"

"बड़े बाबू ज्यादा काबिलियत मत झाड़िए !" ऋषभचरण के लिए आत्म-नियन्त्रण पहले भी मुश्किल होता था, आज तो और भी मुश्किल हो गया, "आपको मालूम नहीं कि बड़े साहब का तबादला हो गया है। इतनी देर जो मीटिंग कर रहे थे उसमें आपको नहीं बताया कमलाकान्त वर्मा ने। नए साहब आ गए और आपने अभी तक चार्ज सर्टिफिकेट नहीं टाइप किया।"

ऋषभचरण अपनी आवाज पर नियन्त्रण नहीं रख पाते, अगर बड़े बाबू के चेहरे से फिसलकर एक बार उनकी निगाह बटुकचन्द की बरजती निगाहों से न टकराई होती।

अधीक्षण अभियन्ता की उपस्थिति में बटुकचन्द कोई तमाशा नहीं खड़ा करना चाहते थे।

"नहीं टाइप किए हो तो कर लाइए। मुख्यालय का आदेश तो आप ही के पास होगा। कमलाकान्तजी तो जाते समय ले नहीं गए, उसी से नम्बर वगैरह डाल लीजिएगा। एस.ई. साहब कितनी देर बैठेंगे ? जल्दी ले आइए।" बटुकचन्द ने मुलायमियत से कहा।

बड़े बाबू कुछ बुदबुदाए और बाहर निकल गए।

"बड़ा घाघ है साहब। जितना ऊपर उतना नीचे," ऋषभचरण ने झुँझलाते हुए कहा।

"शुक्लाजी आप खुद देख लीजिए जाकर। नहीं तो दफ्तरवाले न जाने कितनी देर करें। साहब के लिए कुछ चाय-वाय भिजवा दीजिएगा।"

बटुकचन्द ने कहा तो ऋषभचरण उठकर बाहर निकल गए। कमरे में थोड़ी देर मौन रहा। प्यारेलाल अभी तक कुछ नहीं बोले थे, केवल सुनते रहे थे। वे इस बात में विश्वास करते थे कि ज्यादा बोलनेवाला कहीं न कहीं गलती अवश्य करता है। गलती करने का मौका वे अपने विपक्षी को ही देने में विश्वास करते थे इसलिए अक्सर खुद चुप रहते थे। आज भी बोले तो बहुत देर से बोले और सूत्र-वाक्य के रूप में उतना ही बोले जिससे बटुकचन्द उपाध्याय कुछ न कुछ गलतियाँ करें और यह सत्ता-परिवर्तन कैसे हुआ इसे समझने का मौका दें।

"भाई उपाध्यायजी बड़ा चैलेंजिंग मामला है। कुम्भ पर सबकी निगाह लगी है। अगले महीने से हर हफ्ते मुख्यमन्त्रीजी रिव्यू करेंगे। अभी भी तीसरे-चौथे चीफ साहब के यहाँ पेशी होती है। वैसे तो आपका पुराना अनुभव है, आपको कोई दिक्कत नहीं होनी चाहिए। सुबह चीफ साहब का फोन आया तो मैंने तो कह दिया कि आपको सही ही चुना गया।"

बटुकचन्द ने आँखों ही आँखों में तौला। है साला घाघ, इससे आज ही निपट लिया जाए, नहीं तो बाद में दुखी करेगा। उन्होंने भोलेपन से जो कुछ कहा उसमें कुछ ठोस था, कुछ द्रव और कुछ गैस।

ठोस, द्रव और गैस का फार्मूला उन्हीं का बनाया हुआ था। उनका मानना था कि नेताओं, मातहतों और अपने से ऊँचे ओहदेदारों से बातें करते समय हमेशा वही नहीं कहना चाहिए जो सच हो। सच तो गैस की तरह होता है, जो सामनेवाले से चिपकता नहीं और वाष्प की तरह उड़ जाता है। ठोस के रूप में कुछ नाम छोड़े जाते हैं जो अक्सर राजनेताओं और वरिष्ठ अधिकारियों के होते हैं। सावधानी सिर्फ इतनी रखनी होती है कि ये नाम ऐसे हों जिनसे सही-गलत की छानबीन सुननेवाला न कर सके। अंग्रेजी में जिसे नेम ड्रापिंग कहते हैं। उस कला को भारतीयों ने अंग्रेजों से भी अधिक खूबसूरती से अपना लिया है। ठोस एवं गैस के अतिरिक्त द्रव का प्रयोग समय-काल के अनुसार चेहरे और आँखों में तरलता लाने के लिए किया जाता है। बटुकचन्द ने तो इस फन में इतनी महारत हासिल कर रखी थी कि वक्त-जरूरत के मुताबिक उनकी आवाज कभी भी रुँध सकती थी। कई बार तो वे रोने भी लगते थे। अक्सर वे ऐसी स्थिति पैदा कर देते कि उनका विपक्षी अगर मजबूत कलेजे का न हो तो उसका भी रोने का मन करने लगता।

आज भी उन्होंने अपने फार्मूले को जमकर इस्तेमाल किया।

"मैंने तो सर बहुत मना किया कि मुझे मत फँसाओ इस झमेले में पर अपने

मुख्यमन्त्रीजी के साले हैं न,...वही नौगढ़वाले विधायक, वे पीछे पड़ गए। मैं जब वहाँ पोस्टेड था तब से ही उनसे मेरे घरेलू ताल्लुकात हैं। बोले उपाध्यायजी आपके बिना कुम्भ नहीं सँभल पाएगा। जीजाजी बड़े परेशान हैं, सरकार की इज्जत दाँव पर लगी है। अगर कुछ हो गया कुम्भ में तो बड़ी थू-थू होगी। मैंने बहुत मना किया लेकिन साहब बड़े आदमियों का मामला..."

बटुकचन्द बोलते समय प्यारेलाल के चेहरे पर निगाह गड़ाए हुए हैं। ठोस कुछ असर कर रहा है, पर है साला घाघ। चेहरे पर कोई भाव उत्पन्न नहीं होने दे रहा है। "चीफ साहब से भी मैंने हाथ जोड़े कि सर अब तो बुढ़ापा आ रहा है, अब पहले जैसी मेहनत नहीं हो सकती। आप हुकुम देंगे तो क्यों नहीं जाऊँगा ? लेकिन कुछ ऊँच-नीच हो गई तो सफेदी में कलंक लग जाएगा, लेकिन नहीं माने।"

इस तरह उन्होंने कई लोगों के हवाले दिए और बताया कि किस तरह प्रदेश के समक्ष कुम्भ नामक समस्या के उत्पन्न होने पर उन्होंने बटुकचन्द उपाध्याय नामक महाबली के समक्ष बीड़ा रख दिया और किस तरह हर बड़े आदमी को उन्होंने समझाने की कोशिश की कि वे योग्य अवश्य हैं पर उम्र नामक एक बाधा ऐसी है जिसके चलते वे इस बीड़े को उठाने में असमर्थ हैं। पर हर प्रसंग का अन्त इसी टेक पर हुआ कि जैसा कि बड़े लोगों का स्वभाव है उनकी दलील ठुकरा दी गई और वे अनिच्छापूर्वक यहाँ आ गए। लेकिन अब जब वे आ ही गए हैं तो सब कुछ ठीक कर देंगे और भगवान की कृपा और एस.ई. साहब के आशीर्वाद से जो कुछ होगा, अच्छा ही होगा।

प्यारेलाल बोल कुछ नहीं रहे हैं। बस उनके ठोस के पीछे छिपे सच को पकड़ने का प्रयास कर रहे हैं।

इसमें कोई शक नहीं कि बटुकचन्द की पोस्टिंग के पीछे सी.एम. और चीफ साहब दोनों हैं पर सच्चाई उस तरह नहीं है जिस तरह बटुकचन्द बयान कर रहे हैं। उन्होंने उड़ती-पुड़ती सुन रखी थी कि इस मामले में काफी लेन-देन हुआ है।

जिस विधायक को बटुकचन्द ने मुख्यमन्त्री का साला और अपना घनिष्ठ घोषित किया था, उसके बारे में यह आम चर्चा थी कि बिना नकद गिनाए वह घर के बाहर कदम नहीं रखता था। बटुकचन्द जब उससे घनिष्ठता के दावे कर रहे थे, प्यारेलाल उस रकम का अन्दाज लगाने की कोशिश कर रहे थे जो इस हाथ से उस हाथ पहुँची होगी।

कुम्भ के साल हर बार यही होता है। बड़ी-बड़ी बोलियाँ लगती हैं, बड़े-बड़े वारे-न्यारे होते हैं। इस साल भी यही हुआ था। पाँच-छः नाम शुरू से ही दौड़ में थे। प्यारेलाल की मुख्य चिन्ता अपने को बचाए रखने की थी। उनके ओहदे के लिए भी कई दावेदार थे। वे अपने को तो बचाए रखने में कामयाब हो गए पर कमलाकान्त वर्मा को जाना ही पड़ा।

कमलाकान्त वर्मा से उनकी अच्छी पट रही थी और कुम्भ में प्यारेलाल यही चाहते थे कि कमलाकान्त बने रहें। पिछले कुछ दिनों से रोज किसी न किसी के आने की

अफवाह उड़ती थी पर कमलाकान्त भी खूँटे से मजबूत थे। प्यारेलाल अपनी कुर्सी बचाने में इतने मशगूल रहे कि उन्हें कमलाकान्त की चिन्ता करने की फुर्सत ही नहीं मिली। वैसे भी वे जानते थे कि कमलाकान्त को हटाना आसान नहीं था।

पिछले हफ्ते से बटुकचन्द उपाध्याय का नाम चल रहा था। प्यारेलाल ने नाम सुनते ही समझ लिया था कि अब मुकाबला कड़ा होगा, उन्होंने कमलाकान्त को चेतावनी भी दे दी थी। बटुकचन्द की गिनती विभाग में बड़े घाघ अधिकारियों में होती थी। कुम्भ की तैनाती के लिए हर बार बोली, बोली जाती थी पर लगा कि इस बार मुकाबला ज्यादा कड़ा था। बीच में दो-तीन बार देर रात गए कमलाकान्त की घबराई आवाज में फोन आता और वह किसी तगड़े उम्मीदवार की चर्चा चलने की खबर देते। प्यारेलाल की इजाज़त लेकर वह फौरन लखनऊ रवाना हो जाते और दो-तीन दिन में सब कुछ ठीक-ठाक कर लौट आते।

इस बार सब कुछ इतनी तेजी से घटित हुआ कि प्यारेलाल और कमलाकान्त जैसे मँजे हुए खिलाड़ी भी हतप्रभ रह गए।

बहुत सबेरे चीफ साहब का फोन प्यारेलाल के लिए आया। बिना किसी लाग-लपेट के जो सन्देश दिया गया उसके मुताबिक रात एक बजे मुख्यमन्त्री ने कमलाकान्त के तबादले के आदेश पर दस्तखत कर दिए थे। पी.डब्लू.डी. मन्त्री ने यह काम चीफ साहब को सौंपा था कि आदेश का पालन हो जाना चाहिए और चूँकि बकौल चीफ साहब वे अपने और प्यारेलाल में कोई फर्क नहीं समझते इसलिए यह जिम्मेदारी उन्होंने प्यारेलाल को सौंप दी। सन्देश के मुताबिक विभाग के मन्त्रीजी को दोपहर बारह बजे तक मुख्यमन्त्रीजी को अनुपालन रिपोर्ट देनी थी। मन्त्रीजी ने चीफ साहब को साढ़े ग्यारह बजे तक का समय दिया था, इसलिए चीफ साहब ने उन्हें ग्यारह बजे तक का समय दे दिया। चीफ साहब दफ्तर में ग्यारह बजे उनके फोन का इन्तजार करेंगे।

चीफ साहब का आदेश मिलने पर प्यारेलाल को अपना कर्तव्य निर्धारित करने में तनिक भी विलम्ब नहीं हुआ। वे अधिकांश नौकरशाहों की तरह गीता के सन्देश में विश्वास करते थे। नौकरी उनके लिए महाभारत के युद्ध की तरह थी। युद्ध के मैदान में पिता, पुत्र, भाई, बहन, सखा, अनुचर कोई भी सम्बन्ध मायने नहीं रखता था और आवश्यकता पड़ने पर किसी का भी वध किया जा सकता था। सफलता की यही शर्त थी। नौकरशाही में तो सफलता की यही एकमात्र शर्त थी।

सबसे पहले उन्होंने कमलाकान्त वर्मा के घर एक चपरासी दौड़ाया और उसे दस बजे दफ्तर पहुँचने का सन्देश दिया। इसके बाद अपने फोन का रिसीवर उतारकर नीचे रख दिया। उन्हें पता था कि कमलाकान्त वजह जानने के लिए उन्हें फोन करेंगे और यह मानकर कि उनका फोन खराब है, उनके मन में कुम्भ का खयाल आएगा। आज कल कुम्भ के बारे में निरन्तर मुख्यालय सूचनाएँ मँगाई जा रही थीं। यह जरूर था कि अधीक्षण अभियन्ता के अपने दफ्तर में आने की बात कुछ अटपटी जरूर लगेगी पर उनके बीच सम्बन्ध ऐसे थे कि कमलाकान्त को अपने विरुद्ध षड्यन्त्र का सन्देह नहीं

हो सकता।

यही हुआ। दफ्तर आकर ही कमलाकान्त को पता चल पाया कि उनके साथ षड्यन्त्र हुआ है।

प्यारेलाल का वश चलता तो वे कमलाकान्त को ही इस पद पर रखते पर अब उन्हें धोखा देकर बुलाने और बटुकचन्द को चार्ज दिलाने पर उन्हें कोई अफसोस भी नहीं था।

यहाँ सारे पात्र निष्काम भाव से अपना रोल अदा कर रहे थे। बटुकचन्द निष्काम भाव से दनादन झूठ बोल रहे थे। प्यारेलाल निष्काम भाव से सुन रहे थे और सच पकड़ने की कोशिश कर रहे थे। इसके पहले उन्होंने निष्काम भाव से कमलाकान्त को छलने की कोशिश की थी। बाहर ऋषभचरण शुक्ल निष्काम भाव से बाबुओं और जूनियर इंजीनियरों को बता रहे थे कि भैया ने तो साफ-साफ मना कर दिया था, वो तो चीफ साहब ने बहुत समझाया और साथ में एस.ई. साहब को भेजा, नहीं तो भैया चार्ज थोड़े न लेते।

निष्काम भाव से ही बड़े बाबू का मंच पर प्रवेश हुआ।

"ले आए बड़े बाबू।"

"हाँ सर।"

"लाइए।" निर्धारित सरकारी भाषावाले चार्ज सर्टिफिकेट की दस से अधिक प्रतियाँ बटुकचन्द के सामने रख दी गईं। मोचक अधिकारी लिखी पंक्ति के ऊपर वे दस्तखत करते रहे और बड़े बाबू हस्ताक्षर के बाद एक-एक कागज को हटाते गए।

जैसे कि ऋषभचरण नामक उनके सलाहकार ने नाटक की शुरुआत में ही उन्हें सलाह दी थी, उनका जरा भी विश्वास इस बड़े बाबू नामक पात्र में नहीं था। इसलिए पूरी लापरवाही से हस्ताक्षर रूपी चिड़िया कागजों पर बैठाते हुए भी उन्होंने कागजों पर छपी इबारत लगभग पूरी पढ़ ली।

"ट्रेजरी की कापी नहीं दी बड़े बाबू।"

"दी है सर।" बड़े बाबू ने चार्ज सर्टिफिकेट के नीचे जिनको प्रतिलिपि और भेजी जा रही थी, उनकी सूची के नवें नम्बर पर उँगली रख दी।

बटुकचन्द ने उड़ती निगाह डाली।

"स्टेट बैंक को कापी नहीं गई।"

"हाँ...ये गलती हो गई सर। अभी एक और कापी टाइप कर लाता हूँ।"

"मेरे हस्ताक्षर भी बैंक भिजवा दीजिए।"

"अभी बैंक की कापी टाइप कर लाऊँ, उसी के साथ आपके दस्तखत वाला कागज भी भेजता हूँ," बड़े बाबू चले गए। बटुकचन्द ने विजयी भाव से प्यारेलाल की तरफ देखा।

"इस दफ्तर में बड़ी सफाई की जरूरत है सर। सब साले घाघ इकट्ठे हो गए हैं। यह बड़ा बाबू मेरे साथ पहले भी रहा है, पिछली बार तो मैंने ही हटवाया था। अब

बताइए, साले तीस साल से नौकरी कर रहे हैं और बैंक को चार्ज सर्टिफिकेट की कापी भेजना भूल गए। अरे साहब जरा सा चूक जाएँ तो लो बहराइच वाला किस्सा हो गया।"

नौकरशाही में हर मौके के लिए मौजूँ कोई-न-कोई किस्सा रहता है। बटुकचन्द ने इस मौके पर बहराइचवाला किस्सा सुनाया। इस किस्से के मुताबिक उन्हीं जैसे भोले-भाले एक अफसर ने इस बड़े बाबू जैसे बदमाश बाबू का विश्वास कर चार्ज सर्टिफिकेट पर दस्तखत कर दिए। इस कागज की कापी सबको गई पर स्टेट बैंक को नहीं गई, लिहाजा उसका पूर्वाधिकारी अगले काफी दिनों तक चेक काटकर ठेकेदारों के भुगतान करता रहा। बाद में जब तक पता चला और पछतावे की स्थिति नए अफसर के समक्ष उत्पन्न हुई तब तक उस मुहावरे के से हालात बन गए थे जिसमें चिड़िया के खेत चुग जाने के बाद पछतावे की निरर्थकता पर प्रकाश डाला गया है।

बटुकचन्द के पास किसी भी घाघ अफसर की तरह और भी बहुत से किस्से थे। अगर बड़े बाबू ने कलक्टर के नाम प्रतिलिपि नहीं जारी की होती तो वे बुलन्दशहर वाला किस्सा सुनाते और अगर ट्रेजरी के नाम प्रतिलिपि नहीं गई होती तो सुनाने के लिए बलियावाला किस्सा होता।

किस्सा कोताह यह कि सुनाने के लिए बटुकचन्द के पास बहुत सारे किस्से थे और प्यारेलाल कुछ भी सुनने के लिए बहुत उत्सुक नहीं थे।

जितनी देर में बटुकचन्द ने अपना किस्सा खत्म किया, प्यारेलाल की टेलीफोन पर घूमती उँगलियों ने लखनऊ में प्रमुख अभियन्ता से फोन मिला लिया।

"हाँ सर। चार्ज हो गया सर। कमलाकान्त ने तो चार्ज दिया नहीं सर, पर मैंने बटुकचन्दजी को चार्ज दिला दिया सर।"

"नहीं सर, पता नहीं चला सर। कमलाकान्त को तबादले का पता नहीं चला सर। वो तो दफ्तर आकर भाग गया सर। मैं ढुँढ़वा रहा हूँ सर।"

"ठीक है सर। मेहरबानी सर।"

प्यारेलाल विजेता की भाँति उठे। उन्हें सौंपा गया काम सफलतापूर्वक सरअंजाम हो गया था।

"अच्छा भाई उपाध्यायजी, बेस्ट आफ लक, सँभालिए अपना राजपाट," उन्होंने कुछ इस तरह आशीर्वाद दिया मानो महर्षि विश्वामित्र किसी राजकुमार को अभयदान दे रहे हों।

बटुकचन्द ने भी आज्ञाकारी शिष्य की भाँति अपने गुरु के सम्मान में दो-तीन वाक्यों में जो कसीदा पढ़ा उसके भाव कुछ-कुछ यही थे कि वे योग्य और मेहनती तो पहले से थे, बस गुरुकृपा की आवश्यकता थी। अपनी लम्बी सफल नौकरी के दौरान पहली बार एक सही मार्गदर्शक उन्हें प्यारेलालजी के रूप में प्राप्त हुआ है, इसलिए उनकी सफलता में कोई सन्देह नहीं है। वे आ गए हैं और सब कुछ ठीक कर देंगे।

वे आ गए हैं और सब कुछ ठीक कर देंगे, यह वाक्य उन्होंने प्यारेलाल के जाने के बाद अपने शुभचिन्तकों और समर्थकों की भीड़ के सामने भी कहा जो उन्हें प्यारेलाल

को पोर्टिको में खड़ी उनकी कार तक पहुँचाकर वापस अपने कमरे में आने पर मिली।

कमरे में वे सारे लोग थे जिन्हें पिछले कुछ वर्षों में इस कार्यालय में सताया गया था। पात्र होते हुए भी उन्हें उन जगहों पर नहीं रखा गया जहाँ सरस्वती की लक्ष्मी से भेंट होती थी। इनमें वे लोग भी थे जो पिछले सत्ता-सन्तुलन में भी कमाऊ जगहों में थे और इस परिवर्तन में भी उन्हीं जगहों पर रहना चाहते थे। वे यह बताने आए थे कि पिछली बार तो उन्हें अपने सीनों पर पत्थर रखकर पैसा कमाना पड़ा था। काम करने का मजा तो अब आएगा। इस भीड़ में ठेकेदारों, दलालों, पत्रकारों, पेशेवर चापलूसों और इस तरह के तमाम वर्गों के प्रतिनिधि पान के खोखों के साथ हाजिर थे। ये हर सत्ता-परिवर्तन के समय इस कमरे में उपस्थित रहा करते थे।

कई वर्षों बाद बड़े साहब के कमरे में चरण छूने की परम्परा फिर वापस आ गई।

लोगों को मेज के नीचे घुसकर पैर छूने पड़ रहे थे इसलिए बटुकचन्द ने पाँव बाहर निकालकर एक स्टूल पर रख दिए। लोग आते ही पैर छूते थे और पान का खोखा आगे बढ़ा देते थे। बटुकचन्द अपने गोल ठूँसे हुए मुँह में एक बीड़ा और ठूँस देते।

"साहब अब आप आ गए हैं, सब ठीक हो जाएगा।"

बटुकचन्द को इसमें क्या आपत्ति हो सकती थी ! वे स्वयं भी बीच-बीच में घोषित करते जा रहे थे कि वे आ गए हैं तो सब ठीक हो जाएगा।

"पत्रकारों ने तो इस दफ्तर में आना बन्द कर दिया था। वही लल्लनवा बैठकर दलाली करता रहता था। चलिए अब आप आ गए हैं तो सब ठीक हो जाएगा," शहर से छपनेवाले अंग्रेजी अखबार के संवाददाता ने कहा।

"हाँ साहब, आपके दफ्तर का तो सारा तंत्र ही बिगड़ गया था। पता लगा लीजिए जो कोई आत्म-सम्मानवाला व्यक्ति यहाँ आता हो। अब सब ठीक हो जाएगा," खद्दरधारी नेता ने कहा।

"सब ठीक हो जाएगा," ठेकेदारों ने कहा।

"सब ठीक हो जाएगा," दलालों ने कहा।

बाबुओं, चपरासियों, कुर्सियों, बरामदों, चायखानों, गरज यह कि जिन-जिन की आवाज श्री बटुकचन्द उपाध्याय अधिशासी अभियन्ता अर्थात दफ्तर के बड़े साहब तक पहुँच सकती थी, सबने पूरे विश्वास के साथ कहा कि अब सब कुछ ठीक हो जाएगा।

बटुकचन्द ने भी सभा बर्खास्त करने के पहले कहा कि अब वे आ गए हैं इसलिए सब ठीक हो जाएगा।

इस प्रकार सार्वजनिक निर्माण विभाग के प्रान्तीय खंड नामक इस दफ्तर में दिन-भर 'सब ठीक हो जाएगा, ठीक हो जाएगा,' की ध्वनि गूँजती रही और रोज की तरह आज भी कुछ काम नहीं हुआ।

तीन

इस सड़क के दोनों तरफ बाबुओं के कत्लगाह बिखरे हुए थे।

सड़क को सड़क कहना काफी हद तक औपचारिकता निभाने जैसा था। इस पतली-दुबली मरियल सड़क पर चलने के अलावा सभी काम सुविधा के अनुसार किए जा सकते थे। सरकारी रिकॉर्ड में सड़क के नाम से जो चीज दर्ज थी उसे शौचालय या मूत्रालय जैसे किसी नाम से पुकारा जा सकता था। दोनों पटरियाँ और आधी सड़क देश की बेरोजगारी और आवास नामक समस्याओं को हल करने में इस्तेमाल हो रही थीं। प्रणय-लीलाओं से लेकर फौजदारी तक कई राष्ट्रीय गतिविधियाँ थीं जो इस सड़क पर ही सम्पादित होती थीं। इन सबके अलावा यह सड़क चलने के भी काम आती थी। यही सबसे बड़ा आश्चर्य था जो सिर्फ हमारे देश में ही सम्भव हो सकता था।

इसी सड़क के दोनों तरफ दूर-दूर तक दफ्तरों की कतारें फैली हुई थीं। इन दफ्तरों में एक ऐसा जीव पाया जाता है जिसे बाबू कहते हैं और जिसके बारे में जानकारों का कहना है कि उसे मैकाले नामक एक अंग्रेज विद्वान ने खोजा था। दरअसल कोलम्बस और वास्कोडिगामा की खोजों के बाद यह सबसे महत्त्वपूर्ण खोज पाई जाती है, और जैसा कि इन दोनों विद्वानों की खोजों के साथ हुआ कि उनके मरने के बाद भी उनकी खोजें दुनिया में बरकरार हैं, उसी प्रकार मैकाले की खोज उसके बाद भी हमारे बीच फल-फूल रही है।

अफसरों को करने के लिए इस देश में बहुत सारे काम हैं। उन्हें दौरा करना पड़ता है, अपने से बड़े अफसरों को खुश रखना पड़ता है, लंच पर जाना पड़ता है और काफी समय बाथरूम में रहना पड़ता है। इतनी सारी व्यस्तताएँ होती हैं कि वे दफ्तर में बैठ नहीं पाते। बाबुओं को दफ्तर में इतना बैठना पड़ता है कि वे किसी काम लायक नहीं रहते। कभी-कभी किसी फाइल की किस्मत अच्छी होती है। बाबू उसे नोटिंग-ड्राफ्टिंग करके सजा-सँवार कर ले आता है और अफसर उसमें एक अमूर्त पच्चीकारी करता है। इसे कुछ लोग चिड़िया बैठाना कहते हैं, और कुछ लोग हस्ताक्षर।

बाबू की दुनिया की सबसे अहम चीज फाइल होती है। यह कहना बहुत मुश्किल है कि फाइल बाबू के लिए बनी है या बाबू फाइल के लिए। इतना ही कहा जा सकता है कि बिना फाइल बाबू की कल्पना नहीं की जा सकती। इन फाइलों के बारे में यह भी कहा गया है कि इन्हें बाबू लिखते हैं और बाबू ही पढ़ते हैं। हिन्दी लेखन में तो

कई बार बाबू के मरने के बाद उसकी आत्मा इन्हीं फाइलों में भटकती हुई पाई गई है। कई लेखकों ने रात के सन्नाटे में इन फाइलों के बीच से अजीब दर्दनाक कराहें सुनी हैं। इन्हें वे उन मृत बाबुओं की मानते हैं जिनकी जवानियाँ और समय से पहले आए बुढ़ापे इन फाइलों में दफन हैं। बाज वक्त तो ऐसा भी हुआ है कि जिन्दगी-भर पेंशन बनानेवाले बाबू की आत्मा अपनी पेंशन के चक्कर में उसी सेक्शन की फाइलों में भटकती हुई पाई गई।

सार्वजनिक निर्माण विभाग के प्रान्तीय खंड के इस दफ्तर में भी सब कुछ दूसरे दफ्तरों की ही तरह था। बाबू भी दूसरे दफ्तरों की ही तरह थे। वे रोज देर से आते थे, आते ही चाय की दुकानों पर चले जाते थे, चाय पीकर पान खाते थे, दोनों के पैसे किसी ठेकेदार से दिलवाते थे, वापस दफ्तर आकर गप्प लड़ाते थे और फिर चाय की दुकान पर चले जाते थे। उनके जिम्मे दूसरे दफ्तरों की ही तरह यहाँ भी इतनी व्यस्तताएँ थीं कि वे हर समय व्यस्त रहते थे। दूसरे दफ्तरों की ही तरह यहाँ भी एक मूत्रालय था जिसके दरवाजे पर 'सिर्फ अधिकारियों के लिए' लिखा था। इसलिए यहाँ भी बाबू पेशाब जैसी क्रिया का सम्पादन करने के लिए इस सड़क पर स्थित बहुत सारे दफ्तरों की चारदीवारियों में से किसी एक का उपयोग कर लिया करते थे।

बाबुओं के बैठने के लिए हालनुमा दो कमरे थे। इनमें भाँति-भाँति की चीज़ें थीं। लकड़ी, लोहे और बेंत को मिलाकर बनी हुई एक वस्तु थी जिसे कुर्सी कहते हैं। अगर किसी स्कूली बच्चे को इसे दिखाकर इस पर निबन्ध लिखने को कहा जाए तो वह इसकी दो विशेषताएँ जरूर लिखेगा। पहली तो यह कि इसमें दो से लेकर चार तक टाँगें होती हैं। एक टाँग इसलिए नहीं होती क्योंकि एक टाँग पर यह अधिक देर खड़ी नहीं रह पाएगी। जिन कुर्सियों की सिर्फ एक टाँग बचती है उनके नीचे ईंटें लगाकर दूसरी, तीसरी या चौथी टाँग की कमी पूरी कर ली जाती है। दूसरी खास बात यह है कि कुर्सी नामक इस पदार्थ पर बाबू लोग बैठते हैं। वे इन पर इसलिए बैठते हैं कि जब तक उनकी और इन दफ्तरों की खोज हुई, तब तक जमीन पर बैठने का चलन समाप्त हो चुका था। जब कभी बाबू लोगों का मन इन कुर्सियों की बची-खुची टाँगों को तोड़ने का करता है, वे मार-पीट में भी इनका इस्तेमाल कर लेते हैं। कई बार सरकार खुश होकर ज्यादा बजट दे देती है या अफसरों का मन कमीशन से विरक्त हो जाता है तो कुछ नई कुर्सियाँ आ जाती हैं। पर उन्हें देखकर बाबुओं को घबराहट होने लगती है। उन्हें लगता है कि उनका वर्क कल्चर समाप्त करने का भयानक षड्यन्त्र किया जा रहा है, अतः वे नई कुर्सियों के बेंत ब्लेड से काट देते हैं। अगर किसी सहकर्मी का सर फोड़ने का मन नहीं करता तो कमरे की फर्श तोड़ने के लिए इन कुर्सियों का इस्तेमाल कर लेते हैं। एक बार जब कुर्सी चार से तीन या दो टाँगवाली हो जाती है तो उस पर बैठने भी लगते हैं।

बाबुओं के कमरे में कुर्सी-परिवार की एक और चीज़ थी जिसे मेज कहते हैं। इसके बारे में भी कहा यही जाता है कि इसकी चार टाँगें होती हैं। पर इन दोनों कमरों में

काफी मुश्किल से ऐसी कोई मेज तलाशी जा सकती है जिसकी चारों टाँगें धरती को छू रही हों। टाँगों में क्या रखा है, यह माननेवाले बाबुओं ने चपरासियों से मँगाकर ईंटों के सहारे इन मेजों को खड़ा कर रखा था। मेजों पर फाइल नामक वस्तुएँ गँजी थीं। वज़न कम न हो जाए इसलिए फाइलों के अलावा धूल भी इन पर प्रचुर मात्रा में थी। मेजों के अलावा फाइलें फर्श पर भी थीं। यह कहना सही होगा कि ज्यादातर फाइलें फर्श पर ही थीं। फाइलों में दबे महत्त्वपूर्ण कागजों के बारे में दफ्तर के चपरासी इतने चिन्तित रहते थे कि वे फर्श की कभी सफाई नहीं करते थे। इसलिए फर्श पर भी फाइलों के अलावा काफी मात्रा में धूल थी।

कमरों में जहाँ-जहाँ जगह हो सकती थी वहाँ लकड़ी या लोहे के बड़े ढाँचे खड़े कर दिए गए थे। जब फर्श पर जगह नहीं बचती थी तो बाबू लोग इनमें भी फाइलें रख देते थे। वे इन्हें आलमारी कहते हैं। अगर कभी यह इमारत नष्ट हुई और पुरातत्त्व विदों को काल-निर्धारण का काम सौंपा गया तो निश्चित रूप से उन्हें यह तय करने में दिक्कत होगी कि इस जगह दफ्तर पहले बना था या वहाँ पहले आलमारी रखकर उसके चारों तरफ दफ्तर बना दिया गया था। इन आलमारियों को रखने के बाद हटाया नहीं गया था इसलिए अक्सर कोई पुरानी फाइल तलाशनी होती है तो बाबू लोग उनके नीचे तलाशते हैं।

बाबू, कुर्सी, मेज, आलमारी और फाइल नामक पाँच तत्त्वों से जो चीज़ बनती है उसी को दफ्तर कहते हैं। एक विद्वान ने कहा है कि एक बार स्थापित हो जाने के बाद दफ्तर अपने लिए काम खुद ही पैदा कर लेता है। काम करने के लिए कागज़ नामक माध्यम का इस्तेमाल होता है। जैसा कि पहले बताया गया है, इस पर बाबू कुछ लिखते हैं और बाबू ही, अगर हस्तलिपि पढ़ने लायक हो तो, पढ़ते हैं। इस कागज का थोड़ा हिस्सा सरकार देती है। सरकार के दिए कागज़ से दफ्तर का काम नहीं चल सकता इसलिए उसका बड़ा हिस्सा अफसरों और बाबुओं के घर चला जाता है और वहाँ उनके बच्चों के शैक्षणिक विकास में काम आता है। बिना कागज के दफ्तर का काम नहीं चल सकता और बिना काम किए सरकारी अमला रह नहीं सकता इसलिए वे जन सहयोग नामक उस कार्यक्रम का सहारा लेते हैं, जो भारतीय नौकरशाही के कलपुर्जों में तेल-पानी देने के लिए सबसे आवश्यक है। अलग-अलग महकमे अपने सम्पर्क में आनेवाली जनता से अलग-अलग तरीकों से सहयोग माँगते हैं। मसलन थाने पर रपट लिखाने जानेवाले को राष्ट्र के नाम पर एक ताव कागज़, थोड़ी स्याही या पेन भेंट करने के लिए कहा जाता है। कई बार यह भेंट चोरी गए सामान की कीमत से ज्यादा होती है, इसलिए बहुत सारे लोग रपट लिखाने में दिलचस्पी नहीं दिखाते। अक्सर कागज़ की बरबादी बचाने के लिए थानेवाले ही रपट नहीं लिखते। इस दफ्तर ने भी कागज़ की इस राष्ट्रीय कमी को पूरा करने के लिए तय कर रखा था कि जिसका काम हो वह अपना कागज़ खुद लाए। इसके अलावा अतिरिक्त कागज़ भी लाए जिससे कर्मचारियों के बच्चों की शिक्षा पर प्रतिकूल असर न पड़े।

कागज़ों को फाइलों में रखते हैं। फाइलों में इसलिए रखते हैं क्योंकि अभी तक कागज़ों को गायब करने की इससे बेहतर विधि ईजाद नहीं हुई है। बाबुओं की नई पीढ़ी इस मामले में अधिक मौलिक है। इस पीढ़ी के बाबू कागज़ों को अपनी मेज, कुर्सी या आलमारी के नीचे भी रखते हैं। पहले इन फाइलों को लाल फीते से बाँधते थे। लाल फीते से फाइल बँधते ही मान लिया जाता था कि उसमें बन्द कागजों के आराम में अब अगली दो-तीन पीढ़ियों तक कोई खलल नहीं डालेगा। इसी से भाषा को एक नया शब्द मिला—लाल फीताशाही। हमारे देश के बाज मुख्यमन्त्रियों को यह शब्द पसन्द नहीं आया इसलिए उन्होंने लाल की जगह हरे, पीले, गुलाबी जैसे दूसरे रंगों के फीते इस्तेमाल करने के हुक्म दे दिए। इस तरह लाल फीताशाही खत्म हो गई और कागज दूसरे रंगों के फीतों के नीचे दफन होने लगे।

दफ्तरों की कार्यकुशलता का आकलन कागज़ों के निस्तारण से लगाया जाता है। इस दफ्तर का बाबू भी दूसरे दफ्तरों के बाबू की तरह कागजों के निस्तारण में खासी दिलचस्पी रखता था। हर कागज को बाबू पहले सूँघता था, फिर तौलकर देखता था और फिर उसके भविष्य का निर्धारण करता था। बाबू के हाथ में आते ही कागज़ के रोम-रोम से कुछ ऐसी ध्वनियाँ निकलने लगती थीं जिन्हें सिर्फ वही पकड़ पाता था। कुछ-कुछ कविता की उस पंक्ति जैसा मामला था जिसमें खग को ही खग की भाषा जाननेवाला बताया गया है। ऊपर की एक-दो पंक्तियाँ पढ़ते ही बाबू समझ जाता था कि उसे क्या करना है ? इसके बाद कागज़ों का निस्तारण शुरू होता है। 'अति आवश्यक', 'तुरन्त' या 'गोपनीय' जैसे भारी-भरकम विशेषणों से दबे कागज बाबू की कुर्सी, मेज या आलमारियों के नीचे पहुँच जाते हैं। कुछ अधिक भाग्यशाली होते तो किसी फाइल के अन्दर समा जाते हैं। कुछ नई उम्र के बाबू अभी तक कागज़ से नाव या हवाई जहाज़ बनाने के खेलों के शौक से मुक्त नहीं हुए थे, इसलिए कुछ कागज़ बीच-बीच में हवा में उड़ते नज़र आते हैं। दिन-भर बाबुओं को चाय-पकौड़ों से जूझना पड़ता है, इससे भी कागज़ों के निस्तारण में सुविधा होती है। चायवाले का छोकरा बाबुओं को समोसा या पकौड़ी देने के लिए उनके सामने का कागज़ खींचकर उस पर तेल टपकता खाद्य पदार्थ रख देता है। इस तरह दिन में जितनी बार वह आता उतने कागज़ों का निस्तारण होता चलता है।

शाम होते-होते बाबू सन्तुष्ट हो जाता है कि भारतीय नौकरशाही के आदर्श पुर्जे के रूप में उसने दिन-भर कठिन परिश्रम किया है और उसे मिले कागज़ों में अधिकांश का निस्तारण हो गया है। अब वह बचे-खुचे उन कागज़ों पर ध्यान केन्द्रित करता है जिन पर कुछ वज़न रखा हुआ दिखाई देता है। वज़न शब्द का इस्तेमाल भी बाबुओं के साहित्य प्रेम का ही परिचायक अधिक था। अक्सर वह सामने खड़े फरियादी से कागज़ लेकर उसका कुछ इस तरह मुआयना करता जैसे उसमें लिखी हुई भाषा ग्रीक या लैटिन हो। फिर वह कागज़ को एक तरफ रख देता और दूसरी किसी फाइल में सर गड़ाकर पूरे दृश्य से अनुपस्थित हो जाता। फरियादी अगर उसकी एकाग्रता में खलल

डालने की कोशिश करता तो वह अपार कष्ट का भाव चेहरे पर लाकर उसे बताता कि देश के सामने बहुत से संकट हैं और अभी जिस फाइल के गहन अध्ययन में वह डूबा हुआ था, अगर उसका निस्तारण उसने फौरन नहीं किया तो संकट के बादल और घने हो जाएँगे। फरियादी थोड़ी देर में वह प्रश्न पूछता जिसका उत्तर देना नौकरशाही के किसी भी पुर्जे के लिए सबसे कठिन होता। फरियादी अपने कागज़ के भविष्य के बारे में जिज्ञासा प्रकट करते हुए जानना चाहता कि उसका निस्तारण कब तक सम्भव होगा। इस पर बाबू रहस्यलोक में डूबे किसी दार्शनिक की तरह जवाब देता कि निस्तारण आज भी हो सकता है, अगले साल भी हो सकता है या फिर मामला आनेवाली पीढ़ियों पर भी टाला जा सकता है। फरियादी अगर दफ्तरों में नियमित आता-जाता है तो उसे निहितार्थ समझने में देर नहीं लगती पर अगर कोई नया आदमी हो तो उसे जरूर दिक्कत होती है। उसके ज्ञान-चक्षु तभी खुलते हैं जब कोई चपरासी या दूसरा बाबू उसे इशारे से अलग बुलाकर किसी अदृश्य आँधी का हवाला देता है जो उसके कागज़ को उड़ाए लिये जा रही है। अगर कागज़ मजबूती से अपने स्थान पर स्थिर नहीं रहेगा तो उसका निस्तारण कैसे होगा ? फिर फरियादी को सलाह दी जाती है कि वह अपने कागज पर कुछ वज़न रखे। फरियादी फौरन समझ जाता है और रिजर्व बैंक ऑफ इंडिया के गवर्नर के हस्ताक्षरयुक्त कागज़ के कुछ वज़नी टुकड़े पहलेवाले कागज़ के ऊपर या नीचे रखे जाते हैं।

लाला बाबू को नई पीढ़ी के बाबुओं से जो असंख्य शिकायतें हैं उनमें एक यह भी है कि पहले के बाबू बड़ी शाइस्तगी से वज़न रखवाते थे। अक्सर यह क्रिया बाहर किसी चाय की दुकान या बाबू के घर पर सम्पादित होती थी। अगर दफ्तर में करना भी पड़े तो मेज़ के नीचे हाथ डालकर कर लेते थे। सम्बन्धित बाबू झेंपकर चारों तरफ देखता था कि कोई देख तो नहीं रहा। बाकी बाबू ऐसे मौके पर फाइलों में अपना सर गड़ा लेते जिससे उनके सहयोगी को असुविधा न हो। पर नए जमाने के बाबुओं ने तो सारी लाज-हया घोलकर पी ली थी। वे खुलेआम लेन-देन करते हैं। अपने मुँह से खुद ही बता देते कि कागज़ बड़ा हल्का है और इस पर वज़न रखना पड़ेगा। कितना वज़न रखना पड़ेगा, यह भी बता देते हैं और अक्सर ऊँची आवाज़ में वज़न का मोल-तोल भी करते हैं।

शाम तक सारे वज़नी कागज़ों को इकट्ठा करके बाबू उन्हें सुन्दर-सुन्दर फाइलों में सज़ा लेता है। फिर अपना पूरा भाषा-ज्ञान उड़ेलते हुए उस पर नोटिंग-ड्राफ्टिंग करता है। यह नोटिंग-ड्राफ्टिंग नौकरशाही का सबसे ललित पक्ष है। इसके बारे में यह प्रचलन है कि इसे सबसे निचले ओहदेवाला बाबू तैयार करता है और ऊपरी सीढ़ियों पर बैठे तमाम ओहदेदार अपने-अपने तरीके से इसके लालित्य में वृद्धि करते चलते हैं। जिन फाइलों में अफसर की दिलचस्पी होती है, उनके बारे में बाबू को बता दिया जाता है और वह उसी प्रकार नोटिंग करके ले आता है। जिनके बारे में उसे ऊपर से कोई इशारा नहीं मिलता उनमें वह वज़न के अनुसार नोटिंग करता है। नौकरशाही में भ्रातृत्व भावना

कुछ इतनी प्रबल है कि नीचे से भेजा गया प्रस्ताव ऊपर तक चलता चला जाता है और स्वीकृत होकर लौट आता है। 'बाबू लिखते हैं और बाबू पढ़ते हैं', वाली कहावत के अनुसार अफसर सिर्फ चिड़िया बैठाते हैं।

हर अफसर नौकरी शुरू करते ही जान जाता है कि उसे और कुछ करना हो, न हो, पर दस्तखत बहुत करने होंगे। इसलिए वह अपने हस्ताक्षरों का एक लघु संस्करण ईजाद करता है, जिसे चिड़िया कहते हैं। फाइलों में बैठनेवाली चिड़िया पर अभी तक पक्षीविदों का ध्यान नहीं गया है इसलिए उनके आकार-प्रकार अथवा प्रजाति के बारे में कोई गम्भीर काम नहीं हुआ है। भविष्य में अगर कभी किसी शोधकर्ता ने काम किया तो वह पाएगा कि इन परिन्दों की भी बहुत सारी किस्में हैं। सुबह दफ्तर खुलने पर बैठाई गई चिड़िया शाम को दफ्तर बन्द होते समय बैठाई गई चिड़िया से भिन्न होती है। अच्छे मूड की चिड़िया का आकार बुरे मूड की चिड़िया से छोटा होता है। कमीशन की खुशबू बिखेरनेवाली फाइल पर बैठी चिड़िया चहकती नज़र आती है और सूखे कागज़ों पर बैठी हुई मरियल। हमारे देश में, जिस तरह के विषयों पर शोध हो रहा है, उसे देखते हुए इस बात की पूरी सम्भावना है कि विश्वविद्यालयों में किसी दिन इस महत्त्वपूर्ण विषय पर भी काम होगा।

हॉलनुमा एक कमरे में बड़े बाबू उर्फ लाला बाबू का साम्राज्य था। वे हाल के बीच में एक बड़ी मेज के पीछे बैठते थे। बरसों से, जब वे बड़े बाबू नहीं भी बने थे, यह मेज यहीं रखी है। उन्होंने सिर्फ इतना किया कि मेज का कोण इस तरह कर दिया कि उसके पीछे बैठकर उन्हें बाहर खड़ी अपनी साइकिल दिखाई देती रहे। चूँकि यह बड़े बाबू की मेज थी इसलिए इसकी चारों टाँगें सलामत थीं और इस पर एक कपड़ा बिछा हुआ था जिसके लिए बड़े बाबू और फर्राश आपस में बातें करते समय मेजपोश शब्द का इस्तेमाल करते थे। इस कपड़े के रंग के बारे में बाबुओं में एकमत नहीं था। बताया जाता है कि लाला बाबू जब नए-नए बाबू बनकर इस कमरे में बैठने आए थे तब के हेड क्लर्क लक्ष्मी बाबू ने उनसे एक नोटशीट तैयार कराकर टेबुलक्लाथ खरीदने की स्वीकृति ली थी। उस समय जो कपड़ा खरीदकर आया था, उसका रंग हरा था। पिछले बीस सालों में उस पर इतनी स्याही और धूल जमा हुई थी कि हरा रंग पूरे कपड़े में कहीं-कहीं कुछ धब्बों के रूप में ही मौजूद था। कपड़ा इतनी जगह से नुचा-चुथा था कि उसकी लम्बाई-चौड़ाई के बारे में भी बाबुओं में मतभेद रहता था।

इस मेज के पीछे बैठकर लाला बाबू अपना चश्मा नाक पर नीचे करके अपना साम्राज्य निहारते थे।

आज भी वे बीच-बीच में चश्मे को नीचा करके सामने बैठे बारह बाबुओं, उनकी मेज़ों को घेरकर खड़े ठेकेदारों और दलालों को देख रहे थे। आज कुछ स्थिति भिन्न थी। आज यह देखना सिर्फ आदतवश नहीं था। आज का देखना कुछ-कुछ उस घबराए आदमी की प्रतिक्रिया जैसा था जो पूरी तरह तटस्थ होने का नाटक करता हुआ सामनेवालों के चेहरों से यह भाँपने की कोशिश करता है कि कहीं उसका मज़ाक तो

नहीं उड़ाया जा रहा है।

कल दफ्तर में सत्ता-परिवर्तन हुआ था। सभी को मालूम था कि बड़े बाबू के पुराने बड़े साहब कमलाकान्त वर्मा से कैसे सम्बन्ध थे। यह भी सबको मालूम था कि नए बड़े साहब बटुकचन्द से उनकी नहीं पटती। बटुकचन्द ने आने के बाद बड़े बाबू को तलब करके क्या-क्या कहा, इसकी भी जानकारी मिर्च-मसाला लगाकर चारों तरफ पहुँचाई जा चुकी थी।

जिस तरह परीकथाओं के दैत्य की जान तोते में बसती थी, उसी तरह दफ्तरों की जान बड़े साहब नामक प्राणी में बसती है। यद्यपि दफ्तरों में सब कुछ काफी हद तक रूटीन हो चुका है और बड़े साहबों के आने-जाने से कुछ बुनियादी फर्क नहीं पड़ता फिर भी किसी पुराने बड़े साहब के तबादले या नए-नए बड़े साहब के आने पर छोटा-मोटा जलजला तो आ ही जाता है। अधिशासी अभियंता कमलाकान्त वर्मा के जाने और बटुकचन्द उपाध्याय के आने पर यही हुआ। लंच के पहले का पूरा वक्त दफ्तर की दीवारों, चपरासियों, बाबुओं और मातहतों ने मुहावरे की भाषा में नहीं बल्कि सचमुच दम साधे किसी अनहोनी की आशंका में बिताया।

बड़े साहब की बदली को सिर्फ एक दिन हुआ था। बटुकचन्द को दफ्तर के लोग पहले से जानते थे लेकिन उन्होंने कोई जोखिम लेना मुनासिब नहीं समझा। आज दस बजे तक सारे बाबू दफ्तर में आ गए थे। आने पर उन्हें कमरे खुले भी मिले। आकर वे फौरन चाय की दुकानों पर नहीं गए बल्कि उन्होंने अपने सामने रखी फाइलों में कुछ लिखा भी। बटुकचन्द भी सवा दस बजे आ गए। उन्होंने भी कुछ फाइलों पर दस्तखत किए। घंटे-डेढ़ घंटे दफ्तर में जो कुछ हुआ उसे देखकर कुछ पुराने दलाल यह सोचकर कि वे किसी दूसरे दफ्तर में चले आएँ हैं, बाहर भाग गए। बाहर से बोर्ड पर एक बार फिर दफ्तर का नाम पढ़कर वे वापस अन्दर आए। पर यहाँ यह सब बहुत देर तक नहीं चल सकता था। लंच तक दफ्तर में जीवन वापस अपनी लीक पर लौट आया। तब तक सत्ता-हस्तान्तरण का एक दौर समाप्त हो गया था। घटनाएँ कुछ इस तरह घटीं कि उन्हें देखकर किसी को भी उन छोटे-मोटे राष्ट्रों का स्मरण हो सकता था जहाँ अभी भी मध्ययुग ठहरा हुआ था और जहाँ सत्ता-हस्तान्तरण के लिए इसी तरह के तरीके लोकप्रिय थे। एक राष्ट्राध्यक्ष राज्य छोड़कर भाग गया था। सिंहासन पर दूसरा व्यक्ति आसीन होकर सत्ता के दलालों से उनकी निष्ठा के प्रमाण-पत्र बटोर रहा था।

रोज की तरह आज भी आधे घंटे का लंच ब्रेक आधे घंटे की जगह तीन घंटे तक चला। एक बजे से लेकर चार बजे तक आज भी अफसर और बाबू लंच लेते रहे। फर्क इतना आया कि रोज़ इस दौरान सारे कमरे खाली हो जाते थे। आज अफसर किसी न किसी बहाने बड़े साहब के कमरे में इकट्ठे हो गए और बाबू भी आते-जाते रहे। बटुकचन्द पहले भी इस दफ्तर में रह चुके थे इसलिए लोगों को पता था कि उन्हें कचौड़ियाँ और मगही पान एक सौ बत्तीस नम्बर के तम्बाखू के साथ पसन्द थे। इसलिए पूरे तीन घंटे उनके कमरे में यही सब पहुँचते रहे। स्थिति कुछ-कुछ ऐसी थी कि अगर

पूरे सन्दर्भ को काटकर उनका कोई फोटो खींचा जाता तो यही लगता कि कोई कचौड़ी का दुकानदार किसी दफ्तर की मेज़ उड़ा लाया है और उस पर कचौड़ी के साथ-साथ पान भी रखकर बेच रहा है।

दरअसल पान और कचौड़ी के साथ-साथ अपनी निष्ठा भी पेश की जा रही थी। जैसे ही कोई नया मुसाहिब अन्दर पहुँचता, उसकी सुविधा के लिए बटुकचन्द अपना कोई एक पैर आगे-पीछे करने लगते। उसके करीब आते-आते पैर ऐसी स्थिति में पहुँच जाता कि आगन्तुक को हवा में एक खास कोण पर अपना हाथ लहराना पड़ता और पान ठूँसे मुँह से विशेष प्रकार की गों...गों...की ध्वनि यह स्पष्ट कर देती कि खिलवत कबूल कर ली गई है। इस प्रक्रिया में बाधा सिर्फ दो दशाओं में पड़ती। पहली तो तब जब कोई धृष्ट मनसबदार पैरों को हिलाने-डुलाने जैसे सहज सुबोध इशारे को समझने से इनकार कर देता और दोनों हाथ जोड़कर नमस्कार जैसी औपचारिकता से मामला निबटाने की कोशिश करता। ऐसी स्थिति में नौकरशाही में आने के बाद भी पाठ्य-पुस्तकों में पढ़े साहित्य से सम्बन्ध विच्छेद न करनेवाले सुधीजन कवि भूषण की उन पंक्तियों का स्मरण करने लगते जिनमें औरंगजेब द्वारा पर्याप्त सम्मान न दिए जाने पर शिवाजी की प्रतिक्रिया का बखान था। वक्त बदल गया था और बटुकचन्द तुरत-फुरत हिसाब करने से अधिक भविष्य में निबट लेने में अधिक विश्वास करते थे इसलिए धृष्टता करनेवाले के अभिवादन का पूरी स्निग्ध मुस्कान से उत्तर देते। सिर्फ उन्हें करीब से जाननेवाले ही उस कौंध को महसूस कर पाते जो सेकेंड के पता नहीं कितने हजारवें क्षण के लिए उनकी आँखों में चमकतीं और गायब हो जाती। मुँह से निकलनेवाली ध्वनियों में भी इतना बारीक अन्तर होता कि सिर्फ समझनेवाले ही समझ पाते कि वे ऊपर फैली हुई लापरवाही के नीचे यह पता करने की कोशिश कर रहे हैं कि नमस्कार नामक औपचारिकता सायास की गई है या आगन्तुक अपनी मूर्खता से सही सिग्नल नहीं पकड़ पा रहा।

दूसरी स्थिति आसपास बैठे लोगों के लिए असुविधाजनक होती पर बटुकचन्द आनन्दित होते थे, इसलिए नौकरशाही के सुनहरे नियम के अनुसार सभी लोग आनन्दित होते।

इस स्थिति के अनुसार मुँह में बटुकचन्द से भी अधिक पान ठूँसे हुए कोई मुसाहिब दरवाज़े से प्रवेश करते ही बटुकचन्द के चरणों की तरफ लपकता। विघ्न-बाधाओं से न घबरानेवाले वीर की तरह वह मार्ग में पड़नेवाली कुर्सियों और उन पर बैठे नरपुंगवों को हिलाता-झकझोरता उस बड़ी बाधा के समक्ष पहुँच जाता जिसे मेज कहते हैं और जिसके पीछे छिपे दो चरण कमल अपनी स्थितियाँ बदल-बदलकर उसे उसी तरह अपनी तरफ आकर्षित कर रहे होते हैं जिस तरह अपने शरीर-सौष्ठव का प्रदर्शन कर हिन्दी फिल्मों की नायिका अपने नायक को आकर्षित करती है। नायक की तरह वह भी नायिका को प्राप्त करने के लिए कुछ भी कर सकता है।

मेज के सामने खड़े होकर वह कई सम्भावनाओं पर विचार करता है। एक विकल्प

के अनुसार उसे मेज़ पर चढ़कर दूसरी ओर कूद जाना चाहिए और चरणरज लेते हुए वापस इसी क्रिया को सम्पादित करते हुए अपने स्थान पर आ जाना चाहिए। दूसरी स्थिति यूँ हो सकती है कि वह जिम्नास्टिक नाम से जानी जानेवाली उस विधा का सहारा ले जिसके दर्शन अधिकांश भारतीयों को टेलीविजन पर होते रहते हैं और जिसमें दूसरे तमाम खेलों की तरह हर ओलम्पिक के पहले पदक जीतने के मंसूबे बाँधे जाते हैं और हर ओलम्पिक के बाद इन मन्सूबों को बस्ता-खामोशी में बाँधकर रख दिया जाता है ताकि अगले ओलम्पिक में फिर खोलने पर ये उसी तरह चमचमाते हुए निकलें। यहाँ पर इस रास्ते को आजमानेवाले को भारतीय और पाश्चात्य शैली के कई व्यायाम एक साथ करने पड़ते हैं। वह पहले मेज के सामने खड़े होकर सामने की ओर झुकता है और हाथ इधर-उधर फेंककर पाँव छूने का प्रयास करता है। पाँव चूँकि मेज के नीचे हैं और वह बटुकचन्द का पान ठुँसे मुँह से गों...गों...जैसी ध्वनियों को, बस हो गया...बस हो गया जैसा कुछ मानने से इनकार कर देता है, इसलिए अब वह मेज पर साष्टाँग दण्डवत करने लगता है। हवाई जहाज की शक्ल में लेटा हुआ उसका शरीर धीरे-धीरे गोताखोरी की मुद्रा में आ जाता है। इसमें पिछले दोनों पैर ऊपर उठ जाते हैं और दोनों हाथ और सर नीचे को झुक जाते हैं। इस पूरी उठा-पठक का नतीजा यह होता है कि उसे वे चरण मिल ही जाते हैं जो कई दिनों तक न बदले जानेवाले गन्दे नायलॉन के मोजों से आवृत्त, जूतों के बाहर आकर दुर्गन्ध के भभूके छोड़ रहे होते हैं और जिन्हें छूकर किसी भी चमचे को अपने आनेवाले वर्षों के उपलब्धिमय होने का विश्वास हो सकता है।

पैर छूने का एक तरीका और भी है। बटुकचन्द के मेज के दाहिने-बाएँ कुर्सियों पर बैठे चमचों ने मेज और दीवाल के बीच दोनों तरफ का चप्पा-चप्पा घेर रखा है। पर ध्येय का पक्का और चरणस्पर्श का आकांक्षी इन सबको ढकेलता हुआ, पैरों को कुचलता हुआ और कमीशन ही जिनके जीवन का एकमात्र ध्येय है, ऐसे अफसरों की खरीदी कुर्सियों की मज़बूती की परीक्षा लेता हुआ कहीं न कहीं से रास्ता निकाल लेता है और बटुकचन्द के स्पर्शातुर चरणों तक पहुँच ही जाता है।

आज भी आनेवाले अपनी-अपनी श्रद्धा के अनुसार इन विकल्पों में से किसी एक का सहारा लेते जा रहे थे। वे आते और मेज पर लगे हुए कचौड़ियों और पान के ढेर के बीच एक-दो लिफाफे और रख देते, फिर चरणस्पर्श की क्रिया सम्पादित करते और तत्पश्चात् अपनी मनसबदारी हैसियत के अनुसार कोई कुर्सी ग्रहण कर लेते। कुर्सियाँ भरी हुई थीं इसलिए कई बार उन्हें एक तरफ खड़ा होना पड़ता। ऐसे में वे बात करते-करते कनखियों से पूरे कमरे का मुआयना करते रहते और जैसे ही कोई कुर्सी खाली होती उस पर झपट पड़ते। किसी बड़े मनसबदार के आने पर छोटे मनसबदार अपनी कुर्सी खाली कर देते। बड़ा मनसबदार हाथ और मुँह के इशारों से 'रहने दो रहने दो' कहता हुआ उस पर बैठ जाता।

हम भी दरबार के हैं, यह साबित करने के लिए कुछ लोगों ने अपने सामर्थ्य से अधिक पान मुँह में ठूँस लिए थे। कमरे में घुसने के बाद स्वामिभक्ति प्रदर्शित करने

के लिए वे मेज़ पर पड़े पान में से दो-एक बीड़ा पान और मुँह में डाल लेते। पान के छींटों की छटा से अगल-बगलवालों को सराबोर करते हुए भाषा और सम्प्रेषणीयता का ऐसा अद्‌भुत रिश्ता पेश करते जिसे देख-सुनकर बड़े से बड़ा ताकतवर लेखक भी वाह वाह करने लगेगा। उनकी भाषा मूर्त और अमूर्त के बीच झूलती हुई बिना वाक्य पूरा किए ध्वनियों के आधार पर बहुत कुछ कह डालती। मसलन कोई एक मुसाहिब अपनी ठुड्डी पर बह रही पीक को पोंछता हुआ मुँह पैंतालीस डिग्री के कोण में थोड़ा ऊपर उठाता हुआ कहता...

"सा...गों...गों...अब आप...गों...गों...गों...अब...गों...ठीक हो...गों... ।"

बटुकचन्द या कमरे में बैठे लोगों को समझने में दिक्कत नहीं होती कि इस गों...गों...वाक्य के पीछे बोलनेवाले की इस दफ्तर की वर्तमान दुर्दशा के लिए चिन्ता झलक रही है और साथ ही वह आश्वस्त है कि अब इस दफ्तर का स्वर्णयुग आनेवाला है। इसलिए पूरा वाक्य वे समझ जाते कि "साहब अब आप आ गए हैं, अब सब ठीक हो जाएगा।"

इसके जबाब में बटुकचन्द भी अपना मुँह थोड़ा ऊपर उठाते जिससे पीक की फुहार सीधे सामनेवाले के मुँह पर न पड़े बल्कि थोड़ा वायुमण्डल का चक्कर लगाते हुए ज्यादा बड़े श्रोता समुदाय को भिगो सके, फिर गों...गों...मिश्रित भाषा उनके मुँह से फूटती ..."हाँ गों...गों...आ गया...गों...अब...गों...गों...हो...गों... ।"

इसका भाष्य करने में भी सुधीजनों को कोई दिक्कत नहीं होती। वे वाक्य पूरा कर लेते, "हाँ, अब मैं आ गया हूँ। अब सब ठीक हो जाएगा।"

लंच तक जो सन्नाटा बाबुओं के कमरे में छाया था वह लंच शुरू होते-होते टूट गया। एक बार फिर बाबुओं ने काम करना शुरू कर दिया। आज फर्क सिर्फ इतना हुआ कि कोई बाबू इस तीन घंटे के लंच के दौरान दफ्तर से दूर नहीं गया। चाय की दुकानों पर भी वे अधिक देर नहीं ठहरे। उनके लिए चाय-समोसा यहीं आता रहा। दलाल आते रहे, फर्श पर पान की पीक थूकी जाती रही, तुरन्त या अत्यन्त आवश्यक की मोहर लगे कागज बत्ती बनकर नाक या कान खुजलाते रहे और बाबू लोग एक दूसरे की माँ-बहन करते रहे—गरज यह कि शुरुआती सदमे से उबरकर दफ्तर में फिर से सारे जरूरी काम होने लगे।

कोई जोर से हँसता तो बड़े बाबू कनखी से देखते। कोई खाँसता-खखारता तो बड़े बाबू का चश्मा नाक पर सरक जाता।

संकट के ऐसे क्षणों में बड़े बाबू को अपना पुराना वक्त बड़ी शिद्‌दत से याद आता। पहले के बाबू कितना सम्मान देते थे अपने से ऊँचे ओहदेदारों को। इसी सीट पर लक्ष्मी बाबू बैठते थे, मजाल थी कि कोई बाबू उनकी मौजूदगी में ऊँचे स्वर में बोल दे। हँसने की तो बात ही दीगर है। आज संकट की इस घड़ी में उनका रोम-रोम यही प्रार्थना कर रहा था कि सामने बैठे बाबू फिर से पुराने बाबू बन जाएँ और अनुशासन नामक शब्द का महत्त्व उनके मन में कुछ इस तरह बैठ जाए कि वे सत्ता-परिवर्तन से

घायल बड़े बाबू की तरफ देखकर आँख मटकाना या हवा में फिकरे उछालना बन्द कर दें।

प्रातःकालीन प्रार्थना सभाओं की बहुत सारी कामनाओं की तरह बड़े बाबू की यह इच्छा भी बीच-बीच में कटूक्तियों की चट्टान से टकराकर टूटी जा रही थी। बड़े बाबू फाइल में सर गड़ाए किसी काल्पनिक गम्भीर समस्या का हल ढूँढ़ने की कोशिश करते ही कि भाषा के लालित्य का एक नमूना उनके कानों से टकराता, "खूब पादता था साला हवा में...अब हुई बत्ती बन्द।"

बड़े बाबू समस्या में और गहरे डूब जाते पर उनके न सुनने का बहाना अधिक देर नहीं चलता। बाबू लोग फिस्स से ऐसे हँसते कि और कहीं पहुँचे न पहुँचे, हँसी बड़े बाबू तक जरूर पहुँच जाए। बड़े बाबू चश्मा नाक पर सरकाकर चारों तरफ देखते। तब तक हँसनेवाले बाबुओं की फाइलों में गम्भीर समस्याएँ प्रकट हो जातीं। वे फाइलों में आँख गड़ा लेते। आँख के इस लिहाज को बड़ा बाबू अच्छा मानते हैं पर मुश्किल यह है कि बाबू लोग फाइलों में मुँह जरूर गड़ा लेते हैं पर उनके होंठों पर खास तरह की मुस्कान तैरती रहती है।

बाबुओं में हर दफ्तर में दो पक्ष रहते हैं। यहाँ भी थे। सन्तुष्ट पक्ष में वे बाबू थे जिन्हें कैम्प क्लर्क या प्री-आडिट क्लर्क बनने का मौका मिला था। इन्हीं जगहों पर वह सब कुछ हासिल होता था जिसे बाबुओं की भाषा में तर माल कहा जाता है। असिस्टेंट इंजीनियरों से सम्बद्ध कैम्प क्लर्कों को हर भुगतान में एक प्रतिशत तथा डिवीज़नल एकाउंटेंट से जुड़े प्री-आडिट क्लर्क को आधा प्रतिशत मिलता है। बाकी पूरे दफ्तर में एक प्रतिशत बँटता था इसलिए स्वाभाविक था कि बाबू लोग कैम्प क्लर्क या प्री-आडिट क्लर्क बनने के लिए मार-धाड़ करते रहते थे। दूसरा पक्ष असन्तुष्टों का था जिनमें वे बाबू शरीक थे जिन्हें सूखी जगहों पर रखा गया था।

बड़े बाबू को अफसोस यह हो रहा था कि फब्तियाँ कसनेवालों में सन्तुष्ट पक्ष के लोग भी थे, बल्कि वही बढ़-चढ़कर थे। अपने को निवर्तमान सत्ता पक्ष से दूर दिखाने का यह सबसे आसान तरीका था जिसे शायद बाबुओं ने देश के राजनीतिज्ञों से सीखा था।

बीच-बीच में लाला बाबू को बड़े साहब के कमरे में तलब किया जाता रहा। आज तो उन्हें ऋषभचरण शुक्ला भी अपने कमरे में बुला लेता था। बड़े बाबू निर्विकार भाव से जाते और हुक्म नोट करके वापस आ जाते। आकर वे किसी बाबू को हुक्म पास कर देते और फिर फाइल में सर गड़ा लेते। उन्हें पता था कि ऋषभ उन्हें सिर्फ अपमानित करने के लिए और दफ्तर में अपनी हैसियत जताने के लिए बुला रहा था, पर अफसर तो अफसर है। वे हर बार भागते हुए जाते और डाँट खाकर अपने चेहरे से अपमान के छींटे झाड़ते चले आते। अफसर की उन्होंने हमेशा इज्जत की है और ऋषभचरण तो बदले सत्ता-सन्तुलन में ऊँची चीज हो गया था।

हर बार बड़े बाबू जब उठकर ज़ाते या वापस लौटते उन्हें लगता कि बाबुओं को

खँखारने की बीमारी आज कुछ ज्यादा ही सता रही है। कई बार किसी बाबू को देखकर उन्हें भ्रम हो जाता कि वे किसी टूथपेस्ट के विज्ञापनवाला कैलेंडर देख रहे हैं।

बाबू रोज़ की तरह चीख-चीखकर बात कर रहे थे, फोहश मज़ाक कर रहे थे, दलालों से झगड़ रहे थे और ठहाकों के साथ इस बात को साबित करने में लगे थे कि और कुछ हो न हो, अपना देश फेफड़ों की ताकत के मामले में किसी तरह कम नहीं था। बड़े बाबू की समस्या यह थी कि उन्हें हर ठहाका और लतीफा अपने को लक्ष्य करके किया गया प्रतीत हो रहा था। चारों तरफ से चीख-चीखकर आनेवाली आवाजें उनके कान तक पहुँचते-पहुँचते अपनी ध्वनि बदल देतीं और बड़े बाबू के कान में प्रवेश करतीं तो कुछ इस तरह का भाव सम्प्रेषण करती–

"साला...कैसा बगुला भगत बना बैठा है। अब पता चलेगा।"

"चोट्टे ने मुझे कैम्प क्लर्क लगवाया तो कैसा अहसान जताता था। सबसे बताता फिरता था, पर यह नहीं बताता था कि रोज़ शाम को जो सब्जी का झोला मुझे थमा देता है, उसके साथ पैसा कभी नहीं देता। अब पता चलेगा।"

"खूब कमलाकान्त वर्मा का गू उठाता था। अब पता चलेगा।"

"अब पता चलेगा," कुछ-कुछ इस तरह हर वाक्य के साथ चस्पाँ हो गया था कि लोग बोलें चाहे कुछ, लाला बाबू को शास्त्रीय संगीत की तरह उसकी टेक हमेशा 'अब पता चलेगा' पर टूटती सुनाई देती। घपला तब हुआ जब कैशियर बाबू ने अपनी सीट पर बैठे-बैठे पूछा, "लाला बाबू महाशिवरात्रि गजटेड हालीडे है या रिस्ट्रिक्टेड ?"

लाला बाबू के कान तक जो वाक्य पहुँचा उसकी टेक टूटी 'अब पता चलेगा' पर।

अपने स्वभाव के विरुद्ध लाला बाबू झुँझलाए और अपने स्वभाव के विरुद्ध उन्होंने तल्ख स्वर में कहा, "क्या पता चलेगा ? किसी बनिए की नौकरी करते हैं क्या ?"

कैशियर बाबू ने अचकचाकर उनकी तरफ देखा। लाला बाबू को भी लगा कि उनकी आवाज़ अनावश्यक रूप से तेज़ हो गई थी। वे थोड़ा सकुचाए और उन्होंने कैशियर बाबू को फिर से सवाल दोहराने को कहने की कोशिश की पर उसकी जरूरत नहीं पड़ी। दो आवाज़ें एक साथ गूँजी।

"भइया अभी तो पहला दिन है। सिर्फ ऊँचा सुनाई देने लगा है–आगे-आगे देखिए होता है क्या ?"

"महाशिवरात्रि लोकल हालीडे है कैशियर बाबू।"

लाला बाबू के सामने फैली फाइल के खुले हुए पन्ने में छिपी समस्या और भी जटिल हो गई। वे तेरहवीं बार उसे पढ़ने की कोशिश करने लगे। इस बार भी उसके सारे अक्षर धुँधले लग रहे थे।

बड़े साहब के चपरासी ने दफ्तर के कमरों में घूम-घूमकर इत्तला देनी शुरू कर दी कि शाम को साढ़े चार बजे बड़े साहब अपने कमरे में मीटिंग करेंगे। सारे अधिकारी और कर्मचारी उसमें शरीक होंगे।

बाबुओं ने भुनभुनाना शुरू कर दिया। पाँच बज़े कौन सा वक्त है मीटिंग करने

का—सुबह दस बजे से चाय-समोसा खाते-खाते, अपने फेफड़ों की ताकत का प्रदर्शन करते-करते और कागज़ों को जहाज या नाव बनाते-बनाते बाबू इस समय तक बुरी तरह थक जाते थे। सरकारी नियम के अनुसार दफ्तर पाँच बजे तक खुलता था पर हर सरकारी नियम की तरह यह नियम भी उल्लंघन के लिए बना था। इसलिए चार बजे के बाद बाबुओं के जाने का सिलसिला शुरू हो जाता था। अपनी बीवियों से ऊबे और सुबह झगड़ा करके निकले बाबुओं को अचानक घर किसी सुनहरे सपने की तरह पुकारने लगता।

हर नया बड़ा साहब आने के बाद मीटिंग करता है। मीटिंग दफ्तर के बाबुओं और अफसरों को यह बताने के लिए होती है कि उन्होंने बहुत हरामखोरी कर ली, अब चूँकि नए साहब का पदार्पण हो गया है, इसलिए उन्हें काम भी करना पड़ेगा। बोलनेवाला दफ्तर में समय की पाबन्दी, ईमानदारी, फाइलों के तेज निस्तारण और दफ्तर में आनेवाली जनता के साथ सद्व्यवहार पर जोर देता है। वक्ता और श्रोताओं में इस पहली मीटिंग के दौरान वन डे क्रिकेट मैच चलता रहता है। वक्ता बाउंसर, गुगली और यार्कर की झड़ी लगा देता है। श्रोता जानते हैं कि सरकारी नौकरी में विकेट तो गिरता नहीं इसलिए वे विकेट की चिन्ता छोड़कर गेंदबाजी के जबर्दस्त प्रहारों से अपना शरीर बचाने का प्रयास करते हैं। दरअसल जो भारी-भरकम अपेक्षाएँ वक्ता उनसे करता है, उनसे कुछ बनना-बिगड़ना तो है नहीं, केवल कुछ देर के लिए वे श्रोताओं को दुःखी कर देती हैं। पुराने घाघ श्रोताओं का मन भी थोड़ी देर के लिए विचलित हो जाता है कि वे अभी तक समय से दफ्तर नहीं आकर रिश्वत लेकर या जनता को दुत्कारते हुए, जरूरी सरकारी कागज़ों पर रखकर समोसा-पकौड़ी खाकर कितना जघन्य काम कर रहे थे ? बाज़ कमजोर दिलवाले, नौकरशाही के नए पुर्जों की तो आँखें सजल हो जाती हैं। कभी-कभी किसी मद्रासी फिल्म का नज़ारा उत्पन्न हो जाता है—इधर वक्ता ने दफ्तर में आनेवाली जनता के साथ अधिकारियों-कर्मचारियों द्वारा दुर्व्यवहार का जिक्र किया कि सामने श्रोताओं में से कुछ ने सिसकियाँ भरीं। वक्ता का जोश बढ़ता है और वह 'समय से दफ्तर आने के महत्त्व' नामक विषय को निपटाने लगता है। सामने बैठे श्रोताओं में से कइयों के मुँह लटक जाते हैं। कुछ भोले किस्म के वक्ता तो इतने जोश में आ जाते हैं कि उन्हें लगने लगता है, अब तक बहुत हुआ पर अब उनका भाषण इस दफ्तर को पटरी पर ला ही देगा। वे महसूस करने लगते हैं कि जिस नेतृत्व की जरूरत उनके विभाग को थी वह अब मिल गया है और अब सब ठीक हो जाएगा। यह विचार उन्हें और बोलने के लिए प्रेरित करता है और वे बोलते-बोलते झाग फेंकने लगते हैं।

श्रोताओं में अधिकांश ऐसे दृश्यों से ऊबे हुए, यथार्थवादी कला-समीक्षकों की तरह अपना ध्यान वक्ता के भाषण से अधिक अवान्तर प्रसंगों की तरफ लगाए रहते हैं। इधर वक्ता ने ईमानदारी की तान छेड़ी उधर फुसफुसाहट शुरू हुई, "अब साला कमीशन बढ़ाएगा।" वक्ता ने जनता के साथ सद्व्यवहार की अपील जारी की कि एक बाबू ने दूसरे के कान में, संस्कृत के नाटकों के स्वगत कथनों की तरह जिन्हें सामने बैठा

दर्शक समूह भली-भाँति सुन सकता हो, फुसफुसाते हुए कहा–'बेटा अब जो ठेकेदार आए, उससे हाथ जोड़कर कहना–आइए जीजाजी।'

संसार को क्षणभंगुर और नश्वर माननेवाले भारतीय ऋषियों ने अगर किसी बड़े साहब की पहली स्टाफ मीटिंग देखी होती तो उन्हें समझ में आ जाता कि सबसे कम देर तक टिकनेवाली चीज़ विश्व में बड़े साहब के भाषण का प्रभाव है। बाहर निकलते-निकलते मातहत अपनी फाइलें, कमीज या चप्पल जिस तरह झाड़ते हैं उससे इस बात की कोई गुंजाइश नहीं बचती कि बड़े साहब के भाषण का कोई कतरा उनसे चिपका रह गया होगा।

साढ़े चार बजते-बजते बड़े साहब यानी बटुकचन्द उपाध्याय का कमरा स्टाफ मीटिंग के लिए तैयार कर दिया गया। कुर्सियाँ जो आड़ी-तिरछी थीं, व्यवस्थित ढंग से लगा दी गईं। चापलूस मातहतों और दलालों ने पूरे कमरे में पान और कचौड़ी के दोने फेंक रखे थे, उन्हें झाड़कर चपरासी बाहर फेंक आया। कमरे की कुर्सियाँ कम थीं इसलिए दफ्तर के दूसरे कमरों से टीन, प्लास्टिक, लकड़ी–जिस भी चीज़ की कुर्सियाँ चार पैरों पर खड़ी थीं–लाकर लगा दी गईं। दो या तीन पैरवाली कुर्सियाँ इसलिए छोड़ दी गईं कि उनके साथ उन्हें सन्तुलित करने के लिए ईंटें लानी पड़तीं और चपरासी इस श्रमदान के लिए बहुत उत्साहित नहीं थे। सबसे पीछे दो-तीन बेंचें लगा दी गईं। सब कुछ किसी पारसी थियेटर के नाटक की तरह घटित हुआ। साढ़े चार बजते-बजते बटुकचन्द उपाध्याय गम्भीर हो गए। उनके दरबारी कमरे को किसी युद्धस्थल की तरह क्षत-विक्षत छोड़कर चले गए थे। चपरासियों ने कमरे को व्यवस्थित कर दिया। बटुकचन्द ने कमरे के साथ अटैच्ड बाथरूम में जाकर खूब कुल्ला करके पान थूकने की कोशिश की। फर्क सिर्फ इतना आया कि उनके गल चुके मसूढ़ों और पीले दातों के अलावा होंठों के कोरों तक से यह सदा आने लगी कि इस पूरे अमूर्त माहौल में पान अकेला मूर्त घटक था। मुँह धोकर बटुकचन्द गम्भीर होकर अपनी कुर्सी पर बैठ गए। उन्होंने निश्चय किया कि वे मीटिंग में आनेवाले मातहतों के नमस्कार का उत्तर नहीं देंगे और पूरी मीटिंग पान नहीं खाएँगे। पहले निश्चय पर तो वे मीटिंग शुरू होने से लेकर अन्त तक टिके रहे पर दूसरा निश्चय उन्होंने अपना भाषण शुरू होने के पहले ही तोड़ दिया। मुँह धुल कर आने के बाद पाँच सात मिनट तक वे शून्य में ताकते हुए, कुर्सी पर चिपके खटमलों को मारते हुए या सामने रखे पुराने अखबार की खबरों को चाटते हुए पान की तलब को दबाए रखने की कोशिश करते रहे पर अधिक देर तक उनका धैर्य बरकरार नहीं रहा। उन्होंने पान से भरा लिफाफा उठाया और वापस मेज़ पर रख दिया, फिर उठाया और फिर रख दिया, फिर उठाया और दो बीड़ा पान निकालकर अपने मुँह में ठूँस लिया।

पाँच बजते ही कमरा धीरे-धीरे भरने लगा। मातहत अन्दर घुसते और आँख, हाथ या सर हिलाकर अभिवादन करते। अपने निश्चय के मुताबिक बटुकचन्द ने किसी के अभिवादन का उत्तर नहीं दिया। वे निरन्तर शून्य में ताकते रहे और अपने मातहतों को

यकीन दिलाते रहे कि बहुत सी गम्भीर समस्याएँ हैं जिन पर उनका फौरन ध्यान देना जरूरी है। अभिवादन जैसी तुच्छ औपचारिकता में वे समय ज़ाया नहीं कर सकते। वे शून्य में ताकते रहे और उन लोगों के नाम अपने दिमाग में दर्ज करते रहे जो उनकी बेखुदी का फायदा उठाकर बिना अभिवादन किए बैठते जा रहे थे।

दस-पन्द्रह मिनट में कमरा पूरी तरह भर गया। बटुकचन्द ने शून्य पर टिकाई अपनी निगाहें सामने बैठे लोगों पर डालीं। कमरे में दो हिन्दुस्तान थे। एक में साफ-सुथरे कपड़े पहने, चिकने गालों और बाहर निकले पेटोंवाले सात अफसर थे जो बटुकचन्द के दाहिने-बाएँ बैठे थे। दूसरे हिन्दुस्तान में सामने बैठे बाबू लोग थे जिनकी कमीजों के कालर गन्दे थे, ठुड्डियों पर बालों के गुच्छे थे और जिनके पेट और गाल दोनों पिचके हुए थे।

बटुकचन्द ने दाहिने, बाएँ और सामने हर तरफ देखा। कुछ लोगों ने उनके अमृत वचनों को नोट करने के लिए कलम हाथों में लेकर डायरी के पन्ने खोल रखे थे। ऐसे लोगों के चेहरों का मुआयना करते समय उनकी निगाहें कुछ स्निग्ध हुईं। जो लोग बिना कागज़-कलम के थे उन्होंने अपने ऊपर फिरती निगाहों में तपिश महसूस की। उनमें से कुछ और ने पेन निकाल लिये और डायरी की कमी पूरी करने के लिए अपने हाथ की फाइल उलटी कर उसके कवर पर ही अमूर्त चित्रकारी करने लगे।

बटुकचन्द ने अपना भाषण उसी तरह शुरू किया जिस तरह कोई बड़ा साहब करता है। मातहत उसी तरह से झेलने लगे जिस तरह किसी भी दफ्तर के मातहत झेलते हैं।

सबसे पहले बटुकचन्द ने बताया कि वे इस दफ्तर के लिए नए नहीं हैं। यही तो रोना है—बड़े बाबू ने सोचा। पिछली बार बच गए थे बच्चू, इस बार नहीं बचोगे—सक्सेना जे.ई. ने अपने सामने रखे कागज़ पर चूहेदानी और चूहे का चित्र खत्म करते हुए नीचे कैप्शन के रूप में लिखा।

फिर बटुकचन्द ने राजनय की भाषा का इस्तेमाल करते हुए चाशनी-भरे शब्दों में यह बताने की कोशिश की कि वे यहाँ नियुक्त सभी अधिकारियों तथा कर्मचारियों से भली-भाँति परिचित हैं। श्रोताओं ने हवा में तैरती स्वर-लहरी से चिपकी चाशनी बिना समय गँवाए खुरच डाली और उसका निहितार्थ फौरन पकड़ लिया कि वे यहाँ मौजूद सारे बदमाशों की नस-नस से वाकिफ हैं और उन्हें भोला समझने की भूल न की जाए।

इसके बाद वे उस विषय पर आ गए जो भारतीय नौकरशाही में अपने मातहतों को भाषण देने के लिए सबसे मुफीद माना जाता है। उन्होंने 'जीवन में ईमानदारी का महत्त्व' नामक विषय पर बोलना शुरू किया और तब तक बोलते चले गए जब तक उन्हें यह अहसास नहीं हो गया कि अचानक उनके सामने बैठे श्रोताओं के बीच खाँसने, खँखारने या शरीर के विभिन्न छिद्रों से अलग-अलग तरह की ध्वनियाँ उत्पन्न करने की प्रतियोगिता शुरू हो गई है। यह स्थिति सायास पैदा की गई है या देर तक एक ही मुद्रा में बैठने का परिणाम है, यह जानने के लिए उनकी उत्सुक आँखें कमरे का मुआयना करने लगीं। जिस भाग से उनकी निगाहें गुजरती थीं वहाँ सन्नाटा खिंच जाता था पर

दूसरे हिस्से में पहुँचते ही पहली तरफ से फिर से ध्वनियों की तरंगें-हवा में तैरने लगतीं।

इसके बाद बटुकचन्द ने जल्दी-जल्दी समय की पाबन्दी पर अपने विचार व्यक्त किए। उन्होंने बताया कि सरकार ने बहुत सोच-विचारकर दफ्तरों के खुलने का समय दस बजे निर्धारित किया है। यह समय अंग्रेज जैसी बुद्धिमान कौम ने तय किया था और इसीलिए उसके राज में सूरज कभी नहीं डूबता था। चूँकि जनता को भी यह समय पता चल गया है, इसलिए वह ठीक दस बजे दफ्तर आ जाती है और इसीलिए बाबुओं और अधिकारियों को भी दस ही बजे दफ्तर आ जाना चाहिए। इन लोगों को न सिर्फ दफ्तर समय पर आ जाना चाहिए बल्कि वहाँ बैठकर काम भी करना चाहिए। फिर उन्होंने दिन-भर चाय पीने और समोसा खाने से होनेवाली हानियों पर भी प्रकाश डाला। दूसरी तमाम सलाहों की तरह इस सलाह को भी श्रोताओं ने इतनी गम्भीरता से लिया कि उनके लटके चेहरों ने वक्ता को आश्वस्त कर दिया कि दूसरे दिन से इस दफ्तर में सब लोग समय से दफ्तर आएँगे और न सिर्फ समय से आएँगे बल्कि वहाँ बैठकर काम भी करेंगे। इसके अलावा दफ्तर में आकर वे और जो कुछ करें, कम से कम समोसा नहीं खाएँगे।

और भी बहुत से विषय थे जिन पर बटुकचन्द विस्तार से देर तक बोलना चाहते थे। वे बोलते भी पर उन्हें लगा कि अचानक कमरा शास्त्रीय संगीत के मंच में तब्दील हो गया है। विलम्बित और द्रुत दोनों में नाक, गले और शरीर के दूसरे छिद्रों से इतनी ध्वनियाँ निकलने लगीं कि उनके जैसे घाघ व्यक्ति के लिए भी यह जानना मुश्किल हो गया कि इसमें कितना सहज स्वाभाविक है और कितना सायास। दिन-भर समोसा-पकौड़ी खाते रहने से उत्पन्न हुई अपान वायु पूरे कमरे में इतनी विस्फोटक आवाज़ के साथ घूम रही थी कि बटुकचन्द ने कई बार सोचा कि सारा भाषण बन्द करके अब केवल वे पर्यावरण-सुरक्षा और स्वस्थ शरीर में स्वस्थ मस्तिष्क पर ही श्रोताओं का ज्ञानवर्धन करें, पर ये विषय उनके सरकारी कर्तव्यों की सूची में सम्मिलित नहीं थे, इसलिए उन्होंने अपने ऊपर नियन्त्रण रखा और उस ब्रह्म वाक्य से अपना भाषण समाप्त किया जिससे बार-बार यह ध्वनि निकल रही थी कि अब वे आ गए हैं, इसलिए सब ठीक हो जाएगा।

भाषण समाप्त होते ही अधिकांश श्रोता निकल भागे। ऐसा लगता था कि जैसे किसी काँजी हाउस का गेट टूट गया हो और कई दिनों से उसमें बन्द भूखे-प्यासे जानवरों को अचानक स्वतन्त्रता और हरी घास दिखने लगी हो। बाबू इतने चट गए थे कि वे अपनी सहज स्वाभाविक रूटीन भूलकर बिना एक दूसरे को गरियाते, ऊँचे स्वर में बोलते-बतियाते या ठहाका लगाते बस किसी तरह दफ्तर के द्वार से बाहर निकल गए। उन्हें डर लग रहा था कि बड़े साहब का चपरासी कहीं एक बार फिर न उन्हें अन्दर बुला ले और एक बार फिर न भाषण का सिलसिला शुरू हो जाए। वे अपनी साइकिलों, स्कूटरों, रिक्शों, पैरों—गरज यह कि जो भी सवारी मिली उस पर भाग निकले।

दफ्तर बन्द होने का समय हो गया था। बाहर चौकीदार ऊँघते हुए उन चापलूस

मुसाहिबों के जाने का इन्तजार कर रहा था जो मीटिंग खत्म होने के बाद एक बार फिर बड़े साहब को घेरे हुए थे। फर्क सिर्फ इतना था कि इस बार सभी खड़े थे और दिन की रही-सही कसर पूरी कर रहे थे। न जाने कहाँ से जादू की तरह उनके हाथों में पान के दोने उग आए थे जिनमें से थोड़ी-थोड़ी देर बाद वे निकालकर पान बड़े साहब को पेश करते जा रहे थे जिसे बटुकचन्द अपने पहले से फूले गालों में ठूँसते जा रहे थे। खास तौर से वे लोग जो सुबह चूक गए थे या जिन्हें भ्रम था कि उनका सलाम पूरी तरह कुबूल नहीं हुआ है, वे बढ़-बढ़कर अपनी निष्ठा के प्रतीक के रूप में पान पेश करते जा रहे थे।

चार

कमलाकान्त जिस बड़े दफ्तर के इस हालनुमा कमरे में बैठे हुए थे उसके गलियारों और दरवाजों पर एक वाक्य मोटे-मोटे अक्षरों में लिखा था–'कृपया तबादलों के बारे में बात न करें।' वहाँ उपस्थित हर व्यक्ति सिर्फ तबादलों के बारे में बात कर रहा था। किसी को किसी का तबादला करवाना था और किसी को किसी का रुकवाना था। इस कमरे में लोग खचाखच भरे थे और सामने एक घूमनेवाली कुर्सी पर बैठे हुए व्यक्ति को एक साथ सम्बोधित कर रहे थे। सामनेवाला व्यक्ति अपने चेहरे पर स्निग्ध मुस्कान लिये धैर्य और सहिष्णुता की साक्षात प्रतिमूर्ति बना बैठा था। एक साथ कई लोगों की बातें सुन रहा था, उनके उत्तर दे रहा था, बीच-बीच में उन्हें हँसा रहा था और खुद भी ठहाके लगा रहा था। वह एक साथ कई लोगों की दरखास्तें पकड़ता, उन पर कुछ लिखता और अपने पी.ए. को पकड़ा देता। लगभग सभी को एक ही जैसा वाक्य सुनने को मिलता–

"हो जाएगा...लिख दिया है...आप घर जाइए। आदेश पहुँच जाएगा।"

कागज के पी.ए. के हाथों में पहुँचते ही कागज देनेवाले पी.ए. के पास लपकते। पी.ए. के हाथ और होंठ साथ-साथ चल रहे होते। वह हाथों से कागजों को तह लगाकार एक फाइल में लगाता जाता और उसके होंठ जो कुछ बुदबुदाते रहते उसका अर्थ यह निकाला जा सकता है कि अब तो साहब ने लिख दिया है, अब घर जाकर मौज करो, आदेश खुद ही पहुँच जाएगा। पर दरखास्त देनेवाले जानते थे कि आदेश ऐसे नहीं पहुँचता। वे पहले भी ऐसे वाक्य सुन चुके थे। इसलिए वे वहीं मँडराते रहते।

कमलाकान्त यही दृश्य कई बार देख चुके थे। वे सारे शोर-शराबों से निर्लिप्त सिर्फ एकसूत्री कार्यक्रम के तहत कमरे में अपना स्थान बदल रहे थे। वे किसी तरह ऐसी जगह पर बैठना चाहते थे जहाँ से घूमनेवाली कुर्सी के इतना करीब पहुँच सकें कि उसे सीधे सम्बोधित किया जा सके। कुर्सी-दौड़ के सिद्धान्त के अनुसार वे जैसे ही आगे कोई कुर्सी खाली होती, उस पर झपट पड़ते। इस दौड़ में उनके अलावा भी कई लोग थे इसलिए निरन्तर सावधानी बरतनी पड़ रही थी। कोई अपनी दरखास्त हाथ में लेकर खड़ा होता कि ये लोग सतर्क हो जाते। जैसे ही उसका एक कदम आगे बढ़ता पीछे से कोई झपटकर उसकी कुर्सी हथिया लेता। एकाध बार तो ऐसा भी हुआ कि दरखास्ती घूमती कुर्सी को व्यस्त देखकर वापस अपनी कुर्सी पर बैठा तो उसने

अपने को किसी की गोद में पाया।

पुरानी कहावत है कि सब्र का फल मीठा होता है। कमलाकान्त पूरी तरह इसमें विश्वास करते थे और उन्हें भी तीन घंटे के सब्र का फल मीठा मिलनेवाला था कि कमरे में हंगामा हो गया।

हुआ कुछ ऐसे कि घूमनेवाली कुर्सी के सामने दो कागज एक साथ पहुँचे। उसने दोनों पर लिख दिया कि आदेश जारी कर दिए जाएँ पर अचानक एक कागजवाले की निगाहें दूसरे कागज पर पड़ गईं। यह तो शोरगुल से मालूम हुआ कि एक कागज किसी को किसी जगह पर एक वर्ष और रखने से सम्बन्धित था और दूसरा उसी जगह पर नियुक्त व्यक्ति को हटाकर दूसरे को वहाँ नियुक्त करने का अनुरोध लिये था। पहले कागज के साथ दो लोग थे और दूसरे के साथ तीन। इन पाँच लोगों ने एक साथ जोर-जोर से चिल्लाना शुरू कर दिया। एक बार तो कमरे में बैठे लोग सहमकर चुप हो गए और घूमनेवाली कुर्सी के चेहरे से भी मुस्कान गायब हो गई।

घूमनेवाली कुर्सी ने समझाने की कोशिश की कि दोनों अपने हैं। चलो दोनों को वहीं रख देते हैं।

एक क्षण को लगा कि मामला सुलझ गया है। दोनों पक्षों की आवाज़ें मन्द पड़ गईं। यकायक उस पक्ष को, जो पहले से उस जगह पर काबिज था जिसके लिए झगड़ा हो रहा था, यह अहसास हुआ कि उसे इस कमाऊ जगह पर किसी दूसरे के साथ हिस्सेदारी करनी पड़ेगी। इस पक्ष के तीन लोग थे। उन्होंने अपनी आँख, कान और मुँह जैसी इन्द्रियों का उदारता के साथ प्रयोग किया और एकदम से कमरा फिर चिल्ल-पों से भर गया। दूसरा पक्ष जिसमें दो लोग थे और जिसने अहसान करने के अन्दाज में कि चलिए आपने कहा तो मान लेते हैं अपनी आवाज़ धीमी कर ली थी, फौरन चौकन्ना हो गया। उसने देश की संसदीय राजनीति का वह मूल मन्त्र पकड़ा जिसके अनुसार अगर आपके फेफड़ों में ताकत है तो आप कोई भी स्याह सफेद कर सकते हैं। इस पक्ष के दोनों योद्धाओं के फेफड़े कुछ ज्यादा ही मजबूत थे, इसलिए दूसरे पक्ष के महारथी जब चीखते-चीखते खाँसने-खँखारने लगे तब भी वे चिल्लाते रहे और तब तक चिल्लाते रहे जब तक घूमनेवाली कुर्सी पर बैठे सज्जन जिन्हें लोग मन्त्रीजी की संज्ञा से सम्बोधित कर रहे थे, अचानक अपनी कुर्सी से उठकर अन्दर की तरफ नहीं खिसक गए।

मन्त्रीजी के अन्दर लपकने की जाहिर वजह किसी शंका का समाधान था, पर जब वे काफी देर तक बाहर नहीं आए तब लोगों की समझ में आ गया कि वे चाहते थे कि समस्या अपना समाधान स्वयं ढूँढ़ ले। यह वह नायाब नुस्खा था जिसके बल पर हमारे देश के बाज महापुरुष सालोंसाल सरकारें चलाते हैं। किसी समस्या के पैदा होने पर शतुरमुर्ग की तरह गर्दन रेत में गड़ा लेने से कुछ समय बाद समस्या खुद अपना हल ढूँढ़ लेती है। पर यहाँ यह नुस्खा नहीं चला और मन्त्रीजी को बाहर निकलना पड़ा।

हुआ कुछ ऐसे कि दोनों पक्षों ने आपसी वाद-विवाद को उस बिन्दु पर पहुँचा दिया

जहाँ पहुँचने की उम्मीद ऐसे किसी मौके पर हमेशा की जा सकती है।

उस पक्ष ने, जो कमाऊ जगह पर बैठा था, अचानक यह घोषित कर दिया कि अगर उसे इस जगह से अपदस्थ किया गया तो उसकी बिरादरी के जो हजारों-लाखों वोटर थे वे चुप नहीं बैठेंगे और अगले चुनाव में मन्त्रीजी को इस अन्याय का सबक सिखाकर रहेंगे।

दूसरे पक्ष ने इससे भी ऊँची आवाज़ में घोषित किया कि बहुत हो चुकी लूट। आखिर कोई हद होती है। एक ही आदमी क्यों उस कमाऊ जगह पर रहे। अगर फौरन वहाँ इनके आदमी को नहीं रखा गया तो उन चौबीस गाँवों में मन्त्रीजी का घुसना मुहाल हो जाएगा जहाँ इनकी बिरादरी का बहुमत था।

कमरे में बैठे हर आदमी को लगा, मामला गम्भीर है और जैसी अपनी राष्ट्रीय आदत है, लोग बीच-बचाव करने लगे।

एक सुझाव आया कि दोनों को वहीं रख दिया जाए और कुर्सी का क्षेत्रवार बँटवारा कर दिया जाए। एक आदमी लूटकर दाहिना क्षेत्र चरे और दूसरा बायाँ। इस सुझाव को पहले से नियुक्त पक्ष ने ठुकरा दिया।

दूसरा सुझाव आया कि छह महीने अभी पहले से नियुक्त पक्ष को और रहने दिया जाए। बेचारे को कई लड़कियों की शादी करनी है। इसे दूसरे पक्ष ने अस्वीकार कर दिया। उसे भी तो बाल-बच्चे पालने थे।

यह सिलसिला काफी देर तक चला। सुझाव आते गए और अस्वीकृत होते गए। मन्त्रीजी अन्दर शंका समाधान करते रहे। लोग कुर्सियों पर पसर गए। पी.ए. ने चुनाव में उपयोगिता को ध्यान में रखते हुए कुछ लोगों के लिए चाय मँगा दी। चाय दूसरों ने हड़प ली और उपयोगी लोगों के लिए और चाय आ गई। कुछ लोग बाहर गए और उनकी जगह पर दूसरे आ गए। सब कुछ उसी तरह चल रहा था जिस तरह राजकाज को चलना चाहिए था।

कमलाकान्त इस तरह की स्थिति कई बार झेल चुके थे। अभी पता नहीं कितनी देर यह सब चलेगा। उन्होंने सोचा झपकी ले लें। वे न जाने कितनी देर तक सोये कि सपना देखने लगे। सपने में उन्होंने देखा कि जिस कमरे में वे बैठे थे वह यकायक युद्धस्थल में तब्दील हो गया है। लोग बहस करने के लिए सिर्फ मुँह का नहीं बल्कि हाथ-पैरों का भी इस्तेमाल करने लगे हैं। कोई किसी के परिवार की महिलाओं के बारे में कसीदे पढ़ रहा है तो कोई दूसरे के शरीर पर पटककर कुर्सियाँ तोड़ने का प्रयास कर रहा है। एक रणबाँकुरे को जब कोई कुर्सी नहीं मिली तो उसने कमलाकान्त की कुर्सी हिलाने की कोशिश की। कमलाकान्त ने हड़बड़ाकर आँखें खोलीं तो पाया कि वे सपना नहीं देख रहे हैं, कमरा सचमुच क्षत-विक्षत योद्धाओं और विकलांग कुर्सियों से भरा हुआ था।

हुआ कुछ ऐसे कि दोनों पक्षों के वाद-विवाद से ऊबकर कुछ लोगों का धैर्य जवाब दे गया। उन्होंने भी घोषित कर दिया कि मन्त्रीजी पर सिर्फ इन्हीं दोनों पक्षों का हक

नहीं बनता है। उन्होंने भी चुनाव में मन्त्रीजी के पसीने पर अपना खून बहाया है। इसलिए अगर इनके काम के सम्बन्ध में आज सहमति नहीं बन पा रही तो ये दोनों पक्ष कुछ देर बैठें। दूसरे लोगों के कागजों पर आदेश हो जाने तक मन्त्रीजी इन लोगों का भी अला-भला कर देंगे।

ऐसे समय में जो हो सकता था, वही हुआ। युद्धरत दोनों पक्षों में सुलह हो गई और उन्होंने दूसरे लोगों के खिलाफ साझा मोर्चा खोल दिया। उनमें से एक पक्ष पिछले सात दिन से राजधानी में पड़ा था और अब जाकर उसे मन्त्रीजी से मिलने का मौका मिला था। दूसरा दस दिन से ज्यादा धूल फाँकने के बाद यहाँ तक पहुँच सका था। यह बात और थी कि यह धूल इस पक्ष ने शहर के सबसे आलीशान होटल में फाँकी थी। इस पक्ष के एक व्यक्ति को छोड़कर जिसकी जेब से इस धूल का बिल अदा हो रहा था, शेष दोनों को कोई आपत्ति नहीं थी कि यह मामला अगले कुछ दिनों तक लटका रहे। पर इन दोनों के कमजोर पड़ते ही बिलवाला उन्हें कुछ ऐसी चीजें याद दिला देता जिससे उनकी आवाजें फिर तेज़ हो जातीं। दोनों पक्ष अड़ गए कि पहले उनका फैसला हो जाए। दूसरे लोग इस राय के थे कि ये दोनों चुपचाप बैठ जाएँ और पहले और सबका काम हो जाए, तब इनकी बात सुनी जाए।

मन्त्रीजी रात को दौरे पर जानेवाले थे और अगले कुछ दिनों तक फिर उनके दर्शन नहीं होते इसलिए कोई भी अपने मामले को बाद के लिए नहीं टालना चाहता था। बहस का अन्त इस युद्ध में हो सकता था और इसी में हुआ।

पर युद्ध का एक लाभ भी हुआ। कमलाकान्त ने जब आँखें खोलीं तो मन्त्रीजी अपनी शंका का समाधान कर कमरे में वापस प्रवेश कर रहे थे।

मन्त्रीजी के कमरे में प्रवेश करने पर न जाने कहाँ से उनके चपरासी, शैडो वगैरह उपस्थित हो गए। उन्होंने कुर्सियाँ ठीक कर दीं। लोग फिर उन पर बैठ गए और उनके हाथों में फिर से कागज़ लहराने लगे।

कमलाकान्त ने ऐसी कुर्सी हथिया ली जिस पर बैठा आदमी अपना कागज़ हाथ में लेकर खड़ा हो गया था और जो मन्त्रीजी के ठीक बगल में थी। खड़े आदमी को लगा कि अभी नम्बर देर में आएगा, इसलिए वह वापस कुर्सी पर बैठ गया। कुर्सी पर क्या कमलाकान्त की गोदी में बैठ गया। वह कुछ देर तक इस उम्मीद में बड़बड़ाता रहा कि कमलाकान्त कुर्सी छोड़कर उठ जाएँगे पर बेशर्मी की इस लड़ाई में कमलाकान्त जीत गए। वह आदमी उठकर मेज पर पूरी तरह झुक गया और तब तक खड़ा रहा जब तक उसका कागज़ मन्त्री के हाथ से पी.ए. तक नहीं चला गया। फिर वह पी.ए. की तरफ चला गया।

इस बीच दोनों युद्धरत पक्ष फिर से अपनी पुरानी घोषणा दोहराने लगे जिसके मुताबिक उन्होंने मन्त्रीजी के लिए पिछले चुनावों में अपना खून-पसीना एक कर दिया था। पर इस बार लगता है, मन्त्रीजी उनके क्षेत्र में नहीं घुसना चाहते हैं। ठीक है अब मुलाकात चुनाव में होगी। उन्होंने बार-बार बाहर जाने का इरादा दोहराया और अपनी

कुर्सी पर जमे बैठे रहे।

मन्त्रीजी दूसरों के कागजों पर दस्तखत करते रहे और युद्धरत पक्षों को हँसाने के लिए चुटकुले सुनाते रहे जिस पर उनके पी.ए. और चपरासी तो खूब हँसे पर लड़ने वालों ने हँसने से मना कर दिया। अन्त में मन्त्रीजी ने अपने पी.ए. के कान में कुछ कहा, पी.ए. ने दोनों पक्षों के नेताओं के कानों में कुछ कहा, नेताओं ने अपने अनुयायियों के कानों में कुछ कहा, फिर दोनों पक्षों के एक-एक आदमी ने मन्त्रीजी के कान में कुछ कहा और फिर मन्त्रीजी ने अपने पी.ए. के कान में कुछ कहा। काफी देर तक वह स्थिति रही जिसे भाषा के अध्यापक कानाफूसी कहते हैं। इस बीच लोग अपने कागज भी बढ़ाते रहे और मन्त्रीजी उन पर दस्तखत भी करते रहे। एकाध बार ऐसा भी हुआ कि कानाफूसी करते हुए मन्त्रीजी ने दरखास्ती के हाथ पर दस्तखत कर दिए। फिर दोनों हँस दिए और मन्त्रीजी ने उसके कागज पर भी दस्तखत कर दिए।

कानाफूसी हमारे देश की राष्ट्रीय विधा है। संसद से लेकर डिनर डिप्लोमेसी तक इसकी छटा दिखाई पड़ती है। कानाफूसी शुरू हुई और कमलाकान्त ने राहत की साँस ली। उन्हें लगा अब मामला तय हो गया और उन्हें कुछ कहने का मौका मिल जाएगा। मामला सचमुच तय होने के कगार पर आ गया था। मन्त्रीजी का पी.ए. दोनों पक्षों को अन्दर के एक कमरे में ले के चला गया।

कमलाकान्त कुछ मायूस हो गए। दरअसल अन्दर के कमरे में वे जाना चाहते थे। अन्दर का कमरा छोटा था पर बड़े फैसले वहीं होते थे।

मन्त्रीजी तेजी से कागज़ों का निस्तारण करने लगे। कमलाकान्त समझ गए कि वे अब अन्दर के कमरे में जाने के लिए उठेंगे। समय कम था और मत चूको चौहान की तर्ज पर उन्होंने कुछ तीर छोड़े। ये तीर मुख, उँगलियों और आँखों की मदद से कुछ इस तरह छोड़े गए कि वे रहस्यवादी कला समीक्षकों के लिए नए प्रतिमान पेश कर सकते थे। थोड़ा कहना ज्यादा समझना और कई बार मुँह से कुछ न कहना सिर्फ आँखों और उँगलियों से मतलब सम्प्रेषित कर देना—अगर मन्त्रीजी और कमलाकान्त के बीच जो संवाद हुआ उसे परिभाषित करना हो और उसे एक वाक्य में कहना हो तो इसी तरह कहा जाएगा।

एक-दूसरे से डेढ़ फुट के फासले पर बैठे दोनों पक्षों के बीच हुई बातचीत कुछ इस तरह थी।

कमलाकान्त ने कागज़ों पर दस्तखत करते हुए मन्त्रीजी को कनखियों से देखते हुए जो कुछ दीवारों से कहा उसका मतलब समझनेवाले के लिए साफ था कि खादिम आप से बाहर नहीं है। जैसा हुकुम देंगे तामील हो जाएगी।

मन्त्रीजी ने सामने पड़े कागज़ पर आदेश कुछ ज्यादा लम्बा लिखा और वही भाव बनाए रखा जो कमलाकान्त के कमरे में घुसने के बाद से बनाए हुए थे और अब भी वे कमलाकान्त के कमरे में अस्तित्व को स्वीकार करने को तैयार नहीं थे। उन्होंने कलम चलाते-चलाते हवा में न जाने किसे सम्बोधित किया कि पिछले चुनाव में खबर भेजने

पर भी लोग दिखाई नहीं दिए और अब दर्शन दे रहे हैं।

कमलाकान्त ने कुछ अज्ञात दुश्मनों को कोसा जिन्होंने बार-बार कोशिश के बावजूद उन्हें मन्त्रीजी से मिलने नहीं दिया था और मन्त्रीजी की सेवा की उत्कट अभिलाषा अपने दिल में लिये हुए हर बार उन्हें वापस लौटना पड़ा था।

मन्त्रीजी के चेहरे पर कोई भाव नहीं आया। वे दूसरी दरखास्त पर और लम्बा आदेश लिखने लगे।

कमलाकान्त ने भारतीय रेल और प्रादेशिक रोडवेज के टाइम टेबलों का पाठ करना शुरू कर दिया। उन्होंने बताया कि फलाँ-दिन जब अलाँ ट्रेन से वे मन्त्रीजी की कोठी के लिए रवाना हुए तो ट्रेन अपनी आदत के मुताबिक कितने घंटे लेट थी और उनके पहुँचने के बस तीन मिनट पहले मन्त्रीजी अपनी कोठी से निर्वाचन क्षेत्र के लिए निकल चुके थे। मन्त्रीजी के चेहरे पर कोई भाव नहीं आया तो उन्होंने फिर बताया कि अमुक-दिन तमुकजी के साथ वे रोडवेज बस से समय से घर से रवाना हुए लेकिन जैसा कि मन्त्रीजी जानते हैं कि रोडवेज की कोई बस रास्ते में बिना मुसाफिरों से धक्का लगवाए अपनी मंजिल पर नहीं पहुँचती, यह बस भी रास्ते में एक बार पंक्चर हुई, एक बार इसका ब्रेक फेल हुआ और एक बार ऐसी स्थिति में पहुँच गई जिसे मन्त्रीजी चाहे तो उलटना कह सकते हैं। इसके बाद भी जब वे मन्त्रीजी की कोठी पर पहुँचे तो मन्त्रीजी सिर्फ चार मिनट पहले हवाई अड्डे के लिए रवाना हो चुके थे।

इस कारुणिक यात्रा वृतान्त का भी मन्त्रीजी पर कोई असर नहीं हुआ। वे अगले कागज पर और लम्बा आदेश लिखने लगे। ऐसा लगता था कि वे भाषा के कठिन उलझाव में डूबे हुए थे और एक बार सिर उठाकर कमलाकान्त की तरफ देखते ही उनकी भाषा भ्रष्ट हो जाएगी।

कुर्सी पर मन्त्रीजी के पृष्ठ भाग ने कुछ ऐसी हरकतें कीं कि कमलाकान्त समझ गए कि वे अब उठने ही वाले हैं। कमरे में मौजूद मुलाकातियों में भी हलचल मच गई। वे सारे घूमनेवाली कुर्सी के इर्द-गिर्द खड़े हो गए।

समय कम था। कमलाकान्त ने अब मुँह के साथ हाथों और उँगलियों का भी प्रयोग करना शुरू कर दिया। सम्प्रेषण की यह विधि भाषा की सीमाओं को तोड़ने के लिए होती है। साहित्य में अभी तक इसका प्रयोग नहीं हो पाया है इसलिए बार-बार सम्प्रेषणीयता के संकट की बात होती रहती है।

कमलाकान्त ने कुहनियाँ मजबूती के साथ मन्त्रीजी के सामने मेज पर टिकाईं, अपने मुँह को गोल-गोल घुमाया, आँखों में खास तरह की चमक पैदा की और अपनी उँगलियों को एक-दूसरे पर इस तरह रगड़ा कि उनसे सिक्कों के खनकने की याद आने लगी। इन सारे प्रतीकों के साथ उन्होंने भाषा का एक वाक्य भी कहा, "मैं आपसे बाहर थोड़े हूँ। जो हुक्म देंगे। तामील हो जाएगी।"

जिस समय यह वाक्य कहा गया, मन्त्रीजी के सर, कन्धों, हाथ, सामने की मेज और कुर्सियों पर हर तरफ लोग लदे हुए थे। वे एक साथ बोल रहे थे। उनके हाथों

में अलग-अलग रंगों और आकारों के झंडों जैसे कागज़ लहरा रहे थे। इस मछली बाजार में लोगों की भीड़ के बीच में मजबूती से इतनी जगह बनाते हुए कि उनके कोहनी पर टिके सर में अवस्थित आँखें सामने बैठे मन्त्रीजी की आँखों से संवाद कर सकें, उनकी उँगलियाँ इस तरह की हरकत करती रहें कि मन्त्रीजी को किसी बैंक में नोट गिनने का भ्रम हो सके और गोल-गोल घूमते हुए होंठों से निकला वाक्य फुसफुसाहट और शोर के बीच इतनी ध्वनि पैदा कर सके कि सामनेवाला सुन भी ले और अनसुना होने का भ्रम भी पैदा कर सके, उन्होंने जो अन्तिम वाक्य कहा उसका असर यह हुआ कि मन्त्रीजी ने अपने पी.ए. के कानों में कुछ कहा। पी.ए. कमलाकान्त की तरफ बढ़ा पर तब तक कमलाकान्त छोटे कमरे की तरफ बढ़ चले थे। जब वे छोटे कमरे के दरवाजे पर पहुँचकर अन्दर बैठने के लिए जगह तजवीज कर रहे थे तब पी.ए. ने उनके कान में कहा कि वे इस कमरे में बैठ जाएँ जिसे कमलाकान्त ने बड़ी सहृदयता से स्वीकार कर लिया और प्रत्युत्तर में पी.ए. के कान में कुछ ऐसा कहा कि वह खुश हो गया। मुस्कुराता हुआ पी.ए. वापस गया और कमलाकान्त ने एक सोफे पर आठवें व्यक्ति के रूप में अपना पृष्ठ भाग टिका दिया। वे भारतीय रेल के उस दर्शन में विश्वास करते थे जिसके मुताबिक किसी सीट को यदि आप अपने पृष्ठ भाग से छू दें तो वह खिंचकर इतनी बड़ी हो जाती है कि आप उस पर बैठ भी सकते हैं।

कमरे में पहले से बैठे हुए लोग दोनों युद्धरत कैम्पों के लोग थे। बाहर की कटुता समाप्त हो गई थी और वे हँस-हँसकर एक दूसरे से बतिया रहे थे। दरअसल पूरे कमरे में सिर्फ दो ही लोग तनावग्रस्त थे। ये वे थे जिनके तबादला होने या न होने को लेकर थोड़ी देर पहले का महाभारत हुआ था। उनके साथ जो लोग थे वे मस्त थे। मस्ती उनके होंठों से पान की पीक या मुँह से खट्टी डकारों के रूप में निकल रही थी। वे पिछले कुछ दिनों से इन दो तनावग्रस्त प्राणियों को चर रहे थे और मस्त थे। दरअसल वे उस प्रजाति के जन्तु थे जिनका जन्म ही दूसरों की सेवा के लिए होता है। साल भर भाँति-भाँति के दुखियारे उनकी शरण में आते रहते हैं जिनमें किसी को तबादला करवाना होता है, किसी को तबादला रुकवाना होता है, किसी का लाइसेंस या परमिट अटका पड़ा है तो किसी को किसी मुकदमे में मदद चाहिए होती है। वे इन दुखी जनों का दुख दूर करते हैं और मस्त रहते हैं।

ये मस्त लोग एक ही पेशे के थे, इसलिए एक दूसरे को जानते थे। वे कई बार एक साथ किसी मामले की पैरवी के लिए इस छोटे कमरे में बैठे थे। दरअसल वे उन वकीलों की तरह थे जो अलग-अलग मुकदमों में एक-दूसरे के खिलाफ या साथ खड़े होते हैं और फिर बाहर कचहरी की कैंटीन में साथ-साथ चाय पीते हैं और गप्पें लड़ाते हैं। मस्त लोग एक-दूसरे से मज़ाक करने लगे और ठहाके लगाने लगे।

मस्त लोगों की मस्ती से उनके दोनों मुअक्किल दुखी हो गए। जब कोई ठहाका लगता वे घबराकर अपने पैरोकारों को निहारते। उन्हें लगता कि ठहाकों की झील में उनके पैसे और सम्भावनाएँ डूबती जा रही हैं।

कमलाकान्त इस समय तक आराम से सोफे पर अपने बैठने की जगह बना चुके थे। पर अचानक उन्हें लगा कि यह जगह रणनीति के लिहाज से उचित नहीं है। यद्यपि कमरा छोटा था पर इसमें भी सबसे अन्त में बैठना उचित नहीं था। उन्हें किसी तरह मन्त्रीजी के सोफे के पासवाले सोफे पर जगह चाहिए थी।

कमरा खासा छोटा था। एक छोटा सा दीवान मन्त्रीजी के लिए दीवार से सटाकर रखा था। उसके सामने एक सेंट्रल टेबल थी और टेबल के दोनों तरफ एक-एक लम्बा सोफा रखा था। इन सोफों पर आराम से तीन-तीन लोग बैठ सकते थे पर जिस सोफे पर कमलाकान्त बैठे थे उस पर आठ लोग बैठ चुके थे। सामनेवाले पर भी सात लोग थे। कमरे में आने पर पता चला कि इन दो युद्धरत पक्षों के अलावा और भी कई लोग थे जिनके फैसले इस छोटे कमरे में हो सकते थे और वे पहले से वहाँ थे।

कमलाकान्त को लगा कि उन्हें मन्त्रीजी के आने के पहले दीवान के पास पहुँच जाना चाहिए। वे उठे और बाहर आ गए।

बाहर कमलाकान्त को मन्त्रीजी का चपरासी दिखाई दे गया। वह कमलाकान्त को जानता था और कमलाकान्त उसे जानते थे। कमलाकान्त ने तपाक से उसके कन्धे पर हाथ रखा और उसके बाल-बच्चों का हाल-चाल पूछा। हर भारतीय की तरह उसने अपने परिवार की जिम्मेवारी भगवान पर डाल रखी थी, इसलिए उसने ऊपर की तरफ नज़र उठा दी। कमलाकान्त ने उसे दोनों लड़कों की मिठाई के लिए दस-दस के दो नोट दिए। उसने नोट इत्मिनान से अपने अचकन की जेब में रखते हुए यह जानकारी दी कि उसके तीन बेटे हैं। कमलाकान्त ने उसे बताया कि बच्चे तो भगवान की बरक्कत होते हैं और इस बात की शिकायत की कि उसने तीसरे बेटे के जन्म के बारे में पिछली मुलाकात पर नहीं बताया था। चपरासी ने बताया कि पिछली मुलाकात, जो न उसे याद थी कि कब हुई थी और न कमलाकान्त को, पर उन्हें बताया तो था कि उसकी बीवी उम्मीद से है। कमलाकान्त ने अपनी स्मरणशक्ति कम होते जाने की शिकायत की और एक दस का नोट निकालकर चपरासी को थमा दिया। चपरासी ने अपने सत्रह साल के तीसरे बेटे के लिए भी मिठाई खरीदने की सहमति जताते हुए पैसा रख लिया।

इसके बाद चपरासी ने जो कमाल दिखाया उसे देखकर कोई भी शर्त लगा सकता था कि सचिवालय में आने के पहले वह जरूर किसी सर्कस में काम करता रहा होगा। उसने उस ठसाठस भरे हुए कमरे में मन्त्रीजी के दीवान के ठीक बगल में एक कुर्सी स्थापित कर दी। इसकी वजह से यह जरूर हुआ कि उसने दो लोगों के पैरों की उँगलियाँ कुचलीं, एक के सर की मजबूती की जाँच की और थोड़ी देर तक हवा में इस तरह लटका रहा कि निश्चय के साथ यह कहना मुश्किल था कि वह करतब दिखाकर कमरे में बैठे लोगों का मनोरंजन कर रहा है या फिर सोफों के ऊपर बैठे कुछ लोगों को उनके नीचे ढकेलकर वहाँ कुछ जगह बनाना चाहता था।

कुर्सी स्थापित करने से अधिक मुश्किल था उस पर कमलाकान्त को स्थापित करना। कुर्सी जैसे ही रखी गई उस पर बैठने के लिए दो लोग लपके। कमलाकान्त पीछे

रह गए और आगे बैठे हुए एक सज्जन उस पर बैठ गए। कमलाकान्त ने असहाय नज़रों से चपरासी की तरफ देखा। उसकी जेब में मिठाई के लिए पड़े तीन नोट कुछ इस तरह फड़फड़ाए कि चपरासी की जिह्वा पर सरस्वती का वास हो गया। कुर्सी पर बैठे सज्जन दो ही वाक्यों की मार से सहमकर वापस सोफे पर आ गए। वे मन्त्रीजी के क्षेत्र में जरूर थे पर चपरासी तो सचिवालय नामक इमारत का अभिन्न भाग था। जब मन्त्रीजी नहीं थे तब भी वह यहीं था और जब मन्त्रीजी नहीं रहेंगे, तब भी वह यहीं रहेगा।

कमलाकान्त ने कुर्सी पर बैठकर एक बार फिर कमरे का निरीक्षण किया। मन्त्री के चपरासी द्वारा उनके लिए कुर्सी रखने और फिर उस पर उन्हें बिठा देने से उनका रुतबा बढ़ गया था। कमरे में बैठे लोग उन्हें उत्सुकता, प्रशंसा और ईर्ष्या के मिले-जुले भावों से निहार रहे थे। कमलाकान्त को लगा कि ये सब क्षुद्र लोग हैं जिनसे आँखें मिलाने का कोई मतलब नहीं है, इसलिए वे सामनेवाली दीवार को घूरने लगे और उनका मस्तिष्क अलग रणनीति बनाने में व्यस्त हो गया।

कमरा पारसी थिएटर के स्वगत कथन के सिद्धान्त पर बजबजा रहा था। इस सिद्धान्त के मुताबिक गोपनीय और नितान्त व्यक्तिगत बातें इस आशा से जोर-जोर से बोलकर कही जाती हैं कि उन्हें बोलनेवाले के अलावा मंच पर मौजूद कोई पात्र नहीं सुन रहा है। कमरे में ठुँसे हुए लोग एक साथ बोल रहे थे, जोर-जोर से बोल रहे थे और अलग-अलग विषयों पर बोल रहे थे। एक-दूसरे को काटती और पछाड़ती हुई आवाज़ें दीवारों से टकरातीं, सोफों पर रेंगतीं, जमीन पर पसर जातीं, पर उन कानों तक पहुँच ही जातीं जिनके लिए वे बोली गई होतीं। इस पूरे माहौल में सिर्फ कमलाकान्त निर्लिप्त बैठे थे। भीड़ में उनका कोई पैरोकार नहीं था, इसलिए उन्हें वहाँ बैठे सभी लोग ओछे लग रहे थे। यहाँ तक कि उनकी बातें सुनने का प्रयास करते दीखना भी ओछा था, इसलिए वे सिर्फ सामने ताकते रहे और बातों में केवल वही अंश पकड़ते रहे जिनमें मन्त्रीजी के अगले कुछ दिनों तक राजधानी और उसके बाहर आने-जाने की सूचनाएँ निहित होती थीं।

कमरे में मन्त्रीजी का प्रवेश हुआ और जैसा होना था, कमरे की आवाज़ें खामोश हो गईं।

लोग खड़े हो गए। जिस कमरे का वर्णन करते समय सबसे पहले यह कहा जाता कि उसमें तिल रखने की जगह नहीं थी, उसमें मन्त्रीजी न सिर्फ प्रवेश कर गए बल्कि बिना हाथों पर उठाए हुए अपने पाँवों पर चलकर दीवान तक पहुँच भी गए और बैठ गए।

"हाँ...बताइए !"

यह मन्त्रीजी का तकिया कलाम था। उन्हें जाननेवाले जानते थे कि इसका कोई मतलब नहीं है, इसलिए किसी ने कुछ नहीं बताया।

मन्त्रीजी ने दीवान पर पड़े तौलिए के टुकड़े से अपने चेहरे पर किसी काल्पनिक

वस्तु को पौंछना शुरू कर दिया। कमरे में बैठे लोगों में से कुछ खाँसे-खँखारे, कुछ ने अपने शरीर के पृष्ठ भाग को हिला-डुलाकर यह सुनिश्चित किया कि वे हवा में लटके हुए नहीं हैं और फर्नीचर की श्रेणी में आनेवाली किसी वस्तु पर टिके हुए हैं। जिनके काम थे उन्होंने बेचारगी से अपने महँगे पैरोकारों की तरफ देखा और उन्हें तरह-तरह के इशारों से बोलने के लिए प्रेरित किया। मन्त्रीजी ने तौलिया वापस दीवान पर रखते हुए एक बार फिर कहा–

"हाँ...तो बताइए।"

किसी ने कुछ नहीं बताया।

थोड़ी देर तक कमरा निरर्थक बातों से गूँजता रहा। लोगों ने मन्त्रीजी को इलाके में बारिश के बारे में बताया, सड़कों की मरम्मत में होनेवाली देरी पर रोष व्यक्त किया, फसली कीड़ों के सम्बन्ध में अपने ज्ञान का आदान-प्रदान किया। मन्त्रीजी दिलचस्पी से सुनते रहे और बीच-बीच में अपनी भागीदारी जाहिर करने के लिए कुछ न कुछ बोलते भी रहे।

सभी जानते थे कि मन्त्रीजी दुनिया की तमाम चीजों में बिना दिलचस्पी के दिलचस्पी दिखा सकते थे। मन्त्रीजी भी जानते थे कि लोग यहाँ बारिशों, सड़कों या फसली कीड़ों पर बातें करने नहीं आए थे। वे बीच-बीच में टेक की तरह कहते रहे–

"और बताइए...साहब !"

किसी ने कुछ नहीं बताया और यह स्पष्ट हो गया कि कोई भी पहले कुछ नहीं कहना चाहता। सबको उम्मीद थी कि दूसरे चले जाएँगे और केवल वे रह जाएँगे तब अपनी बात अकेले में मन्त्रीजी से करने का मौका उन्हें मिलेगा और वे अपनी बात कहेंगे।

जाहिर था कि ऐसा समय आसानी से नहीं आनेवाला था।

मन्त्रीजी ने अपने बाएँ बैठे शख़्स को देखा और मुस्कुराए। मन्त्रीजी के बाएँ बैठा शख़्स भी मुस्कुराया। फिर मन्त्रीजी ने अपने दाएँ बैठे और सामने बैठे व्यक्तियों के लिए भी यही क्रिया सम्पादित की। उन्होंने भी 'कोई उधार नहीं रखना चाहिए' सिद्धान्त के अनुसार अपने दाँत दिखा दिए। फिर मन्त्रीजी ने कमलाकान्त वर्मा की तरफ देखा। कमलाकान्त पहले ही मुस्कुरा दिए, इसलिए मन्त्रीजी नहीं मुस्कुराए। वे उठे और इस छोटे कमरे से भी छोटे एक-दूसरे कमरे में चले गए। यह छोटा कमरा इस छोटे कमरे का अटैच बाथरूम था और नई स्थापत्य कला के अनुरूप हर महत्त्वपूर्ण कमरे के साथ जुड़ा रहता था।

मन्त्रीजी ने जाते-जाते अपने शरीर के न जाने किस अंग से कौन सा इशारा किया कि उनके पीछे-पीछे कमलाकान्त भी उठकर दूसरे और छोटे कमरे में चले गए।

दरअसल इस खेल में वाणी से अधिक इशारों का महत्त्व था। कमलाकान्त पुराने खिलाड़ी थे, इसलिए वे एक साथ सामनेवाले के हाथ, नाक, आँख, कान, जिह्वा सब पर नज़र रखते थे। मन्त्रीजी ने उठते-उठते अपने सिर को जैसे झटका और फिर हवा

में फटकारा, उसे सिर्फ कमलाकान्त ही समझ सकते थे।

अन्दर वाश बेसिन और कमोड के बाद जो जगह बचती थी वह बस इतनी थी कि उसमें कमलाकान्त और मन्त्रीजी एक-दूसरे से लगभग सटकर खड़े हो सकें। सामने के वाश बेसिन पर लगे शीशे में उनके चेहरे कुछ-कुछ विकृत से नजर आ रहे थे। इस कमरे में वे पहली बार कोई डील कर रहे थे, इसलिए कमलाकान्त को बीच-बीच में शीशे में देखकर लगता कि उनके अतिरिक्त भी कमरे में कोई है। वे थोड़ा सहम जाते पर मन्त्रीजी के लिए यह कमरा पुराना वार्तास्थल था इसलिए वे सहज ढंग से बात कर रहे थे।

दोनों वार्ताकारों के बीच वार्ता संक्षिप्त वाक्यों के रूप में फुसफुसाहट के साथ हो रही थी। अक्सर एक ही वाक्य बार-बार दोहराया जाता।

"मैं आपसे बाहर थोड़े हूँ। जो हुकुम देंगे हो जाएगा।"

"भाई जो मौके पर गायब हो जाए, उसका क्या भरोसा ?"

"जो हुकुम देंगे हो जाएगा।"

"मौके पर गायब हो गए।"

"मैं आपसे बाहर थोड़े हूँ। जो हुकुम...।"

थोड़ी देर में छोटा गुसलखाना बाम्बे स्टाक एक्सचेंज में तब्दील हो गया। फर्क सिर्फ इतना था कि बोलियाँ ऊँचे स्वर की जगह नीचे स्वरों में लग रही थीं--

"पच्चीस।"

"नौ।"

"पच्चीस।"

"मैं आपसे बाहर थोड़े हूँ...चलें दस...।"

"बाईस।"

"जो हुक्म देंगे बाद में कर देंगे...दस इस बार।"

"इस बार हुक्म...बीस से कम नहीं।"

एक आवाज उत्तेजित होकर डाँट रही थी, दूसरी दीन स्वर में गिड़गिड़ा रही थी।

दोनों आवाज़ें एक-दूसरे को तौल रही थीं, परख रही थीं और दुकानदारी के सिद्धान्त के मुताबिक बेस्ट बारगेन करना चाह रही थीं।

अचानक उत्तेजित आवाज ने अपने हाथ को कुछ इस तरह से झटका जिसका मतलब यह भी हो सकता था कि उसने अपने कोई मक्खी उड़ाने की कोशिश की है और यह भी कि गिड़गिड़ाती आवाज अब बाहर निकल जाए। कमलाकान्त ने मान लिया कि कोई मक्खी उड़ाई गई है।

"बारह कर दें सर। अगली बार जो हुकुम देंगे हो जाएगा।"

"बीस से एक कम नहीं।"

मन्त्रीजी ने इस बार दुकानदारी का वह दाँव खेला जिससे कमलाकान्त एकदम चित होते-होते बचे। उन्होंने अपने पैरों और धड़ को इस तरह हिलाया कि वे अब चलनेवाले

हैं। दुकानदारी का पुराना सिद्धान्त दोहराया गया कि लेना हो तो लो वरना हम दुकान बढ़ाते हैं। कमरे में इतनी जगह नहीं थी कि मन्त्रीजी कुछ कर सकते। पर उनका कदमताल कुछ ऐसा था कि लगा कि वे कमोड की तरफ बढ़ रहे हैं। उनका हाथ भी अपने पाजामे के नाड़े की तरफ जाने लगा तो कमलाकान्त घबराए। उन्हें लगा मन्त्रीजी कहीं कमोड पर बैठ न जाएँ। उन्होंने घराबकर मन्त्रीजी को लगभग घसीट-सा लिया।

"एक मौका और दें सर...आपसे बाहर थोड़े हैं...बारह कर दें...फिर आगे और देख लेंगे।"

"अठारह से कम नहीं। नहीं देना है तो..."

मन्त्रीजी फिर कमोड की तरफ चले।

"चलो सर आपकी भी बात रह जाए और मेरे बच्चों के पेट पर भी लात न पड़े...पन्द्रह कर देते हैं।"

"आप भी इंजीनियर साहब बनियों की तरह बात करते हैं। चलिए सोलह ठीक है। इसके बाद तो मौके पर आप दिखाई नहीं देंगे।"

"हें...हें...हें...आप भी सर मज़ाक करते हैं। आपसे बाहर कब रहा मैं। वो तो..."

कमलाकान्त ने एक बार फिर भारतीय रेलों और रोडवेज की बसों को कोसना शुरू किया जिन्होंने पिछली बार चाहते हुए भी उन्हें मन्त्रीजी की सेवा का मौका नहीं दिया था। पर मन्त्रीजी ने हाथ से उन्हें बरज दिया।

कमलाकान्त ने सौदे की अन्य शर्तें, मसलन उन्हें कब तक तबादला रुकने का आदेश मिल जाएगा और बदले में तय राशि कहाँ पहुँचानी होगी, भी अभी तय करने की कोशिश की पर मन्त्रीजी को देर हो रही थी। बाहर बैठे लोगों को तरह-तरह की बातें बनाने का मौका मिल रहा था, इसलिए वे कमलाकान्त से यह कहकर कि वे शाम को उनकी कोठी पर आएँ, सचमुच कमोड की तरफ बढ़ गए।

कमलाकान्त सीधे सर उठाए छोटे कमरे से बाहर निकल आए। उन्हें इस तरह मन्त्रीजी के पीछे अन्दर जाते और फिर बाहर आते देखकर बैठे हुए लोगों ने ईर्ष्या से देखा। उनमें से कुछ ने उन्हें आदरपूर्वक नमस्कार भी किया पर कमलाकान्त बिना दाएँ-बाएँ देखे बाहर आ गए।

बाहर चपरासी खड़ा था। कमलाकान्त ने इस बार फिर उसे दोनों लड़कों को पान खिलाने के लिए दस-दस के नोट दिए। चपरासी ने याद दिलाते हुए फिर बताया कि उसके एक लड़का और भी है। कमलाकान्त ने फिर जेब में हाथ डाला पर इस बीच बातचीत में चपरासी ने भेद खोल दिया कि रात में साहब की कोठी पर उसकी ड्यूटी नहीं है। कमलाकान्त ने जेब से हाथ निकाल लिया। वे कुछ फुसफुसाए। इसका परोक्ष मतलब चपरासी ने यह निकाला कि वह परले दर्जे का मूर्ख है। अगर कुछ देर बाद अपनी रात की ड्यूटी के बारे में बताता तो कमलाकान्त उसके तीसरे लड़के के पान का पैसा नहीं मारते।

चपरासी से निपटने के बाद कमलाकान्त ने पी.ए. की तलाश में निगाहें दौड़ाईं। पी.ए. बगल के कमरे में आज मिले हुए कागजों की छँटाई करके उन्हें अलग-अलग फाइलों में रख रहा था। उसके इर्द-गिर्द छोटी सी भीड़ थी। ये वो लोग थे जिनके कागजों पर मन्त्रीजी ने आदेश तो लिख दिए थे पर उन्हें विश्वास नहीं था कि कागज अपने गन्तव्य तक पहुँचेंगे। वे पी.ए. से घर के कागजों को लिफाफों में रखवा रहे थे और उन पर लिखे गए पतों को देखकर सन्तुष्ट हो रहे थे कि लिफाफे सही स्थानों पर पहुँच जाएँगे।

कमलाकान्त भीड़ में एक ऐसे स्थान पर खड़े हो गए जहाँ से पी.ए. के सर उठाने पर उनकी आँखें मिल सकती थीं।

पी.ए. ने कागजों का निस्तारण करते-करते सर उठाया और उसकी आँखें कमलाकान्त से टकराईं। आँखों ने आपस में न जाने क्या संवाद किया कि पी.ए. ने एकदम से हड़बड़ाहट दिखाते हुए अपनी कुर्सी से उठने का प्रयास किया। आधा उठते-उठते वह वापस कुर्सी पर गिर गया। पर उसकी हड़बड़ाहट ने लोगों को अहसास करा दिया कि कमलाकान्त कोई महत्त्वपूर्ण व्यक्ति है। भीड़ ने थोड़ी जगह बना दी और कुर्सियों पर बैठे लोगों में से एक खड़ा हो गया।

"बैठें सर।"

कमलाकान्त बैठ गए।

"देख रहे हैं सर, दम मारने को फुर्सत नहीं है।"

"भई, सरकार तो आप लोगों के बल पर चल रही है। मन्त्री लोगों के पास कहाँ समय है,"...कमलाकान्त ने पिछले कई सालों से अलग-अलग पी.ए. लोगों के सामने कहा गया वाक्य फिर से दोहराया। हर पी.ए. की तरह यह पी.ए. भी खुश हो गया।

"अरे...नहीं सर। हम तो सेवक हैं, जो हुक्म होता है बजा लाते हैं।"

इस वाक्य के विरोध में एक साथ कई आवाज़ें उभरीं। जितने लोग अपने कागज़ों के इन्तजार में खड़े थे, सबने एक स्वर से घोषित किया कि सरकार तो पी.ए. साहब ही चला रहे हैं। मन्त्रीजी तो सीधे-सादे आदमी हैं, उनसे किसी कागज़ पर कुछ भी लिखवा लो। लिखा हुआ होता तभी है, जब पी.ए. साहब चाहते हैं।

पी.ए. ने फिर कुछ कहने का प्रयास किया पर एक बुजुर्ग व्यक्ति ने उसे झिड़क दिया। जब उसने कहा तो पी.ए. को मानना पड़ा कि सरकार चलाने में उसका भी योगदान है।

बातचीत का नतीजा यह निकला कि पी.ए. की उँगलियाँ कुछ और तेज चलने लगीं।

"बस सर...थोड़े कागज रह गए।"

"नहीं-नहीं...आप आराम से निपटा लीजिए। मुझे कोई जल्दी नहीं है।"

कमलाकान्त आराम से कुर्सी पर पसर गए। उन्हें पता था कि उन्हें जल्दी हो भी तो कुछ नहीं किया जा सकता था। भीड़ में मौजूद ज्यादातर लोग मन्त्रीजी के चुनाव

क्षेत्र के थे। पी.ए. उन्हें छोड़कर कमलाकान्त से बातें नहीं कर सकता था। ढंग से बातें करने के लिए भीड़ का छँटना भी जरूरी था।

थोड़ी देर में स्पष्ट हो गया कि भीड़ अनन्त समय तक समाप्त नहीं होगी। जितने लोग हटते थे उससे ज्यादा उसमें जुड़ते जा रहे थे।

अचानक पी.ए. उठा और कमरे के एक कोने में चला गया। उसने आवाज़ देकर भीड़ में से एक आदमी को अपने पास बुला लिया। कमलाकान्त समझ गए कि अब उन्हें बात करने में आसानी होगी।

दरअसल पी.ए. ने लोगों को निपटाने के काफी गुर मन्त्रीजी से सीखे थे। उसने किसी को एक कोने में निपटाया, किसी को दूसरे कोने में ले गया। कोई दरवाजे पर खड़ा-खड़ा निपट गया, किसी को उसकी कुर्सी से नहीं उठने दिया गया और वहीं उसका काम तमाम कर दिया। पी.ए. इस समय किसी मध्ययुगीन योद्धा की तरह विचरण कर रहा था। कमरा हल्दी घाटी या पानीपत जैसा कोई मैदान था और उसके आँख, कान, नाक और जुबान अस्त्र-शस्त्र की तरह चल रहे थे।

इस धमा-चौकड़ी में कमलाकान्त को भी अवसर मिल गया।

वे दोनों थोड़ी देर के लिए एक कोने में अवस्थित हो गए।

कमलाकान्त ने ऐसे मौके के लिए जेब में एक लिफाफा पहले से तैयार कर रखा था। उन्होंने सबसे पहले उसी को निकाला और पी.ए. की कमीज की ऊपरी जेब में उसे सरका दिया। उन्होंने पी.ए. को बताया कि वह उनसे उम्र में छोटा है और यह तो उनका हक है कि उसकी पत्नी को जो कमलाकान्त की बहू हुई, दीवाली पर साड़ी पहनाए। चूँकि वे जल्दी में साड़ी लाना भूल गए और औरतों को अपनी पसन्द की साड़ी खरीदने का मौका देना चाहिए, इसलिए वे साड़ी की कीमत दे रहे हैं। उन्होंने पी.ए. को यह भी बरजा कि लिफाफा सीधे बहू के हाथ में पहुँच जाना चाहिए। पी.ए. ने भी बताया कि उसकी पत्नी कितनी बार कह चुकी है कि भाई साहब बहुत दिनों से घर नहीं आए। इस बार मिलें तो जरूर आने को कहना। उसका बहुत मन उन्हें पकौड़ियाँ खिलाने का है। कमलाकान्त ने वादा किया कि अगली बार राजधानी आए तो जरूर पी.ए. के घर आएँगे और बहू के हाथ की गरमा-गरम पकौड़ियाँ खाएँगे।

कमलाकान्त ने बताया कि मन्त्रीजी ने तो हाँ कर दी है पर अब आदेश निकलवाना तो पी.ए. के ही बस में है। शाम को वे मन्त्रीजी की कोठी पर पहुँच रहे हैं। पी.ए. ने माफी माँगी कि शाम को तो उसे किसी जरूरी काम से किसी और जगह जाना है। कमलाकान्त को अचानक कुछ याद आया। उन्होंने जेब में हाथ डालकर एक और लिफाफा निकाला। उनकी पत्नी को पी.ए. के लड़के की शरारतें खूब याद थीं। उन्होंने बच्चे को मोपेड खरीदने के लिए कहा था पर कमलाकान्त को समय नहीं मिला इसलिए उसकी कीमत लिफाफे में रखकर ले आए थे। पी.ए. ने लिफाफा जेब में रखते हुए बताया कि लड़का भी आंटीजी को कितना याद करता है। बहरहाल कमलाकान्त जी का मसला है तो पी.ए. शाम को अपना जरूरी काम छोड़कर भी मन्त्रीजी की कोठी पर पहुँच

जाएगा। मन्त्रीजी रात दस वाली गाड़ी से बाहर जा रहे हैं, इसलिए कमलाकान्त आठ बजे तक कोठी पर आ जाएँ। पी.ए. वहीं मिलेगा।

इसके बाद सचिवालय नामक उस इमारत में करने के लिए कुछ नहीं बचा। वे बाहर निकल आए।

बाहर इमली के विशाल वृक्ष के नीचे बैंगनी रंग की पतलून, हरी कमीज और काले चश्मे में खड़े व्यक्ति ने उन्हें देखकर एक पीले रंग की रुमाल से अपना मुँह पोछना शुरू कर दिया। हालाँकि वह इस गन्दी रुमाल से यह हरकत न भी करता तब भी कमलाकान्त वहीं जाते पर चूँकि तय यही हुआ था और रंग-बिरंगी धजा वाला व्यक्ति बचपन में जासूसी फिल्मों का बेहद शौकीन था इसलिए उसने पूरी गम्भीरता से लाइन क्लीयर का इशारा किया।

"बोर तो नहीं हुए राय साहब ! मन्त्रीजी ने..."

"श्श...श्श..." लल्लनराय ने धीरे से उँगली होंठों पर रखी और एक तरफ को बढ़ लिए। इस बार उनकी गर्दन में एक भूरे रंग की रुमाल थी। इशारा साफ था। चप्पे-चप्पे पर दुश्मन के आदमी बिखरे हुए थे इसलिए वहाँ बात करना ठीक नहीं था।

कमलाकान्त ने अगल-बगल के दृश्य का जायजा लिया। इमली के दरख्त के नीचे खाद्य पदार्थों के माध्यम से राष्ट्रीय एकता जैसे महत्त्वपूर्ण विषय पर सेमिनार हो रहा था। छोले भटूरे से लेकर इडली डोसा और रसगुल्ला से लेकर फ्रूट सलाद जैसे देश के विभिन्न भागों में पाए जानेवाले व्यंजन उस वृक्ष की छाया तले परोसे जा रहे थे। राष्ट्र की सार्वभौमिक उपस्थिति मक्खियाँ, धूल और पेड़ पर बैठे पक्षियों की बीट इन खाद्य पदार्थों में प्रचुर मात्रा में थीं। इन सारे पकवानों को भकोसने के लिए बाबू, चपरासी, नेता, दलाल और याचक थोक में थे और बेचने के लिए गन्दगी और मुनाफा ही जिनके जीवन का परम लक्ष्य है, ऐसे दुकानदार थे। इनमें दुश्मन के जासूस कौन हैं, यह जानना कमलाकान्त के लिए थोड़ा मुश्किल था। वे यह जरूर जान गए कि इनमें से दुश्मन का जासूस कौन नहीं है। सामने एक आदमी उलटा अखबार इस तरह से पढ़ रहा था कि उसका आधा चेहरा छिपा रहे। उसने उन्हें देखकर अखबार अपनी नाक तक चढ़ा लिया। कमलाकान्त समझ गए कि उलटा अखबार पढ़ने वाला आदमी ध्रुवलाल यादव है।

मामला काफी रहस्यमय था। आगे-आगे भूरा रुमाल गर्दन में डाले लल्लनराय, उनसे दस कदम पीछे कमलाकान्त और उनसे दस कदम पीछे ध्रुवलाल यादव—लगभग पचास गज आगे जाकर सचिवालय के गेट के बाहर निकलते हुए लल्लन राय एक गली में मुड़ गया। जिस जगह गली खत्म होती थी वहाँ की दीवारों पर उदारता के साथ मूत्र विसर्जन किया गया। वहाँ से आगे जाने की गुंजाइश नहीं थी इसलिए लल्लन राय खड़े हो गए। धीरे-धीरे कमलाकान्त और ध्रुवलाल भी करीब आकर खड़े हो गए। लल्लन राय ने भूरी रुमाल जेब में डाली, काला चश्मा आँखों से उतारकर पोंछा और फुसफुसाते हुए दो-तीन वाक्य कहे। इन वाक्यों के अनुसार इस बार बड़े शातिर दुश्मन से पाला

पड़ा है। चप्पे-चप्पे पर फैले उसके आदमी उन पर निगाहें रखे हुए हैं। दुश्मन का कोई एजेंट यहाँ पर भी पेशाब करके गया है और उन्हें फौरन इस इलाके से निकल भागना चाहिए और रेलवे स्टेशन के गेट नं. 3 पर मिलना चाहिए। इसके बाद लल्लन राय वापस मुड़े और तेज कदमों से वापस चल दिए। उनका चश्मा उनकी आँखों पर था और गर्दन पर नीली रुमाल आ गई थी। उनके पीछे-पीछे शेष दोनों भी गली से निकल भागे।

स्टेशन की चाय की दुकान पर लल्लन राय और ध्रुवलाल ने जो सूचनाएँ दीं उनमें से कुछ कमलाकान्त के लिए निराशाजनक थीं और कुछ उत्साहवर्द्धक। पहली सूचना यह थी कि अपने खेमे का एक सिपहसालार पाला बदलकर दुश्मन के पाले में चला गया है। रिजवानुल हक ने पहले दिन ही ऋषभचरण शुक्ल के घर कबाब भिजवाए और दूसरे दिन दफ्तर खुलने के पहले सुबह-सुबह ऋषभचरण उसे बटुकचन्द के यहाँ लेकर गया था।

"जाने दो स्साले को...," कमलाकान्त ने कहा, "एक बार तबादला रुकने के बाद मुर्ग-मुसल्लम लेकर इधर आ जाएगा।"

दूसरी सूचना अच्छी थी। उन दोनों ने कौशिक के घर का पता मालूम कर लिया था।

कमलाकान्त ने इतनी महत्त्वपूर्ण खोज के लिए लल्लन राय की पीठ थपथपाई। फिर उन्होंने उन्हें बताया कि किस तरह से मन्त्रीजी की आँखें उन्हें देखते ही भर आईं और कितनी देर तक वे उनका हाथ थामे बैठे रहे। जब उन्होंने कहा कि वर्माजी आपका तबादला तो धोखे में हो गया, बदमाश बटुकचन्द ने उनसे झूठ बोलकर फाइल पर दस्तखत करवा लिया तो उनकी आँखें टपटप चूने लगीं। मन्त्रीजी तो उसी समय तबादला रोकने का आदेश टाइप करा रहे थे पर वो तो टाइपराइटर में कुछ गड़बड़ी आ गई। आज रात मन्त्रीजी ने कोठी पर बुलाया है, वहीं आदेश की कॉपी मिल जाएगी।

"तब तो गुरुजी हो जाए आज..." लल्लन राय ने किलकारी मारी। खबर ने उन्हें गुरु-गम्भीर जासूस से वापस दलाल पत्रकार बना दिया। उनकी इच्छा थी कि जब किला फतेह हो ही गया है तो फिर जश्न भी लगे हाथ मना ही लिया जाए। वे राजधानी में इस तरह के कामों के सिलसिले में आते रहते थे इसलिए यह भी जानते थे कि किस स्तर पर जश्न कहाँ मनाया जाता है। उन्होंने दो-तीन होटलों का नाम लिया पर कमलाकान्त ने उन्हें निरुत्साहित कर दिया। मन्त्रीजी आज ही दौरे पर निकल जाएँगे इसलिए उन्हें फौरन उनकी कोठी पर पहुँचना था।

लल्लन राय और ध्रुवलाल यादव भी आदेश हस्तान्तरण की प्रक्रिया के चश्मदीद गवाह बनना चाहते थे पर कमलाकान्त की राय थी कि दुश्मन बड़ा चौकन्ना है। पूरे शहर में उसके एजेंट बिखरे हुए थे। जरूरी था कि लल्लन राय और ध्रुवलाल जैसे मँजे हुए जासूस शहर का चक्कर लगाते हुए होटल पहुँचे। वे सीधे मन्त्रीजी की कोठी जा रहे हैं। वहाँ से आदेश लेकर होटल आ जाएँगे।

इसके बाद लल्लन राय ने काला चश्मा आँखों पर चढ़ाया, अपने रंग-बिरंगे रुमालों को तह करके जेब में रखा और एक रिक्शे पर बैठ गए। ध्रुवलाल यादव ने भी एक अखबार खरीदा और दूसरे रिक्शे पर बैठकर उसे उलटा पढ़ने लगे। जैसा कि तय था कमलाकान्त वर्मा ने मन्त्रीजी की कोठी के लिए एक तीसरा रिक्शा तय कर लिया।

कमलाकान्त मन्त्रीजी की कोठी पर जब पहुँचे तो वहाँ सिर्फ इतने लोग थे कि आसानी से उसे वीरान कहा जा सकता था। दरअसल इस कोठी की रौनक या वीरानी से ही पता चलता था कि मन्त्रीजी अन्दर कोठी में विराजमान हैं या कहीं बाहर गए हुए हैं। चमचों, मुलाकातियों, काम करानेवालों की एक भीड़ थी जो मन्त्रीजी के कोठी में प्रवेश करते ही न जाने कहाँ से पाँच-सात मिनट के अन्दर प्रकट हो जाती थी। इसी तरह मन्त्रीजी की कार कोठी के बाहर निकलती और यह भीड़ फिर यकायक किसी अदृश्य कोटर में समा जाती। कोठी सूनी पड़ी थी, इसका मतलब मन्त्रीजी अभी नहीं आए थे।

गेट पर एक सन्तरी अपने चेहरे पर महा ऊब का भाव लिए खड़ा था। उसे पार करने के बाद एक माली फुलवारी में काम करता दिखाई दिया। दिन-भर की थकान के बाद वे कहीं बैठकर सुस्ताना चाहते थे। बरामदे में कुछ कुर्सियाँ पड़ी थीं। वे उधर ही बढ़ गए।

कुर्सी पर एक चपरासी उनींदा-सा बैठा था। उसने आँखें आधी खोलकर कमलाकान्त की तरफ देखा। कमलाकान्त ने भी लापरवाही दिखाते हुए उसे तौला। आदमी काम का नहीं इसलिए उन्होंने उसके बच्चों में कोई दिलचस्पी नहीं दिखाई और मन ही मन प्रसन्न हुए कि उनके अन्दर की जेब में पड़े लिफाफों में एक कम होने से रह गया।

यह एक बड़ी सी कोठी थी जिसमें बहुत सारे कमरे थे, बहुत बड़ा लॉन था, पीछे ढेर सारे सर्वेंट्स क्वार्टर थे। लोगों को इसकी ताकत का अहसास था इसलिए वे छोटे या बड़े समूहों में इसके गलियारों, बरामदों और कमरों में फुसफुसाकर बातें करते थे। यहाँ ठठाकर हँसने पर कोई पाबन्दी तो नहीं थी पर ठठाकर हँसा तभी जाता था जब कोठी का मालिक ठठाकर हँसता था। ज्यादातर अहम फैसले यहाँ होते थे इसलिए समझदार लोग सचिवालय नहीं जाते थे। वे केवल मन्त्रीजी के मूड, उपलब्धता, भीड़-भाड़ या मित्रों-शत्रुओं की उपस्थिति जैसे कारकों का पता करते रहते थे और सही समय पर सही चोट करने के इरादे से यहाँ प्रकट हो जाते थे।

इस कोठी में रहनेवाले बदलते रहते थे। कई बार यह बदलाव बड़ी जल्दी-जल्दी होता था और कई बार सालो-साल एक ही व्यक्ति इसमें रहता चला जाता। हर परिवर्तन के साथ कोठी के पर्दे और फर्नीचर बदल जाते। जैसे ही नया व्यक्ति इस कोठी में रहने के लिए आता, वहाँ पहले रहे लोगों की कुरुचि और चयन पर नाक-भौं सिकोड़ता। सरकार का एक विभाग इन कोठियों की देखभाल करता था। उसका बड़ा अफसर पहुँचकर नए रहनेवाले को बताता कि कोठी के कालीन, पर्दे या फर्नीचर उसकी पसन्द

और हैसियत से बहुत नीचे दर्जे के हैं। कोठी को तुरन्त नए सामान की जरूरत है। कोठी का नया मालिक फौरन इससे सहमत हो जाता। देखभाल करनेवाले विभाग के अफसर नए मालिक की पत्नी को बाजार ले जाते और उसकी पसन्द के सोफे और कालीन खरीदे जाते। पर्दे के कपड़े और सोफों के कवर दर्जी को सिलने के लिए दिए जाते।

इस पूरी कार्यवाही का एक अंग यह भी था कि अगले कुछ दिनों तक अखबारों में छपता रहता कि अमुक मन्त्री ने अपनी कोठी और दफ्तर को सजाने में जनता की गाढ़ी कमाई का कितने लाख रुपए कितनी बेदर्दी के साथ खर्च किया। यह जानकारी उन्हें देखभाल करनेवाले विभाग से ही मिलती थी। बहुत सारे लोगों को कोठियों में नए मालिकों के आने की जानकारी भी इसी खबर से मिलती थी। ये खबरें इतने नियमित रूप से छपती थीं कि मौसम विभाग की बुलेटिनों की तरह लोग इन्हें गम्भीरता से नहीं लेते थे।

फर्नीचर के साथ-साथ कोठियों के चपरासी, पी.ए. और मुलाकाती भी नए मालिकों के साथ बदल जाते। जुटनेवाली भीड़ की बोली और लतीफों को सुनकर बताया जा सकता था कि कोठी में रहनेवाला किस क्षेत्र का है। कुछ मामलों में जनतन्त्र ने एकरूपता पैदा कर दी थी। मसलन हर क्षेत्र का दलाल कुर्ता-पाजामा पहनने लगा था, हर विभाग का अफसर पैंट-कमीज पहनता था और हर क्षेत्र का किसान मुड़ा-तुड़ा कुर्ता और फटी बनियान पहनता था तथा मन्त्री के सामने अपनी दरखास्त रखते समय हकलाता था।

इस कोठी में रहनेवाला भोजपुरी क्षेत्र का था, इसलिए हर तीसरा आदमी खैनी मलता हुआ दिखाई दे जाता था। कमलाकान्त के बगल में बैठे चपरासी ने अपनी हथेली पर रगड़कर खैनी मली और दो-तीन बार ताली बजाने के अन्दाज में अपने दाएँ हाथ को बाएँ पर मारा तो हवा में तैरते हुए तम्बाकू के कणों ने कमलाकान्त को चैतन्य कर दिया। चपरासी ने रगड़ने के बाद अपना बायाँ हाथ उनके सामने बढ़ा दिया। कमलाकान्त घबराए कि कहीं उन्हें लेना न पड़े। उन्होंने झट से अपनी आँखें बन्द कर लीं और तब तक सोते रहे जब तक उन्हें विश्वास नहीं हो गया कि चपरासी ने पूरी खैनी दाँतों के बीच दबा ली होगी। एक बार वे फँस चुके थे। उनके विभाग के एक पुराने मन्त्री खैनी खाने के इतने शौकीन थे कि उनका पी.ए. हर दस-पन्द्रह मिनट बाद खैनी बनाकर लाता और उनके सामने पेश करता। वे फिर वहाँ मौजूद हर व्यक्ति के सामने खैनी बढ़ा देते। उनका मानना था कि अगर कोई मर्द खैनी नहीं खा सकता तो उसकी मर्दानगी को धिक्कार है। ऐसे मर्दों के बारे में उनके पास बहुत सारे लतीफे थे जिन्हें वे खूब खुलकर सुनाया करते थे। इन लतीफों पर सबसे ज्यादा खैनी न खानेवालों को हँसना पड़ता था। एक बार कमलाकान्त का काम इतना बड़ा था कि उन्होंने भी खैनी खा ली। काम तो हो गया पर काफी देर तक वे उन मन्त्रीजी के लतीफे सुनकर रोते रहे। उनका सर चकरा रहा था और अपने ऊपर पूरा नियन्त्रण रखने की कोशिश

करते-करते अन्त में वे भी मन्त्रीजी और उनके चमचों की तरह भव्य सरकारी कालीन पर पिच्च-पिच्च करके थूकने लगे।

बहरहाल खतरा टल चुका था, इसलिए कमलाकान्त ने अपनी आँखें खोल दीं। वे अनमने से उस चपरासी को देखते रहे जो खैनी मुँह में दबाकर फिर ऊँघने लगा था। अचानक उन्होंने देखा कि चपरासी की मूँछों का बायाँ हिस्सा कुछ फरफराया, फिर दाहिने हिस्से ने भी वैसी ही हरकत की। उसने अपनी आँखें खोलीं और तेज-तेज साँसें लीं। जंगल में जैसे जानवर हवा सूँघकर विपत्ति का अन्दाज लगा लेते हैं, कुछ-कुछ वैसी ही प्रतिक्रिया थी उसकी। उसने सुस्त, आलस्य में डूबे चौपाए की तरह अपनी देह तोड़ी और एकदम से खड़ा हो गया।

कमलाकान्त समझ गए मन्त्रीजी आनेवाले हैं।

चपरासी की ही तरह प्रतिक्रियाएँ अलग-अलग लोगों की थीं।

सन्तरी अचानक चौकन्ना हो गया और किसी काल्पनिक गाय को हाँकने लगा।

माली ने एकदम से लॉन में खरपतवार तलाश लिये और यह निश्चय उसने थोड़े ऊँचे शब्दों में व्यक्त कर दिया कि आज उन्हें उखाड़कर ही दम लेगा चाहे आधी रात क्यों न हो जाए।

कोठी के कैम्पस में न जाने कहाँ से भीड़ नज़र आने लगी।

कमलाकान्त भी बरामदे से निकलकर लॉन में आ गए और ऐसी जगह पर खड़े हो गए जहाँ मन्त्रीजी की नज़र कार से उतरते समय सीधे उन पर पड़े।

इस कोठी के लिए यह आम बात थी। जानकार लोग हवा को सूँघकर बता सकते थे कि अब मन्त्रीजी आनेवाले हैं। पूरे शहर में फैले हुए दलालों और दरखास्तियों को पता चल जाता था कि मन्त्रीजी कोठी पर पहुँचनेवाले हैं। उनके पहुँचने के चन्द मिनट पहले एक कार रुकती और उससे कुछ दलाल उतरते। फिर कुछ रिक्शे रुकते और कुछ छोटे दलाल और मुलाकाती उतरते। मुलाकाती रिक्शे का किराया चुकाते और दलाल झपटते हुए गेट के अन्दर चले जाते। फिर कुछ और कारें आतीं। बड़े दलाल सन्तरी को डपटकर कार अन्दर ले जाने की कोशिश करते। जिनके अरदब में सन्तरी आ जाता वे अन्दर कार समेत चले जाते और जिनके रोब में सन्तरी नहीं आता वे कार बाहर सड़क पर आड़ी-तिरछी लगाकर अन्दर भागते। उन्हें सिर्फ यह देखना होता कि कार इस तरह खड़ी की जाए कि सड़क पर आनेवाला ट्रैफिक जरूर बाधित हो।

इस पूरे दृश्य में गति का विशेष महत्त्व होता। लोग भागते हुए आते और अन्दर घुस जाते। धीमी रफ्तारवाले रिक्शों के रुकते-रुकते उनका धैर्य समाप्त हो जाता और जिसका काम होता उसे छोड़कर दौड़ते हुए अन्दर चले जाते। जिसका काम होता वह भी रिक्शेवाले को पैसा देकर अन्दर भागता। अन्दर लोग लॉन से भागकर मुलाकातियों के कमरे तक जाते फिर वहाँ से भागकर गेट पर आ जाते। लोगों ने यह समझ लिया था कि अगर देश को तरक्की करनी है तो तेज़ गति से चलना होगा।

इस बीच अचानक एक कार लाल बत्ती बुझाती तेज रफ्तार से गेट पर पहुँचती।

सन्तरी तेजी से गेट खोलते और कार बाहर से भी तेज गति से अन्दर घुसती। पोर्टिको में पहुँचकर ड्राइवर जोर से ब्रेक मारता और लोग आश्वस्त हो जाते कि मन्त्रीजी आए हैं। एक चपरासी कूदकर अगली सीट से उतरता और फुर्ती से पिछला दरवाजा खोलकर खड़ा हो जाता। मन्त्रीजी भी तेजी के साथ उतरकर अन्दर की तरफ लपकते। अगर कोई विदेशी, जो इस माहौल से पूरा अपरिचित हो, इस दृश्य को देखता तो यही समझता कि देश के सामने कोई गम्भीर संकट उत्पन्न हो गया है और अन्दर किसी आपातकालीन काउंसिल की बैठक होनेवाली है और अगर फौरन मन्त्रीजी वहाँ नहीं पहुँचे तो कोई महत्त्वपूर्ण फैसला अधर में लटका रह जाएगा।

यह बात और है कि इस विदेशी को हैरत होती जब वह देखता कि इतनी तेज रफ्तार से आने के बाद मन्त्रीजी अपनी बैठक के मध्य में स्थित सोफे पर पलथी मारके बैठ गए हैं और आराम से दो गिलास ठंडा पानी पीने के बाद मुलाकातियों की भीड़ से घिरे हुए बिना किसी हड़बड़ाहट के तबादलों, कोटा परमिटों और ठेकों की दरखास्तों पर आदेश लिख रहे हैं।

आज भी यही हुआ। जैसे ही मन्त्रीजी की कार पोर्टिको में पहुँची और झपटते हुए चपरासी ने दरवाजा खोला, कमलाकान्त ने अपने को ऐसे स्थान पर केन्द्रित करने की कोशिश की जहाँ से मन्त्रीजी को उतरते ही सीधे वे दिखाई दे जाएँ। पर उनकी यह छोटी सी इच्छा पूरी होने के पहले रौंद दी गई। रौंदनेवाले पाँव उनके इर्द-गिर्द ही खड़े थे, पर कार रुकते-रुकते वे सब लपककर उसके चारों तरफ इस तरह खड़े हो गए कि मन्त्रीजी की तेजी को बरकरार रखने के लिए उनके सुरक्षाकर्मियों को धक्कम-धुक्का करनी पड़ी।

मन्त्रीजी को यह धक्कम-धुक्की पसन्द थी। यदि किसी दिन उनके कार के रुकने पर भीड़ उनकी कार के दरवाज़े पर धक्का-मुक्की नहीं करती तो वे उदास हो जाते। उन्हें लगता कि उनके जाने के दिन करीब आ गए हैं। उनके सुरक्षाकर्मी इसे जानते थे इसलिए इक्का-दुक्का लोगों को भी खींच-खींचकर हटाते और मन्त्रीजी के रास्ते से काल्पनिक भीड़ को हटाने के लिए हाथ-पैर चलाते।

आज भी मन्त्रीजी भीड़ के बीच से धक्कम-धुक्की करते हुए अपनी बैठक की तरफ बढ़े। चालीस-पचास आदमियों की भीड़ में से हर कोई अपना चेहरा दिखाने को बेताब था। लोगों के हाथों में दरखास्तें लहरा रही थीं। कुछ के हाथों में मालाएँ भी थीं। कुछ लोग पैर छूने के लिए लपक रहे थे। चपरासियों और गनर ने कुछ लोगों को कालर पकड़कर पीछे खींचा, कुछ को कुहनियों से रगेदा और हाथों का घेरा बनाकर मन्त्रीजी को बरामदे की तरफ ले चले। सब कुछ इतना अस्त-व्यस्त था कि मन्त्रीजी प्रसन्न हो गए और एक चौड़ी मुस्कान उनके चेहरे पर चिपक गई।

कमलाकान्त की समझ में आ गया कि वहाँ खड़े-खड़े कुछ होनेवाला नहीं था, अतः वे भी घिसटते हुए भीड़ का भाग बन गए।

अन्दर बैठक में सचिवालय वाला नाटक शुरू हो गया था। मन्त्रीजी एक दीवान

पर पालथी मारकर बैठ गए। बड़े से कमरे में कई सोफासेट और कुर्सियाँ पड़ी थीं। लोगों ने उनकी क्षमता का इम्तेहान लेना शुरू कर दिया। हर कुर्सी के बेंत पर एक आदमी और हत्थों पर दो-दो लोग लटके हुए थे। सोफों की स्प्रिंग से महीन रुदन की स्वर-लहरियाँ बीच-बीच में उठ रही थीं और कई बार तो ऐसा लगता था कि कोई कुर्सी या सोफा दोहत्थड़ मारकर रोया हो।

मन्त्रीजी जिस दीवान पर बैठे थे उसके सामने एक फर्श पर कालीन पूरी तरह से भर गई थी। इस पूरी भीड़ का मकसद एक ही था। हवा में लहराते टाइप किए या हाथ से लिखे फुलस्केप कागज़ किसी तरह मन्त्रीजी के हाथों तक पहुँचाना, मन्त्रीजी के कागज पढ़ने के प्रयास को हाल में गूँज रही आवाजों के बीच चिल्लाकर अपनी आवाज़ से मदद करना और उनसे कागज के हाशिए पर कुछ लिखवाकर पी.ए. की तलाश में बाहर लपकना। इस मकसद को पूरा करने के लिए वे जो कुछ कर रहे थे उसे किसी बाहरी मुल्क में टिकट लगाकर सर्कस की तरह भी दिखाया जा सकता था।

होता कुछ ऐसे कि जैसे ही मन्त्रीजी के हाथ से एक कागज सरकता, सामने बैठे लोगों में से तीन-चार एक साथ उठकर उनकी तरफ लपकते। इनके अलावा सोफों पर बैठे लोगों में से कुछ यही हरकत करते। बीच में बैठे खड़े लोगों के हाथों-पैरों की उँगलियों का जम्पिंग प्लेटफार्म की तरह इस्तेमाल करते हुए वे जिस तरह मन्त्रीजी के सामने पहुँचते उसे हवा में तैरने से लेकर रस्सी पर चलने तक कुछ भी नाम दिया जा सकता था।

एक कागज़ मन्त्रीजी के हाथों में पहुँच जाता। दूसरे कागज़वाले दाहिने-बाएँ झुककर खड़े हो जाते। एक-दो सामने ही उकडूँ बैठ जाते। अक्सर यह अन्दाज़ लगाना मुश्किल होता कि कागज किसका है। अगर मन्त्रीजी की कलम रुकते ही कागज़ का मालिक झपटकर उसे छीन न लेता तो ज्यादा उम्मीद यही थी कि उसे मन्त्रीजी सामने उकडूँ बैठे किसी को थमा देते।

कमलाकान्त ऐसे स्थान की तलाश में लग गए जहाँ खड़े होने पर मन्त्रीजी से उनकी आँखें टकरा सकें। जल्दी ही उन्हें ऐसी जगह मिल भी गई। वे खुश हो गए। पर उनकी खुशी इस नश्वर संसार की तरह क्षणभंगुर रही। किसी निष्ठुर नायिका की तरह मन्त्रीजी की आँखें उनकी आँखों से टकराईं जरूर और उन्होंने हर बार दिलफेंक नायक की तरह अपने पूरे दाँत दिखा दिए पर उन निर्दयी आँखों में परिचय की कौंध एक बार भी नहीं लपकी। वे दुखी हो गए। उन्हें हिन्दी फिल्मों के नायकों की तरह एक कामेडियन की सख्त जरूरत थी जो उन्हें नायिका के अन्तःपुर तक पहुँचा सके। उन्होंने चारों तरफ तलाशती निगाहें दौड़ाईं। उनका कामेडियन कहाँ गया ?

वे बाहर बरामदे में आ गए। जिस पी.ए. के बीवी-बच्चों के लिए वे इतना चिन्तित थे, वह कमबख्त कहीं नहीं दिख रहा था।

उन्होंने पूरी कोठी का चक्कर लगाया। ज्यादातर लोग अन्दर बैठक में ठुँसे हुए थे। बाहर कार के पास कुछ चपरासी और सिपाही खड़े थे। कार में सामान रखा जा रहा

था। उन्हें ध्यान आया कि मन्त्रीजी को रात में ही बाहर जाना है। समय बहुत कम था। उन्होंने चारों तरफ देखा।

"अपने कौशिक साहब कहाँ मिलेंगे ?"

जिस चपरासी के कन्धे पर हाथ रखकर उन्होंने पूछा था, उसने पिच्च से ज़मीन पर थूक दिया।

कमलाकान्त घबराकर उछल पड़े। वही चपरासी था जिसके बीवी-बच्चों का हाल उन्होंने नहीं पूछा था। उन्होंने उस कुघड़ी को कोसा जब उनके मन में एक लिफाफा बचाने की बात आई थी। यह मौका नहीं था जब वे उसके बच्चों के बारे में सोचते। उन्होंने फिर चारों तरफ देखा। वे प्रसन्न हो गए। वह चपरासी भी वहीं था, जिसके दो लड़कों को पान खाने के लिए कमलाकान्त ने दिन में सचिवालय में दस-दस रुपए दिए थे। यद्यपि कमलाकान्त ने उसके तीसरे लड़के के लिए कुछ नहीं किया था पर आदमी शरीफ निकला। उसने तरस खानेवाली मुस्कान के साथ कहा—

"कौशिक बाबू पीछेवाले बरामदे में हैं।"

कमलाकान्त पीछे की तरफ लपक लिए। कोठी कुछ इस तरह बनी थी कि इसके चारों तरफ बरामदे थे।

बरामदों की भूल-भूलैया में कमलाकान्त कौशिक बाबू नामक उस पी.ए. को तलाश रहे थे जिसे तेजी के साथ घट रहे इस नाटक में विदूषक का रोल अदा करना था और उनका लगभग बिगड़ चुका काम फिर से बनवाना था। समय कम था और मन्त्रीजी कभी भी अपनी गाड़ी में बैठकर हवाई अड्डे के लिए फुर्र हो सकते थे।

कमलाकान्त लगभग दौड़ने लगे। बरामदों में भी लोग खचाखच भरे थे। ये वे लोग थे जिन्हें अभी अन्दर मन्त्रीजी के कमरे में जाने की जरूरत नहीं थी। बीच-बीच में उनमें से कुछ अन्दर जाकर मन्त्रीजी को अपनी सूरत दिखा आए थे। ये लोग चार-चार, पाँच-पाँच के झुंड में खड़े होकर फुसफुसाने के उस अन्दाज में बातें कर रहे थे जिसमें यदि सौ गज से अधिक आवाज़ न पहुँचे तो उसका शुमार फुसफुसाहट में कर लिया जाता है। मन्त्रिमंडल में परिवर्तन होनेवाला था जिसमें मन्त्रीजी को अधिक महत्त्वपूर्ण विभाग मिल सकता था, मन्त्रीजी ने अपने सचिव को कमरे में बन्द कर उस पर चप्पल निकाल ली थी, बहुत सारे तबादले थे जिनके आदेश मन्त्रीजी ने कर दिए थे पर नौकरशाही उन्हें जारी नहीं कर रही थी, मन्त्रीजी के जिले का पुलिस कप्तान उनके कार्यकर्ताओं को आपस में लड़ाने की चाल चल रहा था...आदि-आदि।

कमलाकान्त को ये सब बातें निस्सार लग रही थीं। दाँत दर्द के रोगी की तरह उनका ध्यान दुनिया की किसी चीज़ पर नहीं था। लोगों से बचते-टकराते उन्होंने अपने संकटमोचक को तलाश ही लिया।

कौशिक बाबू एक खम्भे की आड़ में दो लोगों से बातें कर रहे थे और उनकी बातें सचमुच फुसफुसाहट की ही सीमा में आती थीं। कमलाकान्त उनसे लगभग सट गए थे लेकिन कुछ सुन नहीं पा रहे थे। कौशिक बाबू ने आँखों से उन्हें बरज न दिया होता

तो अब तक वे उनके बीच में घुस गए होते। खड़े-खड़े उनका धैर्य जवाब देने लगा। उन लोगों की फुसफुसाहट खत्म ही नहीं हो रही थी।

"अच्छा...," कौशिक बाबू ने ऐसे कहा जैसे मक्खी उड़ा रहे हों और फिर फुसफुसाने लगे।

कमलाकान्त को लग रहा था कि दिन-भर की उनकी मेहनत पर पानी फिर गया। एक बार मन्त्रीजी निकल गए तो फिर से पूरी कवायद करनी पड़ेगी।

बरामदों में खड़े लोगों में कुछ हलचल हुई। कमलाकान्त रुँआसे हो गए, "साहब निकल रहे हैं।"

"अभी कैसे निकलेंगे ?" कौशिक बाबू नामक उनके संकटमोचक ने फिर बरजा।

"जहाज का टाइम हो गया," कमलाकान्त मिनमिनाए।

"जहाज का कोई टाइम नहीं होता। जब मन्त्रीजी पहुँचेंगे तभी उसका टाइम होगा।"

इसका कोई जवाब कमलाकान्त के पास नहीं था। वे तब तक असहाय से खड़े रहे जब तक सामने चल रही फुसफुसाहट ऊँचे स्वर में 'नमस्ते...मिलते रहिए...काम हो जाएगा...निशाखातिर रहिए...' जैसे आश्वस्तिकारक शब्दों में बदल नहीं गई।

"आइए। कहाँ रह गए थे आप अब तक ?"

कमलाकान्त ने मिमियाते हुए यह बताने की कोशिश की कि वे शाम से अब तक क्या कर रहे थे, लेकिन उनके आगे लपके जा रहे कौशिक बाबू तब तक उस कमरे के द्वार से अन्दर घुस गए जिसमें मन्त्रीजी का दरबार अपने अन्तिम सोपान तक पहुँच गया था।

मन्त्रीजी खड़े हो गए थे और कमरे में भरे हुए लोगों ने उनके लिए रास्ता बनाना शुरू कर दिया था। यह रास्ता बनाना इस तरह था जिसमें हर आदमी दूसरे को बगल में धकियाता हुआ स्वयं को मन्त्रीजी के सामने पेश कर दे रहा था। इस धकापेल में मन्त्रीजी दो कदम आगे और एक कदम पीछे चल रहे थे। साथ-साथ वे कागज़ों पर दस्तखत करने से लेकर अपना पैर छूनेवालों को आशीर्वाद देने तक का काम करते जा रहे थे।

कौशिक बाबू बगल में पहुँच गए। मन्त्रीजी ने उन्हें देखा और उन्हें याद आया कि उन्हें जहाज पकड़ना है।

"कौशिकजी आप मेरा जहाज छुड़वाएँगे। अभी तक कहाँ थे ?"

"नहीं सर, अभी तो काफी समय है। सामान गाड़ी में रख दिया गया है।"

"भाई मुझे हड़बड़ाहट पसन्द नहीं है। बाद में अखबारवालों को मसाला मिलता है कि मेरी वजह से जहाज लेट हो गया।"

"जहाज जनता का है। आप भी जनता का काम कर रहे हैं। थोड़ा इन्तजार कर लेगा तो कौन सा पहाड़ टूट पड़ेगा।"

"नहीं भाई। मुझे यह सब पसन्द नहीं है। मेरे आदर्श तो पंडित नेहरू रहे हैं—समय

की पाबन्दी कोई उनसे सीखे... ।"

कौशिक को पता था कि मन्त्रीजी अब कौन-सा किस्सा सुनाएँगे। मन्त्रीजी के पास अलग-अलग विषयों के अलग-अलग किस्से थे। उसे इतना समय मन्त्रीजी के साथ हो गया था कि वह मन्त्रीजी के भूल जाने पर खुद किस्से याद दिला देता था। आज भी मन्त्रीजी बताते रहे कि कैसे एक बार फलाँ शहर की मीटिंग में उन्होंने कलाई पर बँधी घड़ी में समय देखा तो उन्हें घड़ी बन्द मिली। पंडितजी के आने का समय हो गया था। उन्होंने किसी से सही समय नहीं पूछा। जैसे ही पंडितजी मंच पर चढ़े उनके घोषित समय से मन्त्रीजी ने अपनी घड़ी मिला ली।

कौशिक मुग्ध भाव से यह किस्सा सुनता रहा। उसने सिर्फ तीन सौ सत्तरवीं बार मन्त्रीजी को याद दिलाया कि मीटिंग खत्म होने के बाद पंडितजी को उन्होंने यह वाक्य सुनाया तो वे खूब ठठाकर हँसे थे। मन्त्रीजी ने प्रशंसात्मक नज़रों से उसकी तरफ देखा और ठठाकर हँसे। उनके इर्द-गिर्द खड़े खुशामदी, मुलाकाती और फरियादी भी ठठाकर हँसे। लोग भूल गए कि मन्त्रीजी को हवाई जहाज़ पकड़ना है और उन्हें देर हो रही थी।

इसके बाद जो कुछ हुआ, पलक झपकते हुआ और इस खेल के माहिर जानते थे कि ऐसा सिर्फ कौशिक ही कर सकता था और इसीलिए मन्त्रीजी पिछले बीस वर्षों से उसे अपने साथ रखे हुए थे।

मन्त्रीजी मुलाकातियों के बीच से होकर अपनी कार की तरफ बढ़ रहे थे। वे एक साथ मुस्कुराने, हाथ जोड़कर अभिवादन करने और फरियादी कागजों पर कुछ लिखते जाने का काम करते जा रहे थे। उनके सुरक्षाकर्मी और चपरासी लोगों को धकियाते हुए रास्ते बना रहे थे। इसी बीच कौशिक ने मन्त्रीजी के कान में कुछ कहा। मन्त्रीजी चलते-चलते कुछ फुसफुसाए जिसे कौशिक के अलावा जिन्होंने सुना उन्हें लगा मन्त्रीजी ने अपने इष्ट देवता का जाप किया है। कौशिक ने चलते-चलते ही कमलाकान्त के कानों में कुछ कहा और मन्त्रीजी के कार में बैठकर दरवाजा बन्द करते ड्राइवर के बगल वाली सीट का दरवाजा खोलकर कार के अन्दर घुस गया।

कमलाकान्त ने कार के चलने का इन्तजार नहीं किया। वे भीड़ को धकियाते बाहर निकल आए। काम हो गया था पर जब तक आदेश हाथ में न आ जाए राजधानी में कोई काम हुआ नहीं माना जाता।

दूसरे दिन सुबह-सुबह कमलाकान्त कौशिक के घर पहुँच गए। कौशिक अभी सोया हुआ था। उसकी पत्नी ने दरवाजा खोला। उसने अपरिचित निगाहों से उन्हें देखा और दरवाजा छेंककर खड़ी रही। कमलाकान्त ने हें...हें करते हुए बताया कि वे तो घर के ही आदमी हैं। कौशिक साहब अगर सो रहे हैं तो वे इन्तजार कर लेंगे। दरवाजा छेंके खड़ी औरत के न हटने पर उन्होंने कुछ मजाकिया लहजे में कहा कि कल अपनी बहू की साड़ी के लिए उन्होंने कौशिक को जो रुपए दिए थे, बहू आज ही उनसे अपनी पसन्द की साड़ी ले आए, नहीं तो मर्दों का क्या भरोसा, कहीं और खर्च कर डालें।

इस पर औरत के चेहरे पर खिंचा अपरिचय का तनाव कुछ ढीला पड़ा और वह

एक किनारे हट गई। कमलाकान्त अन्दर घुस गए और जो पहली कुर्सी उन्हें खाली दिखाई दी उस पर उन्होंने कब्जा कर लिया।

औरत एक गिलास पानी ले आई। उसके चेहरे का तनाव अब तक खत्म हो गया था।

"मैं तो चाय पियूँगा बहूरानी।"

चेहरे पर तनाव फिर खिंच आया।

"कल गलती से मैंने सिर्फ साड़ी का पैसा कौशिक साहब को दिया। होटल में पहुँचने पर पता चला कि तुम्हारी दीदी ने ब्लाउज और पेटीकोट के लिए जो पैसा दिया था वह तो मेरी जेब में ही रह गया," कमलाकान्त ने अपनी जेब से एक लिफाफा निकाला।

"रहने दीजिए भाई साहब, ये उठेंगे तो नाराज होंगे," औरत ने एक कदम पीछे हटने का नाटक किया।

"भाई तुम मुझे डाँट खिलवाओगी। घर जाकर तुम्हारी दीदी से क्या कहूँगा ? साड़ी के पैसे दे आया और पेटीकोट ब्लाउज कौशिक भाई के जिम्मे छोड़ आया। ना बाबा...मुझे नहीं खानी डाँट," वे ठहाका मारकर हँसे।

चेहरे का तनाव खत्म हो गया था। औरत ने लिफाफा हाथ में थामते-थामते कहा, "आप मुझे डाँट खिलवाएँगे।" और चाय बनाने चली गई।

कमलाकान्त फिर खुलकर हँसे और तब तक हँसते रहे जब तक उनकी हँसी का मकसद पूरा नहीं हो गया। ठहाकों से टूटी नींद की झुँझलाहट लिये कौशिक अन्दर से इस कमरे में निकल आया।

"उठ गए कौशिक साहब। रात देर से सोए शायद। मन्त्रीजी का प्लेन लेट हो गया था क्या ?"

कौशिक ने अपने कुर्ते की बाँह से आँखों की कीचड़ साफ की और ठंडे स्वर में जो सूचनाएँ दीं उनके अनुसार वह रोज दस के बाद उठता है, मन्त्रीजी का प्लेन बिल्कुल सही समय से उड़ा और सरकारी दफ्तर दस बजे के बाद ही काम-काज शुरू करते हैं।

आखिरी सूचना कमलाकान्त के लिए थोड़ी पीड़ादायक थी। इसी बीच चाय लेकर कौशिक की पत्नी आ गई। उन्होंने अपनी पीड़ा का इजहार किए बिना चाय ले ली और चहकते हुए कहा, "भई कौशिक साहब हमारे लिए तो जहाँ आप हैं, वहीं दफ्तर है और जब आप उठ गए तभी सरकारी काम शुरू हो गया।"

कौशिक पर कोई असर नहीं हुआ। वह बिना अपनी खिन्नता छिपाए कुर्ते की बाँह से कीचड़ साफ करता रहा और कमलाकान्त 'बेशर्मी कामयाबी की सबसे बड़ी सीढ़ी है' नामक सिद्धान्त के अनुसार चाय सुड़कने के साथ अखबार भी पढ़ने लगे।

"मैं अभी फ्रेश होकर आता हूँ," बुदबुदाते हुए कौशिक अन्दर चला गया।

इस बीच ब्लाउज और पेटीकोट के प्रताप से पकौड़ियाँ भी बनकर आ गईं।

कौशिक जब गुसलखाने से निकलकर वापस आया तो दफ्तर के काम शुरू करने

का वक्त हो गया था।

"हाँ सर, बताएँ क्या करना है...कैसे करना है ?"

कमलाकान्त ने कुछ नहीं बताया। उन्हें पता था कि राजधानी में बातचीत की शुरुआत इसी तरह होती है।

कौशिक ने अखबार का एक पेज लेकर उस पर आँखें गड़ा लीं। खबरें देखते-देखते उसने कहा–

"कैसे करना है...क्या करना है ?"

"करना क्या है...कुम्भ एकदम सर पर है...सारा काम पिछड़ रहा है। बाद में मेले में कुछ हो गया तो आप लोग मेरी गर्दन पकड़ेंगे। मेरा आदेश दिलवाइए। मैं फौरन भागूँ ? अब तक तो पान्टून पुलों का टेंडर निकल जाना चाहिए था। सड़कों का काम भी शुरू हो..."

कौशिक ने कुम्भ मेले के कामों की फेहरिश्त में कोई दिलचस्पी नहीं दिखाई। उसने फिर अखबार में सर गड़ा लिया।

कमलाकान्त समझ गए कि उन्होंने जल्दबाजी कर दी। स्साला पूरा घाघ है। ऐसे दिखा रहा है जैसे कोई भिखमंगा सामने बैठा गिड़गिड़ा रहा हो। उन्होंने भी अपनी निगाहें अखबार में गड़ा दीं और पढ़ी हुई खबरों को फिर से पढ़ने लगे।

"हाँ तो सर जी क्या करना है ?"

कमलाकान्त ने कुछ नहीं बताया कि क्या करना है ? उन्हें अचानक चार बार पढ़ी हुई खबर बहुत महत्त्वपूर्ण लगने लगी। वे गहरी सोच की मुद्रा में उसे पाँचवीं बार पढ़ने लगे।

"क्या मिल गया सर ! कोई खास खबर ?"

"नहीं...ऐसा कुछ खास नहीं," कमलाकान्त ने अखबार से सर उठाया। अब साला पटरी पर आया।

"साहब से कुछ बात हुई आपकी ?"

"हुई थी हवाई अड्डे जाते समय। मिल जाएगा आपका ऑर्डर भी। परेशान क्यों होते हैं।"

"नहीं, परेशानी कुछ नहीं...बस कई दिन हो गए राजधानी में पड़े-पड़े...कुम्भ एकदम सर पर आ गया है और..."

कौशिक ने कुम्भ गाथा शुरू होते ही आँखें मूँद लीं। कुम्भ शुरू होनेवाला है और अभी तक सड़कें बननी नहीं शुरू हुई, पान्टून का टेंडर नहीं निकला या मेला क्षेत्र में मिट्टी भराई अभी शुरू ही नहीं हुई तो आगे काम कैसे होगा...ये सारी बातें वह चौदहवीं बार सुन रहा था, चार बार कमलाकान्त के मुँह से और दस बार बटुकचन्द उपाध्याय के मुँह से। इसलिए अगर कमलाकान्त भूल जाते तो वह याद दिला देता कि अभी छतनाग की तरफ जमीन को समतल करने का काम भी नहीं शुरू हुआ है। बनारस, बिहार या बंगाल से आनेवाली गाड़ियाँ पार्क कहाँ होंगी ? पर कमलाकान्त नहीं भूले।

उन्हें और भी बहुत सी चीजें याद थीं लेकिन कौशिक का धैर्य जवाब देने लगा। वह अब सीधी बात पर आ गया, "साहब ने रास्ते में कहा था कि आपसे सचिवालय में बात हो गई है। मुझे आपने बताया नहीं कि क्या बातें तय हुईं।"

कमलाकान्त ने आँखें सिकोड़कर देखा। स्साला फिर घाघपना कर रहा है।

"बातें क्या कौशिक साहब...मैंने तो कह दिया कि हम आपसे बाहर थोड़े हैं, जो हुक्म होगा हो जाएगा।"

"आपको बाहर का कौन समझता है...आप तो अपने हैं। पिछली बार चुनाव में नहीं दिखाई दिए तब भी हम तो आपको अपना ही मानते रहे," कौशिक मन्त्रीजी की अनुपस्थिति में हमेशा 'हम' कहता था जिससे सामनेवाला उसे और मन्त्रीजी को एकाकार समझे।

कमलाकान्त ने चौंककर देखा। कमबख्त महीन ढंग से बातें कर रहा है। कल दिन में तो इस विषय पर बात हो ही चुकी थी। कुछ और बढ़ाने का इरादा है क्या ? उन्होंने एक बार फिर विस्तार से भारतीय रेलों और बसों के टाइम टेबल की निरर्थकता पर प्रकाश डालना शुरू कर दिया। जब समय की पाबन्दी नहीं करनी तो छापते क्यों हैं ? उन्होंने बताया कि किस तरह वे हर बार मन्त्रीजी को सिर्फ कुछ मिनटों से मिस करते रहे हैं। एक बार तो दृढ़ निश्चय भी कर लिया कि वे चुनाव क्षेत्र में जाकर ही मन्त्रीजी के चरण कमलों पर श्रद्धा-सुमन अर्पित कर आएँ लेकिन वो तो वाइफ को कालरा हो गया, उन्होंने तो कहा भी कि आप हो आइए, मन्त्रीजी गाढ़े में कितना काम आते हैं, नहीं जाएँगे तो दुश्मनों को कहने का मौका मिल जाएगा कि जब काम पड़ा तो मुँह छिपाने लगे, लेकिन मैंने ही सोचा कि सीरियस हालत में वाइफ को छोड़कर जाने पर कुछ उलटा-सीधा हो गया तो किसे मुँह दिखाएँगे और फिर मन्त्रीजी को ही पता चल गया कि इस हालत में आए हैं तो जरूर डाँटेंगे।

कौशिक को अचानक लगा कि कमरे में मक्खियाँ अधिक हो गई हैं। वह अखबार को तलवार की तरह इस्तेमाल कर उनका संहार करने लगा। कमलाकान्त जब यह वर्णन कर रहे थे कि कैसे एक बार कड़ी धूप में वे मन्त्रीजी के बँगले पर पहुँचे और यह पता चला कि वे अभी-अभी निकल गए हैं तो उन्हें गश आते-आते बचा, कौशिक ने मक्खी मारो अभियान रोकते हुए धीरे से कहा–

"अन्दर आ जाते। मैं तो होता ही। ठंडा पानी पिला देता।"

कमलाकान्त ने अपना वर्णन बन्द कर आँखें मूँद लीं। कमबख्त पूरी चमड़ी उधेड़े बिना नहीं छोड़ेगा। उन्होंने मन ही मन हिसाब लगाया, मन्त्री के अलावा अभी इसे कितना देना पड़ेगा ! वे तब तक आँखें मूँदे रहे जब तक कौशिक की बीवी की आवाज नहीं सुनाई दी–

"आप तो भाई साहब सो गए। पकौड़ियाँ ठंडी हो गईं। मैं तो गरम ले आई," उसने ठंडी पकौड़ियाँ सामने से हटाकर गरम पकौड़ियों की प्लेट सामने कर दी।

"बस करो बहूरानी। सुबह-सुबह कितना खा गया।"

कमलाकान्त को लगा कि दूसरी प्लेट में हाथ लगाते ही एक और साड़ी का हक बन जाएगा।

"हाँ तो सर जी, वापस जाने का क्या प्रोग्राम बनाया ?"

"हमारा प्रोग्राम तो आपके हुक्म पर है कौशिकजी, जब आप कह देंगे अपन रवाना हो जाएँगे," कमलाकान्त ने ठहाका लगाया पर कौशिक ने यह मानने से इनकार कर दिया कि कमलाकान्त का वाक्य कोई ऐसा लतीफा था जिस पर हँसा जा सके। उसने एक बार फिर अपने हाथ के अखबार को मक्खी मारो अभियान में लगा दिया।

कमलाकान्त को अचानक यह पूरी कार्यवाही बड़ी दिलचस्प लगने लगी। उन्होंने एक बार निशाना सटीक लगने पर कौशिक की तारीफ की, दो बार चूक जाने पर अफसोस जाहिर किया और एक बार थोड़ी दूरी पर बैठी हुई मक्खी की तरफ इशारा किया कि कौशिक ने हाथ का अखबार ज़मीन पर फेंक दिया।

"हाँ तो सर जी और क्या हुकुम है ?"

सर जी यानी कमलाकान्त चुपचाप बैठे रहे।

"सर जी दफ्तर भी जाना है।"

"आज तो मन्त्रीजी नहीं हैं, आज क्या जल्दी है ?"

"अजी हमें कहाँ फुर्सत..." कौशिक ने विस्तार से बताना शुरू किया कि मन्त्रीजी रहें या न रहें, उसे तो वही दस बजे दफ्तर पहुँचना होता है और रात आठ बजे तक खटना पड़ता है। उसकी पत्नी ने हस्तक्षेप करते हुए कहा कि वह तो कई बार कह चुकी है कि दफ्तर में अपना बिस्तर भी ले जाया करो, रात में भी घर आने की क्या जरूरत है। इस पर कमलाकान्त ने उसे बरजा कि मर्दों का कोई भरोसा नहीं, उसे कौशिक को इतनी छूट नहीं देनी चाहिए। कौशिक और उसकी पत्नी हँसे तो कमलाकान्त ने कौशिक की पत्नी को बताया कि सरकार का काम तो कौशिक साहब के भरोसे चलता है। मन्त्रीजी तो बेचारे किस कदर व्यस्त रहते हैं ! यह तो उसके पति हैं जिनकी वजह से सरकार में कुछ काम हो रहा है और जनता को थोड़ी-बहुत राहत मिल रही है।

कौशिक का प्रिय विषय शुरू हो गया था। वह कुर्सी पर अधलेटा हो गया और उसने अपनी बीवी को बताया कि सर जी तो पुराने मेहरबान हैं और आदमी पहचानते हैं। काम वह जरूर जमकर करता है और सरकार भी उसी दम पर चल रही है पर सब कुछ कमलाकान्त जैसे बुजुर्गों की मेहरबानी और आशीर्वाद का फल है।

कमलाकान्त ने यह तो माना कि वे बुजुर्ग हैं और उनकी शुभकामनाएँ हमेशा कौशिक के साथ हैं पर अगर कौशिक में इतनी खूबियाँ न होतीं तो क्या मन्त्रीजी उस पर इतना विश्वास करते ? अब उनके तबादले को ही ले लिया जाए। कौन व्यक्ति विश्वास के बिना अपने पी.ए. को सोलह सौंपने का हुक्म देगा।

सोलह सुनते ही कौशिक की पत्नी को लग गया कि अब कुछ गम्भीर सरकारी काम का समय आ गया है। उसने अचानक देखा कि दूसरी बार की पकौड़ियाँ भी ठंडी हो गई हैं। वह तीसरी बार गर्म पकौड़ियाँ लाने का इरादा घोषित करते हुए उठ गई।

"सर जी सोलह का क्या चक्कर है। साहब तो मुझे कह गए थे कि आप बीस लेकर आएँगे।"

"आप भी कौशिक साहब खूब मज़ाक करते हैं," कमलाकान्त इस सिद्धान्त के मुताबिक हँसे कि अपने विपक्षी को चित करने के लिए तर्क से ज्यादा मुफीद ठहाके होते हैं।

कौशिक ने उनसे भी तेज ठहाका लगाया। उसका मानना था कि अगर आप विरोधी से तेज आवाज़ में हँस सकते हैं तो आप उसे ज्यादा आसानी से हतप्रभ कर सकते हैं।

"मन्त्रीजी ने खुद मुझसे सोलह कहा था।"

"मुझे बीस लेने को बोला।"

"सोलह...।"

"बीस।"

एक बार फिर स्टाक एक्सचेंज की गहमागहमी छा गई। कमलाकान्त ने रिप्ले की तरह सचिवालय में मन्त्रीजी के शौचालय में घटित पूरे घटनाक्रम को दोहराना शुरू किया। कौशिक ने अपनी आँखें बन्द कर लीं। जैसे ही वे विस्तार से वर्णन करते हुए बीस से होकर सोलह पर सौदा तय होने तक पहुँचे, कौशिक ने आँखें खोल दीं—

"सर जी महँगाई बहुत बढ़ गई है।"

कमलाकान्त ने मुद्रास्फीति की रफ्तार को इतना तेज मानने से इनकार कर दिया जिसमें एक रात में पच्चीस प्रतिशत महँगाई बढ़ जाए। कौशिक ने उन्हें विश्वास दिलाने की कोशिश की कि महँगाई तो इससे भी तेज बढ़ रही है। दिन-दूनी रात-चौगुनी नामक कहावत, कौशिक के अनुसार गुणी जनों ने महँगाई को ही ध्यान में रखकर ईजाद की थी।

महँगाई का जिक्र चला तो कौशिक की पत्नी भी बहस-मुबाहिसे में शरीक हो गई। हमारे देश में माना जाता है कि महँगाई का सीधा सम्बन्ध चौके-चूल्हे से है, इसलिए जैसे ही उसके कान में बहस का यह हिस्सा पड़ा, वह गर्म पकौड़ियाँ आग की दया पर छोड़कर वहाँ पहुँच गई।

"अब भाई साहब महँगाई की क्या बात करें...हर तरफ आग लगी है। कल जो लौकी डेढ़ रुपए की लाई थी आज आपके आने के पहले वही मुझे सवा दो की दे के गया सब्जीवाला। मुआ एक पैसा कम करने को राजी नहीं हुआ।"

कमलाकान्त ने इस वाक्य में उल्लिखित लौकी के ताजा भाव में कोई दिलचस्पी नहीं दिखाई। उन्होंने इसमें छिपे निहितार्थ पर ही अपना ध्यान लगाया। कौशिक जिस महँगाई की बात कर रहा था वह मन्त्रीजी की नहीं उसकी अपनी महँगाई थी। स्साला चार अपने लिए माँग रहा है। उन्होंने सोचा पिच्च से जमीन पर थूक दें पर गोल-गोल मुँह बनाने के बाद वे थूक निगल गए और मुस्कुराने लगे।

एक बार फिर वह लम्बी बहस छिड़ गई जो ऐसे मौकों पर छिड़ा करती है।

कमलाकान्त ने कौशिक को बताया कि वे तो उसे घर का आदमी समझे, कि वे उससे बाहर थोड़े ही हैं, कि वे हमेशा कौशिक के लिए कुछ न कुछ करते ही रहे हैं और आगे भी करते रहेंगे, कि वे मन्त्री-वन्त्री किसी को नहीं जानते क्योंकि वे तो आते-जाते रहते हैं और कौशिक एक शाश्वत सत्य है, इसलिए उनके लिए तो कौशिक का हुक्म सर माथे पर है और सबसे अन्त में यह कि कुम्भ का काम तो शुरू ही हुआ था कि उनका तबादला हो गया। अभी तो टेंडर डालने की तारीखें भी तय नहीं हुई हैं, खुलने की तो बात दूर है। आजकल ठेकेदार इतने पाजी हो गए हैं कि सिर्फ कुर्सी को सलाम करते हैं। जैसे ही उनका तबादला हुआ जिन्होंने एडवांस दिए थे उन्होंने वापसी का तकादा करना शुरू कर दिया है। अब वे वापस जाएँगे तो फिर कुछ न कुछ कौशिक के लिए भी करेंगे।

कौशिक ने उनका भविष्य में कुछ करने का इरादा उसी तरह सुना जैसे मलिन बस्ती के लोग चुनावी सभा में अपने हालात सुधारने की घोषणाएँ सुनते हैं।

उसने भी विस्तार से बताया कि वह तो कमलाकान्तजी को हमेशा बड़ा भाई मानता रहा है। जब पिछले चुनाव में वे मन्त्रीजी को बुलाने पर भी नहीं आए तब विरोधियों ने किस कदर मन्त्रीजी के कान भरने की कोशिश की थी कि कमलाकान्त इस अफवाह के तहत अपना मुँह नहीं दिखा रहे हैं कि मन्त्रीजी इस चुनाव में हारने वाले हैं, और अगर जीते भी तो पार्टी उन्हें मन्त्री नहीं बनाएगी। वह तो कौशिक ही था जिसने मन्त्रीजी को लगातार कमलाकान्त की वफादारी का भरोसा दिला रखा था। कल भी कमलाकान्त जी को देखकर मन्त्रीजी ने तो कौशिक के कान में कह दिया था कि उन्हें जाने को बोल दिया जाए पर कौशिक ने ही चिरौरी की थी। एक बार कमलाकान्तजी की भी सुन लें। मन्त्रीजी के दरबार में वह हमेशा कमलाकान्त जी के हित का ध्यान रखता है। पर वह क्या करे महँगाई इतनी बढ़ गई है कि आदमी का जीना मुश्किल हो गया है।

महँगाई की टेक पर बात समाप्त होते ही कमलाकान्त को एक बार फिर याद आया कि कौशिक उनका छोटा भाई है और छोटे भाई की गृहस्थी में मदद करना उनका फर्ज नहीं बल्कि हक है। वे कहीं भागे तो जा नहीं रहे हैं, हमेशा काम आएँगे। कौशिक को इसमें कोई आपत्ति नहीं थी पर महँगाई सारे रिश्ते गड्ड-मड्ड करने पर तुली थी।

कमलाकान्त की समझ में आ गया कि किसी पिछड़े चुनाव क्षेत्र की जनता की तरह कौशिक भी शातिर हो गया है और अब सिर्फ आश्वासन से काम नहीं चलेगा। उन्होंने हथियार डाल दिए और वह वाक्य बोल दिया जिसका कौशिक इन्तजार कर रहा था—

"हाँ तो बताइए कौशिक साहब क्या करना है ? कैसे करना है ?"

'क्या करना है' के जवाब में कौशिक ने जो बताया उससे एक बार वही लम्बी बहस छिड़ गई जिसमें कमलाकान्त को बार-बार बताना पड़ा कि वे तो घर के आदमी हैं और कहीं भागे थोड़े ही जा रहे हैं और कौशिक को हर बार बढ़ती महँगाई की याद आती रही। काफी चख-चख के बाद यह तय हुआ कि कौशिक को कमलाकान्त मन्त्रीजी

के सोलह लाख के अलावा पचास हजार और देंगे।

'कैसे करना है' पर कमलाकान्त के बार-बार यह कहने के बावजूद कि वे उन लोगों से बाहर नहीं हैं और जो तय हुआ है कर देंगे, एक बार आदेश मिल जाए तो सब हो जाएगा, कौशिक ने साफ कर दिया कि मन्त्रीजी कह गए हैं कि पहले सारा पैसा कौशिक के पास पहुँचा दिया जाए, फिर वह विभाग के सचिव को फोन करके आदेश जारी करने के लिए कहेगा।

कमलाकान्त थोड़ी देर में ही समझ गए कि पैसा भावुकता का सबसे बड़ा शत्रु है। इसलिए उन्होंने देर तक यह दुहाई नहीं दी कि वे उन लोगों से बाहर नहीं हैं और घर के आदमी हैं। यह तय हुआ कि वे दोपहर लंच के समय सारा पैसा लेकर कौशिक के घर आ जाएँगे और कौशिक भी दोपहर में थोड़ी देर के लिए दफ्तर छोड़कर घर आ जाएगा।

कमलाकान्त जब कौशिक के घर से निकले, उनका दिमाग तेजी से काम कर रहा था। वे राजधानी रवाना होने के पहले जितना सोचकर चले थे लगभग उतने में ही मामला तय हो गया था बल्कि कुछ बच भी गया था। उन्होंने 15 से 20 लाख में मसला सुलटाने की सोच रखी थी और 16 लाख में बात बन गई। पचास हजार जो कौशिक को देने पड़ रहे थे वह उन्हें नहीं खल रहा था क्योंकि वे जानते थे कि कौशिक को खुश रखना मन्त्रीजी को खुश रखने से कम जरूरी नहीं था। उन्होंने हिसाब लगाया कि वे दस लाख साथ लेकर चले थे। बाकी साढ़े छह लाख की व्यवस्था राजधानी में करनी थी। राजधानी में बहुत से लोग थे जिनसे उनके ऐसे सम्बन्ध थे कि वे इस राशि का इन्तजाम कर सकते थे पर मामला इतना नाजुक था कि वे हर किसी के पास इस सूचना के साथ नहीं जा सकते थे कि उनका तबादला रुक रहा है। उन्हें अधिक देर तक सर खपाने की जरूरत नहीं पड़ी। उनके दो गण राजधानी में मौजूद थे। इनमें ध्रुवलाल यादव तो बहुत काम का नहीं था। उससे कौशिक के हाथ-पैर तुड़वाए जा सकते थे पर पैसे का इन्तजाम नहीं करवाया जा सकता था। उसके मुकाबले लल्लन राय ज्यादा उपयोगी था। वह राजधानी के चक्कर लगाता रहता था और उन्हें पूरी उम्मीद थी कि वह शहर में जरूरी पैसे का कहीं न कहीं से जुगाड़ जरूर कर लेगा। कौशिक के घर से निकलकर कमलाकान्त लल्लन राय और ध्रुवलाल यादव की तलाश में निकल पड़े।

पाँच

कमरे में वही प्रसंग चल रहा था जो ऐसे किसी कमरे में चल सकता था। अर्थात् जमाने को कोसा जा रहा था। चूँकि यह भरे पेट अघाए लोगों का जमावड़ा था इसलिए बातें जमाने में आग लगानेवाली महँगाई को लेकर नहीं हो रही थीं। जमाने का एक दूसरा पहलू आज की चिन्ता का विषय था। लोग इस बात पर दुखी थे कि रिश्वत लेने-देने वालों में नैतिकता समाप्त होती जा रही है।

औसत भारतीय की तरह हर व्यक्ति के पास अनुभवों का अकूत खजाना था और औसत भारतीय की ही तरह हर व्यक्ति इस खजाने को लुटाने के लिए तत्पर था। कई पीढ़ियाँ वहाँ जमा थीं और इस तरह कई पीढ़ियों का अनुभव वहाँ जमा था।

पुराने लोगों ने ऐसी-ऐसी कहानियाँ सुनाईं जिन पर नई पीढ़ी के लोगों की आँखें मुहावरे की भाषा में खुली रह गईं। मसलन "क्या जमाना था साहब। एक बार नोट गिन आइए, फिर निश्चिन्त हो जाइए। यह नोट गिनवानेवाले की जिम्मेदारी हो जाती थी कि आपके घर आपका कागज पहुँच जाए।"

"अरे साहब नोट गिनने की भी जरूरत नहीं थी। आप एक बार जबान हिला दीजिए। फिर आपका काम खत्म। काम करनेवाले को पता है कि काम खत्म हो जाने के बाद माल अपने आप पहुँच जाएगा।"

"भाई पुराने लोगों की वफादारी की बात ही कुछ और थी। मेरे पड़ोस में एक रिटायर डिप्टी साहब रहते हैं। उनसे सुनिए पुराने किस्से। एक बार किसी थाने से हड़बड़ी में उन्हें अपनी रवानगी करानी पड़ी। शराब का ठेकेदार रिश्तेदारी में बाहर गया हुआ था। उससे हर महीने सौ रुपए मिलते थे, उन्होंने मान लिया कि इस महीने का पैसा बट्टेखाते में गया। लेकिन साहब पुराने लोगों की बात...एक दिन क्या देखते हैं कि घर के सामने एक रिक्शा रुकता है और एक नौजवान उतरता है। डिप्टी साहब बरामदे में बैठे अखबार पढ़ रहे हैं। चश्मा नीचे करके नौजवान को पहचानने की कोशिश करते हैं। नहीं पहचान पाते। कैसे पहचानते ? कभी देखा ही नहीं था। वो तो जब नौजवान अन्दर आता है, तब मालूम होता है कि वह उसी शराब के ठेकेदार का बेटा है जिसके ऊपर सौ रुपए का कर्ज छोड़कर डिप्टी साहब चले आए थे और उसका ठेकेदार बाप जब तक जिन्दा रहा उन्हें तलाशता रहा और अन्त में मरते-मरते उसे यह जिम्मेदारी सौंप गया कि वह दरोगाजी की धरोहर उन्हें सौंपकर अपना पितृऋण चुकाए।

कलियुग के बावजूद पुत्र ने अपना धर्म निभाया और ढूँढ़ते-ढूँढ़ते पता लगा ही लिया कि दरोगाजी तरक्की पाते-पाते डिप्टी एस.पी. हो गए थे और फिर रिटायर होकर इस शहर में रहने लगे हैं। डिप्टी साहब ने नौजवान का दिया हुआ लिफाफा खोला तो उसमें मलका विक्टोरिया की फोटोवाला सौ का कड़क नोट मिला। आजकल का कागज तो था नहीं, तुड़-मुड़ जाता..."

श्रोताओं ने संस्कृत नाटकों के पात्रों की तर्ज पर धन्य-धन्य कहा। कुछ ठेकेदार पुत्र की पितृभक्ति पर मुग्ध थे तो कुछ ठेकेदार की नैतिकता पर। दोनों प्रसंगों पर लोगों के पास ढेर सारे अनुभव थे और कुछ देर तक कमरे में एक साथ कई लोग बोलते रहे। कभी किसी रिश्वत देनेवाले की ईमानदारी का प्रसंग कमरे में छा जाता तो कभी रिश्वतवाले को पटककर पितृभक्त सन्तान ताल ठोंकने लगती।

कमरा चूँकि कौशिक साहब का था और उसमें समाए या ठूँसे किस्सागो किसी न किसी काम से वहाँ उपस्थित थे इसलिए जाहिर था कि जब उन्होंने एक प्रसंग छेड़ा तो सब चुप हो गए। प्रसंग की भूमिका में उन्होंने भी जमाने के अधोपतन पर कुछ दर्दनाक जुमले सुनाए और फिर सीधे किस्से पर आ गए।

"अब मुझसे नाम मत पूछिएगा, पर मुझे सीतापुर के एक ताल्लुकेदार ने यह आपबीती सुनाई थी। हुआ कुछ ऐसा कि उनकी अपने पड़ोसी ताल्लुकेदार से ठन गई। थोड़ा जमीन का मामला था और ज्यादा नाक का, सो हुई मुकदमेबाजी। निचली अदालतों से होता हुआ मुकदमा अवध हाईकोर्ट पहुँच गया। जिन जज साहब के यहाँ मुकदमा था उनकी शोहरत कुछ ऐसी थी कि चाँदी की जूती से कुछ भी करा लो, तो साहब सीतापुर वाले ताल्लुकेदार ने मिलने की जुगत भिड़ाई और गिन आए पूरे एक लाख रुपए। सस्ती का जमाना था। उस समय एक लाख आज के बीसियों लाख के बराबर थे। रुपया गिनने के बाद निश्चिंत होकर बैठ गए। एक दिन उड़ती-पुड़ती खबर मिली कि दूसरे ताल्लुकेदार ने भी किसी वकील के जरिए एक लाख भिजवा दिए हैं। बेचारे के काटो तो खून नहीं। भागते-पड़ते पहुँच गए जज साहब की कोठी पर। बड़ी मुश्किल से मुलाकात हुई। बोले, हुजूर माई-बाप खादिम कुछ और रकम लेकर आया है, कबूल किया जाए। जानते हैं जज साहब ने क्या जवाब दिया ? जज साहब ने कहा कि "अब तो दोनों पलड़े बराबर हैं—नाऊ केस बिल बी डिसाइडेड आन मेरिट।"

जोर का ठहाका लगा और एक बार फिर लोगों ने अंग्रेज बहादुर के राज की तारीफ की कि तब न्यायाधीश इतनी मुंसिफाना तबीयत के होते थे। आज तो रिश्वतखोर भी बेईमान हो गए हैं।

अवध हाईकोर्टवाला किस्सा सुनाते समय कौशिक की निगाह जिस चेहरे पर गड़ी थी उस पर पहले से ही मुर्दनी छाई हुई थी, किस्सा खत्म होते-होते वह और मुरझा गया। मुरझाए चेहरेवाले ने मन ही मन अन्दाज लगाने की कोशिश की कि दोनों पलड़ों को बराबर करने के लिए कितना बड़ा बटखरा रखना पड़ेगा। चर्चा थी कि कमलाकान्त ने तबादला रुकवाने के लिए बीस लाख खर्च किए थे। उसे अपना आदेश करवाते समय

दस दिए थे, इस तरह अभी ग्यारह-बारह और देने पड़ेंगे। लोगों के ठहाकों के बीच इस दुखी उदास चेहरे ने, जिसका नाम बटुकचन्द उपाध्याय था, भी उनका साथ देने की कोशिश की लेकिन इस हँसी को देखकर आसपास बैठे लोगों को भ्रम हुआ कि वे रो रहे थे।

कौशिक का कमरा कई दिनों तक सूना रहने के बाद आवाजों से बजबजा रहा था। मन्त्रीजी आज तीसरे पहर लौटनेवाले थे इसलिए तमाम फरियादी और उनके पैरोकार लौट आए थे। ये लोग सूबे के अलग-अलग हिस्सों से आए थे। वे अपने-अपने हिस्सों की बोलियाँ बोल रहे थे। फरियादी धोती-बनियान से लेकर सफारी सूट तक में थे। पैरोकार खादी के कुर्ते-पाजामों में। अमूमन फरियादी की वेशभूषा का असर पैरोकारों की पोशाक पर साफ दिखाई दे रहा था। धोती-बनियानवाले का पैरोकार मुड़े-तुड़े पाजामे कुर्ते में था तो सफारी सूट पहने और नम्बरोंवाला ब्रीफकेस लिये हुए फरियादी का पैरोकार कड़क कलफ लगी पालिस्टर खादी के कुर्ते-पाजामे में सुशोभित था।

कमरे में नया घुसने वाला हर व्यक्ति पहला सवाल एक जैसा ही कर रहा था, इसलिए थोड़ी देर बाद कौशिक जैसे ही कोई आदमी सारस की तरह आगे की तरफ अपना थोबड़ा बढ़ाता, सवाल के पहले ही उत्तर दे देता—

"साहब तीन बजे तक आ जाएँगे !...नहीं लंच के लिए घर नहीं जाएँगे...सीधे सचिवालय आएँगे।"

आनेवालों में नब्बे प्रतिशत को वह चेहरे से पहचानता था। पैरोकार सभी पुराने थे। सालों से वह उन्हें देख रहा था ! पहले दूसरे मन्त्री के साथ था तब भी ये वहाँ आते थे, आज इस मन्त्री के यहाँ है और यहाँ भी वे आ रहे हैं। उनका पूरा नाम तो शायद ही किसी को याद हो लेकिन शर्माजी, वर्माजी, खान साहब या त्रिपाठीजी जैसे उपनाम सभी को याद थे। उसकी कामयाबी का राज भी यही था कि उसने कभी किसी शर्माजी को वर्माजी कहकर नहीं पुकारा। हाँ, उसने अपनी सुविधा के लिए कुछ वर्गीकरण जरूर कर रखे थे। सारे ब्राह्मण उपनामों वाले उसके लिए पंडितजी थे और जहाँ उसे किसी के बारे में शक होता वह उसे मान्यवर कहकर पुकारता और तब तक मान्यवर कहता जब तक उसे सामनेवाले को पुकारने लायक शब्द न मिल जाता।

"आराम से बैठिए पंडितजी, साहब सीधे यहीं आएँगे।"

"लंच-वंच कहाँ करते हैं।"

कौशिक ने जिसे बैठने के लिए कहा वह कुछ विशिष्ट व्यक्ति नजर आ रहा था क्योंकि कौशिक ने उसे बैठने के लिए आमन्त्रित करने के साथ अपने पृष्ठ भाग को थोड़ा उठाया। पंडितजी ने हवा में हाथ कुछ इस तरह हिलाया जैसे अगर थोड़ी भी देर हो गई तो कौशिक खड़ा हो जाएगा।

पंडितजी के साथ इस समय बारह लोगों की भीड़ थी। उनमें से कुछ फरियादी नजर आ रहे थे और कुछ उनके जूनियर। ये जूनियर इस पेशे की सीढ़ियाँ चढ़ने की ट्रेनिंग ले रहे थे। वे अलग-अलग उम्र के थे पर सबकी पोशाक एक ही जैसी थी।

खद्दर का लम्बा कुर्ता और अलग-अलग पायचोंवाले पाजामे। जवान शागिर्दों की खास अन्दाज में तराशी हुई दाढ़ियाँ थीं और अधेड़ उम्रवालों के चेहरों पर दो-दो तीन-तीन दिन तक दाढ़ी न बनाने से उगी हुई खिचड़ी खूटियाँ थीं। कुछ के कन्धों पर गाँधी आश्रम के झोले लटके थे और कुछ के हाथों में चमड़े के ब्रीफकेसनुमा बैग थे। एक बात सबमें समान थी। सबके झोलों में कागज ठुँसे थे। ये कागज अलग-अलग किस्म की दरख्वास्तें थीं।

शार्गिदों को हल्के-फुल्के शिकार खुद करने की इजाजत थी। वे अपने झोलों में छोटे-मोटे तबादलों या कोटे परमिट की दरख्वास्तें रखे हुए थे। किसी सिपाही या किसी पटवारी या किसी नगरपालिका मुंशी के तबादले उनके क्षेत्र में आते थे। इसी तरह मिट्टी के तेल का कोटा या सस्ते गल्ले की दुकान के निलम्बित लाइसेंस की बहाली की लड़ाई वे खुद लड़ लेते थे। पंडितजी सिर्फ किसी अनुभवी उस्ताद की तरह अखाड़े के बाहर बैठकर अपने पट्ठों को वात्सल्य-भरी नजरों से निहारते रहते थे। केवल जब कोई चेला सामने बैठे अफसर की अवज्ञापूर्ण दृष्टि से घबराकर उनकी तरफ कातर भाव से देखता तभी वे अपनी गुरु-गम्भीर आवाज से हस्तक्षेप करते। उन्होंने अपने चेलों को सिखा रखा था कि मुकदमा कमजोर हो तो वकील की आवाज का उतार-चढ़ाव कानूनी दलीलों पर भारी हो जाता है। उनके चेले उतार कम, चढ़ाव में अधिक विश्वास रखते थे, इसलिए अक्सर किसी चेले के कमजोर पड़ते ही सारे के सारे इतनी जोर-जोर से चिल्लाने लगते थे कि नब्बे फीसदी मामलों में सामने बैठा अफसर घबराकर कागज पर कुछ न कुछ लिख देता था।

आज लगता है कोई बड़ा काम था इसलिए पंडितजी अपनी पूरी फौज लेकर आए थे।

चेलों ने पंडितजी के लिए कुर्सी खाली कराने के लिए पूरे कमरे पर धावा बोल दिया। कमरे में कुर्सियाँ कम थीं और सभी भरी हुई थीं। चेले नादिरशाह की फौज की तरह झपटे। उन्होंने कुर्सी पर बैठे लोगों की तरह-तरह से परीक्षा ली। कुर्सी के हत्थे, पाए और बैठे लोगों के हाथ कन्धे...सभी कुछ को उखाड़ने के भरपूर प्रयास हुए।

इम्तहान बटुकचन्द उपाध्याय का भी हुआ। पर वे ऐसी स्थितियों से गुजरने के आदी हो चुके थे। इससे उबरने का एक ही तरीका था कि अपना आत्मविश्वास बनाए रखते हुए सामनेवाले को भुनगे या कीड़े-मकोड़े के रूप में देखना। इसलिए जब एक चेले ने उनकी कुर्सी झकझोरते हुए उन्हें सूचना दी कि 'पंडितजी हैं, पंडितजी' तो उन्होंने दरवाजे के ऊपर कोने में जाला बनाती हुई मकड़ी को पूरी दिलचस्पी से देखना शुरू कर दिया और जब दूसरे चेले ने फुसफुसाते हुए बताया कि बहराइच के विधायकजी हैं तब तक वे जाले में इतने तल्लीन हो गए थे कि अगर चेला आगे न बढ़ गया होता तो वे जाले बुनने की रचना-प्रक्रिया के बारे में उसका ज्ञानवर्धन करने लगते।

वहाँ कुर्सियों पर बैठे कुछ लोगों के पास इतना दृढ़ आत्मविश्वास नहीं था। एक तो चेलों को झपटते देखकर ही घबराकर खड़ा हो गया, उसकी कुर्सी पर पंडितजी

विराजमान हो गए। दूसरे ने आधा खड़ा होकर बैठने की कोशिश की तो उसे पता चला कि उसकी कुर्सी खींच ली गई थी और अगर समय से उसे चेतावनी न मिल गई होती तो अब तक वह दंडवत कर रहा होता। उसकी कुर्सी पर एक चेला बैठ चुका था। तीसरे क्षीण आत्मविश्वास वाले व्यक्ति को घसीटकर उठा दिया गया और दो चेले उसकी कुर्सी आधा-आधा शेयर करने लगे।

"और सुनाइए कौशिकजी।" पंडितजी ने कहा कौशिक से लेकिन उसके सुनने की फिक्र न करके चारों तरफ नजर घुमाकर उस व्यक्ति को तलाशा जिसके काम के लिए इतने चेलों की फौज लेकर उन्होंने चढ़ाई की थी। इस कमरे के माहौल से भौंचक एक अधेड़ उम्र का व्यक्ति सफारी सूट में खड़ा हुआ अपनी घबराहट छिपाने के लिए अपने हाथ के ब्रीफकेस को हिला-डुला रहा था।

"अरे कपूर साहब इधर आ जाइए।"

पंडितजी ने पास बैठे चेले को इशारा किया। चेले ने अपने बगलवालों को देखा पर वह कुछ ज्यादा ही आत्मविश्वास से भरपूर था। उसे बेफिक्री से पान मसाला खाते देखकर चेला ही उठ गया। वहाँ कपूर साहब नामक व्यक्ति बैठ गए।

"कौशिकजी, इन्हें नहीं पहचानते ! अरे भाई कपूर साहब हैं। कल के अखबार में पूरा सप्लीमेंट था। कोरिया की कम्पनी के साथ मिलकर कार की फैक्टरी लगा रहे हैं। कल उसी में तो पी.एम. आ रहे हैं। सी.एम. भी जाएँगे ही। मुझसे बोले पी.डब्ल्यू. डी. मिनिस्टर के बिना तो फंक्शन अधूरा रह जाएगा। उन्हें विशिष्ट अतिथि बनाना चाहते हैं। मैंने कहा चलिए अभी तय करा देते हैं। अपने मन्त्रीजी मना नहीं करेंगे। मैं सोचता था कि मन्त्रीजी सुबहवाली फ्लाइट से आ रहे हैं। कपूर साहब जल्दी तो नहीं है ? थोड़ी देर इन्तजार कर लें।"

"जल्दी तो नहीं है पर शाम को मिल लेते हैं कोठी पर...।"

कपूर साहब और पंडितजी की आँखों ने आपस में जो बातें कहीं उसे देखकर कोई भी समझदार आदमी कह सकता था कि मन्त्रीजी के साथ कपूर साहब की मुलाकात कोठी पर ही होनी उचित थी लेकिन कौशिक ने इशारा समझने से इनकार कर दिया। उसने सामने पड़े कागजों पर कुछ लिखते-लिखते कहा—

"आज तो मन्त्रीजी खाली नहीं हैं। दस बजे तक तो कैबिनेट है फिर कांस्टिचुएंसी के एक आदमी के लड़के के जन्म दिन में...वहाँ से एक शादी...।"

"आप भी कौशिक साहब...आपको पता है कपूर साहब कितनी मुश्किल से हमारे प्रदेश में कारखाना लगाने के लिए तैयार हुए। खुद सी.एम. ने दसियों बार इन्हें फोन किया, इनके घर गए, मुझे लगाया। तब कहीं जाकर हम लोग कपूर साहब को तैयार कर पाए कि वे इस प्रदेश में कारखाना लगाएँ और आपके मन्त्रीजी को फुर्सत नहीं है कि..."

"पर आज तो कैबिनेट है..."

"हो चुका प्रदेश का विकास..."

"फिर जन्म दिन..."

"इसीलिए पिछड़े हुए हैं..."

"वहाँ से शादी..."

"भाड़ में गई शादी...। यहाँ प्रदेश के विकास का सवाल है और आपको मुंडन और शादी की पड़ी है," पंडितजी अपने उस रूप में आ रहे थे जिनके लिए वे प्रदेश की राजधानी में मशहूर थे।

इस बीच उनके चेलों ने गुरु की तरफ आज्ञा के लिए देखा। गुरु ने न जाने क्या सन्देश प्रसारित किया कि छोटे से कमरे में घमासान छिड़ गया।

चेलों की फौज़ किसी मध्ययुगीन सामरिक रणनीति के तहत काम करती थी। एक अनुभवी सिपहसालार की तरह पंडितजी पहले अपनी पैदल सेना को आगे बढ़ाते थे। पैदल सेना का मतलब उन सैनिकों से था जो सिर्फ अपनी आवाज़ का इस्तेमाल करते। पैदल सैनिक असफल होने लगते तो घुड़सवार आगे बढ़ते थे। ये तरह-तरह के अस्त्रों-शस्त्रों से दुश्मन पर टूट पड़ते। अक्सर उनका सबसे प्रभावी हथियार उनके जूते या चप्पलें होतीं।

पंडितजी के पास तोपखाना भी था पर उसका इस्तेमाल वे सचिवालय या विधानसभा परिसर में नहीं करते थे। उन्होंने अपने बहुत से चेलों को लाइसेंसी हथियार दिला रखे थे और उनके बहुत से चेले कागजी खानापूरी में विश्वास नहीं रखते थे इसलिए गैरलाइसेंसी हथियार रखते थे। उनके लाइसेंसी चेले राष्ट्रीय एकता की जीती-जागती मिसालें थीं इसलिए उनके लाइसेंस भी नागालैंड, मणिपुर से लेकर हरियाणा तक न जाने किन-किन प्रान्तों के थे। पंडितजी के विरोधी उनके तोपखाना ब्रिगेड पर उनके विरोधियों की हत्या और अपहरण के आरोप लगाते रहते थे, लेकिन पंडितजी ने घोषित कर रखा था कि जनता की अदालत सबसे बड़ी अदालत है और जब तक वहाँ वे मुकदमा नहीं हारते तब तक उन्हें अपराधी नहीं माना जा सकता और जनता की अदालत में वे पिछले पच्चीस सालों से तो जीत ही रहे थे।

आज भी पहला हमला उनकी पैदल सेना ने किया। एक साथ फेफड़ों की ताकत का अलग-अलग परिमाण में इस्तेमाल करते हुए कई चेले झपटे—

"बाबुओं ने इस देश का सत्यानाश कर रखा है..."

"पंडितजी कहाँ-कहाँ से लोगों को चिरौरी करके प्रदेश का विकास करने के लिए लाएँ और इनके पास मिलने का समय..."

"समय कैसे नहीं है...नोट गिनने का समय है...विकास..."

"साले...मादर..."

कौशिक ने घबराकर चारों तरफ मदद के लिए देखा। उसका अनुभव बताता था कि ऐसे मौकों पर सामने बैठे लोग अन्धों, गूँगों, बहरों का रोल करने लगते हैं। उसने मिमियाना शुरू किया—

"शाम को कैबिनेट है..."

"भाड़ में गई कैबिनेट, प्रदेश का विकास..."

"फिर शादी..."

"शादी की माँ की...प्रदेश ऐसे ही पिछड़ा रहेगा..."

"बर्थ डे..."

"रंडी का नाच नहीं है क्या...इसी तरह होगा औद्योगिकीकरण, ऐसे ही लगेंगे कारखाने..."

"पर मैंने मना कब किया पंडितजी...मैं तो कह रहा था कि कैबिनेट जाने के पहले आप कोठी पर आकर मिल लें...मेरी बात तो पूरी सुनते नहीं आप लोग, बस चिल्लाने लगते हैं।"

कौशिक के इस हृदय-परिवर्तन के पीछे प्रदेश के विकास या पिछड़ेपन को दूर करने की सदिच्छा कम थी और उसकी छठी इन्द्रिय द्वारा समय से दी गई चेतावनी का असर अधिक था। चारों तरफ बचाव के लिए नजरें दौड़ाते समय उसने पंडितजी के एक चेले को हाथ में चप्पल उलटते-पुलटते देख लिया था। उसके अनुभव ने उसे बता दिया कि चप्पल में कोई खराबी नहीं है और शत्रु पक्ष अब अपनी पैदल सेना की मदद के लिए घुड़सवारों को मैदान में उतारनेवाला था।

कौशिक के हृदय-परिवर्तन के साथ ही कमरे का माहौल एकदम सामान्य हो गया। हाथ में चप्पल लेकर उलट-पुलटकर देखनेवाले को विश्वास हो गया कि उसकी चप्पल में कोई खराबी नहीं है इसलिए उसने उसे वापस पहन लिया। फेफड़ों की जोर आजमाइश करनेवाले चेले फुसफुसाकर बातें करने लगे। पंडितजी, जो पूरे घटनाक्रम में सिर्फ मुस्कुरा रहे थे, बगल में बैठे कपूर साहब नामक प्राणी के चेहरे पर आदर, विस्मय और आश्वस्ति जैसे भावों को एक साथ देखकर थोड़ा और बड़े कोण से मुस्कुराने लगे।

"अरे मैं तो जानता ही था कि कौशिक साहब तो घर के आदमी हैं। मुलाकात तो होगी ही। तुम लोग बेकार चिल्ल-पों मचा रहे हो," पंडितजी ने चेलों की तरफ देखकर किसी काल्पनिक व्यक्ति को डाँटा, "फिर इनके मन्त्रीजी भी प्रदेश के विकास की कितनी चिन्ता करते हैं !"

पंडितजी अपने प्रिय विषय पर आ गए। देर तक वे प्रदेश के पिछड़ेपन पर विलाप करते रहे। जब उन्होंने बताया कि प्रदेश में सड़कें नहीं हैं, उनके चेलों ने कुछ ठेकेदारों के प्रार्थना-पत्र आगे बढ़ा दिए जिन पर कौशिक ने सम्बन्धित इंजीनियरों के नाम कुछ लिख दिया। पंडितजी ने याद दिलाया कि उनके इलाके में गरीबों को मिट्टी का तेल नहीं मिल रहा, इस पर उनके एक चेले ने फौरन अपने झोले से एक प्रार्थना पत्र निकाला जिसमें उसके किसी आदमी को मिट्टी के तेल की दुकान का लाइसेंस आवंटित करने का अनुरोध किया गया था लेकिन फिर यह सोचकर प्रार्थना-पत्र वापस अपने झोले में रख लिया कि यह तो पी.डब्ल्यू. डी. मन्त्री के पी.ए. का कमरा है। तेल की दुकान का प्रार्थना-पत्र दूसरे मन्त्री के कमरे में दिया जाना है।

अब कमरे में उस विषय पर तबादला-खयालात होने लगा जो भ्रष्टाचार के बाद

सचिवालय का सबसे प्रिय विषय था अर्थात प्रदेश का पिछड़ापन। सबके पास कहने के लिए बहुत कुछ था और सभी कहने के लिए बेकरार थे। अतः जल्दी ही वह समय आ गया जब सभी लोग कुछ न कुछ कहने लगे।

जिस व्यक्ति ने सीतापुर के जमींदार का किस्सा सुनाया था कौशिक ने उससे आग्रह किया—

"अरे भाई अपने पंडितजी को तो वो किस्सा सुनाओ...अरे वही ज़िसमें फैसला मेरिट पर होता है..."

कमरे में ठहाका लगा। पंडितजी ने उत्सुकता से देखा। सीतापुरवाला किस्सा शुरू हुआ तो बटुकचन्द का चेहरा और लटक गया। वह एक बार फिर मन ही मन में हिसाब लगाने लगे कि मुकदमे का फैसला मेरिट पर न हो, इसके लिए उन्हें कितना और खर्च करना पड़ेगा। उन्होंने शुरू में दस दिए थे। उड़ती-पुड़ती खबर थी कि कमलाकान्त बीस देकर गया है। यह खबर कमलाकान्त के गुर्गों ने ही उड़ाई थी। रात की बस से जब बटुकचन्द राजधानी के लिए रवाना हो रहे थे तो बस अड्डे की पान की दुकान पर रिजवानुल हक न जाने कहाँ से टपक पड़ा था। उसे देखते ही बटुकचन्द ने अखबार के पीछे अपना चेहरा छिपाने की कोशिश की लेकिन थोड़ी देर में ही उन्हें पता चल गया कि ऐसी किसी हरकत का कोई लाभ नहीं। रिजवानुल हक ने बचपन में खो-खो जरूर खेला होगा तभी तो जब वे मुसीबत टलीवाले अन्दाज में पान की दुकान के पीछे से बाहर निकले, न जाने कहाँ से प्रकट होकर रिजवानुल हक ने खो...कह दिया। यह बात और थी कि इस खो की प्रतिध्वनि 'बड़े साहब नमस्ते' जैसी सुनाई दी।

"नमस्ते...नमस्ते...हक साहब पान खाने निकले हैं ?"

"हाँ सर पुरानी आदत है। खाना खाने के बाद टहलने निकलता हूँ...बिना पान खाए खाना पचता ही नहीं। आप कैसा लेंगे...सादा या जर्दा...?"

बटुकचन्द ने मरे स्वर में जो कुछ कहा वह कुछ भी हो सकता था। सादे या जर्दे वाले पान की जगह कोई रसगुल्ले का भी ऑर्डर हो सकता था। वे चुपचाप रिजवानुल हक को पानवाले को जर्देवाले पान का हुक्म सुनाते देखते रहे। जब वह जर्दे के नम्बरों का उल्लेख कर रहा था तो वे बुझे मन से आने-जानेवाली बसों के नम्बर पढ़ रहे थे और यह अन्दाजा लगा रहे थे कि यह कमबख्त कब टलेगा और वे सामने खड़ी लखनऊ वाली बस पर लपककर चढ़ जाएँगे।

रिजवानुल हक ने गिरगिट से भी तेज रंग बदला था। जिस दिन उन्होंने चार्ज लिया उसी दिन रात को रिजवानुल हक के यहाँ से कबाबों से भरा टिफिन कैरियर पहुँचा था। उन्हें दिन की पूरी खबर थी। दिन में दफ्तर में कमलाकान्त वर्मा के कमरे में जो बैठक हुई उसमें रिजवान भी उपस्थित था। उन्होंने पहले तो कबाब लेकर आए चपरासी को डाँटकर वापस जाने को कह दिया पर फिर यह सोचकर कि दुश्मन के खेमे का एक आदमी टूटकर आया है तो कुछ जानकारी ही देगा, कबाब रख लिए। दूसरे दिन सुबह ऋषभचरण रिजवान को लेकर उनके बँगले पर आया तो समर्पण की शर्तें भी पक्की

हो गईं। रिजवान से ही कमलाकान्त के राजधानी अभियान की पूरी जानकारी उन्हें मिली। यही रिजवान आज उनके ऊपर जासूसी कर रहा है। इसका मतलब साफ था कि आज कमलाकान्त के वापस गद्दी पर काबिज होने के बाद रिजवान अपनी वफादारी उसके दरबार में पेश कर आया था और अब यहाँ से सीधे इस जानकारी के साथ कमलाकान्त के घर जाएगा कि बटुकचन्द लखनऊ रवाना हो गए हैं।

"बड़े साहब लखनऊ जा रहे हैं क्या ?"

"नहीं...नहीं..." बटुकचन्द ने घबराकर अपनी निगाह लखनऊवाली बस से हटा ली।

पान लेते-लेते उन्होंने रिजवानुल हक को आँखों ही आँखों में तौला। कितना पता है इस बदमाश को ? क्या यह जानता है कि कमलाकान्त ने राजधानी में अपना तबादला रुकवा लिया है ? उसके नाक का बाल था यह। यह नहीं हो सकता कि उसे पता न हो कि कमलाकान्त लखनऊ से चल चुका है और अब इलाहाबाद पहुँचनेवाला होगा।

अचानक बटुकचन्द का माथा ठनका। ऐसा तो नहीं कि कमलाकान्त इलाहाबाद पहुँच गया हो। उन्होंने आँखें सिकोड़कर सामनेवाले को तौला। उनकी निगाहों में भेदने की जो शक्ति थी उसने रिजवानुल हक को थोड़ा गड़बड़ा दिया।

हूँ तो ये मामला है ? बटुकचन्द को अचानक लगा कि राजधानी जानेवाली बसें लम्बे अन्तराल से चलती हैं और न जाने कितना अधिक समय लेती हैं। पर अभी तो बस से ज्यादा जरूरी था कि कमलाकान्त के इस जासूस को यहाँ से दफा किया जाए। उसने आते ही इसे भेजा होगा मेरी अगली चाल के बारे में पता करने के लिए। पान तो बहाना था।

"असल में वाइफ के एक ममेरे भाई हैं रायबरेली में। उनके बारे में पता चला कि उनकी तबीयत कुछ सीरियस है। वाइफ बनारस में हैं, मैंने कहा चली जाओ पर साहब लेडीज कहाँ मानती हैं। मुझे ही जाना पड़ रहा है। काम तो आप जानते ही हैं, कितना लदा हुआ है। पर वो पुरानी मसल है न कि सारे खुदाई एक तरफ जोरू का भाई एक तरफ..." हँसी का दौर थमते ही बटुकचन्द ने कई तरीकों से इशारा किया कि रिजवानुल हक चला जाए पर उसने जो कुछ कहा उसका मतलब यह था कि मातहत का फर्ज बनता है कि वह अपने साहब को गाड़ी में चढ़ाकर ही घर की तरफ प्रस्थान करे। फिर घर जल्दी जाकर रिजवानुल हक करेगा भी क्या, फैमिली यानी रिजवानुल हक की पत्नी आजकल यहाँ नहीं हैं। उसकी पत्नी कहाँ है, इसमें बटुकचन्द को कोई दिलचस्पी नहीं थी। छुटकारे का कोई चारा नहीं था इसलिए वे चुपचाप रिजवानुल हक को रायबरेलीवाली बस में अपना सामान चढ़ाते देखते रहे। लखनऊवाली बस छूटने को तैयार थी पर अब क्या किया जा सकता था ? गनीमत थी उन्होंने अपने साले को रायबरेली में बताया, बनारस में नहीं। लखनऊ वाली बसें रायबरेली होकर ही जाती थीं। थोड़ा कष्ट जरूर होगा पर रायबरेली उतरकर फिर लखनऊ की बस पकड़ लेंगे।

बटुकचन्द ने कंडक्टर से टिकट खरीदते रिजवानुल हक को देखा। लखनऊवाली

बस हरकत कर रही थी। कमबख्त अभी चला जाए तो वे सामान उतारकर उस बस में चढ़ सकते हैं पर रिजवानुल हक उन्हें बस में बिठाकर आखिरी बार पान खिलाकर जब उतरा तब तक लखनऊ की बस को गए काफी समय हो गया था और बटुकचन्द का धैर्य इतना जवाब दे गया था कि अपनी सारी सौम्य मुस्कान को बरकरार रखने की कोशिश करते-करते भी उनके मुँह से निकल ही गया—"कमलाकान्त कब आए ?"

"जी ज ज ज..." उसका उत्तर सुनने से अधिक बटुकचन्द की दिलचस्पी रिजवान का चेहरा देखने में थी। उन्हें ज्यादा देर यह हरकत भी नहीं करनी पड़ी थी। जल्द ही बस चल पड़ी।

कमरे में जोर का ठहाका लगा तब बटुकचन्द को पता चला कि सीतापुरवाले जमींदार का किस्सा खत्म हो गया था। लोग मुकदमे के उसके गुण-दोष के आधार पर फैसला होने के विचार मात्र से ही गद्‌गद् हो रहे थे। भारतीय वाङ्मय की पुरानी परम्परा यहाँ भी जीवित थी। लोग अवास्तविक काल्पनिक सम्भावना पर हँस रहे थे। मुकदमे का फैसला मेरिट पर भी हो सकता है, यह उन्हें हँसाने के लिए बहुत था। कोई और दिन होता तो बटुकचन्द भी हँसते पर यहाँ तो उन्हें ऐसा लग रहा था कि किस्सा उन्हीं के लिए सुनाया जा रहा है। पता नहीं यह उनका भ्रम था या हकीकत कि उन्हें किस्से के दौरान लगातार कौशिक की आँखें अपने ऊपर गड़ी नज़र आ रही थीं।

कौशिक कमरे में बैठे लोगों को जो जानकारी बीच-बीच में दे रहा था उसके अनुसार मन्त्रीजी तीन बजे हवाई अड्डे पर पहुँचेंगे और वहाँ से सीधे सचिवालय आएँगे। उसके बादवाली सूचनाएँ विरोधाभासी थीं। किसी को उसने बताया कि शाम की कैबिनेट मीटिंग चार बजे से है, किसी को छह बजे से। कैबिनेट के बाद शादी, जन्म-दिन, मुंडन वगैरह की सूचनाएँ कुछ इस तरह से गड्डमड्ड थीं कि वहाँ बैठा कोई भी व्यक्ति उनके समय, स्थान या आतिथेय के बारे में शर्तिया कुछ नहीं कह सकता था। बटुकचन्द के लिए जरूरी था कि मन्त्रीजी का सही कार्यक्रम उन्हें मालूम हो...तभी आगे की रणनीति बनाई जा सकती है। इतनी भीड़ में कौशिक से कोई जानकारी पाना निहायत मुश्किल था। वे सिर्फ उसके सामने बैठे मुस्कुराते रह सकते थे या सीतापुरवाले किस्से पर हँसने की कोशिश कर सकते थे, पर इससे तो काम नहीं चल सकता था। समय कम था, अगर दो-तीन दिन के अन्दर कमलाकान्त की जगह फिर से उनका पदस्थापन नहीं हुआ तो फिर उनकी वापसी मुश्किल होते-होते असम्भव हो जाएगी। यहाँ बैठे रहने से कोई फायदा नहीं था। वे बाहर निकल आए।

कमरे के बाहर चौड़ा गलियारेनुमा बरामदा था। गलियारा एक वृत्ताकार विशाल इमारत को साँप की तरह अपनी कुंडली में लपेटे हुए था। बाहर धूप सीधी पड़ रही थी और अन्दर के ए.सी. कमरे की ठंड बाहर आकर कुछ इस तरह पिघली की बटुकचन्द अचकचाकर वापस अन्दर की तरफ भागे। इस बार वे जिस कमरे में घुसे वह कुछ छोटा था और उसमें दो बाबू टाइपराइटरों पर कुछ खट-खट कर रहे थे। कमरे में एक छोटी सी तिपाई पर जूठे कप-प्लेट और गिलास पड़े थे। एक कोने में एक वाटर कूलर था

जिसकी टोंटी से पानी की पतली सी धार लगातार बह रही थी। दोनों बाबुओं के सामने तीन-चार कुर्सियाँ पड़ी थीं जिन पर इस समय कोई बैठा नहीं था। जैसा कि इस इमारत का दस्तूर था, बटुकचन्द बिना किसी औपचारिकता के उनमें से एक पर बैठ गए। पर दस्तूर के खिलाफ एक बात हुई। बाबुओं में से एक उन्हें देखकर मुस्कुराया। दस्तूर के खिलाफ दूसरी बात यह हुई कि उस बाबू ने उनसे चाय के लिए पूछा।

बटुकचन्द बिना किसी तरह का आश्चर्य चेहरे पर लाए मुस्कुराए और बाबू को तौलते रहे। वे इस इमारत के नियमित यात्री थे और निश्चित था कि बाबू उनसे कहीं न कहीं टकराया जरूर है, पर कहाँ ? उन्होंने अपने दिमाग पर जोर डाला।

बाबू ने जिस चपरासी को चाय के लिए कहा उसने इस गुत्थी से उन्हें निज़ात दिला दी।

यह तो वही चपरासी था जो अन्दर कौशिक के बुलाने पर आ-जा रहा था। वे जिस कमरे में घुसे वह मन्त्रीजी के स्टाफ का ही कमरा था। मन्त्रीजी चूँकि महत्त्वपूर्ण मन्त्री थे इसलिए उनके स्टाफ को दो कमरे मिले हुए थे। एक में कौशिक का राजपाट फैला था और दूसरे में बाकी स्टाफ बैठता था। कौशिक का कमरा मन्त्रीजी के कमरे से सटा हुआ था और अत्यन्त विशिष्ट व्यक्तियों को छोड़कर अन्य सारे आगन्तुकों को मन्त्रीजी से मिलने के लिए उसी के कमरे से होकर जाना पड़ता था। उसका कमरा मन्त्रीजी की अनुपस्थिति में मुलाकातियों के लिए प्रतीक्षालय का भी काम करता था। इस छोटे कमरे में भी बटुकचन्द दो बार आए थे पर आज बाहर की गर्मी की मार ने उनकी स्मृति को कुछ इस कदर गड़बड़ा दिया था कि कुछ देर लगी उन्हें व्यवस्थित होने में।

मुख्यमन्त्री लोग जब मन्त्रिमंडल बनाते हैं तो कुछ कैबिनेट मन्त्री नियुक्त करते हैं। इन कैबिनेट मन्त्रियों की सहायता के लिए कुछ राज्यमन्त्री या उपमन्त्री नियुक्त कर दिए जाते हैं। ये जूनियर मन्त्री अपने वरिष्ठ मन्त्रियों की मदद के लिए बेकरार रहते हैं पर कैबिनेट मन्त्री स्वावलम्बन का नारा लगाते-लगाते उसमें इस कदर विश्वास करने लगते हैं कि वे अपने छोटे भाइयों को कोई कष्ट नहीं देना चाहते हैं। लिहाजा सचिवों को हुक्म जारी हो जाता है और छोटे मन्त्रियों के पास फाइलें पहुँचती ही नहीं, सीधे बड़े मन्त्री के पास चली जाती हैं। छोटे मन्त्री शुरू-शुरू में अफसरों पर रोब गाँठने की कोशिश करते हैं फिर मुख्यमन्त्री के पास विलाप करने जाते हैं और अन्त में हारकर अपने कमरे में दुखी हो अपने दलालों, चमचों और मुसाहिबों के बीच घूमनेवाली कुर्सी पर बैठकर अपने मन्त्री या मुख्यमन्त्री को कोसते रहते हैं। उनके श्रोता कभी कम नहीं होते क्योंकि फाइलें भले उनके पास न पहुँचें, चाय-समोसे की आपूर्ति कभी बाधित नहीं होती। कई बार सरकारी खजाना खाली होने की दुहाई देकर मुख्यमन्त्री या कैबिनेट मन्त्री इस चाय-समोसे की आपूर्ति को रोकने का प्रयास करते हैं पर राज्यमन्त्री चाय-समोसे बन्द होते ही 'समोसा नहीं तो फाइल भेजो' का ऐसा समवेत शोर करते हैं कि मुख्यमन्त्रियों को यह ज्यादा फायदेमन्द सौदा लगने लगता है कि राज्यमन्त्रियों की

चाय-समोसे की सप्लाई लाइन फिर से जोड़ दी जाए।

राज्यमन्त्रियों की ही तरह कनिष्ठ बाबुओं का भी एक सर्वहारा वर्ग ऐसा होता है जो सहायक पी.ए. का काम करता है और पी.ए. लोगों को मलाई खाते देखकर उनकी हाँड़ियाँ फोड़ने की फिराक में रहता है। ये लोग भी देश के उन दुर्भाग्यशालियों में होते हैं जो काम करने के लिए व्यग्र रहते हैं पर उनके आका उन्हें काम नहीं देना चाहते। ये लोग सुबह-सबेरे दफ्तर आ जाते हैं और देर रात तक वहीं जमे रहते हैं। कोई न कोई बहाना ढूँढ़कर मन्त्रीजी के इर्द-गिर्द चक्कर भी लगा आते हैं। कई बार मुँह खोलकर अलादीन के चिराग के जिन की तरह काम...काम...चिल्लाने लगते हैं। इस पर भी बात नहीं बनती क्योंकि जिन के पास यह विकल्प था कि अगर अलादीन उसे काम नहीं देता तो वह उसे खा जाता लेकिन इन अभागे बाबुओं के पास ऐसी कोई सुविधा नहीं थी।

बटुकचन्द समझ गए कि वे ऐसे ही एक अभागे प्राणी के समक्ष बैठे हैं जिसके तन का रोआँ-रोआँ काम-काम चिल्ला रहा है और काम है कि उसके पास फटक नहीं रहा। पर इस दुखियारे ने उन्हें चाय पिलाने की क्यों सोची ? इस गुत्थी को सुलझाने के लिए उन्हें कुछ सवाल पूछने चाहिए थे पर वे यह फैसला नहीं कर पा रहे थे कि कमरे में मौजूद दूसरा बाबू सुखी था अथवा दुखी। इसलिए उन्होंने इस मौके पर वही किया जो आमतौर से हिन्दुस्तानी करते हैं। वे चाय पीते-पीते मुस्कुराने लगे।

बाबू नं. एक भी मुस्कुराया और उसने एक प्याला चाय बाबू नं. दो के सामने बढ़ा दी। बाबू नं. दो भी मुस्कुराया। बटुकचन्द समझ गए कि दोनों ही दुखी हैं। अब बात आसान हो गई।

दोनों बाबुओं ने एक दूसरे को सम्बोधित किया तो बात और आसान हो गई। दोनों बाबू ब्राह्मण थे। बटुकचन्द भी ब्राह्मण थे अतः तीनों ने एक दूसरे को पंडितजी कहकर सम्बोधित करना शुरू कर दिया। इस सम्बोधन से प्रगाढ़ परिचय की जो अन्तःसलिला किल्लोल मारती हुई वहाँ फूटी उसने अपरिचय के सारे विन्ध्याचल ढहा दिए और चाय के जूठे कप हटाने जब चपरासी वहाँ आया तो उसे लगा कि बटुकचन्द भी उस कमरे के उतने ही पुराने अंग हैं जितने ये दो बाबू।

इसके बाद बटुकचन्द ने परनिन्दा और ईर्ष्या नामक दो ऐसे हथियारों को एक साथ मिलाकर इस्तेमाल किया जिनके बारे में उनका अनुभव था कि ये कभी खाली नहीं जाते। आज भी ये कारगर सिद्ध हुए। उन्होंने कौशिक के कमरे की तरफ इशारा करते हुए जो पूछा उसका आशय यह जानना था कि उस कमरे में बैठनेवाला व्यक्ति भी क्या उनमें से ही है।

उत्तर में जो सूचनाएँ मिलीं उनके अनुसार वह व्यक्ति यानी कौशिक उनमें से हो ही नहीं सकता। वह व्यक्ति लोगों को धोखा देने के लिए अपने नाम के आगे कौशिक लगाता है। उसके आचार-विचार ऐसे हैं कि वह ब्राह्मण कैसे हो सकता है ? चूँकि ये तीनों यू.पी. के हैं और वह पंजाब का है, इसलिए स्वाभाविक है कि वह क्षुद्र और लालची है। इसलिए दोनों उसे मुँह नहीं लगाते और उनकी सलाह के अनुसार बटुकचन्द

को भी उसे मुँह नहीं लगाना चाहिए।

कौशिक-पुराण सुनने के बाद बटुकचन्द ने सिर्फ इतना कहा, ''तभी तो।''

इस छोटे से वाक्य के बहुत से अर्थ लगाए जा सकते थे। उन दोनों बाबुओं ने इसका वही अर्थ लगाया जो वे चाहते थे कि 'तभी तो कौशिक इतने घटिया तरीके से आचरण करता है।'

इसके बाद के संवाद फुसफुसाहट में बदल गए। यह फुसफुसाहट कुछ-कुछ पारसी थिएटर में बोले जानेवाले स्वगत कथन की तरह थी। फर्क इतना था कि वहाँ पूरा हाल उसे सुनता था, यहाँ कमरे में चूँकि सिर्फ तीन ही पात्र थे इसलिए सिर्फ वे ही सुन रहे थे। बीच-बीच में चपरासी कमरे में आ जाता था तो वह भी सुन लेता था। पर उसे सुनकर खामोश रहने की आदत थी। उसके बारे में यह मशहूर था कि वह तभी बोलता है जब वह बोलना चाहता है। वह नहीं बोले इसका उपाय दोनों बाबू जानते थे। उन्होंने कुछ सूत्र-वाक्य टुकड़ों में कहे और नतीजतन जब वे तीनों उठे तो बटुकचन्द को चपरासी के कन्धे पर हाथ रखकर पूछना ही पड़ा, ''और बच्चे कैसे हैं उपाध्यायजी ?''

उपाध्यायजी ने दोनों हाथ जोड़े और आँखें मूँदकर सिर आसमान की तरफ तान दिया। मतलब साफ था कि ऊपर ईश्वर है जो उनके बच्चों की देखभाल करता है और इसी देखभाल नामक क्रिया को सम्पादित करने के लिए बटुकचन्द जैसे प्राणियों को भेज देता है।

बटुकचन्द ने उन अफसरों की शान में कुछ कसीदे कहे जिन्होंने दफ्तर में चपरासी की जगह पर भी किसी शूद्र को नहीं घुसने दिया और बताया कि इस तरह वे अपने दफ्तर में तो जमादार की नौकरी भी सिर्फ ब्राह्मणों को ही देते हैं। यह बात और है कि उनके दफ्तर में कोई ब्राह्मण चपरासी या जमादार अपना काम खुद नहीं करता और अपनी तनख्वाह का चौथाई देकर दूसरों को काम पर रख लेता है।

''महँगाई बहुत बढ़ गई है।''

बटुकचन्द ने सिर हिला दिया। उपाध्याय ने महँगाई की वजह से इतना बड़ा त्याग किया था कि ब्राह्मण होकर चपरासी का काम कर रहा था और उसने अपनी जगह किसी शूद्र को नहीं रखा था और इसीलिए उसके बच्चों को मिठाई खाने के लिए बटुकचन्द को दो बार जेब में हाथ डालकर दस-दस के दो नोट निकालने पड़े।

उपाध्याय खुश हो गया और उसने फिर दोनों हाथ ऊपर उठा दिए। वह उन्हें नहीं ईश्वर को धन्यवाद दे रहा है, इस बात का बटुकचन्द ने बुरा नहीं माना। ईश्वर खुश नहीं होता तो वे उस कमरे में कैसे आते ? वे उस कमरे में नहीं आते तो उपाध्याय को बीस रुपए कैसे मिलते और उनकी उन दोनों दुखी बाबुओं से मुलाकात कैसे होती ? उन्होंने भी चपरासी की तर्ज पर दोनों हाथ ऊपर उठाए और बाबू नं. एक को लेकर बाहर निकल गए।

बाहर अभी धूप में तेजी थी पर सचिवालय के गलियारों से गुजरने में पहले जैसी घबराहट नहीं हुई।

“आइए, कहीं चाय पीते हैं।”

बटुकचन्द ने घूमकर बाबू की तरफ देखा। वह उनसे कुछ दूरी बनाकर चल रहा था। उसके चेहरे से पूरी तरह अपरिचय टपक रहा था और अगर कोई तीसरा देखता तो उसे यही लगता कि वे दोनों एक-दूसरे को नहीं जानते।

“कहीं चाय पी जाए।”

बटुकचन्द ने अपनी चाल धीमी की लेकिन बाबू ने अपनी चाल और धीमी कर दी। मतलब साफ था। बाबू नहीं चाहता था कि वहाँ से गुजरनेवाला कोई व्यक्ति यह समझे कि वे दोनों साथ जा रहे हैं। बटुकचन्द ने अपनी चाल बढ़ा दी।

सचिवालय का गलियारा किसी भूल-भूलैया की तरह था। बटुकचन्द सैकड़ों बार यहाँ आए थे और हर बार की तरह आज भी रास्ता भूल गए। वे कुछ ठिठककर बाहर निकलने का रास्ता तलाश रहे थे कि उनके पीछे से बाबू उन्हें कोहनी मारता हुआ आगे निकल गया। वे उसके पीछे लपक लिये। दोनों जब बाहर निकल आए तभी बाबू उनसे मुखातिब हुआ।

“हाँ, सर बताएँ क्या हुकुम है ?”

“कहीं बैठकर चाय पी जाए।”

“कहाँ चलें ?”

बटुकचन्द ने सचिवालय की कैंटीन की तरफ इशारा किया। बाबू ने चेहरे पर सहमने का भाव लाते हुए अपने कन्धे उचकाए और कहा, “सर जी, यहाँ दीवारों के भी आँख-कान हैं।”

“फिर ?” के जवाब में बाबू ने जिस रेस्तराँ का नाम लिया वह राजधानी के इकलौते पाँचतारा होटल का हिस्सा था। बटुकचन्द एक क्षण को तो लड़खड़ाए, उन्होंने बाबू को नज़रों से तौला और इस फैसले पर पहुँचे कि बाबू इस लायक तो नहीं है कि उसे किसी पाँचतारा होटल में ले जाया जाए पर ऐसा था कि अब इसके सिवाय कोई दूसरा विकल्प भी नहीं था। अन्दर दोनों बाबुओं से जो बातें हुई थीं उनसे यह आशा बँधी थी कि बाबू किसी ऐसे शख्स को जानता है जो मुख्यमन्त्री के बहुत करीब है और इतना करीब है कि उनके मन्त्री के आदेश को भी मुख्यमन्त्री से उलटवा सकता है। यह बाबू अलीबाबा के खुल जा सिमसिम की तरह कोई मन्त्र जानता था और इसी मन्त्र से उनकी किस्मत का ताला खुल सकता है और इस मन्त्र को जानने के लिए उन्हें उसे पाँच सितारा होटल में ले ही जाना पड़ेगा। कोई चारा नहीं, इसलिए वे बाबू को लेकर पार्किंग की तरफ बढ़े जहाँ उनकी कार खड़ी थी।

छः

कमरा कोई बड़ा नहीं था लेकिन चटख रंग के गिलाफ चढ़े सोफासेटों से भरा हुआ था। कमरे में दो खिड़कियाँ थीं और दो दरवाजे। इन पर भी चटख रंग के पर्दे लटक रहे थे। समृद्धि अभी इस घर के निवासियों के जीवन में नई-नई आई थी इसलिए दरवाजों और खिड़कियों के दोनों तरफ एक-एक कील गाड़कर और उनमें स्प्रिंग बाँधकर पर्दे लटका दिए गए थे। एक को छोड़कर बाकी सारे स्प्रिंग ढीले पड़ गए थे इसलिए पर्दे लटककर ज़मीन में लथड़ रहे थे। फर्श पर सुर्ख लाल रंग का एक कालीन था जिसने सोफों से घिरी जमीन को छोड़कर सारे फर्श को ढक रखा था। जैसा कि राजधानी के ऐसे किसी कमरे में होना चाहिए था यहाँ भी पूरा कमरा ठसाठस भरा था और इस ठसाठस-भरे कमरे में बटुकचन्द भी तीन के लिए बने एक सोफे पर पाँचवें सवार के रूप में बैठे थे और वही सब कर रहे थे जो दूसरे और लोग कर रहे थे।

ये लोग जोर-जोर से एक दूसरे से बातें कर रहे थे। ऐसे स्थलों और मौकों पर बातें कम की जाती हैं, खुद ब खुद ज्यादा होती रहती हैं। यहाँ बातें जुबान से ज्यादा फेफड़ों से की जाती हैं। जरूरी नहीं कि लोग अपने बगलवाले से ही बात करें। कमरे में ठुँसे हुए लोग अगल-बगल, दाहिने-बाएँ, सामने-पीछे, गरज यह कि किसी भी दिशा को मुखातिब हो सकते थे। बात करने के लिए जरूरी नहीं है कि आप जिसे सम्बोधित कर रहे हों उसे जानते भी हों। यह भी जरूरी नहीं है कि एक समय में एक ही व्यक्ति को सम्बोधित किया जाए। आवाजें किसी गेंद की तरह आड़ी-तिरछी एक दूसरे को काटती हुई एक कोने से दूसरे कोने में उछल रही थीं। अक्सर गेंद उछाली किसी के लिए जाती थी उसे लपक कोई और लेता था और फिर वह अपने तरीके से उसे किसी तीसरे के लिए उछाल देता था।

अफसर के लिए यह शर्मनाक माना जाता है कि वह धोती-कुर्ता, पाजामा पहने लोगों के साथ सार्वजनिक रूप से हँसे या बोले-बतियाए। अपने कमरे में या नेता के घर में वह उसके सामने पसर सकता है, उसके रोने लायक चुटकुलों पर छतफाड़ ठहाके लगा सकता है, सामनेवाले के वाक्य खत्म होने के पहले ही यस सर...जी सर की मुद्रा में सर हिला सकता है पर सार्वजनिक जगहों पर गम्भीरता उसका सबसे बड़ा हथियार होता है। आज भी इस कमरे में कुछ लोग सारी गहमागहमी में निर्लिप्त तटस्थ भाव से बैठे थे। उनकी आँखें दीवालों पर, पंखों पर या पर्दों पर टिकी हुई थीं। सिर्फ गौर से किसी के चेहरे पर

आँखें टिकाने से ही पता चल पाता था कि कमरे में चल रही गतिविधियों को न देखने का प्रदर्शन करनेवाली उनकी आँखें कमरे में घटनेवाली अपने मतलब की हर घटना को देख रही थीं, कुछ न सुनने का भ्रम पैदा करनेवाले उनके कान अपनी दिलचस्पी का हर शब्द पकड़ रहे थे। ठहाकों पर निर्लिप्त दिखनेवाले उनके होंठ ध्यान से देखने पर फड़फड़ाते नज़र आते थे। ये अफसर लोग थे। निःसंग भाव से कमरे में बैठे लोगों में बटुकचन्द भी थे जो लगातार यह प्रदर्शित कर रहे थे कि वे इस कमरे में अपनी खुशी से नहीं बल्कि ढकेलकर लाए गए हैं। यहाँ तक कि वे अपने बगल में बैठे कुर्ता-पाजामाधारी प्राणी से भी ऐसे व्यवहार कर रहे थे जैसे वे उसे जानते ही नहीं। जबकि घोड़े जैसे लम्बे मुँह, खिचड़ी बालों और फरफराती मूँछोंवाला तथा उजली खादी का कुर्ता-पाजामा पहने हुए यह व्यक्ति अगर न होता तो वे इस कमरे में प्रवेश ही नहीं कर पाते।

यह व्यक्ति उन्हें कुछ ही घंटों पहले मिला था और राजधानी के इतिहास, भूगोल के बारे में उनके ज्ञान में उसने ऐसी-ऐसी जानकारियाँ जोड़ी थीं कि वे चमत्कृत थे। अगर वे अफसर न होते और उस कमरे में गम्भीर बने रहने की मजबूरी उनके समक्ष न होती तो अब तक दो-तीन बार उसके पैर छू चुके होते या हाथ जोड़कर अपने पान भरे मुँह को चुभलाते हुए यह जरूर कहते कि 'धन्य हो गुरु'। ये सारी क्रियाएँ होटल से इस घर तक आने के दौरान वे सम्पादित करते आए थे।

इस विलक्षण शख्सियत से उनकी मुलाकात उस पाँचतारा होटल में हुई थी जहाँ सचिवालय से वे बाबू को लेकर पहुँचे थे।

होटल जाते समय रास्ते में बाबू ने जो बताया वह अगर क्रमवार लिखा जाए तो कुछ-कुछ इस तरह के वाक्य बनेंगे—बाबू उन्हें शर्माजी से मिलवाएगा। शर्माजी अपने ही आदमी हैं और बाबू तब से उन्हें जानता है जब वे राजधानी में नए-नए आए थे और बाबू के घर के पास सब्जी का ठेला लगाते थे।

उन्हीं दिनों शर्माजी की आँख एक ऐसी महिला से लड़ गई जो उस समय कुछ नहीं थी, पर आज पूरे देश में उसे इस प्रदेश की मिनी मुख्यमन्त्री कहा जाता है।

उन दिनों वह महिला भी गर्दिश में थी। उसका पति बेरोजगार था। महिला खूबसूरत थी और महत्त्वाकांक्षी भी।

शर्माजी ने उसे उधार सब्जियाँ दीं। उसकी सुन्दरता की तारीफ की और उसकी महत्त्वाकांक्षा को भड़काया।

राजधानी में कोई सुन्दर महिला अगर महत्त्वाकांक्षी भी हो तो सीधे राजनीति की तरफ भागती है।

आज की मिनी मुख्यमन्त्री, जिसका नाम सुमन है और जिसे लोग भाभीजी के नाम से पुकारते हैं और जो उस समय सुन्दर और महत्त्वाकांक्षी दोनों थीं, भी राजनीति की तरफ भागीं और बकौल बाबू के शर्माजी हालाँकि बेचते तो सब्जी थे लेकिन जमीनी यथार्थ पर उनकी इतनी मजबूत पकड़ थी कि उनके बताए गुरों से सुमन सिर्फ राजनीति की तरफ भागी ही नहीं बल्कि राजनीति के अन्दर इतनी तेज दौड़ी कि मुहावरे की भाषा में देखनेवाले

दाँतों तले उँगली दबाए देखते रह गए।

ये सूचनाएँ बाबू ने बटुकचन्द को होटल पहुँचते-पहुँचते रास्ते में दी थीं। रास्ते में ही एक पी.सी.ओ. के पास कार रुकवाकर वह अन्दर गया और थोड़ी देर बाद बाहर आकर कार में बैठते-बैठते उसने बताया, "शर्माजी से बात हो गई। साइत अच्छी थी जो घर में मिल गए। व्यस्त थे पर मैंने इसरार किया तो मान गए। आधे घंटे में होटल पहुँच जाएँगे।"

आधे घंटे में तो नहीं, एक घंटे में शर्माजी इन लोगों के पास पहुँच गए। वे लोग जिस स्थान पर बैठे थे वहाँ से प्रवेश द्वार बाबू के सामने पड़ता था। बटुकचन्द की पीठ उधर थी। चाय पीते-पीते उन्होंने देखा कि बाबू का चेहरा खिल उठा। मतलब साफ था कि प्रवेश द्वार पर शर्माजी प्रकट हो गए थे। बटुकचन्द ने घूमकर देखा। राजधानी की विशिष्ट पहचान अर्थात खादी के कुर्ते-पाजामे, बेतरतीब घुँघराले बालों और हाथ में सेलुलर फोन लिये चालीसेक साल का एक व्यक्ति रेस्तराँ में घुस रहा था। होटल के कर्मचारी उसे सलाम कर रहे थे और वह उद्धत भाव से उपेक्षा का प्रदर्शन करते हुए अपने हाथों से उनके अभिवादनों का कुछ-कुछ ऐसे उत्तर दे रहा था कि अगर कोई चाहे तो यह भी समझ सकता था कि उसकी दिलचस्पी उन मक्खियों कों उड़ाने में थी जो उस वातानुकूलित हाल में थीं ही नहीं।

शर्मा के व्यक्तित्व में कुछ ऐसा था जो किसी को भी चुम्बक की तरह खींचता है। उसने बैठते ही बेतकल्लुफी से पूछा, "और उपाध्यायजी क्या हाल-चाल है...ससुर लाला ने कायस्थपना दिखा ही दिया...आप ठहरे गऊ आदमी, उसकी मार में आ गए।"

उपाध्यायजी उर्फ बटुकचन्द ने आँखें सिकोड़ते हुए उसकी तरफ देखा। नौकरशाही का उसूल है कि अगर नेतानुमा व्यक्ति उपयोगी न हो तो उसके साथ बेतकल्लुफ नहीं हुआ जा सकता और अगर वह काम का हो तो उसके आगे पूरी तरह पसर जाना चाहिए।

अभी इस बात का फैसला होना बाकी था कि घोड़े जैसे मुँहवाला, लक-लक करती सफेद खादी का कुर्ता-पाजामा पहने हुए और खाए-अघाये शरीर की चुगली करनेवाली हल्की तोंद का मालिक शर्मा नामक यह व्यक्ति किस हद तक उपयोगी है ?

बैठते-बैठते शर्मा ने जिन सूचनाओं के बारे में अपनी जानकारी का प्रदर्शन किया था वे तो उसे बाबू से भी मिल सकती थीं जब वह पी.सी.ओ. में उसे फोन करने गया था। इसलिए अभी शर्मा से बेतकल्लुफी नहीं की जा सकती थी। बटुकचन्द सिर्फ हल्के से मुस्कुराए और शर्मा को तौलते रहे।

"अरे ये साला कायस्थ बड़ी ऊँची खोपड़ी का है। आप सीधे-सादे आदमी हैं। कमबख्त ने सबसे पहले कौशिक को पकड़ा। उसने तो इस पी. डब्ल्यू. डी. मन्त्री के बेडरूम में घुसपैठ कर रखी है। अरे आप नहीं जानते उस कौशिक के बच्चे को ? वही कौशिकवा जो आपके मन्त्री का पी.ए. है। साला मन्त्री के किचन से लेकर बेडरूम तक का इन्तजाम करता है। उसी ने सारी गड़बड़ की। आप तो अपना आर्डर लेकर चले गए इलाहाबाद और उधर लाला भाई आकर बैठ गए राजधानी में। अपने मन्त्री को तो जानते ही हैं। हर तरह की कमजोरी है वहाँ...अब आपसे क्या छुपा है ! कौशिक करता है सारे इन्तजाम। कितना पेमेंट

हुआ है हमें सब पता है।"

शर्मा पानी पीने के लिए रुका। बटुकचन्द ने एक बार उसे तौलने की कोशिश की लेकिन अब तक उनकी आँखों में कमजोरी आने लगी थी। इतनी जानकारी बाबू पी.सी. ओ. से नहीं दे सकता था। इस नेता के सामने बिछा जा सकता था। उन्होंने होंठ फैलाए और पान से रँगे कत्थई दाँतों का प्रदर्शन किया, "अब यहाँ आपसे क्या छिपा रह सकता है ?"

बाबू को लगा कि यहाँ तो दोनों पक्षों में सीधे संवाद की गुंजाइश बन रही है। 'अब तेरा क्या होगा कालिया' वाले अन्दाज से वह भी मंच पर कूद पड़ा।

"राजधानी में दिन-भर क्या होता है, सबकी रिपोर्ट शाम तक शर्माजी के पास पहुँच जाती है। इसलिए तो मैंने साहब से कहा कि एक बार शर्माजी के दरबार में बात पहुँच जाए फिर निश्चिन्त होकर हम लोग घर बैठें। शर्माजी सब देख लेंगे।"

शर्मा ने हाथ से हवा में कुछ मारने की कोशिश की। बटुकचन्द ने चारों तरफ मक्खी तलाशने के लिए नज़र दौड़ाई। सामने एक बैरा आकर खड़ा हो गया तब उनकी समझ में आया कि शर्मा की यह खास अदा है जिसे इस होटल के बैरे भी पहचानते थे।

बैरा सिर्फ आया नहीं। शर्मा ने अपनी जुबान, आँख और ठोढ़ी के इशारों से जितना कुछ समझाया उससे ज्यादा वह अपनी पेंसिल से कागज के टुकड़ों पर लिखता रहा। बटुकचन्द की समझ में सिर्फ इतना आया कि उन्हें पूरी कार्यवाही के बाद काफी कुछ भुगतान करना पड़ेगा। पर अब उन्हें खल नहीं रहा था। जिस तरह की सूचनाएँ शर्मा के पास थीं और जितने विश्वास के साथ वह राजधानी के बड़े लोगों के नाम ले रहा था उससे बटुकचन्द को लगा कि खाद्य और पेय पदार्थों की जो लम्बी सूची बैरे ने नोट की थी वह उतनी लम्बी नहीं थी जितनी उसकी पेंसिल चलते समय लग रही थी।

"दिसम्बर में कमलाकान्त का तबादला कराने का क्या मतलब ? अरे आपको तो मार्च-अप्रैल में ही कोशिश कर लेनी चाहिए। दिसम्बर तक तो फसल पककर तैयार हो गई, अब कटने का वक्त आया तो आप डिगरी लाकर किसान को दिखा रहे हैं कि भाई खेत तुम्हारा नहीं है। ऐसे में तो किसान लड़ेगा ही। क्यों भाई मैं कुछ झूठ बोल रहा हूँ ?" उसने बाबू की तरफ देखा।

बाबू का ध्यान मेज पर लगनेवाली प्लेटों की तरफ था जिन्हें बैरा धीरे-धीरे मेज पर सजा रहा था। शर्मा को अपनी तरफ मुखातिब होते देखकर वह सकपकाया, फिर मुँह में थूक घोटते हुए उसने कहा, "अरे शर्माजी हम भी तो किसान आदमी हैं। कौन साला फसल पकने के बाद हमारे खेत की तरफ आँख उठाकर देखेगा। साले की आँख निकालकर...उसमें डाल देंगे।" बाबू पाँच सितारा होटल से आक्रान्त था। सचिवालय होता तो अंग विशेष का नाम भी ले लेता।

बटुकचन्द ने गला खँखारकर कुर्सी पर अपनी जगह बदली। बाबू को लगा उसने शर्मा के मतलब की बात कह दी थी, वह फिर से प्लेटों को घूरने लगा।

"यही तो हम भी कह रहे हैं। लड़ाई में हमें दुश्मन की ताकत और कमजोरी का बराबर

खयाल रखना चाहिए," किसी अनुभवी सैन्य विशेषज्ञ की तरह शर्मा ने सलाह दी, "अब आप देखिए कि पूरे प्रदेश को मालूम था कि इस बार बारहसाला कुम्भ लगने वाला है। छोटे-मोटे चपरासी मेट भी लाख-दो लाख घर ले आएँगे। एक दर्जन से ज्यादा अधिशासी अभियन्ता लाइन में थे। यहाँ राजधानी में खुली बोली हो रही थी। पता नहीं आप उस बोली में थे या नहीं ?" उसने बटुकचन्द की आँखों में आँखें डालीं।

बटुकचन्द ने आँखें झुका लीं। यह कमबख्त जितना जानता है उसमें अपनी तरफ से कुछ जोड़ने की जरूरत नहीं है। उन्होंने प्लेट में से एक पनीर पकौड़ा उठाया और मुँह में डाल लिया। बाबू के लिए यह इशारा था। उसने अपनी प्लेट भरनी शुरू कर दी।

"आप सीधे आदमी हैं। आप नहीं रहे होंगे या रहे भी होंगे तो किसी सही आदमी के पास नहीं पहुँचे होंगे। हमारे पास तो आए नहीं। एक चिड़ीमार आया था भाभीजी के पास। लगा सौदेबाज़ी करने। हमने डाँटकर भगा दिया। अरे हम, कोई बनिया-बक्काल तो हैं नहीं कि दुकान खोल कर बैठे हों। हम तो सम्बन्ध बनाते हैं और फिर जीवन भर उसका निर्वाह करते हैं।"

बटुकचन्द ने अपनी प्लेट भर ली। अब तक के वार्तालाप से उन्होंने दो सन्देश पकड़े थे। शर्मा जब 'हम' शब्द का इस्तेमाल करता था तो उसका मतलब खुद से और भाभीजी से था। भाभीजी वही महिला थीं जिनको लोग प्रदेश की मिनी मुख्यमन्त्री कहते थे और जिनके बारे में बाबू उन्हें बताता आया था। दूसरा सन्देश यह था कि शर्मा को सिर्फ एक बार पेमेन्ट नहीं करना होगा। वह जीवन भर का सम्बन्ध बनाता था अर्थात नौकरी के बाकी साल भी उसे कुछ न कुछ देना ही पड़ेगा।

शर्मा ने अपनी प्लेट में कुछ नहीं लिया। सीधे हाथ डालकर डोंगे में से दो रसगुल्ले निकाले और गपागप मुँह में डाल लिये। खूबसूरती यह थी कि चाशनी उसके हाथों और होंठों से चारों तरफ टपकी पर उसके स्वच्छ धवल कुर्ते-पाजामे पर एक बूँद नहीं गिरी। बटुकचन्द के सामने दो विकल्प थे। वे शर्मा के बड़े-बड़े मैले नाखूनोंवाले हाथ को चाशनी में डूबते और फिर जूठी चाशनी को चारों तरफ गिरते देखकर घिना आए अपने चित्त के भाव मुँह पर आ जाने देते या फिर शर्मा की इस कलाबाजी पर कि चाशनी की एक भी बूँद उसके सफेद कपड़ों पर नहीं पड़ी, स्निग्ध प्रशंसात्मक भाव से मुस्कुराते। उन्होंने दूसरे विकल्प को चुना। मन्द-मन्द मुस्कुराते हुए वे प्रतीक्षा करते रहे कि शर्मा अब किस खाद्य पदार्थ पर हमला करेगा। पर उसने अपनी हथेली उलटी करके अपने मुँह पर लगी हुई चाशनी मिली लार पोंछी और फिर दोनों हाथों को मेजपोश से पोंछ डाला।

"मैंने कहा न, बड़े साहब आप सीधे आदमी हैं। आप हम लोगों के पास आए नहीं उस सीतापुरवाले फ्राड के साथ घूमते रहे..."

बटुकचन्द खामोशी से शर्मा को पानी पीते देखते रहे। साला पूरा घाघ है। जानता सब है, पर मेरे मुँह से सुनना चाहता है।

"कमलाकान्त ने सही ताले की सही चाबी पकड़ ली..."

फिर शर्मा ने विस्तार से अपने सूत्र वाक्य की व्याख्या की। राजधानी में अलग-अलग

ताले थे और उनको खोलने के लिए अलग-अलग चाबियाँ थीं। सही चाबी लग जाने पर ताला खुल जाता था। पी.डब्ल्यू.डी. मन्त्री नामक ताले की चाबी कौशिक नामक पी.ए. था।

"पर गुरुजी आप भी कम नहीं निकले। साले ललवा को उसी के दाँव से पटखनी दे दी। दिसम्बर में कौशिक से ही उसका तबादला करवा दिया..."

इस बार शर्मा ने उन्हें सीधा आदमी नहीं कहा था और उन्हें कमलाकान्त के बराबर रखा था इसलिए बटुकचन्द ने कुर्सी पर जगह जरूर बदली पर चेहरे पर वही मुस्कान रहने दी जिसका मतलब यह होता है कि सामनेवाला कहता रहे, सुननेवाला सुन भी रहा है, नहीं भी सुन रहा है, सहमत भी है असहमत भी।

"हमें सब पता है सरकार बहादुर, क्या-क्या हुआ ? पहले वर्मा आया ऑर्डर ले गया। फिर आप आए आपका आर्डर हो गया। फिर वर्मा आया और अपना ऑर्डर कराकर ले गया। हमें तो साहब ये खेल पसन्द नहीं है। अपना तो एक उसूल है, एक बार सम्बन्ध बनाएँ तो फिर पूरी जिन्दगी उसे निभाते हैं। अगर हमने बीस लेकर वर्मा को ऑर्डर दिलवा दिया तो फिर आप पच्चीस-पचास कुछ भी दें हम तो नहीं बदल सकते। क्यों साहब ठीक कह रहे हैं न..."

बटुकचन्द ने कुछ उत्तर नहीं दिया। सिर्फ मुस्कुराते रहे और उसे तौलते रहे। जो संख्या उसके मुँह से निकली थी वह सही नहीं थी पर सच के काफी करीब थी। अपने मुँह से वे लेन-देन में खर्च हुई रकम का आभास नहीं देना चाहते थे। उनकी जगह उत्तर दिया बाबू ने जो अब तक सामने रखी खाने-पीने की सारी सामग्री निपटा चुका था और मेज पर रखे सारे नैपकिनों से बारी-बारी अपना मुँह-हाथ पोंछकर मुँह में उँगली डाल-डालकर दाँतों में फँसे रेशे निकाल रहा था। शर्मा की बात का जवाब उसने दिया पर सम्बोधित किया बटुकचन्द को ही—"मर्द की बात तो यही होती है पंडितजी। ये क्या कि ज्यादा पैसा देखकर जुबान बदल दें।"

फिर काफी देर तक दोनों ने मर्दानगी और रिश्वत के सम्बन्धों पर विचार-विनिमय किया। उसके अनुसार जिस तरह मर्द की जुबान एक होती है उसी तरह अगर आपने किसी से पैसा ले लिया है तो फिर आप बदल नहीं सकते। अगर आपने विरोधी से ज्यादा पैसा लेकर पहलेवाले का काम बिगाड़ दिया तो आप मर्द नहीं हैं। शर्मा चूँकि मर्द था इसलिए वह जीवन-भर के लिए सम्बन्ध बनाता था।

बटुकचन्द मुस्कुराते रहे और सुनते रहे। उनकी दिलचस्पी जीवन-भर के सम्बन्धों में नहीं थी। कुम्भ खत्म होने के बाद वे सम्बन्धों का नवीनीकरण कर सकते थे। अब समय आ गया था जब उन्हें हस्तक्षेप करना था।

"इसीलिए तो आपकी शरण में आया हूँ शर्माजी। मैं तो खुद एक बार किसी से रिश्ता कायम हो जाए, तो जीवन-भर निभाता हूँ। आप आजमाएँगे तो पीछे नहीं पाएँगे।"

"सो तो है। आपको देखते ही मुझे लग गया था कि आप सीधे आदमी हैं। आपसे खूब पटेगी। आश्चर्य है कि अभी तक आपसे मुलाकात क्यों नहीं हुई थी ?"

"सब समय-समय की बात होती है। जब तक लिखा न हो कुछ नहीं होता," बटुकचन्द ने छत की तरफ निगाहें उठा दीं।

"हाँ, यह तो है साहब। जब तक भाग्य में न लिखा हो इंसान कुछ नहीं कर सकता। आज बदा था इसलिए साहब मेरे कमरे में आ गए। मैंने सुनते ही कहा कि बस शर्माजी ही कष्ट-निवारण कर सकते हैं। जब तक लिखा न हो..." बाबू ने भी छत की तरफ देखने की कोशिश की पर ऊपर जाती-जाती उसकी निगाहें उस सुन्दर औरत के चेहरे पर अटक गईं जो इस बीच उनके सामनेवाली कुर्सी पर आकर बैठ गई थी और वह वहीं भाग्यविधाता को तलाशने लगा।

"चलिए साहब किस्मत को आज ही मंजूर था तो आज ही सही। अब मिल गए हैं तो कुछ न कुछ अच्छा ही होगा। अब बताइए कि क्या करना है...कैसे करना है।"

बटुकचन्द खुश हुए कि इतनी लम्बी-चौड़ी भूमिका के बाद वे उस बिन्दु तक आ गए हैं जहाँ से काम की बातें शुरू हो सकती हैं। इसके बाद उन्होंने वही किया जो उन्हें ऐसे मौके पर करना चाहिए था और जिसकी उम्मीद शर्मा कर रहा था। उन्होंने अर्थपूर्ण नजरों से बाबू की तरफ देखा। बाबू जो अभी तक कनखियों से सुन्दर महिला की तरफ देख रहा था अब पूरी तरह उसी को घूरने लगा। साफ था कि वह कोई इशारा समझने के लिए तैयार नहीं था। उसने सारी जमीन जोती-बोई थी और अब जब बीज छींटने का मौका आया तो उससे अपेक्षा की जा रही थी कि वह वहाँ से चला जाए। उसने इशारा समझने से इनकार कर दिया।

"पंडितजी आप जरा हजरतगंज से बढ़िया पान लगवा लाओ। साहब की गाड़ी ले लो...नहीं तो मेरी गाड़ी लेते जाओ," अब शर्मा ने हस्तक्षेप किया।

"अभी यहाँ से निकलेंगे तो बाहर कहीं खा लेंगे," बाबू ने हल्के स्वर में प्रतिवाद किया।

"नहीं...नहीं...ले आओ। ससुर घंटा भर हो गया बिना पान खाए। हम तो साहब बनारस के हैं। लाख लखनऊ में रह लें पर पान के बिना मन नहीं मानता," शर्मा हँसा। बाबू भी हँसा पर बेमन से और उठकर बाहर चला गया। उसके बाहर जाते ही बटुकचन्द ने अपनी जेब से पनडब्बा निकाला और शर्मा के आगे बढ़ा दिया। शर्मा ने दो बीड़े निकाले और मुँह में ठूँस लिये।

"पान बढ़िया है पंडितजी।"

"यही तो एक चीज है साहब जिसका हमें नशा है। शराब हम छूते नहीं...सिगरेट हमने पी नहीं...एक चीज के सहारे जिन्दगी काट रहे हैं।"

दोनों ठठाकर हँसे। बटुकचन्द ने भी दो बीड़ा पान मुँह में ठूँसे। अब मैदान बराबर हो गया था और बात की जा सकती थी।

"हाँ, तो बताइए साहब क्या करना है...कैसे करना...?"

क्या करना है ? इसे बताने की जरूरत नहीं थी। कैसे करना है, इसी पर बहस होनी थी। सामनेवाले को कितना पता है, इस पर कैसे करना है, तय होना था। अब तक की बातचीत से यह तो साफ हो गया था कि शर्मा जानता है कि कैसे कमलाकान्त ने मार्च

में अपना तबादला कुम्भ मेला डिवीजन में कराया फिर बटुकचन्द ने दिसम्बर में उसे हटाकर खुद को वहाँ तैनात करा लिया और फौरन बाद कमलाकान्त ने फिर अपना तबादला रुकवा लिया।

पर यह तो पूरी राजधानी को पता था। इसमें पेंच यह था कि लेन-देन कितने का हुआ, यह उसे पता है या नहीं ? बीच-बीच में उसने जो रकमें बोली थीं वे सच के करीब थीं पर सच नहीं थीं। इसका मतलब इस पर सौदेबाजी हो सकती है।

सौदेबाजी इसी पर शुरू हुई। शर्मा ने जो रकम कमलाकान्त द्वारा खर्च की गई बताई वह यथार्थ में दोगुनी से ज्यादा थी। जवाब में बटुकचन्द ने जो अपना खर्चा बताया, वह उनके द्वारा खर्च किए गए धन का तिहाई था। यह काम का उसूल था। इसमें दोनों पक्ष एक दूसरे को तौलते हैं, आगे-पीछे होते हैं। फिर किसी एक रकम पर सौदा तय कर लेते हैं।

"पच्चीस। देखिए भाभीजी तो अब छोटे कामों में हाथ डालती नहीं। इससे कम कहूँगा तो मेरा घर में घुसना भी बन्द हो जाएगा।"

"मेरे लिए तो आप सब कुछ हैं शर्माजी। पाँच ठीक रहेगा।"

"पच्चीस।"

"पाँच।"

"क्या बनियोंवाली बातें करते हैं पंडितजी आप। पाँच-दस के लिए भाभीजी किसी काम में हाथ नहीं डालतीं।"

"मेरे लिए तो आप ही भाई साहब हैं आप ही भाभीजी। मैं जितना कर सकता हूँ आपसे निवेदन कर दिया। इसके बाद गर्दन पकड़ेंगे तो एक-दो और कर दूँगा पर इसके आगे तो हाथ जोड़ दूँगा।"

"ऐसे तो बात नहीं बनेगी बड़े साहब। इससे ज्यादा तो कमलाकान्त वर्मा को खबर कर दी जाए तो वही पहुँचा जाएगा जबकि उसके लिए करना कुछ नहीं है। मैं तो समझा था कि आप सीधे आदमी हैं आपके साथ एक सम्बन्ध बन रहा है, जीवन-भर चलेगा। पर आप व्यापार करनेवाली बात कर रहे हैं..."

अन्तर्राष्ट्रीय कूटनीति की तरह इस तरह की सौदेबाजी में भी धैर्य सबसे बड़ा निर्णायक तत्त्व होता है। दोनों पक्ष इसे जानते थे इसलिए दोनों पक्षों ने बीच-बीच में बात खत्म होने की घोषणा की, दोनों ने उठने का इरादा जताया लेकिन न तो बात खत्म हुई और न ही कोई उठा।

बात तभी खत्म हुई जब बाबू पान लेकर हाल में वापस घुसा। बटुकचन्द ने अपना पनडब्बा उठाकर जेब में रख लिया।

"बड़ी देर लगा दिए," बाबू के लाए पान के बीड़ों में से दो उठाकर मुँह में ठूँसते हुए शर्मा ने कहा, "तम्बाखू नहीं लाए क्या ?"

"लाए हैं। हमें पता नहीं क्या कि आप एक सौ बत्तीस नंबर लेते हैं।"

बाबू ने पलाश के पत्ते में लिपटा तम्बाखू सामने बढ़ाया। "अरे हम जानते हैं, आपका कोई काम हल्का नहीं होता। ई तो साला आपका मन्त्री चूतिया है आपको काम नहीं देता,

सारा काम कौशिकवा से कराता है...'' शर्मा ने बाबू की दुखती रग पर हाथ रखा।

''अब आपको हमारा भी कुछ उद्धार कराना है शर्माजी। पहले साहब का काम हो जाए फिर हमारा भी कुछ खयाल कीजिएगा। भाभीजी से या तो हमारे मन्त्री को डँटवा दीजिए या फिर सी.एम. के यहाँ लगवा दीजिए हमें। आपका एक आदमी होना चाहिए वहाँ भी।''

''करेंगे...करेंगे। इस बार भाभीजी से कहेंगे ताकि आपको सी.एम. के यहाँ ही लगवा दें,'' शर्मा ने फिर हाथ से कुछ मक्खी जैसा मारने का प्रयास किया। एक बैरा बिल लेकर हाजिर हो गया। बिल शर्मा ने उठाने का प्रयास किया। बाबू ने भी ऐसा प्रदर्शन किया कि अगर बिल उसने नहीं चुकता किया तो उसके साथ बहुत बड़ा अन्याय हो जाएगा। बटुकचन्द को मालूम था कि बिल चुकाना तो उन्हें ही है, इसलिए उन दोनों की मजबूत पकड़ में से उन्होंने आसानी से बिल अपनी तरफ खींच लिया और जेब से पर्स निकालकर रुपए गिनने लगे।

''फिर ?''

बाबू के इस प्रश्न का किसी ने उत्तर नहीं दिया। उसकी भूमिका खत्म हो गई थी और नाटक के दूसरे पात्र मंच से उसके प्रस्थान की प्रतीक्षा कर रहे थे।

''फिर ?''

इस बार भी किसी ने उत्तर नहीं दिया। शर्मा उठा और हाल के बाहर की तरफ चल दिया। बटुकचन्द ने बैरे द्वारा वापस लाए गए नोट गिने, उसमें से दस का एक नोट तश्तरी में रखकर बैरे को जाने का इशारा किया। बैरे के जाने के बाद अपनी जेब से कुछ और नोट निकाले और पहलेवाले नोटों में मिलाकर बाबू की तरफ बढ़ा दिया। बाबू को उसके प्रश्न का उत्तर मिल गया। उसने खींसे निपोरीं और नोट जेब में रख लिये।

जब वे लोग बाहर निकले, बाहर पूरी तरह अँधेरा छा गया था।

''आपको कहाँ छोड़ें ?'' बटुकचन्द ने बाबू से पूछा। बाबू ने जिस जगह का नाम लिया वह उनके गन्तव्य के विपरीत पड़ती थी।

''टैक्सी का पैसा दे दीजिए, चले जाएँगे।'' शर्मा ने अपनी आवाज की झुंझलाहट छिपाते हुए कहा।

बटुकचन्द ने जेब से एक नोट निकाला और बाबू के हाथ में थमा दिया। बाबू ने फिर अपने दाँत चियार दिए।

''देखिएगा शर्माजी। मेरा भी देखिएगा। और नहीं तो सी.एम. के यहाँ ही रखवा दीजिए। एक बार भाभीजी चाह लें तो...'' बाबू रिरियाया।

''देखेंगे...देखेंगे। कुछ न कुछ करेंगे।'' शर्मा ने हाथ से काल्पनिक मक्खी उड़ाई। ''अपनी गाड़ी को कहिए हमारे पीछे आए।'' शर्मा अपनी कार की तरफ बढ़ा। बटुकचन्द ने अपने ड्राइवर को पीछे आने का इशारा किया और खुद शर्मा की कार का दरवाजा खोलकर उसमें बैठ गया।

भारतीय होने का एक फायदा है। आप कभी भी दार्शनिक हो सकते हैं। इसके लिए

अवसर, समय या साथी की बाध्यता नहीं होती।

कार चली तो शर्मा भी दार्शनिक हो गया। उसके लिए दार्शनिक होने के पीछे दो कारण थे। एक तो उनकी आज की मुलाकात जिसके लिए वह बार-बार भाग्यवादी हुआ जा रहा था।

"अब देखिए न पंडितजी जब लिखा था तभी मुलाकात हुई। पिछले साल आप सीतापुरवाले साले फ्राड के साथ घूम रहे थे तो हमें पता चल गया था। हमने सोचा भी कि आप भले आदमी हैं, आपको बुला लें पर भाभीजी ने कहा कि शर्मा सब भाग्य-भाग्य की बात होती है। जिस दिन लिखा होगा उस दिन हो जाएगी मुलाकात। तो आज हो गई साहब।"

दार्शनिक होने का दूसरा कारण कुछ ऐसा था कि बटुकचन्द अचकचा गए, उनकी समझ में नहीं आया कि वे इस पर हँसें या उदास हो जाएँ।

"आज मैं आपको भाभीजी के पास ले जा रहा हूँ। एक जमाना था यही भाभीजी मेरे पास लोगों को लाती थीं। सब समय-समय की बात है साहब।"

शर्मा ने उसाँस ली तो बटुकचन्द कार के शीशे से बाहर झाँकने लगे। कहावत है कि दीवारों के भी कान होते हैं। यहाँ दीवार तो नहीं थी पर दो कानोंवाला ड्राइवर कार चला रहा था। कुछ भी कहना खतरे से खाली नहीं था इसलिए सबसे आसान रास्ता था कि वे बाहर झाँकने लगते, और वे यही करने लगे।

दार्शनिकता का हमला अक्सर लोगों को खामोश कर देता है। यहाँ तो उसने शर्मा को सुला दिया। शर्मा की नींद तभी खुली जब कार उस मकान के बाहर रुकी जिसके कमरे में बटुकचन्द इस समय बैठे हुए थे और उनके बगल में शर्मा बैठा था।

कमरे में बैठे लोगों के बीच में बातचीत जिन विषयों पर हो रही थी वे राजधानी के सबसे प्रिय विषय थे। तबादले और लाइसेंस राजधानी के साहित्य और संस्कृति थे। राजनेताओं के घरों, दलालों के ठिकानों, पार्टी दफ्तरों और सचिवालय के कक्षों में चौबीस घंटे इन्हीं पर गोष्ठियाँ होती रहती थीं। राजनीतिक दलों के घोषणा पत्रों में बड़ी-बड़ी बातें लिखी जाती थीं, पर उनके कार्यकर्ता जानते थे कि लिखी बातें प्रमाण नहीं होतीं। चुनाव खत्म होते ही चौराहों पर गाएँ घोषणा-पत्रों को खाती दिखाई पड़ने लगती थीं। नेता लोग वापस तबादला और लाइसेंस उद्योग में लग जाते। और जो नेता तबादले करा सकता या लाइसेंस दिला सकता उसी के यहाँ सबसे अधिक भीड़ लगती। भाभीजी उर्फ मिनी मुख्यमन्त्री के यहाँ आजकल सबसे अधिक भीड़ लग रही थी क्योंकि आजकल सबसे अधिक तबादले वही करा रही थीं।

बटुकचन्द अफसर थे इसलिए भीड़ में बैठे दूसरे अफसरों की तरह मुँह गिराए बैठे थे। ये सभी किसी न किसी दलाल के साथ यहाँ पहुँचे थे। सबका कोई न कोई काम था। पर चूँकि ये अफसर थे इसलिए मातमी सूरत बनाए रखने के लिए अभिशप्त थे। दलाल चहक रहे थे, अफसर मुँह लटकाए हुए थे।

भाभीजी मुख्यमन्त्री की कोठी पर किसी मीटिंग में गई हुई थीं। मीटिंग होते ही वहाँ पहुँचेंगी, इसकी सूचना लेकर बीच-बीच में लोग आ रहे थे और अन्दर चले जा रहे थे।

सूचना देनेवाले नौजवान लड़के थे ज़ो अन्दर से प्रकट होते और कमरे में बैठे एक दो लोगों से हाथ मिलाते, एक दो लोगों के पैर छूते, एक-दो लोगों को जेब से निकाल कर पान देते और इन सारी व्यस्त कार्यवाहियों के बीच यह भी घोषित करते रहते कि भाभीजी बस आ ही रही हैं...वो तो मुख्यमन्त्रीजी ने इतनी इम्पोर्टेंट मीटिंग रख ली है, नहीं तो आज तो कहीं निकलनेवाली नहीं थीं।

इन लड़कों में कुछ चीजें अद्‌भुत रूप से समान थीं। पच्चीस-तीस के बीच की उम्र वाले ये लड़के खद्‌दर का कड़क कलफदार कुर्ता-पाजामा पहने, हाथों में सेल फोन लिये, हल्की दाढ़ी बढ़ाए, मुँह में पान ठूँसे एक ही जैसी व्यस्तता में डूबे लगते थे। वे तेजी के साथ कमरे में घुसते। अक्सर उस समय सेल फोन पर बतियाते रहते और फिर उसी तेजी के साथ कमरे का एक चक्कर लगाते हुए अन्दर चले जाते।

ये लड़के भाभीजी के कार्यकर्ता थे। पार्टी के पुराने नेता जब उनके और मुख्यमन्त्री के बीच किसी रिश्ते की तरफ अश्लील ढंग से इशारा करते तो यही लड़के उनकी ठुकाई करने के काम आते थे। कोई अफसर अगर सिर्फ फोन से बात नहीं समझ पाता तो ये जाकर उसे उसके कमरे में समझा आते। पार्टी का केन्द्रीय नेतृत्व प्रदेश के झगड़े सुलझाने के लिए कोई पर्यवेक्षक भेजता तो ये लड़के उसे बताते कि किस तरह पुराने नेतृत्व ने आज तक कार्यकर्ताओं की उपेक्षा की है और किस तरह भाभीजी ने पहली बार जमीनी कार्यकर्ताओं को पहचाना है और उन्हें महत्त्व देना शुरू किया है। अक्सर यह फैसला भी यही लड़के करते कि केन्द्रीय नेताओं से प्रदेश का कौन सा नेता मिलेगा और किसे मिलने से रोकना है।

सत्ता पार्टी की मुख्य शक्ति उसके भीतर का अनुशासन था और ये लड़के उसी अनुशासन को कायम करते थे।

बटुकचन्द थोड़ा असहज हो उठे। काफी देर से उन्हें लग रहा था कि कमरे में आनेवाले लड़कों का व्यवहार शर्मा के प्रति ऐसा है कि जिसे परिभाषित करना कुछ-कुछ मुश्किल सा है। लगभग हर अन्दर आनेवाला लड़का शर्मा को अभिवादन जरूर करता है और कुछ एक तो उसका पैर भी छूते हैं पर इससे अधिक कुछ नहीं। शर्मा कुछ कहने की कोशिश करता है तो उसका वाक्य अनसुना रह जाता है और 'हाँ...हूँ..' से अधिक उत्तर नहीं मिलता। एक बार शर्मा ने एक लड़के को हाथ पकड़कर बगल में बिठा लिया। उसने उसके कान में कुछ कहना शुरू किया ही था कि लड़के ने जेब से पान निकाला, शर्मा की तरफ बढ़ाया और जैसे ही शर्मा ने पान मुँह में डाला लड़का उठकर आगे बढ़ गया।

सहसा शर्मा उठा और अन्दर की तरफ बढ़ चला। बटुकचन्द का दिल धड़कने लगा। इस दरबार में शर्मा की हैसियत का पता इसी से चलेगा कि घर के अन्दर उसका प्रवेश होता है या नहीं ? जिस आत्मविश्वास के साथ शर्मा अन्दर जा रहा था उससे यह तो स्पष्ट था कि वह इस घर के अन्दर जाता रहा है। बटुकचन्द को लगा कि उनके अभियान की सफलता शर्मा की इस हरकत में निहित है। शर्मा अन्दर चला गया तो उन्होंने लम्बी साँस ली।

दो ही मिनट बाद शर्मा बाहर आ गया। एक मजबूत लड़का उसे अपनी बाँहों में भरकर ला रहा था। शर्मा बटुकचन्द को देखकर मुस्कुराया। उनकी जान में जान आई। लड़का दोस्ताना अन्दाज में गलबहियाँ डाले शर्मा को ला रहा था। पता नहीं क्यों उन्हें लगा कि शर्मा को वहाँ लाया जाना घसीटने जैसा था और उसकी मुस्कुराहट खिसियाहट का आभास दे रही थी। बटुकचन्द अचकचाए। लड़का जबर्दस्ती ढकेलता हुआ शर्मा को उनकी बगल में पटक गया।

"यहीं बैठिए शर्माजी...भाभी आने ही वाली हैं...क्या है कि उनकी सी.एम. के यहाँ मीटिंग पड़ गई न...नहीं तो आज कहीं जानेवाली नहीं थीं।"

बटुकचन्द का दिल डूबने लगा। वे समझ नहीं पा रहे थे कि कौन सी स्थिति ठीक थी। लड़का दोस्ताना अन्दाज में शर्मा को वहाँ तक लाया या फिर अवांछित अनाहूत सामग्री की तरह पटक गया था। पाँच सितारा होटल का बिल कितने का था ? उन्होंने याद करने की कोशिश की। फिर उस साले बाबू को इनाम-इकराम और टैक्सी का किराया अलग से दिया। सब बेकार गया। खैर यहाँ तक आ तो गए ही हैं। अब बाकी ऊपरवाले के हाथ। उन्होंने छत की तरफ देखा जहाँ पंखा चल रहा था, उस पर अगर कोई ईश्वर बैठा था तो वह इतनी तेज घूम रहा था कि उन्हें दिखाई नहीं पड़ा। वे कमरे की आवाजों से दूर होकर उसी को खोजने लगे।

कमरे की आवाजें एक क्षण की खामोशी में डूबीं और फिर ज्यादा तेजी से भनभनाने लगीं।

भाई साहब अर्थात भाभीजी के पतिदेव का कमरे में प्रवेश हो गया था। उनके इर्द-गिर्द वही लड़के थे जो बार-बार कमरे में आ-जा रहे थे। खचाखच भरे कमरे में बीच वाले सोफे पर कुछ हलचल हुई और उसके बीचोबीच इतनी जगह बन गई जिस पर भाई साहब बैठ गए। यह चमत्कार सिर्फ राजधानी के इन्हीं कमरों में होता था जहाँ तीन की जगहवाले सोफे पर सात लोग बैठे हों और बिना किसी के अपदस्थ हुए एक और व्यक्ति के लिए जगह बन जाए।

"आ गई हैं...बस अन्दर हाथ-मुँह धोकर आ रही हैं," भाई साहब ने बिना किसी की तरफ मुखातिब हुए कहा। मतलब सूचना सभी के लिए थी। सबने सिर हिला दिया।

"आज गर्मी कुछ ज्यादा है भाईजी।"

"गर्मी नहीं उमस है।"

थोड़ी देर इस पर बहस हुई कि गर्मी ज्यादा है या उमस।

"इसलिए तो आज कहीं निकलने का मन नहीं था। इन्होंने तो मना कर दिया था कि कहीं आएँ-जाएँगी नहीं। वो तो सी.एम. लौटे दोपहर बाद दिल्ली से और शाम को उनकी कार हाजिर। पहले तो मना कर रही थीं फिर मैंने कहा तो मान गईं। मैंने कहा बेचारे दो दिन बाद दिल्ली से लौटे हैं, कुछ न कुछ सलाह-मशविरा करना होगा। तब गईं। बस अभी वापस लेकर आया हूँ। अन्दर हाथ-मुँह धोकर आ रही हैं।"

"गर्मी भी खूब है।"

"उमस है साहब...हर समय नहाने का मन करता है।"

भाई साहब भाभीजी के बारे में और सूचना देने लगे। बोलते समय उनकी आँखें किसी चालाक बिल्ली की तरह अपने कोटर में घूम रही थीं; लगभग एक बार उन्होंने पूरे कमरे का मुआयना कर लिया था और अब दूसरी बार फिर कमरे में बैठे लोगों के चेहरे पर फिसल रही थीं। इस बार कुछ रुक-रुक कर। उनकी आँखों की चमक या तटस्थता से ही कमरे में बैठे व्यक्ति की हैसियत का आकलन हो रहा था।

बटुकचन्द का दिल फिर डूबने लगा। पहली बार तो लगा था कि शर्मा के चेहरे पर से फिसलती भाई साहब की आँखों ने कुछ अभिवादन-सा किया था। शर्मा ने भी खीसें निपोरीं थीं। लेकिन दूसरी बार जब स्लोमोशन में आँखें घूमीं तो मामला काफी कुछ ठंडा और तटस्थ लगा। हो सकता है उनका भ्रम रहा हो। उन्होंने फिर एक बार पंखे की तरफ देखा और तेजी से घूम रही किसी अदृश्य शक्ति से कामना की कि यह उनका भ्रम हो और शर्मा नामक इस प्राणी का भाभीजी के ऊपर वैसा ही असर हो जैसा बाबू ने बयान किया था। या कम से कम तब तक तो बना ही रहे जब तक उनका काम न हो जाए।

बटुकचन्द की प्रार्थना सुनी गई या नहीं, इसको जाँचने का क्षण भी आ गया।

भाभीजी कमरे में आईं तो सभी लोग अचकचाकर खड़े हो गए। भाई साहब ने भी अपना पृष्ठ भाग थोड़ा सा उठाया पर कुछ याद आ गया और उन्होंने फौरन उसे फिर सोफे पर टिका दिया।

भाभीजी जब तक खड़ी रहीं, कमरे में एक व्यक्ति को छोड़कर सभी खड़े रहे। इस बीच उनके जमीनी कार्यकर्ता अन्दर से एक कुर्सी ले आए और जो कमरा पूरी तरह से भरा नजर आ रहा था उसमें बीचोबीच में इतनी जगह बना दी गई जहाँ कुर्सी रखी जा सके। उसके बगल में एक स्टूल भी आ गया जिस पर एक टेलीफोन स्थापित हो गया। भाभीजी ने खड़े-खड़े कमरे में मौजूद सभी लोगों का नजरी मुआयना किया। कुछ लोगों के अभिवादन का हाथ जोड़कर जवाब दिया, कुछ के लिए मुस्कुराईं, कुछ के जवाब में सर हिला और कुछ को ठंडी नजरों से देखा गया और फिर कुर्सी पर बैठ गईं। बाकी सभी लोग भी बैठ गए।

बटुकचन्द का हौसला कुछ बढ़ा। शर्मा की तरफ देखकर भाभीजी मुस्कुराई थीं।

इसके बाद कमरे में वही सब शुरू हुआ जिसके लिए बटुकचन्द तैयार होकर आए थे।

प्रदेश में तबादला सबसे बड़ा उद्योग था। लाखों की तादाद में सरकारी कर्मचारी थे। सरकार जनता से जितना धन लूटती थी उसका बड़ा हिस्सा ये कर्मचारी सरकार से लूट लेते थे। सरकारी खजाने की लूट-पाट से इनका पेट नहीं भरता था इसलिए बाकी समय में ये जनता को सीधे लूटते थे। ज्यादातर विभागों में तो सरकार को लूटने के लिए सिर्फ पहली तारीख को ही मौका मिलता था इसलिए महीने के बाकी दिन ये जनता की फिराक में रहते थे। लूटने के लिए अपने घर से दूर नहीं जाना चाहते थे इसलिए जब कभी इनका तबादला किसी ऐसी जगह हो जाता जहाँ से इनका घर बारह घंटे से ज्यादा दूरी पर होता

ये बिलबिला जाते। उन्हें ऐसी जगहें चाहिए थीं जहाँ जनता को लूटने में ज्यादा श्रम न करना पड़े और जो उनके घर के भी करीब हो। ऐसी जगहें कम थीं और उम्मीदवार ज्यादा, इसलिए इन जगहों पर पहुँचने के लिए मदद करने को भाभीजी और उनके जैसे सैकड़ों लोग राजधानी में मौजूद थे।

आज भी ऐसे दुखियारों की भीड़ कमरे में भरी थी और भाभीजी उनका शोक निवारण करने में लगी थीं।

भाभीजी अभी तक मन्त्री या किसी ऐसे ओहदे पर नहीं रही थीं जहाँ उन्हें कागजों के निस्तारण का अनुभव हुआ हो पर जिस तेजी और फुर्ती के साथ वे कागजों को निपटा रही थीं उसे देखकर बटुकचन्द का मन हो रहा था कि वह उठें और उनके चरण पकड़ लें। यहाँ चरण पकड़ना खतरनाक हो सकता था इसलिए वे चुपचाप बैठे रहे।

मुलाकातियों को निपटाने का उनका तरीका बड़ा जटिल था और ज्यादातर मौजूद लोगों की पकड़ के बाहर था। बटुकचन्द जैसे कुछ और लोग जो कमरे में मौजूद थे और जिनका इस तरह की परिस्थितियों से निपटने का पुराना अनुभव था, वही उनके निपटान की बारीकी समझ रहे थे।

ज्यादातर लोग जो काम लेकर आए थे, अपने साथ कोई न कोई पैरोकार भी लाए थे। पैरोकार और सवाली भाभीजी की तरफ मुखातिब होते। पैरोकार इस अन्दाज में भाभीजी के सामने फुसफुसाता कि उन्हें छोड़कर पूरा कमरा उसे सुनता। कमरे में बैठे दूसरे लोग यह मानकर चलते कि उन्होंने कुछ नहीं सुना और भाभीजी यह दर्शातीं कि उन्होंने सब कुछ सुन लिया है। दरअसल यह एक ऐसी स्थिति होती जिसके लिए किसी हिन्दी कवि ने कहा है कि वह नहीं बोलेगा, शब्द बोलेंगे। ये सारे शब्द अगर समवेत कोई मतलब की बात बोलते तो भाभीजी पैरोकार को निकट आने का इशारा करतीं। पैरोकार उनके अगल-बगल बैठे किसी को धकेलकर वहाँ बैठ जाता, धकेले जानेवाला अगर अपना शरीर हटाने से इनकार कर देता तो भाभीजी के सामने उकड़ूँ जमीन पर बैठ जाता या फिर अगल-बगल बैठे किसी की गोद में इस तरह बैठ जाता कि देखने वाले उसे सोफे नामक बैठने की जगह पर बैठा मान लें।

इसके बाद संवाद शुरू होता। पैरोकार अपने मुँह से कुछ कहता, भाभीजी आँखों से कुछ जवाब देतीं। पैरोकार उँगलियाँ घुमाने लगता, भाभीजी वाणी का सहारा लेतीं। बीच में भाई साहब कूद पड़ते। पैरोकार अपनी मुद्रा बदल देता। एक साथ दोनों को सम्बोधित करने लगता। भाभीजी सेल फोन सुनने लगतीं। भाई साहब किसी मुलाकाती से क्षेत्र का हालचाल पूछने लगते। पैरोकार बोलता रहता। फरियादी भकुआया-सा कभी अपने पैरोकार को देखता कभी भाभीजी को देखता, कभी भाई साहब को देखता। कमरे की जिन्दगी चलती रहती।

जिन पैरोकारों से संवाद कुछ सार्थक स्तर पर होता उन्हें लेकर भाई साहब अन्दर चले जाते। कुछ को किसी जमीनी कार्यकर्ता के हवाले कर दिया जाता जो उन्हें लेकर अन्दर किसी और कमरे में चला जाता। अन्दर कमरे भर जाते तो कार्यकर्ता लोग पैरोकारों

और फरियादियों को लेकर बाहर लॉन, गैराज, पेशाब-घर, सड़क–जहाँ जगह मिलती चले जाते। पूरा माहौल हिन्दी कवि की सदिच्छा का वह स्वर्ग हो जाता जहाँ संवादहीनता की कोई गुंजाइश नहीं रहती और जहाँ लोग आपसी मतभेद मिल-बैठकर सुलझा लेते थे।

बटुकचन्द शर्मा की पहलकदमी की प्रतीक्षा कर रहे थे। पर शर्मा आराम से सोफे पर पीठ टिकाए बैठा था। बीच-बीच में वह राजनीति से लेकर मौसम तक किसी भी मुद्दे पर कोई जुमला उछाल देता। अक्सर कमरे के किसी कोने में कोई उसे लपक लेता और जवाब में कुछ कहता जिसके उत्तर में कोई तीसरा कुछ ऐसा कहता जिसका पहले वाक्य से कोई सम्बन्ध हो, यह जरूरी नहीं होता।

शर्मा की निष्क्रियता सायास लग रही थी इसलिए बटुकचन्द ने चुपचाप सोफे की सीट पर सिर टिकाया और ऊँघने लगे।

कमरे में जिन्दगी रोज की तरह आराम से चलती रहती अगर खसखसी दाढ़ी और उभरी हड्डियोंवाले चेहरेवाले अपनी आँखें नीचे किए अपनी डायरी में कुछ लिख रहे नौजवान पर भाई साहब की नज़र न पड़ जाती।

"आपका परिचय ?"

भाई साहब ने जिस लहजे में यह प्रश्न पूछा उसमें वह चाशनी गायब थी जिसे अभी तक वे अपनी आवाज में घोलकर कमरे में बैठे लोगों से बातें कर रहे थे।

प्रश्न जिससे पूछा गया था उसने अपनी नोटबुक बन्द कर, चश्मा उतारकर पोंछा, फिर भाभीजी की आँखों में आँखें डालकर बोला–

"आप लोग इनको निपटा लें...फिर बात करेंगे।"

"क्या बात करेंगे ?"

"आप फुर्सत में हो जाइए..."

"नहीं, पहले आप अपना काम बताइए।"

कुछ देर तक पहले आप...पहले आप का कोरस चला।

"आप हैं कौन ? कहाँ से आए हैं ?" इस बार भाभीजी ने कुछ सख्ती के साथ पूछा।

"इंटरव्यू..."

वाक्य पूरा होने के पहले ही एक जमीनी कार्यकर्ता झपट पड़ा।

"कहाँ है इंटरव्यू ? यही तो भाभीजी पूछ रही हैं। कौन अफसर लेगा ? किसी नौकरी का है ? नाम, रोल नम्बर लिखवाइए न। इस दरबार में आए हैं तो हो न जाएगा।"

दढ़ियल, जिसे सम्बोधित किया जा रहा था, थोड़ा अचकचाया। उसने घबराकर चारों तरफ देखा। वह जिस दुनिया से आया था वहाँ इस तरह की स्थिति से उसका साबका अभी तक नहीं पड़ा था।

"इंटरव्यू...इंटरव्यू तो मैं लूँगा। सुमनजी खाली हो जाएँ तो मैं इनका इंटरव्यू लूँगा।"

थोड़ी देर तक माहौल गमगीन रहा। मतलब दढ़ियल किसी अखबार से आया था। आजकल देश और प्रदेश की राजधानी से छपनेवाले अखबार और पत्रिकाएँ भाभीजी की तस्वीरोंवाली खबरें बीच-बीच में छाप रही थीं। कुछ में उनके इंटरव्यू भी छपे थे। शुरू-शुरू

में तो भाभीजी को आनन्द आता था। अपनी फोटो छपी अखबार या पत्रिका लेकर बाथरूम में चली जातीं और देर तक निहारती रहती थीं। फिर पता नहीं क्या हुआ कि अखबारवालों का नाम सुनते ही भड़कने लगी। वे तो मिनी मुख्यमन्त्री थीं जो असली मुख्यमन्त्री थे वे भी भड़कने लगे। अक्सर प्रेस कान्फ्रेंसों में यह होता कि कोई पत्रकार सवाल पूछता किसी कमरे में, पर उत्तर मिलते-मिलते पता चलता वह बाहर बरामदे में फर्श पर पड़ा इस बात का अनुमान लगा रहा है कि उसकी कितनी पसलियाँ अपनी जगह पर सुरक्षित हैं।

मिनी मुख्यमन्त्री यानी श्रीमती सुमन को यह सुविधा थी कि वे इसी कार्यवाही को अपने जमीनी कार्यकर्ताओं के द्वारा सवाल पूछे जाने के पहले ही सम्पादित करा देतीं।

आज भी यही हुआ कि भाभीजी के जमीनी कार्यकर्ता दढ़ियल पत्रकार के इर्द-गिर्द खड़े हो गए थे। उनकी कार्यवाही तय थी, इसलिए उन्हें किसी इशारे की जरूरत नहीं थी। पर कोई दूसरा इशारा उन्हें मिल रहा था जिसके कारण कार्यवाही शुरू होने में देर हो रही थी।

भाभीजी ने भाई साहब की तरफ देखा। शहर के सारे पत्रकारों को वे लोग पहचानते थे। वैसे भी इस शहर में अब कोई माई का लाल नहीं बचा था जो किसी अखबार के लिए काम करता हो और जिसने उनका लिफाफा या जूता न स्वीकार किया हो।

लिफाफा और जूता भाभीजी के दरबार का मुहावरा था। यहाँ बहुत कम लोगों को मालूम था कि यह मुहावरा मुख्यमन्त्री के दरबार से निकला है। यहाँ के ज्यादातर जमीनी कार्यकर्ताओं को मुख्यमन्त्री के दरबार तक पहुँचने की इजाजत नहीं थी इसलिए वे इसे भाभीजी की मौलिक खोज मानते थे।

मुख्यमन्त्री की राय में वह राजा दो कौड़ी का होता है जो खुश होने पर किसी को कुछ दे न सके और नाराज होने पर किसी का नुकसान न कर सके। इसलिए उन्होंने लिफाफे और जूते का प्रचलन किया था। पत्रकार भी उनकी प्रजा थे। इसलिए उन्हें भी लिफाफे और जूते मिलते रहते थे। लिफाफे अक्सर रात में लिये जाते थे जबकि जूते किसी भी प्रेस कान्फ्रेंस में मिल सकते थे बशर्ते पत्रकार मुख्यमन्त्री से मिनी मुख्यमन्त्री के बारे में पूछ लें।

आज भी मौका था जब लिफाफे और जूते में से किसी का इस्तेमाल किया जाता। जमीनी कार्यकर्ताओं की दिलचस्पी आमतौर से जूते में अधिक होती थी, इसलिए वे उसी तैयारी से पत्रकार के इर्द-गिर्द खड़े थे पर आँखों की कोई भाषा थी जो उन्हें रोके हुए थी।

"किस अखबार से आए हैं आप ?" अखबार का नाम जो लिया गया उसका उच्चारण करना भाई साहब, भाभीजी या उनके जमीनी कार्यकर्ताओं के लिए थोड़ा मुश्किल था, इसलिए उन्होंने सिर्फ यह अनुमान लगाने की कोशिश की कि अखबार फ्रांसीसी भाषा का है या जर्मन का। पर उस मुश्किल और आसानी से उच्चारित न हो सकनेवाले शब्द से यह फर्क जरूर पड़ा कि कमरा कुछ भयमिश्रित आदर से भर गया और जूता लगानेवालों को थोड़ी देर के लिए अपना इरादा बदलना पड़ा।

"अरे तो आप हमारा क्या इंटरव्यू लेंगे ? इंटरव्यू लीजिए बड़े नेताओं का, हम तो छोटे-मोटे कार्यकर्ता हैं," भाभीजी की आवाज में फिर से चाशनी घुल गई।

"आपकी पार्टी तो कार्यकर्ताओं की पार्टी है। आपके नेता कहते हैं कि कार्यकर्ता उनकी ताकत हैं। आप से ज्यादा सक्रिय कौन कार्यकर्ता मिलेगा। इसलिए हमारे अखबार ने..."

"पर मैं तो बहुत छोटी कार्यकर्ता हूँ..."

"हम तो छोटे कार्यकर्ताओं से ही बात करना चाहते हैं।"

"पर मैं किस लायक हूँ ?"

"यहाँ तो लोग कह रहे हैं कि आप ही सरकार चला रही हैं।"

"आप भी मजाक कर रहे हैं। मैं तो बहुत छोटी..."

जैसा कि इस मौके पर उम्मीद की जा सकती थी, दोनों पक्षों में कोई झुका नहीं। एक पक्ष यह घोषित कर रहा था कि श्रीमती सुमन नामक जिस महिला का इंटरव्यू यह पत्रकार लेना चाह रहा था वे तो पार्टी की एक अदना-सी कार्यकर्ता थीं और पार्टी जो काम उन्हें सौंपती है उसे पूरा करने के अलावा उनकी किसी चीज़ में दिलचस्पी नहीं है और चूँकि पार्टी ने उन्हें इंटरव्यू देने से मना कर रखा है इसलिए बेहतर होगा पत्रकारजी अपना समय न खराब करें और पार्टी के किसी बड़े नेता का जाकर इंटरव्यू लें।

दूसरा पक्ष, जिसमें अकेला पत्रकार शामिल था, यह मानता था कि चूँकि सत्ता पार्टी कार्यकर्ताओं की पार्टी है और श्रीमती सुमन स्वयं मान रही हैं कि वे इस पार्टी की एक अदना कार्यकर्ता हैं और पूरा प्रदेश जानता है कि वे कितनी महत्त्वपूर्ण कार्यकर्ता हैं, इसलिए पूरे विश्व को उनके बारे में जानने की उत्सुकता है और इसलिए उसके लिए उनका इंटरव्यू लेना निहायत जरूरी है।

और जैसा कि ऐसे मौके पर होता आया है, दोनों पक्षों में से न तो कोई झुका और न ही यह तय हो पाया कि होना क्या है।

"आप कब से राजनीति में हैं ?" पत्रकार ने बहस समाप्त करते हुए अपनी डायरी और पेन सँभाले।

"देखिए मैं कह चुकी हूँ मैं इंटरव्यू नहीं दूँगी।"

"आपके पिताजी भी राजनीति में थे ?"

"मुझे कोई बात नहीं करनी।"

जमीनी कार्यकर्ता सतर्क हुए। मामला कुछ नाजुक था। किसी ऐसे अखबार के संवाददाता के साथ कैसे सुलूक किया जाए जिसके नाम का उच्चारण करना मुश्किल हो, यह उनकी समझ में नहीं आ रहा था।

"आपके पास कोई पद नहीं है फिर आपके पास इतनी भीड़ कैसे रहती है ?"

"मुझे कुछ नहीं मालूम। मैं तो साधारण कार्यकर्ता हूँ।"

"फिर आपके पास इतनी भीड़..."

"मैं जा रही हूँ। आप नहीं चाहते कि मैं यहाँ बैठूँ। मैं जा रही हूँ..."

"आपका घर है...आप क्यों जाएँगी...आपकी पार्टी में और कितने कार्यकर्ताओं के यहाँ इतनी भीड़ होती है ?"

भाभीजी उठ खड़ी हुईं। कमरे में हड़कम्प मच गया। दूर-दूर से लोग बड़ी आस-उम्मीद लगाकर आए थे। इन साले पत्रकारों का क्या...लीपने में न पोतने में...बाहर-भीतर गए दूसरे मुलाकाती और पैरोकार भी खिड़की दरवाजों से झाँकने लगे... "मारो साले को चार-छह चप्पल...ठीक हो जाएगा...बड़े आए हैं इंटरव्यू लेनेवाले।" दढ़ियल पत्रकार भौंचक्का सा चारों तरफ देख रहा था। उसने दुनिया की बड़ी-बड़ी हस्तियों का इंटरव्यू लिया था। इस इंटरव्यू से कैसे निपटा जाए, इसके बारे में न तो पत्रकारिता प्रशिक्षण महाविद्यालय में पढ़ाया गया था और न ही अपने पेशे के दौरान अब तक उसने सीखा था। उसकी समझ में एक बात आई कि उसे अभी पीटा नहीं जाएगा। इसी का उसने फायदा उठाया।

"आपकी पार्टी नहीं चाहती कि कार्यकर्ताओं का इंटरव्यू लिया जाए ?"

"मैं कुछ नहीं जानती...मैं जा रही हूँ..."

मामला कुछ नाजुक था। भाभीजी का पक्ष जानता था कि भाभीजी अपने ही घर में बायकाट करके अन्दर नहीं जा सकतीं और किसी विदेशी अखबार के प्रतिनिधि को घर में पीटा भी नहीं जा सकता।

तभी ऐसा कुछ हुआ जिससे बटुकचन्द की बाँछें खिल गईं। अचानक शर्मा तमतमाता हुआ पत्रकार के सामने खड़ा हो गया और इस सिद्धान्त के अनुसार कि अगर आपके पास तर्क न हो तो आपके फेफड़े आपके सबसे बड़े तर्क होते हैं, चीखा, "लीजिए कार्यकर्ता का इंटरव्यू। हम भी तो पार्टी के कार्यकर्ता हैं। लीजिए हमारा इंटरव्यू। बेचारी लेडीज को परेशान कर रहे हैं। पूछिए क्या पूछना है ?"

शर्मा महिलाओं के लिए हमेशा लेडीज शब्द इस्तेमाल करता था। महिला एक हो या कई उसके लिए हमेशा लेडीज ही होती थी।

पत्रकार थोड़ा सकपकाया पर उसने खुद ही कार्यकर्ता के इंटरव्यू की बात कही थी और जो व्यक्ति सामने खड़ा होकर अपने फेफड़ों का भरपूर प्रयोग कर रहा था, वह अपने कथनानुसार कार्यकर्ता था। उसने दाएँ-बाएँ देखने की कोशिश की तो शर्मा ने मुस्कुराकर भाभीजी की तरफ देखा। भाभीजी ने कमरे में उपस्थित दूसरे लोगों की तरफ देखा। सबने एक दूसरे की तरफ देखा और अब पत्रकार के अलावा सभी मुस्कुरा रहे थे।

सबको पता था कि शर्मा से इंटरव्यू लेकर कोई जीत नहीं सकता। पत्रकार ने एक और प्रश्न भाभीजी की तरफ दागा।

"आप इतनी विवादास्पद क्यों हैं ?"

"इसलिए कि हम लेडीज हैं," शर्मा सफाई के वकील जैसे अपने मुअक्किल की तरफ से बोलते समय उत्तम पुरुष की तरह बोल रहा था, "हमारा तो गुनाह है कि हम लेडीज हैं और राजनीति में आ गए हैं। और साहब पालिटिक्स में अपने बलबूते पर आगे बढ़ रहे हैं तो कैसे आप बर्दास्त करिएगा ! बताइए न...बोलिए...बोलिए।"

पत्रकार फिर लड़खड़ाया—'इंटरव्यू किसका हो रहा है ?'

"पर महिलाएँ तो बहुत हैं राजनीति में और कोई क्यों नहीं इस तरह विवादास्पद होता ?"

"कौन नहीं होता ? किस पर आप लोगों ने उँगली नहीं उठाई...अरे आपने सीता मैया को नहीं छोड़ा...भाभीजी की क्या बिसात है..." शर्मा की आवाज रुँध गई। वहाँ बैठे लोग जानते हैं कि अब वह रोएगा। सिर्फ दो लोग नहीं जानते थे। एक तो बटुकचन्द जो शर्मा के संवाद कम सुन रहे थे उनका प्रभाव भाभीजी के चेहरे पर ज्यादा ढूँढ़ रहे थे और इस बात पर प्रसन्न थे कि उसके हर शब्द से भाभीजी के चेहरे पर पुराने परिचय, विस्मय, हर्ष और लालसा के भाव तैरने लगते थे। दूसरा अनभिज्ञ व्यक्ति वह पत्रकार था जो यह नहीं समझ पा रहा था कि इंटरव्यू किसका हो रहा था।

"आप लोग लेडीज को बढ़ते हुए नहीं देखना चाहते। अरे साहब, हम तो जानते हैं आप लोगों को। बड़े प्रगतिशील बनते हैं। अरे हमारी पार्टी तो भारतीय सस्कृति की पुजारी है। हमारे यहाँ तो कालिदास लिख गए हैं कि यत्र नार्यस्तु...इसके बाद शर्मा ने संस्कृत, उर्दू, भोजपुरी, अवधी न जाने किन-किन भाषाओं-बोलियों में क्या-क्या सुनाया। उसके लिए संस्कृत में जो कुछ लिखा गया है सभी कालिदास ने लिखा था और उर्दू में ग़ालिब के अलावा और कोई शायर नहीं था। इसलिए हर श्लोक के पहले वह कालिदास का नाम लेता था और हर शेर के आखिर में चचा गालिब़ को याद करता था। वह इतना तेज बोल रहा था कि पत्रकार को समझ नहीं आ रहा था कि वह अगला प्रश्न कहाँ दागे।

बोलते-बोलते शर्मा के मुँह से फेन निकलने लगा। उसने उन प्रश्नों के उत्तर देने शुरू कर दिए जो अभी तक पूछे नहीं गए थे।

"अब आप पूछिएगा कि इस दरबार में इतने लोग क्यों इकट्ठा हैं ? अरे साहब जहाँ कार्यकर्ता की पूछ होगी वहीं तो जाएगा। और कोई है राजधानी में जो कार्यकर्ता को इतना सम्मान देता है। जाइए न मन्त्रियों की कोठी पर। कोई एक गिलास पानी को नहीं पूछेगा। यहाँ हमको सम्मान मिलता है इसलिए हम आते हैं साहब। आपकी क्यों फटती है ?"

शर्मा पूरे मूड में आ गया था और अब उन शब्दों का धड़ल्ले से इस्तेमाल कर रहा था जिनकी अपने इंटरव्यू में दढ़ियल पत्रकार को सबसे कम उम्मीद थी। उसका सिद्धान्त था कि दुश्मन पर जब हमला करो तो उसे सँभलने का मौका मत दो। उसने अपने फेफड़ों को कोयले के इंजन में तब्दील किया और मुँह से फेन छोड़ते हुए भाषण की पटरी पर सरपट दौड़ा, फिर पटरी बदलते हुए डीज़ल के इंजन के पीछे लटक गया और जब तक उस प्रसंग पर पहुँचा जहाँ उसे रुकना था वह बिजली के इंजन पर कूदकर चढ़ गया था।

भारतीय संस्कृति की परिभाषा करना थोड़ा मुश्किल है लेकिन अगर उसकी उपयोगितावादी व्याख्या करनी हो तो कहा जा सकता है कि अलग-अलग अवसरों पर इसका अलग-अलग इस्तेमाल किया जा सकता है। आप औरतों को घर के अन्दर बन्द रखना चाहें तो इससे मुफीद कोई नुस्खा नहीं है। आप उनकी बराबरी की हैसियत के पक्षधर हों तब भी इससे धारदार कोई दलील नहीं हो सकती। शर्मा और सुमन की पार्टी भारतीय संस्कृति की सबसे बड़ी ध्वजवाहक थी और किसी विदेशी अखबार का संवाददाता इसका

सबसे बड़ा दुश्मन हो सकता था इसलिए शर्मा ने रोने के लिए यही मुद्दा चुना।

"अरे हमारी भारतीय संस्कृति से बढ़कर लेडीज को महत्त्व कौन देगा ! पश्चिमवाले आप लोगों ने तो लेडीज को उपभोग की वस्तु बना दिया है। आप लोग तो हर चीज को बाजार के नजरिए से देखते हैं। अर्थशास्त्र का एक नियम है..."

बटुकचन्द पानी पी रहे थे। उन्हें लगा कि गिलास उनके हाथ से छूटते-छूटते बचा। पट्ठा इतने मुश्किल शब्दों का इस्तेमाल कर रहा है !

"लेकिन मैं तो विदेशी नहीं हूँ," पत्रकार मिमियाया।

"पर काम तो विदेशी अखबारों के लिए करते हैं।"

"इससे क्या ?"

"इससे बहुत कुछ है। आप लोग विदेशी पैसे पर पलते हैं। आप क्या जानें भारतीय संस्कृति में क्या लिखा है ? हमारे यहाँ कहा गया है कि..."

शर्मा ने धाराप्रवाह संस्कृत के श्लोकों की भरमार कर दी। वेदों, पुराणों, उपनिषदों से कालिदास झाँक रहे थे। पंडित बटुकचन्द उपाध्याय के पिता संस्कृत के पंडित थे और अध्यापकी भी करते थे। उनके जीवन का एक ही लक्ष्य था--बच्चों को अष्टाध्यायी घोटाना। बटुकचन्द इंजीनियरिंग कॉलेज पहुँच गए तब भी घर आने पर कोई भरोसा नहीं था कि कब किसी सन्धि का विच्छेद पूछ लें। इतनी छूट उन्होंने जरूर दी थी कि अब बेंत हाथ में लेकर अष्टाध्यायी की परीक्षा नहीं लेते थे। पर इतने बेंत पीठ पर पड़े थे कि बटुकचन्द को उनके खाली हाथ में भी बेंत नज़र आता।

इसलिए आज शर्मा के मुँह से संस्कृत के श्लोक सुनकर बटुकचन्द अचकचा गए। वे घबराकर बीच-बीच में चारों तरफ देख लेते। कहीं उनके स्वर्गवासी पिता तो नहीं सुन रहे। इतनी भ्रष्ट और अशुद्ध संस्कृत बोलनेवाले व्यक्ति के साथ वे यहाँ तक आए हैं, यह जानकर तो उनके पिताश्री उनकी पीठ छलनी कर डालेंगे। उन्होंने चेहरा थोड़ा ऐसा घुमा लिया कि अगर पकड़े जाएँ तो पिताजी से कह सकें कि वे तो इस उजड्ड, मूर्ख, संस्कृत के हत्यारे को जानते तक नहीं, उसके साथ यहाँ तक आने की बात कहाँ उठती हैं !

शर्मा को जाननेवाले लोग दम साधे उस क्षण की प्रतीक्षा कर रहे थे जब उसे रोना था। और, वह क्षण आ गया।

शर्मा ने संस्कृत की ऐसी-तैसी की। फिर वह उर्दू के मैदान में कूद पड़ा। संस्कृत अगर उसके लिए कालिदास थी तो उर्दू चचा गालिब़। फर्क सिर्फ इतना पड़ा कि दढ़ियल पत्रकार उर्दू थोड़ा-बहुत जानता था। उसने एकाध बार टोकने की कोशिश की। शर्मा को मालूम था कि उर्दू में ज को ज़ कहा जाता है। जैसे ही उसने ज़ो...कहा पत्रकार टपक पड़ा...

"भाई साहब ज़ो...नहीं...जो।"

"अब आप मुझे उर्दू सिखाएँगे। मुझे ! कल को आप मुझे भारतीय संस्कृति भी सिखाने लगिएगा। अरे साहब आप जैसे लोगों ने हमारी संस्कृति का बंटाढार किया है। आप लोग लेडीज को राजनीति में बढ़ते नहीं देख सकते। गोस्वामीजी ने लिखा है कि विदेशी अखबार का प्रतिनिधि अयोध्या में आकर सीता जी के बारे में भगवान राम से ऊटपटाँग सवाल

पूछने लगा...''

शर्मा ने विजेता भाव से चारों तरफ देखा। बटुकचन्द का मन हुआ कि दौड़कर उसके चरण पकड़ ले। कमरे में मौजूद सारे श्रोता पत्रकार की तरफ देख रहे थे कि बोलो बेटा, अब जवाब दो।

''विदेशी अखबार का प्रतिनिधि अयोध्या में...''

''और क्या वो साला धोबिया कौन था बताइए...बताइए...बड़े आए हैं इंटरव्यू लेने। उस जमाने में आप लोगों ने सीता मैया को नहीं छोड़ा और अब भाभीजी जैसी सती-साध्वी नारी पर कीचड़ उछाल रहे हैं। अरे आप भाभीजी पर नहीं भारतीय संस्कृति पर... ।''

शर्मा की आवाज रुँध गई। उसने दो-तीन बार भाभीजी...सीता मैया...भारतीय संस्कृति जैसे शब्दों का उच्चारण किया और फिर बुक्का फाड़-फाड़कर रोने लगा।

कमरे में एक साथ कई चीजें हुईं। श्रोता थोड़ी देर के लिए चुप हुए...पत्रकार को लगा कि दुनिया का सबसे बड़ा उल्लू वही है...गाँव से अपने लगान की किश्त माफ कराने आए एक किसान को लगा कि कथा का वह अंश आ गया है जब जय-जयकार की जा सकती है। वह एकदम से चैतन्य हुआ और उसने जयकारा लगाया...''बोल सीता मैया की...''

''मार साले को...!'' एक जमीनी कार्यकर्ता ने ललकारा।

''जय...जय...बोल सियापत राम चन्द की...''

''मार साले को। बहन चो...इंटरव्यू लेने आया है।''

इसके बाद जो कुछ घटा उसे संक्षिप्त में सिर्फ इतना कहा जा सकता है कि पत्रकार नामक जीव को पहले कमरे से निकालकर बाहर लॉन में फेंका गया और फिर फेंकने की जरूरत नहीं पड़ी। वह लुढ़कता-पुढ़कता सड़क पर पहुँच गया। लॉन तक उसकी नोटबुक, पेन और कैमरा उसके साथ-साथ थे, पर जब वह सड़क तक पहुँचा तो बकौल एक शायर के, उसकी दशा कुछ-कुछ दुनिया छोड़ रहे सिकन्दर जैसी थी जो इस नश्वर संसार से विदा लेते हुए खाली हाथ ही गया था। इतना जरूर हुआ कि उसकी नोटबुक कुछ नुचे-चुथे स्वरूप में उसके पास पहुँच गई। पेन दो टुकड़ों में बँट गया था। उसका ढक्कन भी उसके नजदीक आकर गिरा। जाहिर था कि पेन का निचला हिस्सा किसी पढ़ने-लिखनेवाले कार्यकर्ता के हाथ लगा था और इस विश्वास के साथ कि उसका सही इस्तेमाल उसी के पास है और अगर उसे उसके असली मालिक को दे दिया गया तो वह फिर कहीं खुराफात करेगा, उसने इस हिस्से को अपनी जेब में डाल लिया था।

कैमरे के बारे में तो अगर पत्रकार से भी इस समय पूछा जाता तो वह पूरे विश्वास के साथ नहीं कह सकता था कि वह उसे लेकर आया भी था या नहीं। वहाँ मौजूद कोई नहीं बता सकता था कि कैमरा कहाँ गया।

कमरे में माहौल फिर पुरानी व्यस्तता से भर गया। फर्क सिर्फ इतना आया था कि अपने राष्ट्रीय चरित्र के मुताबिक अभी-अभी घटे पूरे घटनाक्रम पर लोग अपनी एक्सपर्ट

ओपीनियन दे रहे थे।

"इन सालों से बात नहीं करनी चाहिए। इनको तो शुरू में ही जूता..."

"हाँ भाई जी, इनको सौ जूते मारने चाहिए पर सत्तर के बाद गिनती भूलकर फिर एक से शुरू करना चाहिए।"

कुछ देर इस पर तबादला-खयालात हुआ कि गिनती कहाँ भूलनी चाहिए। राष्ट्रीय चरित्र के ही मुताबिक कोई आम सहमति नहीं बनी। इस मुद्दे पर भी सहमति नहीं बन सकी कि जूता किस नस्ल का हो।

"भाई जी अपने गाँव का चमरौंधा सबसे अच्छा है। थोड़ा सा तेल पिला दो और फिर देखो।"

"अजीब लड़बहेंग हो यार। अब चमरौंधा कौन पहनता है जी, अरे मल्टीनेशनल वाले इतने बढ़िया जूते बना रहे हैं..."

"पर हम तो स्वदेशीवाले हैं," बहरहाल इस पर भी कोई सहमति नहीं बन पाई। स्वदेशी नारा अच्छा था लेकिन कोई यह मानने के लिए तैयार नहीं था कि इस तरह के पत्रकारों के लिए जूता मारने का कार्यक्रम सफल बनाने को एक अदद चमरौंधा रखा जाए।

एक मुद्दे पर सहमति हो गई।

"शर्मा भैया ने कमाल कर दिया। साला जिन्दगी भर याद करेगा," कई लोगों ने यह वाक्य दोहराया कि 'शर्मा ने कमाल कर दिया।'

भाभीजी ने भी स्वीकार किया।

"अरे इन्हीं के चरणों में बैठकर तो हमने राजनीति सीखी है। इनका कमाल तो हम खूब जानते हैं।"

शर्मा ने पत्रकार को खदेड़ने के अलावा जो कमाल किया था उसे देखकर बटुकचन्द को अपने संस्कृताध्यापक स्वर्गीय पिता की याद आई। वे किसी को भी सही उच्चारण के साथ कोई श्लोक पढ़ते देखकर धन्य...धन्य कहने लगते। उनके मन में भी आ रहा था कि वे धन्य...धन्य कहने लगें।

पत्रकार को कमरे में से बाहर फेंकने की क्रिया जब सम्पादित हो रही थी उसी समय दूसरा चमत्कार हो रहा था।

शर्मा की रुँधी आवाज़ चहकने लगी और उसके आँसू हिन्दी फिल्मों की उस विरहिणी नायिका के आँसुओं की तरह न जाने कहाँ बिला गए जिसका प्रीतम अचानक पेड़ों के झुरमुटों से निकलकर उसके सामने खड़ा हो जाता है और वह रोना भूलकर कमर मटकाते हुए गाने लगती है।

जिस समय आधे लोग पत्रकार को कमरे के बाहर फेंकने में और आधे उनका हौसला बढ़ाने में तल्लीन थे, शर्मा अचानक अपनी जगह से उछला और उस कुर्सी के बगल में पड़े सोफे पर बैठ गया जहाँ भाभीजी बैठी थीं और शालीनता की मूर्ति बनीं निरपेक्ष भाव से सारी कार्यवाही को देख रही थीं।

बटुकचन्द ने शर्मा को उठकर जाते और बैठते तो देखा पर दोनों के बीच क्या संवाद

हो रहा था यह देखने और सुनने में कमरे के अन्दर चल रही गतिविधियाँ बाधा बन रही थीं। सब कुछ कस्बे के सिनेमा हॉल में चल रहे थ्रिलर की तरह था। नायक खलनायक की नाक पर एक घूँसा जमाता कि आपके सामने 'वाह पट्ठें...' की ललकार मारता हुआ एक दर्शक खड़ा हो जाता। घूँसे को आप नाक के करीब पहुँचते हुए देखकर अगली स्थिति की कल्पना कर लेते हैं। पटेबाजी के बीच में नायक नायिका की तरफ तेजी से झुकता तो दो सीट आगे दर्शक 'जियो राजा'...जैसी कोई किलकारी भरता और आप मांन लेते हैं कि दोनों के बीच प्रणय निवेदन से सम्बन्धित कोई संवाद हुआ होगा।

कुछ-कुछ ऐसे ही बटुकचन्द को आभास हो गया कि शर्मा और भाभीजी के बीच उनको लेकर ही कुछ बातचीत हो रही थी।

शर्मा ने कुछ कहा और बटुकचन्द की तरफ देखा। भाभीजी ने भी उनकी दिशा में नजरें घुमाईं और मुस्कुराईं।

"अरे इधर आइए न पंडिज्जी। उतनी दूर काहे बैठे हैं ?"

शर्मा चहका तो बटुकचन्द उठकर भाभीजी के सामने खड़े हो गए। उन्होंने विनीत भाव से दोनों हाथ जोड़ दिंए। भाभीजी मुस्कुराईं।

"इधर बैठिए बड़े साहब। वहाँ क्यों बैठे हैं ? शर्माजी ने यहाँ किसी को बताया नहीं। आपको तो अन्दर बैठाना चाहिए था। आप लोग तो सरकार चलाते हैं। हम तो मानते हैं कि शारान को प्रशासन का पूरा सम्मान करना चाहिए। तभी न शासन ठीक से चलेगा। इधर बैठिए।"

कमरे की अस्त-व्यस्तता ने बैठने की जगह भी बना दी थी और काम की बात करने का अवसर भी।

"शर्माजी ने सब बता दिया। आपका मन्त्री बड़ा बदमाश है। यही लोग तो हमारी सरकार की बदनामी करा रहे हैं। बेचारे मुख्यमन्त्री सबको साथ लेकर चलना चाहते हैं पर इन बदमाशों के साथ कितने दिन सरकार चलाएँगे। मैंने तो पी.एम. से भी कह दिया है कि अगर स्वच्छ सरकार चलानी हो तो ऐसे लोगों को निकालना पड़ेगा। देखिए कब तक ये रावण रहते हैं सरकार में।"

बटुकचन्द बैठे थे, थोड़ा उचके। समय कम था। पार्टी हाइकमांड और सी.एम. में उनकी दिलचस्पी नहीं बन पा रही थी। पत्रकार को लॉन से सड़क की तरफ ले जाया जा रहा था। कब यह क्रिया सम्पादित हो जाए और कब लोग कमरे में वापस आ जाएँ, कुछ कहा नहीं जा सकता।

"जी मैडम, आप सही कह रही हैं। हमारा तो विभाग मन्त्री ने चौपट कर दिया है। कोई काम नहीं हो रहा है। कुम्भ सर पर है और मेरा एक हफ्ते में दो बार तबादला..."

"अरे वो तो बात हो गई है न भाभीजी से। आप निशाखातिर रहें। कल्ले आडरवा मिल जाएगा न। कल बुलाया है सुबह कोठी पर। इतनी भीड़-भाड़ में आप जैसे बड़े अफसर से क्या बतियाएँगी ?"

"हाँ, बड़े साहब कल आइए। सुबह-सुबह भीड़ नहीं रहती। आप जैसे अफसरों को भीड़ में खड़ा होना पड़े, मुझे तो नहीं अच्छा लगता। मैं तो मानती हूँ कि शासन को प्रशासन की..."

बटुकचन्द गदगदा गए। इतनी बड़ी हस्ती और ऐसी विनम्र। हें...हें...करते हुए उन्होंने भाभीजी के चरणों की तरफ हाथ बढ़ाया।

"क्या करते हैं...क्यों नरक में डालते हैं साहब...आप तो उम्र में भी बड़े हैं।...मैं तो कहती हूँ कि अगर शासन प्रशासन की कद्र..."

जब भाभीजी के जमीनी कार्यकर्ता पत्रकार को जुतियाकर कमरे के अन्दर प्रवेश कर रहे थे, बटुकचन्द का हाथ पकड़े शर्मा उन्हें कमरे के बाहर ले जा रहा था।

सात

"सब वक्त-वक्त की बात होती है।"

गुसलखाने में घुसते समय जब शर्मा ने तीसरी बार यह वाक्य दोहराया तो बटुकचन्द समझ गए कि अब फिर से रास्तेवाली दार्शनिकता उसके ऊपर तारी होनेवाली थी।

शर्मा को बटुकचन्द अपने साथ पकड़ लाए थे। मिनी मुख्यमन्त्री उर्फ सुमन के घर से बाहर निकलने पर शर्मा अपनी गाड़ी के पास जाकर खड़ा हो गया और उसके दरवाजे पर हाथ टिकाकर उसने पूछा...अब ?

इस अब के कई मतलब निकाले जा सकते थे। एक मतलब तो यह था कि अब अपने-अपने रास्ते नापे जाएँ, सिर्फ कल के मिलने को तय कर लिया जाए।

बटुकचन्द ने दूसरा मतलब निकाला। उन्होंने जो मतलब निकाला उसके अनुसार अभी कुछ तय नहीं था। इसके अनुसार उन्हें अभी तय करना था कि क्या करना है। और उन्होंने तय कर लिया कि वे शर्मा को रात-भर के लिए अकेला नहीं छोड़ सकते। राजधानी में रात-भर के लिए किसी को अकेला छोड़ने का मतलब था कि सुबह वह आपको पहचानने से इनकार कर दे। उन्होंने कसकर शर्मा की कलाई थाम ली, "अरे शर्माजी, अभी आपके साथ सत्संग कहाँ हुआ ? आप इतने पहुँचे हुए आदमी हैं कि मन कर रहा है आपके चरण पकड़ लूँ। अइसा लेक्चर दिया आपने कि साले पत्रकार की बोलती बन्द हो गई। आइए कुछ देर हमारे साथ ही सत्संग कीजिए।"

"यहाँ कौन आपका घर है पंडितजी। कभी कुम्भ नहाने आए तो आपके यहाँ बैठेंगे। पसीने से बदन चिपचिपा रहा है, घर चलकर नहाएँगे-धोएँगे, तब चैन पड़ेगा।"

"घर नहीं है तो क्या हुआ, होटल तो है। वहीं चलिए गुरुजी।"

इसके बाद थोड़ी देर तक दोस्ताना चखचख हुई। फार्मेलिटी नाम का एक शब्द था जिसके बारे में शर्मा बार-बार कह रहा था कि वह उसे पसन्द नहीं है। बटुकचन्द के मुताबिक उन्हें भी यह शब्द निहायत नापसन्द था। वे जो कुछ कर रहे हैं उसमें फार्मेलिटी यानी औपचारिकता जैसा कुछ है भी नहीं। चार-पाँच घंटे साथ रहकर शर्मा तो अब घर का आदमी हो गया है और घर के आदमी के साथ कैसी औपचारिकता !

"अरे बड़े साहब, पहले अपनी गाड़ी का कुछ इन्तजाम तो कर लूँ," शर्मा कार से बाहर निकला और गेट पर खड़े सन्तरी को उसने इशारे से कुछ कहा। मतलब साफ

था कि वह सन्तरी को यह बताने की कोशिश कर रहा था कि उसे तो सुबह वहाँ आना ही है, रात-भर उसकी गाड़ी यहीं खड़ी रहेगी। सन्तरी क्या कह रहा है इसे सुनने के लिए वह नहीं रुका और वापस बटुकचन्द की कार की तरफ आ गया।

बटुकचन्द ने शर्मा का हाथ पकड़कर अपनी कार में घसीट लिया और बहस खत्म हो गई।

रास्ते में शर्मा ने बाहर देखते हुए कहा, ''आप तो पंडितजी सूफी आदमी हैं, पान के अलावा कुछ लेते नहीं।''

बटुकचन्द ने पनडब्बा निकालकर शर्मा की तरफ बढ़ाया और ड्राइवर से कहा कि बाजार में गाड़ी रोक लेना। गाड़ी रुकने पर उन्होंने उसके हाथ में सौ-सौ के तीन नोट बढ़ाए, ''व्हिस्की की एक बोतल ले आओ। ब्रांड साहब बताएँगे।''

''कोई-सी ले आओ। ससुर शराब तो शराब है।''

होटल में पहुँचते ही शर्मा ने सबसे पहला काम किया कि अपना कुर्ता उतारकर फर्श पर फेंक दिया, बनियान पीठ के ऊपर तक उठाई और एयर कंडीशनर के आगे बैठ गया।

''अब तो बड़े साहब नहाए बिना चैन नहीं पड़ेगा।''

''तो नहा लीजिए। तब तक मैं कुछ खाने के लिए मँगाता हूँ।''

बटुकचन्द ने अखबार में लिपटी शराब की बोतल का कागज फाड़कर फेंक दिया और बोतल शर्मा की आँख के सामने मेज पर रख दी।

इशारा साफ था कि जाकर नहा लो पट्ठे और फिर आकर दारू छको। पर शर्मा ने इशारा समझने से इनकार कर दिया। उसने पीठ के ऊपर तक उठाई बनियान पूरी तरह से निकालकर फेंक दी और भावुक होने लगा।

बटुकचन्द को लगा कि शर्मा की आवाज कुछ-कुछ रुँधने लगी है।

''वक्त-वक्त की बात होती है बड़े साहब। आज इस औरत के यहाँ जाकर इन्तजार करना पड़ा। कल तक यही ससुरी...''

शर्मा पूरी तरह से दार्शनिक मुद्रा में आ गया था और जैसा इस स्थिति में स्वाभाविक था, वह भावुक हो गया।

बटुकचन्द जानते थे कि भावुक होने पर आदमी दो में से एक काम करता है—या तो वह सच बोलने लगता है और अपने अन्दर की गहरी कन्दराओं में दबी-छिपी तमाम बातें सामनेवाले को बताने को व्याकुल हो जाता है या फिर पूरी तरह से झूठ बोलने पर उतारू हो जाता है और रुँधे गले, भर्राए कंठ और डबडबाई आँखों से ऐसी कहानी गढ़ सकता है जिसे सुननेवाला शुरुआत से पहले ही सच मानने लगता है। बटुकचन्द इन्तजार करने लगे कि शर्मा किस खाने में जाता है।

लगता था कि शर्मा को भावुकता के उस स्तर पर पहुँचने में, जहाँ उसे सच या झूठ में से किसी एक का चुनाव करना हो, अभी थोड़ी देर थी। शायद शराब की कमी थी। इसलिए तीसरी बार वक्त को कोसता हुआ वह उठा और गुसलखाने में घुस गया।

शर्मा जब गुसलखाने से बाहर निकला तो किसी कवि के शब्दों में उसकी 'छटा बरनि नहिं जाए' थी। इस विश्वास के साथ कि अगर साथ वाले कमरे में पंखा चल रहा हो तो ऊपरी धड़ का पानी सुखाने की जरूरत नहीं पड़ती, उसने सर से लेकर पैर तक का पानी इतना पोंछा था कि वह पर्याप्त मात्रा में कमरे में गिरता रहा और वह पंखे के नीचे खड़ा होकर उसे सुखाता रहा। कमर में चूँकि उसने तौलिया लपेट रखी थी इसलिए उसके अन्दर ढके अंगों पर पानी की क्या स्थिति थी, इसे जानना थोड़ा मुश्किल था, पर पैरों से जितना पानी टपककर कमरे की फर्श पर बिछे कालीन पर गिर रहा था, उससे साफ जाहिर था कि शरीर पर तौलिए का प्रयोग बड़ी कृपणता से किया गया है। उसका ज्यादा बेहतर इस्तेमाल कमर में लपेटने में किया जा सकता है यह साबित करने के लिए शर्मा उसे लपेटकर पंखे के नीचे खड़ा था।

"कोई बैरा नहीं आया ?"

जैसे ही शर्मा ने कहा, बटुकचन्द ने लपककर कालबेल दबा दी। इस दहशत से छुटकारा पाने में उन्हें थोड़ा समय लगा कि शर्मा अपने शरीर-सौष्ठव का प्रदर्शन करते हुए इस तीनसितारा होटल के गलियारे में निकल पड़ेगा।

"बैरा आ ही रहा होगा। आप नहा रहे थे, तभी मैंने आर्डर दे दिया था।"

बटुकचन्द ने इतनी देर तक घंटी दबाए रखी कि कई लोग एक के बाद एक यह मालूम करने चले आए कि मामला क्या है ? थोड़ी देर और वह घंटी दबाए रखते तो शायद होटलवाले फायर ब्रिगेड बुला लेते। जो लोग आए, उनमें वह बैरा भी था जो उनका ऑर्डर लेकर गया था।

शर्मा बैरे को मेज पर खाने की चीजें लगाते देखता रहा और इस बीच बटुकचन्द की चिन्ता के केन्द्र में कपड़े का वह टुकड़ा बना रहा जिसे होटलवाले ने तौलिए के नाम से बदन पोंछने के लिए गुसलखाने में रखा था और शर्मा ने जिसे मुहावरे की भाषा में अपनी हया ढकने के लिए अपनी मोटी कमर के इर्द-गिर्द लपेट रखा था और स्थिति यह थी कि बटुकचन्द किसी जासूसी फिल्म के नायक के रोल में यह पता लगाने में जुटे थे कि कपड़े का यह टुकड़ा उसकी कमर पर अटका कैसे है ? शर्मा ने थोड़ी आँखें सिकोड़ीं, नथुने फैलाए और मेज पर लगनेवाली प्लेटों का मुआयना किया। "साहब बहादुर वेजीटेरियन हैं।"

"जी..." शर्मा के पृष्ठ भाग और तौलिए से बिना नजरें हटाए बटुकचन्द मिमियाए।

"तभी...।"

इस 'तभी' का अर्थ उन्हें तब समझ में आया जब शर्मा ने बैरे को सामिष पकवानों की एक लम्बी सूची नोट करा दी।

बैरा जब मुड़ा तो शर्मा ने उसे रोका।

"नीचे साहब का ड्राइवर होगा, उसे ऊपर भेज दो। क्या नम्बर है गाड़ी का साहब..."

"कहीं जाएँगे क्या शर्माजी ?"

"अरे नहीं साहब जाएँगे कहाँ ? अब तो रात को डेरा यहीं जमेगा। कुर्ता-पजामा गन्दा हो गया। दिन-भर चिपचिपाहट में घूमे। सोच रहे हैं मँगा ले। अभी दारूलशफा वाली दुकानें खुली होंगी।"

"ड्राइवर को भेज देना," बटुकचन्द ने ड्राइवर का हुलिया और गाड़ी नम्बर बैरे को बताया।

जब तक ड्राइवर आया तब तक बटुकचन्द ने जबर्दस्ती शर्मा को अपनी लुंगी पहनने को दे दी। उसने लुंगी पहन ली तब उनकी जान में जान आई और वे उस संकट से उबर पाए जिसके तहत शर्मा की कमर से लिपटा कपड़ा कभी भी जमीन पर टपक सकता था और वे खुद को नंगा महसूस करने लगते।

शर्मा ने बिना किसी औपचारिकता के गिलास में शराब उँड़ेली, बर्फ डाली, पानी से खाली गिलास भरा और गटगट पी गया। बटुकचन्द ने आँखें फाड़कर देखा। वे पहले नियमित पीते थे। उनके शब्दकोश के लार्ज, स्माल या पटियाला पेग सब गड्ड-मड्ड हो गए।

ड्राइवर दरवाजे पर खड़ा था। गिलास खत्म कर शर्मा ने उसकी तरफ देखा... "ड्राइवर साहब, दारूलशफा चले जाइए। वहाँ चारों ओर खादी के कुर्ते पाजामे बेचनेवाले बैठे होंगे। किसी के यहाँ से मेरे नाप का कुर्ता पाजामा ले आइएगा।"

ड्राइवर ने पलकें झपकाईं पर अपनी जगह से हिला नहीं।

"अरे सबसे बड़ी नाप का लीजिएगा...एक्स्ट्रा लार्ज..."

ड्राइवर इस पर भी नहीं हिला। शर्मा ने अपनी लुंगी में किसी काल्पनिक जेब को तलाशने की कोशिश की। जेब नहीं मिली तो पेट पर एक बार हाथ फेरकर गिलास में दूसरा पेग बनाने लगा।

"ये लो," बटुकचन्द ने जेब में हाथ डाला।

"छह जोड़े लाना जी," शर्मा ने दूसरे पेग को मुँह से लगाया।

ाटुकचन्द का हाथ जेब में ठिठक गया। वे उठे और गुसलखाने में खिसक गए। सामने गाली देना ठीक नहीं है। शर्मा की कई पुश्तों को गरियाते हुए उन्होंने जेब से नोटों की गड्डी निकाली, उसमें से अन्दाज से नोट बाहर निकाले और वापस आ गए। ड्राइवर के हाथ में रुपए थमाते हुए उनके मुँह से हिदायत निकली..."अच्छी क्वालिटी का लाना। अपने शर्माजी बड़े लीडर हैं। रोज मुख्यमन्त्रीजी से मिलते हैं, कपड़ा बढ़िया होना चाहिए।"

शर्मा ने ड्राइवर के जाते ही एक दूसरी गिलास में एक छोटा पेग बनाया और बटुकचन्द के सामने रख दिया।

"लीजिए बड़े साहब।"

"पर मैं तो पीता नहीं।"

"मैं अकेले नहीं पीता," बटुकचन्द ने हें...हें...करना शुरू कर दिया। उनके जीवन का कई बार आजमाया हुआ फार्मूला था कि जब कुछ न कर सको तो हें...हें...करो।

कोई न कोई रास्ता निकल आएगा। आज भी निकल आया।

"चलिए आप नहीं पिएँगे तो मैं पी लूँगा। एक बार इस गिलास से दूसरी बार दूसरी गिलास से।"

फिर शर्मा ने अपने उसूल की बात बताई। उसूलन वह अकेले नहीं पीता। जब अकेला होता है तो दो पेग रख लेता है और बारी-बारी से दोनों से पीता है। उसूलन अपने लिए बड़ा पेग बनाता है और सामनेवाले के लिए छोटा पेग। कई बार उसे लगता है कि दोनों एक ही शराब कैसे पी सकते हैं, इसलिए अपने लिए व्हिस्की बनाता है तो सामनेवाले के लिए रम या जिन।

इस काकटेल से कई बार गड़बड़ भी हो जाता है। बटुकचन्द दिलचस्पी से शर्मा से गड़बड़ी के बारे में सुनते रहे। आज तो काकटेल नहीं हुआ था। शर्मा दोनों गिलासों में व्हिस्की डालकर पी रहा था पर गड़बड़ शुरू हो चुकी थी। दरअसल यह गड़बड़ दार्शनिकता से जुड़ी थी।

दार्शनिकता और शराब में बड़ा गहरा सम्बन्ध होता है। वैसे तो औसत भारतीय हमेशा दार्शनिक हो सकता है। जन्म से मृत्यु तक का कोई भी क्षण उसे दार्शनिक बना सकता है पर अगर वह शराब पीता हो और उसने शराब पी रखी हो तो उसे दार्शनिक बनने से कोई नहीं रोक सकता।

शर्मा भी दो बड़े पेग हलक के अन्दर उतारते ही दार्शनिक हो गया। बटुकचन्द उसे दोनों हाथों से मुर्गा और मछली की प्लेटें साफ करते देखते रहे और उस प्रस्थान-बिन्दु की प्रतीक्षा करते रहे जब शर्मा या तो सच की पर्त-दर-पर्त छीलते हुए उसे उनके सामने बिखेर देगा या फिर झूठ को इस तरह रोचक आख्यान के रेशमी आवरण में लपेट कर पेश करेगा कि वे थोड़ी देर के लिए उसे सच मान लेंगे। और वह प्रस्थान-बिन्दु आ ही गया।

"सब वक्त-वक्त की बात होती है बड़े साहब," शर्मा ने कहा और रोने लगा।

शराब और दार्शनिकता दोनों रोने में मदद करती हैं। गड़बड़ यह है कि रोते-रोते आदमी अक्सर सच बोलने लगता है। राजधानी में सच बोलनेवाला कम फँसता है, उसे सुननेवाले जरूर फँस जाते हैं। बटुकचन्द ने घबराकर चारों तरफ देखा। दीवारों के भी कान होते हैं, वाले फार्मूले के अनुसार उन्होंने कमरे की दीवारों का मुआयना किया। बाथरूम का दरवाजा खुला था, उसे उठकर बन्द कर दिया।

"पुरुष बली नहीं होत है समय होत बलवान।' अगली पंक्ति शर्मा भूल गया था इसलिए उसने इसे गद्य में व्याख्यायित किया... बड़े साहब सब वक्त-वक्त की बात होती है। अर्जुन और उसके बाण कोई काम नहीं आए और भील गोपियों को लूटकर ले गए। यही होता है बड़े साहब जब वक्त खराब होता है। ये स्साली..."

दार्शनिकता के दौरे पड़ने पर रोने का रोल हारमोनियम की तरह होता है। गायक दम लेने के लिए और अपनी आवाज की हँफनी रोकने के लिए हारमोनियम बजाने लगता है। शराबी दार्शनिक सुस्ताने के लिए रोने लगता है। शर्मा भी रोने लगा।

इस बार सुस्ताकर शर्मा जब दार्शनिक हुआ तो देर तक उसे रोने की जरूरत नहीं पड़ी। उसने बिना दम लिये अपनी कहानी सुनानी शुरू की।

बटुकचन्द के सामने राजधानी का पंक अपनी पूरी बदबू के साथ गाढ़े काले द्रव के रूप में पसर रहा था और वे उसमें छपाछप हाथ-पैर पटक रहे थे। इस कीचड़ में छपकियाँ मारने का अपना अलग ही मजा होता है और बटुकचन्द पूरा रस लेकर उसका आनन्द ले रहे थे। बीच में यह जरूर देख रहे थे कि दीवारों के कान खुले तो नहीं हैं। एकाध बार कोई दरवाजा या खिड़की खुलने को हुए तो उन्होंने कथानक के बीच में उठकर उन्हें बन्द कर दिया।

औसत भारतीय स्वाभाविक अवस्था में विस्तारवादी होता है, अगर शराब उदर में हो और दार्शनिकता सर पर नाच रही हो तो वह थोड़ा अतिरिक्त विस्तार में चला जाता है। शर्मा के साथ तीनों स्थितियाँ थीं, अतः उसने जो कुछ बताया पूरे विस्तार के साथ बताया। चूँकि रात अपनी थी और बटुकचन्द की समझ में आ गया था कि शर्मा रात में यहीं रुकेगा और मामला कीचड़ में लोटने-पोटने का था, इसलिए बटुकचन्द ने शर्मा को एक बार भी रोका-टोका नहीं। उन्होंने सिर्फ इतना किया कि ड्राइवर इस बीच जब शर्मा के कुर्ते-पाजामे लेकर आया तो उसे भी खा-पीकर आराम करने और सुबह सात बजे गाड़ी लगाने का हुक्म दिया और दरवाजे अन्तिम रूप से बन्द कर दिए। जितना कुछ शर्मा ने शराब के साथ खाने के लिए मँगा लिया था और दोनों हाथ से उसमें से निकाल-निकालकर खाने तथा कालीन पर गिराने के बाद जो कुछ बचा था वह उनके लिए काफी था। बिना शर्मा को व्यवधान पहुँचाए उन्होंने अपने कपड़े बदले और सोफे से उठकर बिस्तर पर पहुँच गए और दो तकिये दीवाल के सहारे लगाकर उस पर पीठ टिकाकर बैठ गए और देर रात तक शर्मा की व्यथा-कथा सुनते रहे।

लोग सोचते हैं कि मसाला फिल्मों में ही होता है। बटुकचन्द ने विवरण शुरू होते ही मान लिया कि असली जीवन में ज्यादा मसाला हो सकता है। इस विवरण में तो मसाला फिल्मों से ज्यादा सब कुछ था। सब कुछ यानी सेक्स, मारधाड़, आँसू, महत्त्वाकांक्षा और दगा। दगाबाजी पर आते ही शर्मा को फिर वक्त की याद आने लगी और उसकी सुई फिर उसी रिकॉर्ड पर अटक गई...''सब वक्त वक्त की बात है बड़े साहब, नहीं तो इस कुतिया की ये हैसियत कि मुझे इसके घर के बाहर इन्तजार करना पड़े।''

जिस औरत को शर्मा इस समय कुतिया नामक विशेषण से सम्बोधित कर रहा था और जिसे पूरा प्रदेश मिनी मुख्यमन्त्री के नाम से जानता था, उससे शर्मा की मुलाकात तब हुई थी जब वह राजधानी की सड़कों पर सब्जी का ठेला लगाता था। यह औरत उससे सब्जी खरीदती थी। बम्बइया फिल्मों की तरह आँखें लड़ने के लिए आदर्श स्थितियाँ थीं। लौकी या तोरई तौलते हुए कब उँगलियाँ छूने लगीं और कब आँखें लड़ने लगीं, शराब की वजह से शर्मा को यह याद करने में दिक्कत जरूर हुई पर आधुनिक हिन्दी कवियों की तरह उसके सामने सम्प्रेषणीयता की समस्या कभी नहीं रही। शराब

से लड़खड़ाती जुबान और दार्शनिकता से रुँधे गले से उसने लोकभाषा का सहारा लेते हुए कुछ लसड़-पसड़ जैसे शब्द कहे जिनसे जो वह समझाना चाहता था उसे बटुकचन्द फौरन समझ गए कि उन दोनों के बीच का सम्बन्ध हिन्दी फिल्मों की तरह अट्ठारह रीलों की प्रतीक्षा किए बिना दूसरी रील से ही शारीरिक हो गया।

कहानी में सेक्स के बाद महत्त्वाकांक्षा नामक तत्त्व शामिल हो गया। शर्मा सब्जी जरूर बेचता था पर रहता था अपने इलाके के एक एम.एल.ए. के बँगले के आउट हाउस में। सब्जी बेचने के बाद के वक्त वह एम.एल.ए., जिन्हें पूरा क्षेत्र अध्यक्षजी के नाम से जानता था क्योंकि वे एक कॉलेज की प्रबन्ध समिति के खानदानी अध्यक्ष थे, के अवैतनिक राजनीतिक सलाहकार के रूप में काम करता था। शाम होते ही उनके क्षेत्र के वे सारे लोग जिन्हें अध्यक्षजी अपना कार्यकर्ता कहते थे और जिनके बारे में उनके मोहल्ले के लोगों की राय थी कि वे उठाईगीर और लफंगे थे और जो राजधानी में दिन-भर किसी न किसी काम से दफ्तरों के चक्कर लगा रहे होते, अध्यक्षजी की कोठी पर इकट्ठे हो जाते। कोठी के बाहर एक चबूतरा था जिस पर सूरज डूबते-डूबते शर्मा के नेतृत्व में क्षेत्रीय कार्यकर्ताओं की एक फौज पानी छिड़कती। फिर घर में मौजूद सारी साबुत और टूटी कुर्सियाँ जो बैठनेवालों के साथ खुद न बैठ जाएँ, चबूतरे पर लगा दी जातीं। कोठी के बरामदे में पड़ी चार-पाँच चारपाइयाँ भी चबूतरे पर पहुँच जातीं।

इन बैठकों में अध्यक्षजी के होने-न-होने का कोई मतलब नहीं था। उनका क्षेत्र राजनीति के मामले में बहुत जरखेज था। इलाके में सड़कें टूटी-फूटी थीं, उद्योग किस चिड़िया का नाम है लोग नहीं जानते थे, बाँध का सही इस्तेमाल बाढ़ रोकने में भी हो सकता है, इस पर लोगों के मन में संशय था। उनकी राय हमेशा इस पक्ष में रहती कि बाँध मछली पालने के लिए ज्यादा मुफीद होते हैं। तमाम फालतू चीजें थीं जिन पर अक्सर महानगरों के वातानुकूलित कमरों में बैठे लोग बहसें करते हैं और विकास नाम की किसी फालतू सी चीज के रूप में अध्यक्षजी के क्षेत्र पर लादना चाहते हैं। क्षेत्र के लोग जानते थे कि इन महानगरी बाबुओं की सदिच्छाएँ सिर्फ बहसों और मैगासेसे पुरस्कार पाने के लिए होती हैं इसलिए वे इनकी बहुत चिन्ता नहीं करते और अपने उस उद्यम में और जोर-शोर से लग जाते हैं जो उनका सबसे प्रिय शगल है और जिसके कारण वे शाम को अध्यक्षजी की कोठी के इस चबूतरे पर इकट्ठे होते हैं।

अध्यक्षजी के क्षेत्र के लोगों का सबसे प्रिय शगल था राजनीति अर्थात पालिटिक्स। वे हर चीज में राजनीति करते थे। उठते-बैठते, खाते-पीते, दिशा-फरागत के लिए लपकते, प्रेम करते, दलितों को जलाते, उनकी बस्तियों में हैंडपम्प लगाते, कोर्ट-कचहरी जाते, थाने की दलाली करते, गरज यह कि जीते-मरते हर समय राजनीति करते रहते। उनके इलाके में हर चौराहे पर काफी हाउस खुले हुए थे, लोग उन्हें जानते भले ही चाय या पान की दुकान के रूप में हों पर क्षेत्र की बौद्धिक चेतना के विकास में उनका योगदान काफी हाउसों से कम नहीं था। सुबह होते ही गुनीजन इन काफी हाउसों पर पहुँच जाते थे। उनकी बहसों का दायरा अक्सर राष्ट्रीय या बाज अवसरों पर अन्तर्राष्ट्रीय होता था।

उनके पास देश की सारी समस्याओं के हल होते थे। देश क्या अन्तर्राष्ट्रीय मुद्दों पर भी उनकी राय चमत्कृत करनेवाली होती।

राजनीति से इन लोगों के सरोकार बड़े सीधे-साधे हैं। अगर बिना घुमाए-फिराए कहना हो तो कहा जा सकता है उनकी स्थानीय राजनीति का केन्द्र-बिन्दु है तबादला। इस राजनीति को करने में मदद के लिए दो खेमे हैं। अध्यक्षजी का खेमा और अध्यक्षजी के विरोधियों का खेमा। एक थानेदार का तबादला करा आता है। भला यह भी कोई बात हुई कि अध्यक्षजी का कार्यकर्ता जेब काटते पकड़ा जाए तो उसे दारोगाजी हवालात में बन्द कर दें। क्षेत्र का ला एंड ऑर्डर पहली बार इतना खराब हुआ है। दूसरा खेमा जिला मुख्यालय पर जाकर धरना दे देता है कि ऐसा थानेदार तो आज तक आया ही नहीं। पूरा राम-राज्य है। इलाके के चोर गाँधी टोपी जनता के पैर पर रख देते हैं और भाई साहब, माताजी अथवा बहनजी जैसे सम्बोधनों का इस्तेमाल करते हुए बस एक ही निवेदन करते हैं कि लोग उन पर तरस खाएँ और जेब का माल-मत्ता उनके हवाले कर दें। अगर लुटनेवाला बिना पिटे उनकी मदद करने को तैयार नहीं होता तो वे हाथ जोड़कर एक ही वाक्य बार-बार दुहराते हैं कि जब तक यह दुष्ट दारोगा उनके इलाके में है तब तक उनका ऐसा कठिन इम्तहान न लिया जाए।

इलाके में बिजली के खम्भे गड़े हैं। दो खम्भों के बीच तार नामक एक अनावश्यक चीज भी बाँधी गई है जिन्हें लोगों ने बीच-बीच में से निकाल लिया है और घरों में कपड़ा टाँगने या मवेशी बाँधने जैसे बेहतर इस्तेमाल के लिए उनका उपयोग कर रहे हैं। जहाँ खम्भों के बीच तार मौजूद हैं, वहाँ लोग सरकार से उम्मीद करने लगते हैं कि उनमें बिजली भी दौड़े। सरकार वैसे ही बहुत व्यस्त चीज होती है इसलिए इलाके के लोग या उनके नेता उसे और परेशान नहीं करना चाहते। वे उससे ऐसी फिजूल माँगें नहीं करते कि खम्भों के बीच तार भी हो और उनमें बिजली भी दौड़े। बिजली से उनका मतलब स्थानीय सब स्टेशन के जे.ई. से होता है। अगर अपना आदमी जे.ई. हुआ तो इलाके में बिजली की सप्लाई ठीक-ठाक चल रही होती है। बिना तार के भी खम्भे बिजली के लट्टू से जगमगाने लगते हैं। बिना बिजली के थ्रेसर चलने लगते हैं, ट्यूबवेल पानी फेंकने लगते हैं और विरोधी विद्युत आघात से धराशायी होने लगते हैं। जैसे ही अपनेवाले जे. ई. का तबादला होता है बिजली की व्यवस्था चरमरा जाती है। इलाके में हाहाकार मच जाता है और जनता के दुःख से विचलित कार्यकर्ता राजधानी का रुख लेते हैं और अध्यक्ष के चबूतरे पर गम्भीर मंत्रणा में जुट जाते हैं।

ऐसी मंत्रणाओं में शर्मा भी बराबरी का हिस्सेदार होता था। दिन-भर सब्जी बेचकर शाम ढले वह उनके आउटहाउस पहुँच जाता। वहाँ ठेला खड़ा कर दिन-भर का हिसाब-किताब मिलाकर वह नहाता और फिर चकाचक कुर्ता-पाजामा पहनकर शाम की बैठक का इन्तजाम करने पहुँच जाता।

अध्यक्षजी के यहाँ पूरा जनतन्त्र था। वहाँ की गोष्ठियों में भाग लेने के लिए सिर्फ तीन-चार शर्तें पूरी करनी होती थीं। शर्त नम्बर एक थी कि गोष्ठी में भाग लेनेवाला

अध्यक्षजी के क्षेत्र का हो। दूसरी के मुताबिक उसके फेफड़े मजबूत होने चाहिए। तीसरी शर्त पोशाक से सम्बन्धित थी। वहाँ आनेवाला अगर खद्दर के कुर्ते-पाजामे में हो तो उसकी हैसियत और बढ़ जाती।

शर्मा ये सारी शर्तें बखूबी पूरी करता। खासतौर से बीचवाली। उसके फेफड़े इतने मजबूत थे कि वह किसी भी बहस में कभी भी गला फाड़कर चिल्लाने लग सकता था और पक्के राग के किसी सधे गायक की तरह देर तक विलम्बित में रह सकता था। इसके अलावा एक और गुण था जिसके कारण अध्यक्षजी के दरबार में उसकी विशिष्ट स्थिति थी। वह हमेशा चप्पल पहनता था और कभी भी उसे पैर से निकालकर हाथ में ले सकता था। फेफड़े की ताकत से भरपूर आवाज और हाथ में चप्पल कुछ ऐसा दृश्य उपस्थित करते कि अध्यक्षजी मुग्ध होकर उसे देखते रहते। यह दृश्य सचिवालय में अक्सर दिखाई देता जब अध्यक्षजी किसी नादान अधिकारी को यह समझाने की कोशिश में लगे होते कि सच वह नहीं है जो फाइल में टिप्पणियों से झलक रहा है बल्कि वह है जिसे वे पिछले कई घंटों से उसे समझाने में लगे हैं। बहस का अन्त आमतौर से शर्मा के हस्तक्षेप से होता।

अध्यक्षजी दिल के मरीज थे। वैसे भी उनकी राजनीतिक दीक्षा गाँधीवादी परम्पराओं में हुई थी। उनका मानना था कि नादानी करना तो अधिकारियों का स्वभाव है इसलिए उनकी नादानी पर नाराज नहीं होना चाहिए। वे मुस्कुराते रहते और धीमे स्वर में रुककर बातें करते। पर इस तरह की बन्दिश शर्मा और उनके दूसरे चेलों पर नहीं थी। इसलिए वे मुस्कुराते रहते और उनके चेले अपने फेफड़ों का इस्तेमाल करके अधिकारी को समझाने की कोशिश करते। अध्यक्षजी धीरे-धीरे रुककर बोलते और शर्मा अधिकारी का ध्यान उस स्थिति की तरफ आकर्षित करता जिसमें चप्पल पाँव से निकल हाथों में पहुँच जाती है। शर्मा किसी भी अधिकारी के समक्ष चप्पलों के भारतीय दफ्तरों में उपयोग नामक विषय पर घंटों भाषण दे सकता था। अक्सर अधिकारियों की इस भाषण में बहुत गहरी दिलचस्पी नहीं होती। कई बार कुछ नादान अधिकारी इस विषय में कुतर्क करने लगते। वे शर्मा को बताने की कोशिश करते कि चप्पल से ज्यादा मुफीद जूता होता है और अपने छात्र-जीवन में या अपनी पिछली तैनाती तक वे भी चप्पलें ही पहनते थे पर अब वे जूता पहनने लगे हैं। बहस इस बात पर टिक जाती कि जूते और चप्पल में किसे पहले निकाला जा सकता है।

अध्यक्षजी मुस्कुराते रहते और इस बहस को देखते-सुनते रहते। कई बार यह बहस जूते-चप्पल निकालने की प्रतियोगिता में तब्दील हो जाती। तब उनकी मुस्कान बड़ी काम आती। अगर शर्मा जीतता तो वे अधिकारी को बताते कि शर्मा द्वारा फेंककर मारी गई चप्पल उसकी उस सदिच्छा का प्रमाण है जिसके तहत वह चाहता है कि भारतीय नौनिहाल इस तरह के करतबों में पारंगत हों और ओलम्पिक में पदक जीतने की राष्ट्रीय इच्छा पूरी करने की तैयारी में जोर-शोर से लग सकें। अगर शर्मा हारता हुआ दिखाई पड़ता तो उनकी मुस्कान 'अभी बच्चा है' वाले भाव से उसकी रक्षा करने आगे बढ़ती।

अध्यक्षजी के घर शाम को इकट्ठे होनेवाला हल्ला-ब्रिगेड सिर्फ सरकारी दफ्तरों के बाबुओं के साथ तबादला-खयालात के लिए ही उपयोगी नहीं था, राजनीति में उनका ज्यादा उपयोग था। अध्यक्षजी वात्सल्य के साथ हल्ला-ब्रिगेड के नौजवानों को बच्चे कहा करते थे। उनके अनुसार इन बच्चों की उपयोगिता के आधार पर दो टुकड़ियों में बाँटा जा सकता था। एक तरफ फेफड़ेवादी थे और दूसरी तरफ चप्पलवादी। फेफड़ेवादी अपने फेफड़ों में हवा भरकर उसे मुँह के रास्ते से इस तरह निकालते थे कि सामनेवाला अफसर या राजनीतिक प्रतिद्वन्द्वी अकबकाया-सा मुँह खोले तब तक देखता रह जाता जब तक उसके मुँह से लार न टपकने लगती। ज्यादातर समस्याएँ तो फेफड़ेवादियों के सहारे हल हो जातीं। कभी-कभी हाईकमांड का कोई प्रतिनिधि या कोई अफसर यह साबित करने का प्रयास करता कि उसके फेफड़ों में भी उतना ही दम है तब फेफड़ेवादी बगल हट जाते और चप्पलवादी टुकड़ा हल्ला बोलता।

शर्मा दोनों टुकड़ियों में था। इसलिए उसकी उपयोगिता ज्यादा थी।

शर्मा की उपयोगिता के और भी कारण थे।

हालाँकि शराब ने तकल्लुफ और शर्मो-हया की जरूरत खत्म कर दी थी पर फिर भी शर्मा ने कमरे में चल रहे पंखे, कोनों और खिड़कियों-दरवाजों के ऊपर से झाँकते हुए जो कुछ कहा उससे बटुकचन्द की समझ में यह आया कि अध्यक्षजी लँगोट नामक किसी पोशाक के बड़े कच्चे थे। शराब शर्मा पी रहा था पर समझ में आने पर बटुकचन्द ने भी खिड़की, दरवाजों और पंखों को घूरना शुरू कर दिया।

राजधानी में बहुत से राजनेता थे जो अध्यक्षजी की तरह लँगोट के कच्चे थे। राजधानी में ऐसी बहुत सी औरतें भी थीं जो सुमन की तरह सुन्दर और महत्त्वाकांक्षी थीं। इन दोनों तरह के प्राणियों के साथ शर्मा जैसे स्वयंसेवकों की एक लम्बी फौज थी जो सुन्दर महत्त्वाकांक्षी औरतों को लँगोट के कच्चे इन राजनेताओं से मिलाने को उत्सुक रहा करती थी। अक्सर ये स्वयंसेवक अँधेरी रातों में अपनी, राजनेता या महत्त्वाकांक्षिणी सुन्दरी की हैसियत के अनुसार चौपहिया, तिपहिया या दुपहिया सवारी से उतरते और उनके साथ उतरती वह महत्त्वाकांक्षिणी सुन्दरी जिसे नेताजी से बहुत जरूरी प्रश्नों पर राजनीतिक मंत्रणाएँ करनी होती थीं। कई बार शर्मा की प्रजाति के लोग बाहर ही रुक जाते और बाज वक्तों ये सुन्दरी को स्वयं नेताजी के शयनकक्ष तक पहुँचा आते। यह भी समय, सामर्थ्य और सुविधा पर निर्भर करता था कि सुन्दरी को लानेवाला बाहर अपने वाहन में प्रतीक्षा करेगा या घर जाकर भोर होने के पहले आकर उसे वापस ले जाएगा।

शर्मा ने जब सुमन को अध्यक्षजी से मिलाने की बात कही तब उसे उम्मीद थी कि उसके साथ जीने-मरने की कसमें खानेवाली सुन्दरी भड़क जाएगी लेकिन हर मूर्ख प्रेमी की तरह उसने भी उस सुन्दर जिस्म के अन्दर धड़कते हुए महत्त्वाकांक्षी दिल की टिक-टिक नहीं सुनी थी। जैसे ही उसने प्रस्ताव रखा वैसे ही मुहावरे की भाषा में सुमन ने उसे लपक लिया।

दो-चार दिन सुमन शामवाली गोष्ठियों में शरीक हुई। राजनीतिक विषयों पर उसकी बुद्धि इतनी तेज चलती कि कई बार शर्मा भी अचकचा जाता। अध्यक्षजी उसकी उपस्थिति से ही गद्‌गद रहते। अन्त में वह क्षण आ ही गया जिसके लिए शर्मा और सुमन प्रतीक्षा कर रहे थे। अध्यक्षजी सुमन से ज्यादा गम्भीर विषयों पर ज्यादा देर तक तबादला-खयालात करना चाहते थे। जाहिर है कि इतने गम्भीर विषयों पर शाम के दरबारे-आम में चर्चा नहीं हो सकती थी, इसलिए शर्मा रात को पहले रिक्शे पर और बाद में कार पर बैठाकर सुमन को अध्यक्षजी के घर पर लाने लगा। अन्दर अध्यक्षजी और सुमन गम्भीर राजनीतिक मन्त्रणा करते और बाहर रिक्शे पर बैठकर शर्मा 'मच्छरों से बचने के उपाय' नामक पुस्तक के पाठ दोहराता। बाद के दिनों में कार आ जाने पर उसमें रेडियो चलाकर सो जाता। मन्त्रणा समाप्त करके पौ फटने के पहले सुमन बाहर आती तो वह उसे वापस घर छोड़ता।

इस तरह की कहानी में जैसे मोड़ आ सकते हैं वैसे ही इस कहानी में भी आए। एक सुन्दर और महत्त्वाकांक्षिणी औरत अपनी राजनीतिक पटुता को उन लोगों तक बाँटना चाहती है जो जनता की सेवा में उसका बेहतर इस्तेमाल कर सकें। एक विधायक अपने क्षेत्र की जनता की सेवा के लिए मन्त्री बनना चाहता है। एक मुख्यमन्त्री जो सत्ता के रपटीले-पथरीले रास्तों पर साँप-सीढ़ी का खेल खेलते-खेलते शीर्ष पर पहुँच गया और दिन-भर की उबाऊ, एकरस और थका देनेवाली दिनचर्या के बाद अपनी क्लान्त और शिथिल काया को विश्राम देने के लिए, राजनीति में सफलता हासिल करने के लिए व्याकुल सुन्दरियों से गम्भीर मन्त्रणा करने को लालायित रहता है। ऊपर से देखने में तीनों में कोई अन्तर्सम्बन्ध नहीं लगता पर थोड़ा गौर से झाँकने पर उनके बीच कल्लोल मारती कीच की एक ऐसी धारा बहती हुई दिखाई दे जाएगी जिसमें तीनों स्नान करने के लिए व्याकुल होंगे और कहानी का स्वाभाविक अन्त यही हो सकता था और यही हुआ कि शीघ्र ही तीनों उस पंक में छप-छपकर नहाने लगे।

इस कहानी में भी यही हुआ। मन्त्री बनने को व्याकुल राजनेता महत्त्वाकांक्षिणी सुन्दरी को लेकर शिथिल गाल, थुल-थुल काया और पायरियाग्रस्त दाँतोंवाले मुख्यमन्त्री के दरबार में हाजिर हुआ और उन दोनों को गम्भीर मन्त्रणा में लीन छोड़कर बाहर कार में रात बिताने लगा। मन्त्री बन जाने के बाद भी अध्यक्षजी ने अपना रोल छोड़ा नहीं। फर्क सिर्फ इतना पड़ा कि पहले अपनी गाड़ी खुद चलाते हुए जाते थे और सुमन के अन्दर चले जाने के बाद गाड़ी की अगली सीट पर टाँग पसारकर सो जाते थे। अब झंडा लहराती हुई गाड़ी पर पिछली सीट पर सुमन के साथ बैठकर जाते और उसे अन्दर तक पहुँचाकर पिछली सीट पर सो जाते। अगली सीट पर ड्राइवर सोता। उसने पहले दूसरे मन्त्रियों के साथ इतनी बार यह क्रिया सम्पादित की थी कि मन्त्रणा समाप्त होने के समय उसकी नींद अपने आप खुल जाती। जब सुमन तेज कदमों से गाड़ी की तरफ आती दिखाई देती तो वह एक हाथ से दरवाजा खोलता होता और दूसरे हाथ से मन्त्री हो जाने के बाद भी अध्यक्षजी नाम से पुकारे जानेवाले प्राणी को जगाता हुआ दिखाई देता।

यह वह बिन्दु था जब शर्मा को फिर से वक्त का महत्त्व समझ में आने लगा।

"सब वक्त-वक्त की बात होती है बड़े साहब। उस समय मेरी मत मारी गई थी..."

बटुकचन्द को समझ में आ गया था कि मत कहाँ मारी गई थी। इन कहानियों में एक गलती हमेशा दुहराई जाती है। महत्त्वाकांक्षिणी सुन्दरी का प्रेमी यह मानकर चलता है कि अपने पति से बेवफाई करनेवाली उसकी प्रेमिका उसके प्रति वफा से लबरेज है। यहीं वह धोखा खाता है और यहीं मंच पर वक्त का प्रवेश होता है।

शर्मा ने दो-तीन बार मुख्यमन्त्री निवास पर सुमन को ले जाने के लिए सारथी की भूमिका निभाने की पेशकश की पर शुरू में विनम्रता से और बाद में सख्ती से यह अनुरोध ठुकरा दिया गया। अध्यक्षजी के व्यवहार में जरूर कुछ ऐसे बदलाव आ गए कि शर्मा को शाम की बैठकें काफी बेगानी-सी लगने लगीं। उसकी उपस्थिति में अध्यक्षजी को ऐसा कुछ महत्त्वपूर्ण प्रसंग याद आ जाता कि वे गम्भीर चर्चा में लीन हो जाते। अगर वह बहस में हस्तक्षेप करने की कोशिश करता तो अध्यक्षजी की श्रवणशक्ति कुछ ऐसी हो जाती कि उन्हें दूसरों की बातें तो सुनाई देतीं लेकिन शर्मा की आवाज उनके कानों तक नहीं पहुँचती। शर्मा शाम की बैठकों के लिए कुर्सी-मेज लगवाने पहुँचता तो उसे नम्रतापूर्वक बताया जाता कि उसे तकलीफ करने की जरूरत नहीं है, उसकी दुआ से वहाँ ये सब काम करने के लिए दूसरे स्वयंसेवक मौजूद हैं।

बड़ी मुश्किल से शर्मा अध्यक्षजी को यह विश्वास दिलाने में सफल हुआ था कि सुमन को मुख्यमन्त्री निवास तक छोड़कर आने के प्रस्ताव के पीछे उसकी मंशा सिर्फ यह थी कि अध्यक्षजी को ऐसे काम न करने पड़ें जो उनकी गरिमा के अनुकूल न हों। अध्यक्षजी मन्त्री हो गए थे और किसी को मुख्यमन्त्री निवास पहुँचाकर स्वयं बाहर कार में सोते हुए इन्तजार करना उन्हें शोभा नहीं देता।

शर्मा अध्यक्षजी को इतना विश्वास तो नहीं दिला पाया कि उसे मुख्यमन्त्री और सुमन के बीच सेतु बनने का मौका मिल जाए पर इतना विश्वास जरूर दिला ले गया कि उनकी कोठी पर शाम को कुर्सी और चारपाई बिछाने का उसका पुराना काम उसे फिर मिल गया। अध्यक्षजी भी ज्यादा दिनों तक सन्देशवाहक का रोल नहीं निभा पाए। जल्द ही सुमन के पति ने यह भूमिका सँभाल ली। पति नामक ये प्राणी काफी दिनों से बेरोजगार थे। मुख्यमन्त्रीजी ने सुमन के साथ पहली रात को ही गम्भीर मन्त्रणा के बाद यह तय कर दिया कि वे पति महाशय को ओ.एस.डी. बना देंगे।

ओ.एस.डी. यानी ऑफिसर ऑन स्पेशल ड्यूटी यानी विशेष कार्याधिकारी नौकरशाही पुराण में नारद की तरह होता है। यह हर जगह हो सकता है और कहीं भी नहीं हो सकता है। ओ.एस.डी. बनाकर चपरासी से मुख्य सचिव की भूमिका निभाने को कहा जा सकता है और बाज वक्त किसी मुख्य सचिव को उसकी औकात बताने के लिए ओ.एस.डी. बनाकर चपरासी की हैसियत में पहुँचा दिया जाता है।

सुमन का पति जब ओ.एस.डी. बना तब तक सुमन मिनी मुख्यमन्त्री बन चुकी

थी। इसलिए प्रदेश की नौकरशाही के लिए इस ओ.एस.डी. पति की वही हैसियत बनी जो प्रदेश के मुख्यमन्त्री की पत्नी की थी। मुख्यमन्त्री के बहुत करीबी कुछ अफसरों को छोड़कर वह किसी को भी हड़का सकता था और कोई भी अफसर उसके बताए गए काम को कर उसको सूचित करने में स्वयं को धन्य महसूस कर सकता था।

"बड़े साहब क्या वक्त आ गया है ?" इस बार वक्त को याद करने के पीछे शर्मा के मन में अकुलाती वह बेताबी थी जिसकी वजह से वह बटुकचन्द को ओ.एस.डी. पति की नई भूमिका बताने के लिए व्यग्र था।

"अब आपने कभी सुना है बड़े साहब, कि कोई पति खुद ही अपनी बीवी को किसी साले के बेडरूम में पहुँचाकर बाहर स्टूल पर बैठकर चौकीदारी करे ?"

बटुकचन्द ने सुना और देखा दोनों था कि तरक्की और अच्छी तैनाती की चाह में कई मातहत अपनी बीवियों का इस तरह उपयोग भी करते थे पर अभी शर्मा उनसे किसी उत्तर की उम्मीद नहीं कर रहा था इसलिए चुपचाप श्रोता बने रहने को वक्त की पुकार मानकर उन्होंने सलाद में से मूली का एक टुकड़ा उठाया और उसे टूँगते रहे।

"ऊ साला कहता है कि उसकी मेहरारू सी.एम. के साथ पोलिटिकल डिस्कसन कर रही है और खुद गाड़ी में बैठकर मच्छर मारता रहता...। डिस्कसन नहीं ठेंगा करती है...पूरा प्रदेश जानता है कि क्या डिस्कसन होता है...।"

इसके बाद शर्मा ने पोलिटिकल डिस्कशन का जो नख-शिख वर्णन किया उसका बटुकचन्द ने उस भारतीय परम्परा के अनुसार जमकर आनन्द लिया जिसमें श्रोता अपने चेहरे और आँखों में लगातार ऐसा भाव भरे होता है कि उसके लिए इस गलीज प्रसंग को सुनना साक्षात् कुम्भीपाक नरक का दर्शन करना है पर उसके कान एकाग्र भाव से सामनेवाले की वाणी से छलकते रसीले प्रसंग का छककर पान करते रहते हैं। वे बीच-बीच में अपने शब्दकोश में उपलब्ध धिक्कार के पर्यायवाची शब्दों का जमकर उपयोग करते रहे और जब भी शराब के प्रभाव से शर्मा की जिह्वा कुछ लड़खड़ाती, उसे वापस कथा के सरस प्रसंगों की तरफ मोड़कर लाते रहे।

अगले कुछ मिनटों में शर्मा ने जो कथा सुनाई वह इस पिछड़े प्रदेश में कई बार दुहराई जा चुकी थी और बटुकचन्द जैसे लोगों ने अलग-अलग मुख्यमन्त्रियों के शासनकाल में अलग-अलग तरीकों से सुन रखी थी। इसी प्रदेश में एक नरपुंगव मुख्यमन्त्री हो चुके थे जो अपनी बहू की सलाह से राजकाज चलाते थे। उनके जमाने में प्रदेश बहुमत से नहीं बहू-मत से चलता था। एक जिले में अक्सर दो कलक्टर चार्ज लेने पहुँच जाते थे। एक को सरकार आदेश देती थी, दूसरा बहूजी के दरबार से जारी आदेश की कापी फड़फड़ाता पहुँच जाता। जाहिर है कि बहूजी का कृपापात्र ही कलक्टर की कुर्सी पर विराजमान हो पाता। एक दूसरे महानुभाव, जिनकी ख्याति चप्पल-उठाऊ मुख्यमन्त्री की थी, प्रदेश के हर शहर में डिस्कशन के लिए अलग-अलग पात्रों को रखने में विश्वास रखते थे। अपनी पत्नी से सन्तान उत्पन्न करने में असमर्थ इनकी सन्तानें

प्रदेश के कोने-कोने में दिखाई पड़ जातीं। शर्मा जिन मुख्यमन्त्री की चर्चा कर रहा था उनकी दिक्कत यह थी कि वे पिछड़ी जाति के थे और डिस्कशन हमेशा अगड़ी जातियों की महिलाओं से करते थे। शर्मा के दुख का एक कारण यह भी था।

"अब आप बताइए बड़े साहब...साला वक्त इतना खराब आ गया है कि..." इसके बाद शर्मा ने दुःख जाहिर करते हुए बताया कि इस खराब वक्त में अमुक-अमुक जातियों की महिलाओं को तमुक-तमुक जातियों के पुरुषों से पोलिटिकल डिस्कशन जैसा घृणित कार्य करना पड़ रहा है। उसके अनुसार, "अमुक जाति के अध्यक्षजी तक तो ठीक था पर तमुक जाति के मुख्यमन्त्री के साथ...छि...छि...।"

थोड़ी देर तक छि...छि...होती रही पर जाहिर था कि छि...छि...से न तो वह व्यग्रता शान्त होती जो सब कुछ बयान कर देने के लिए उतावली थी और न उस उत्सुकता का शमन होता जो रस-भरे प्रसंगों का जी भरकर आस्वाद लेना चाहती थी। लिहाजा देर रात तक शर्मा वे सारे विवरण देता रहा जिन्हें सुनकर बटुकचन्द को लग रहा था कि उन्होंने आज दिन-भर जो कुछ बाबू और शर्मा पर खर्च किया था वह बेकार नहीं जानेवाला था।

शर्मा की कथा का लुब्बो-लुआब यह था कि पहले अध्यक्षजी की निकटता में सुमन की जीवनचर्या बदली और फिर मुख्यमन्त्री के सान्निध्य ने तो पूरा जीवन ही बदल डाला। कैसे कुछ हजारों से शुरू करके सुमन ने लाखों और कभी-कभी करोड़ों फीस के रूप में वसूलना शुरू कर दिया। इसका दर्द-भरा वर्णन शर्मा ने अपनी खाली होनेवाली गिलास को बार-बार भरकर किया। दर्द उसे इस बात का था कि शुरू में तो कई सौदे उसके जरिए हुए थे और उसे भी उसका हिस्सा मिल गया था। बाद में सुमन के पति और देवरों ने सीधे सौदे करने शुरू कर दिए। शर्मा के पास शिकार नहीं आते थे उसे खुद शिकार की तलाश में सचिवालय से लेकर रेलवे स्टेशन तक खाक छाननी पड़ती थी।

इस विवरण के बाद शर्मा कुछ ठिठका। शराब में उसका जिस्म जरूर धुत था पर दिमाग अभी काम कर रहा था। उसने पूरी तरह बेसुध होकर लुढ़कने के पहले बटुकचन्द को आश्वस्त किया, "पर कुछ भी कहो बड़े साहब...कितनी बड़ी तोप हो गई है साली, पर अपने पुराने यार को अभी भी नहीं भूली। मैं कोई केस लेकर जाता हूँ तो कभी मना नहीं करती। आपका केस भी करेगी...बड़े साहब...आपने देखा नहीं कैसे मुझसे बात कर रही थी..."

शर्मा तो बिस्तर पर लुढ़क गया पर इस वाक्य से बटुकचन्द का चेहरा लटक गया।

उन्होंने सुमन के कमरे में जो देखा था उससे उनका चेहरा लटकना ही चाहिए था। सुमन उर्फ भाभीजी का एक जमीनी कार्यकर्ता जब शर्मा को बाँहों में भरकर अन्दर से कमरे में वापस ला रहा था और शर्मा उनकी तरफ इस तरह से देखकर मुस्कुरा रहा था कि ये तो अपना यार है और दोस्ती में यह सब चलता है, उन्होंने उस समय इसे मान लिया था और खुद भी मुस्कुराए थे। अब अचानक उन्हें लगने लगा था कि वह

जमीनी कार्यकर्ता शर्मा को घर के अन्दर बिना इजाजत घुस आने पर गर्दनिया कर बाहर निकाल रहा था। इसी तरह सुमन की निगाहें कमरे में बैठे लोगों के चेहरों पर घूमते हुए शर्मा के मुखड़े पर बिना टिके उछलते-कूदते आगे बढ़ जा रही थीं। तब उन्होंने सोचा था कि पति और कार्यकर्ताओं की उपस्थिति में पुराने प्रेमी के प्रति जान-बूझकर उपेक्षा दिखाई जा रही है पर अब लगने लगा कि यह उपेक्षा तो स्थायी भाव की तरह सुमन की निगाहों में मौजूद थी। उन्होंने याददाश्त पर काफी जोर डाला पर उन्हें एक भी मौका याद नहीं आया जब सुमन ने अपने पति से छिपाकर शर्मा से आँखें लड़ाई हों।

ऐसा याद न आने पर बटुकचन्द का चेहरा और लटक गया।

ऐसा तो नहीं कि दिन-भर जो खर्चा-पानी किया सब नाली में चला गया ? अब तो दो ही विकल्प थे—एक तो यह कि दबाकर मुर्गा तोड़ने और छककर दारू पीनेवाली इस मोटी थुल-थुल काया को जो इस समय अपने शरीर के हर छिद्र से हवा और ध्वनि का वितृष्णा उत्पन्न करनेवाला प्रभाव बाहर फेंकने में मशगूल थी, उठाकर होटल के बाहर फेंक दें। दूसरा विकल्प थोड़ा आसान लग रहा था। वे नींद में धुत इस शरीर को अपनी नाक से अन्य प्राणियों की गुर्राहट की ध्वनियाँ निकालने दें और शरीर के निचले छिद्रों को कमरे में गन्दी बदबूदार गैस भरने की क्रिया में जुटा रहने दें और इन सबसे बेखबर होकर सोने की कोशिश करें। उन्होंने यही किया और जल्दी ही उनके शरीर के छिद्र भी वही क्रिया सम्पादित करने लगे जो उनके कमरे में मौजूद दूसरे प्राणी के कर रहे थे।

दूसरे दिन जब बटुकचन्द की आँखें खुलीं तो उन्होंने पाया कि शर्मा नहा-धोकर, रात में लाए नए कुर्ते-पाजामे में सजा-धजा, सेंट्रल टेबल पर टाँग पसारे अखबार पढ़ रहा है।

"बड़े साहब, जल्दी उठिए। अब तक तो दरखास्ती भाभीजी के यहाँ इकट्ठे हो गए होंगे।"

बटुकचन्द हड़बड़ाकर उठे। कई बार का सीखा हुआ पाठ वे भूल गए थे। राजधानी में सोओ कभी भी, उठो मुँह-अँधेरे और नहा-धोकर निकल पड़ो नेता की कोठी की तरफ। इससे पहले कि नेता अपने घर से बाहर निकले उसे पकड़ लो।

जब बटुकचन्द और शर्मा कार से उतरे तो सुबह के साढ़े सात ही बजे थे लेकिन पूरे माहौल में इस कदर गर्मी थी कि शर्मा का मन हुआ कि दौड़ते हुए मुलाकातियों के कमरे तक पहुँच जाए और पंखे के नीचे बैठकर पूरे बदन से चू रहे पसीने को सुखाए। उसने बटुकचन्द के सौजन्य से प्राप्त नए कुर्ते-पाजामे को धारण कर रखा था और बीती शाम के अपने प्रदर्शन को याद करके मुस्कुरा रहा था। इस प्रदर्शन ने उसे एक खास तरह का आत्म-विश्वास प्रदान कर दिया था जो इस घर की चारदीवारी लाँघते समय उसकी चाल से झलक रहा था। गेट पर पुलिस का एक सिपाही बन्दूक लिये खड़ा था। शर्मा ने उसकी प्रश्नाकुल आँखों की उपेक्षा की और इस धारणा का प्रदर्शन करते हुए

कि अगर आप पूरे विश्वास के साथ सर उठाएँ और अपनी आँखें सीधी किए महल में प्रवेश करें तो किसी दरबान की हिम्मत नहीं कि आपको टोक सके, सीधे अन्दर चला गया। बटुकचन्द पीछे थे और उनकी चाल को सिपाही की आँखों ने लंगी मार दी। उन्होंने सिपाही की आँखों से अपनी आँखें टकराने दीं। नतीजे में वे लड़खड़ाए और सिपाही ने उन्हें डपट लिया।

"किससे मिलना है जी ? सबेरे-सबेरे मुँह उठाए चले आए..."

"अजीब लड़बहेर हो तुम...बड़े साहब को नहीं पहचानते !"

शर्मा जो कुछ आगे बढ़ गया था बटुकचन्द की रक्षा के लिए झपटा। लड़बहेर और साहब दो ऐसे शब्द थे जिनसे सिपाही के चेहरे का तनाव दूर हो गया। वह मुस्कुराया। अभी इस कोठी की गार्ड में वह नया-नया आया था पर तीन-चार दिन में ही कुछ चीजें उसकी समझ में आ गई थीं। लड़बहेर जैसा सांस्कृतिक शब्द भाभीजी के जमीनी कार्यकर्ता ही इस्तेमाल कर सकते थे। अपने छोटे से प्रवास के दौरान उसने तमाम बड़े साहबों को तबादलों और तरक्कियों के चक्कर में भाभीजी की ड्योढ़ी के चक्कर लगाते देखा था। इसलिए लड़बहेर और बड़े साहब शब्दों को सुनने के बाद उसने आदर के साथ रास्ता छोड़ दिया और बटुकचन्द कोठी के अन्दर दाखिल हो गए।

अन्दर का दृश्य किसी ऐसी रणभूमि का-सा था जहाँ से युद्धरत सेनाएँ लम्बे युद्ध के बाद रात्रि-विश्राम के लिए अपने-अपने शिविरों में वापस चली गई हों। बाहर खुले मैदानी हिस्से में जिसे उसके अच्छे दिनों में लॉन कहा जा सकता था, पालीथीन के लिफाफे, मूँगफली के छिलके, अधखाये समोसों के टुकड़े, सिगरेट के ठूँठ और चाय के कागजी कप छितरे पड़े थे। यदि किसी वीर रस के कवि को इस मनोहारी छटा का वर्णन करने के लिए बुला लिया जाता तो शायद उसे इस तथाकथित लॉन में उलटी बिखरी कुर्सियों को देखकर नरमुंडों की याद आ जाती।

बटुकचन्द खुश हुए। सुबह का सूरज माथे तक चढ़ आया था पर लॉन में कोई नहीं था। राजधानी में लोग इधर आलसी हो गए हैं। पिछले महीने तक तो ऐसा नहीं था। वे अपने विभाग के मन्त्रीजी के यहाँ मुँह-अँधेरे पहुँचे थे तब भी फरियादियों की अच्छी-खासी भीड़ थी। अच्छा है लोग देर तक सोने लगे हैं।

उनकी खुशी क्षणिक ही रही। जैसे ही शर्मा उन्हें लॉन से धकियाता हुआ बीती रातवाले मुलाकाती कमरे के अन्दर ले गया, उनका चेहरा उतर गया। अन्दर आधे से ज्यादा कमरा भरा था। फर्क सिर्फ इतना था कि लोग सोफों पर आराम से बैठे थे, कल की तरह दो की जगह पाँच नहीं थे और बटुकचन्द को आसानी से बैठने की जगह मिल गई। शर्मा ने जरूर खाली जगह की तलाश नहीं की। पहले वह किसी की गोदी में बैठा, फिर उसने किसी का पैर कुचला, अन्त में दो-तीन लोगों के शरीर के विभिन्न हिस्सों को लाँघता-फलाँगता एक जगह पर स्थिर हो गया। उसके बैठने के बाद बटुकचन्द को समझ में आया कि उसे खाली जगह नहीं बल्कि सही जगह चाहिए थी। वह जहाँ बैठा था वहाँ से घर के अन्दर तक देखा जा सकता था। बीच में एक दरवाजा था जिस

पर पड़ा पर्दा इतनी बार खिसकाया जा चुका था कि अब उसकी स्थिति होने-न-होने के बीच की थी।

बैठकर बटुकचन्द ने कमरे में निगाहें दौड़ाईं। पहले से बैठे कुछ लोगों ने पहलू बदले। जासूसी फिल्मों जैसा माहौल हो गया। एक साहब ने अखबार इस तरह पढ़ना शुरू किया कि उनका चेहरा तो ढक गया पर पन्ने उलटे हो गए। एक के चेहरे पर पसीना इस कदर चुहचुहाने लगा कि उसने रुमाल जेब की जगह चेहरे पर ही रख ली। बटुकचन्द ने भी बाईं तरफ बैठे सज्जन से बचने के लिए दाहिनी तरफ गर्दन मोड़ ली, पर दाहिनी तरफ एक ज्यादा परिचित चेहरा था इसलिए घबराकर वे सीधे देखने लगे। जिस तरह कमरे में दूसरे लोग गम्भीर थे और यह मानकर चल रहे थे कि उन्हें कोई नहीं देख रहा उसी तरह वे भी गम्भीर हो गए और उनके तईं कमरे में सारे अन्धे मौजूद थे।

थोड़ी देर में माहौल सामान्य हो गया। अखबार और रुमाल अपनी-अपनी जगह पहुँच गए। हम्माम में दूसरों को नंगा देखकर अपने नंगे होने का अहसास शर्मिन्दगी की जगह कौतूहल उत्पन्न करने लगा। अखबार से चेहरा ढके व्यक्ति ने जैसे ही अखबार सीधा किया, बटुकचन्द ने उसे अभिवादन किया—"गुडमार्निंग सर।"

"गुडमार्निंग कपूर...कैसे हो ?"

"जी आपका आशीर्वाद है...मेरा नाम बटुकचन्द उपाध्याय है। आपसे पिछले साल मुलाकात..."

बटुकचन्द ने उन्हें याद दिलाने की कोशिश की कि किस तरह पिछले साल वे सचिवालय में, कब उनसे मिले थे और कौन उस मुलाकात के पीछे था पर जिन्हें 'सर' कहकर सम्बोधित किया गया था उन्होंने कुछ भी याद करने से इनकार कर दिया।

बटुकचन्द को उन्हें याद दिलाने में कुछ-कुछ ऐसा आनन्द आ रहा था जिसे कुछ विद्वान कुटिल आनन्द कहते हैं। सर भूल रहे थे और बटुकचन्द याद दिला रहे थे। उन्हें याद दिलाकर वे अपने अपमान का बदला ले रहे थे। जिन्हें याद दिलाया जा रहा था वे बटुकचन्द के विभाग के कुछ दिन पहले तक सचिव थे। बटुकचन्द पिछले साल एक विधायक को पकड़कर उनके पास पैरवी के लिए ले गए थे। सचिव महोदय काफी देर तक उन्हें डाँटते रहे। उन्होंने हर वाक्य में डिसिप्लिन नामक उस तत्त्व को तलाशने की कोशिश की जो पोलिटिकल इंटरफियरेंस नामक लकड़बग्घे के जबड़े में नुचा-चुथा तड़फड़ा रहा था और जिसे बचाना उन जैसे नौकरशाह का परम कर्तव्य था। जिस विधायक के साथ बटुकचन्द गए थे, उसने दहाड़ने से ज्यादा मिमियाना शुरू कर दिया। यह तो बाद में पता चला कि जिस विधायक को लेकर वे सचिव के कक्ष में घुसे थे, मिमियाना उनके चरित्र का स्थायी भाव था। नौकरशाह उसी विधायक के साथ अदब से बातचीत करते हैं जिसकी जुबान और जूता एक साथ चलते हैं। गनीमत थी कि अन्दर आने के पहले उन्होंने सिर्फ आधी फीस ही दी थी। निकलने के बाद उन्हें इशारों से कई बार समझाया गया लेकिन उन्होंने बकाया राशि के बारे में याद करने से इनकार कर दिया।

बटुकचन्द को पता था कि सचिव महोदय का तबादला किसी ऐसे विभाग में हो

गया है जहाँ गजेटियर नामक किसी पुस्तक को संशोधित-परिवर्द्धित किया जाता था। भारतीय नौकरशाहों को दुःख इसी बात का था कि अंग्रेज जैसी चतुर और साहिबी तबीयत की कौम ने ऐसे-ऐसे महकमे बना दिए थे जो नौकरशाही के लिए कलंक की तरह थे। अगर उनके बीच कुछ ऐसे सिरफिरे थे जिन्हें वनस्पतियों, पशु-पक्षियों या जनजातियों जैसी फिजूल की चीजों के पीछे मारे-मारे फिरना अच्छा लगता था तो उन्हें करने देते ये सारे काम। वे लिखते रहते किताबें, बनाते रहते गजेटियर। पर यहाँ से जाते-जाते तो उन्हें ये सारे फिजूल के महकमे खत्म कर ही देने चाहिए थे। यह क्या बात हुई कि उनके जाने के बाद भी कुछ भारतीय नौकरशाहों को झाड़-झंखाड़ साफ करने पड़ रहे थे।

इन सचिव महोदय का भी कुछ ऐसा ही दुख था। उन्हें सार्वजनिक निर्माण विभाग से हटाकर गजेटियर विभाग में भेज दिया गया था। पिछले तीन महीनों से वे इसी उलझन में डूबे थे कि गजेटियर नाम की यह चिड़िया है क्या चीज और अगर अंग्रेजों ने इसे ढूँढ़ निकालने की हिमाकत कर ही दी थी तो अब इसे शान्ति के साथ अपने घोंसले में बैठने क्यों नहीं दिया जा रहा ? उसमें नए रंग-रोगन करने की कोशिश क्यों की जा रही है ? उनके पहले जो सज्जन वहाँ तैनात थे वे तो कई सालों तक इन प्रश्नों का उत्तर नहीं ढूँढ़ पाए। ये सचिव तो तीन महीनों में ही घबराकर भाभीजी की शरण में आ गए थे।

सचिव महोदय की याददाश्त दुरुस्त करने के साथ-साथ बटुकचन्द कमरे की उस गतिविधि पर भी निगाह रखे हुए थे जिसके अन्तर्गत बैठा कोई व्यक्ति अचानक उठता और अन्दर वाले दरवाजे से होता हुआ अन्तर्धान हो जा रहा था। कोई इस कमरे में वापस नहीं आ रहा था। स्पष्ट था कि अन्दर बात करने के बाद उसे किसी दूसरे निकास से बाहर भेजा जा रहा था।

अन्त में वह क्षण भी आ ही गया जिसकी उन्हें प्रतीक्षा थी।

एक जमीनी कार्यकर्ता अन्दर आया। अन्दर क्या आया, दरवाजे की दहलीज से उसने एक कदम आगे बढ़ाया और शेष हरकत उसकी गर्दन ने की। सारस की तरह लम्बी गर्दन चारों तरफ घूमी और कमरे में बैठे लोगों पर घूमती हुई बटुकचन्द पर स्थिर हो गई।

"आइए बड़े साहब।"

बटुकचन्द उठे। शर्मा भी उठ गया।

"आप नहीं...बड़े साहब को बुलाया है।"

बटुकचन्द ने कहना चाहा कि शर्मा उनके साथ है बल्कि वही उन्हें लाया है, पर उन्हें बोलने की जरूरत नहीं पड़ी। शर्मा खुद ही बोल पड़ा, "अरे भाई जी, हम भी साहब के साथ हैं न।"

"सिर्फ बड़े साहब को बुलाया है।"

आवाज़ की सख्ती ने बहस खत्म कर दी। बटुकचन्द अन्दर चले गए। अन्दर

आँगन था, आँगन के बाद बरामदा था और बरामदे की तरफ खुलनेवाले कई छोटे-बड़े कमरों में से एक कमरे में उन्हें ले जाया गया।

कमरा छोटा ही था। इतना भर कि उसमें एक सोफा सेट आ जाए और एक कोने में टी.वी. रखकर उसे इस तरह चलाया जा सके जिससे बातचीत करनेवाले जब बातचीत से ऊबें तो टी.वी. देखने लगें।

अन्दर भाभीजी थीं, भाई साहब थे, ढेर सारे अखबार थे और एक टी.वी. था। अखबार भाई साहब और भाभीजी के हाथों में थे, उनके कदमों पर बिखरे हुए थे, सोफों पर थे और फर्श में जहाँ कहीं जगह बची थी वहाँ पर भी छितरे हुए थे। बटुकचन्द अखबारों के ऊपर चलकर आए थे और जब सोफे पर बैठे तो कुछ उनके पृष्ठ भाग के नीचे दब गए। उन्होंने पहले तो उन्हें निकालने की कोशिश की फिर थोड़ी देर में यह हरकत छोड़कर उस टी.वी. की तरफ देखने लगे जो इस तरह चल रहा था कि उसकी आवाज में बात की भी जा सकती थी और नहीं भी की जा सकती थी और जिसकी उपस्थिति से यह जानना मुश्किल था कि कमरे में मौजूद पति-पत्नी अखबार पढ़ रहे थे या उसे देख रहे थे।

भाभीजी ने पूरा मुँह खोलकर जमुहाई ली। उन्होंने ढीला-ढाला गाउन पहन रखा था। रात का मेकअप बदरंग धब्बों की तरह कहीं-कहीं चेहरे पर चिपका हुआ था। भाई साहब पाजामे और बनियान में थे। वहाँ बैठने पर बटुकचन्द को पता चला कि उनके शरीर के अलग-अलग अंगों में खुजली थी। वे एक हाथ से एक के बाद दूसरे अंग को खुजला रहे थे, एक हाथ से अखबार पकड़े हुए थे, एक आँख से अखबार पढ़ रहे थे और दूसरी आँख टी.वी. के पर्दे पर गड़ाए हुए थे। टी.वी. के पर्दे पर एक नायिका अपने वक्ष मटकाती हुई नायक के पीछे दौड़ रही थी। जब नायक पर्दे पर रह जाता, भाई साहब दूसरी आँख भी अखबार पर गड़ा देते। नायिका का उछलता-कूदता वक्ष जैसे ही पर्दे पर आता उनकी दोनों आँखें टी.वी. पर टिक जातीं और खुजली मिटाता हाथ एक ही अंग पर घूमने लगता।

जमुहाई दोबारा ली गई और पूरी तबीयत से ली गई। जमुहाई इस तरह से ली गई कि उसके दो अर्थ निकलते थे। एक तो जमुहाई लेनेवाले की नींद पूरी नहीं हुई थी और दूसरे आगन्तुक को कमरे में अखबार पढ़ने या टी.वी. देखने के लिए नहीं बुलाया गया है।

बटुकचन्द ने दोनों अर्थ ग्रहण करने से इनकार कर दिया और टी.वी. पर नायिका के मटकते हुए वक्ष देखने में मशगूल भाई साहब का अनुसरण करने लगे।

"बताइए बड़े साहब, क्या आज्ञा है ?" भाभीजी ने फिर जमुहाई ली।

इस सवाल का भी जो लम्बा उत्तर दिया गया उसका आशय यह था कि आज्ञा वे क्या देंगे, वे तो सौभाग्यशाली हैं कि आज भाभीजी के दर्शन हो गए। रही बात पहले न आने की तो उसी का दंड ही तो भुगत रहे हैं वे। पहले अगर इस दरबार की शरण में आ गए होते तो आज का दिन क्यों देखना पड़ता ?

टी.वी. पर कोई दूसरा कार्यक्रम शुरू हो गया था और नायिका अपने वक्ष के साथ अदृश्य हो गई थी। इसलिए भाई साहब ने वार्तालाप में हस्तक्षेप किया।

"फिर बताइए क्या करना है...कैसे करना है ?"

बटुकचन्द का अनुभव बताता था कि यही प्रश्न ऐसे मौके पर किया जाता है। उनका अनुभव यह भी बताता था कि ऐसे प्रश्न का फौरन और सीधा उत्तर नहीं देना चाहिए।

"मैं क्या बताऊँ भाई साहब।...बताना तो आपको ही है।" इसके आगे फिर उन्होंने एक लम्बा वाक्य कहा जिसका आशय यह था कि वे उम्र में बड़े भले हों पर हैं उनके बच्चों की तरह। इसलिए इस मुसीबत से, जिसे लोग तबादला नाम से पुकारते हैं, निकालने के लिए क्या करना है, कैसे करना है, यह तो भाई साहब या भाभीजी के श्रीमुख से सुनना ही अच्छा लगेगा।

"उस साले मन्त्रिया को कितना दिया था ?" प्रश्न इतना सीधा-सपाट था कि बटुकचन्द अचकचा गए। यह समझने में भी उन्हें थोड़ा समय लगा कि जिसे मन्त्रिया कहकर इंगित किया गया था वे उनके विभाग के मन्त्रीजी थे।

इस सवाल का जवाब किसी लम्बे वाक्य से नहीं दिया जा सकता था इसलिए उन्होंने इसका जवाब देने के लिए एक लम्बे पैराग्राफ का सहारा लिया। उनके पैराग्राफ में प्रयुक्त भूमिका, अभिधा, लक्षणा और रूपकों को निकाल दिया जाए तो उसमें निम्नलिखित अर्थ काम के निकलते थे—

कि बटुकचन्द अज्ञानी प्राणी हैं और दूसरे अज्ञानियों की तरह उनसे भी जीवन में तमाम गलतियाँ हुई हैं पर जीवन की सबसे बड़ी दो गलतियाँ इस तबादले के प्रकरण में हुईं। पहली तो यह कि वे शुरू ही में भाभीजी की शरण में नहीं आए और दूसरी यह कि कुछ दुष्टात्माओं की सलाह मानकर वे मन्त्रीजी के पास चले गए।

कि पैसा तो हाथ की मैल की तरह है, आता-जाता रहता है। एक बार हाथ से निकल जाने के बाद बटुकचन्द उसे याद नहीं करना चाहते। मन्त्रीजी को कितना पैसा दिया था, इसे वे भूल गए हैं और इस दरबार की भी जो सेवा करेंगे उसे यहाँ से निकलते ही भूल जाएँगे।

कि तबादले तो जीवन में होते रहते हैं और उनका सिद्धान्त है कि सरकार जहाँ तैनात कर दे वहीं वे नौकरी करने लगते हैं और भाई साहब तथा भाभीजी के आशीर्वाद से ठसक के साथ करते हैं। इस बार तो मामला इज्जत का फँस गया है। पहली बार ऐसा हुआ है कि किसी माई के लाल ने उनको हटाकर अपनी तैनाती कराई है। इस अपमान को वे नहीं सह सकते इसलिए कुछ भी करना पड़े, वे वापस उसी जगह जाना चाहते हैं।

अपने लम्बे पैराग्राफ का अन्त उन्होंने उस निवेदन के साथ किया जो ऐसे मौके पर किया जाता है कि वे उनसे बाहर थोड़े हैं, जो हुकुम हो, वो सेवा इस बार करेंगे और जीवन-भर सेवा के मौके तलाशते रहेंगे।

लम्बे पैराग्राफ का एक नतीजा यह हुआ कि भाभीजी को याद आ गया कि उन्होंने अभी कुछ ऐसी क्रियाएँ नहीं सम्पादित की हैं जिन्हें स्वस्थ रहने के इच्छुक लोग सुबह-सवेरे करते हैं और उनके मुलाकाती हमेशा उनकी इस इच्छा में बाधक बन जाते हैं। उन्होंने एक लम्बी जमुहाई ली और उठ खड़ी हुईं।

"मेरे लिए क्या आदेश है ?" बटुकचन्द हाथ जोड़कर खड़े हो गए।

"साहब बता देंगे। आप बात करिए, मैं आती हूँ," भाभीजी ने भाई साहब की तरफ इशारा किया।

"अब यह गरीब ब्राह्मण आपकी शरण में है। आदमी अपनों के ही पास जाता है। अब ब्राह्मणों के नेता ही कितने बचे हैं ?"

बटुकचन्द ने जिस तरफ इशारा किया था उसके कारण भाभीजी ने स्वास्थ्य में सहायक क्रियाओं को थोड़ी देर के लिए स्थगित किया और बैठ गईं।

उन्होंने बताया कि वक्त ऐसा आ गया है कि छोटी जातियों के लोग चोरी, छिनैती या बूट पालिश जैसे आदर्श काम छोड़कर आई.ए.एस., पी.सी.एस. बन रहे हैं या मन्त्री मुख्यमन्त्री की कुर्सियों पर बैठे नजर आ रहे हैं। अब ऐसे में ब्राह्मण बेचारे कहाँ जाएँ, पर इसमें गलती उनकी भी है। भाभीजी ने कितनी बार अपील की है कि वे आपसी झगड़े छोड़कर एक हो जाएँ और एक ही न हों उनके नेतृत्व में भी आ जाएँ। इसके बाद में भी अगर वे एक नहीं होते और आपस में लड़ते रहते हैं तो इसमें उनका क्या दोष? पर अपनी ऐंठ में डूबी ऊँची जातियाँ अपना फर्ज भूल जाएँ तो भूल जाएँ, वे कैसे भूल सकती हैं ? उनका दरबार हमेशा इन लोगों के लिए खुला रहता है।

इसके बाद भाभीजी के चेहरे पर शरारती मुस्कान तैर गई। उन्होंने भाई साहब की तरफ इठलाती निगाहों से देखते हुए कहा, "मैं तो मुख्यमन्त्रीजी से भी कहती हूँ कि आप लोग कहाँ से इस कुर्सी पर बैठ गए...आपको तो..."

उन्होंने बहुत सारे ऐसे धन्धों का जिक्र किया जिसे मुख्यमन्त्रीजी को इसलिए करना चाहिए था क्योंकि वही उनकी जाति के लोगों को शोभा देते हैं। वहाँ सिर्फ वही तीन लोग थे इसलिए तीनों धन्धों की इस सूची पर ठठाकर हँसे।

"अरे भाई, मुख्यमन्त्रीजी के सलाहकार कौन लोग हैं, ये भी तो देखो। हमारी सलाह पर चलेंगे तो परमानेंट मुख्यमन्त्री रहेंगे।" भाई साहब के कथन पर भाभीजी और बटुकचन्द ने सर हिलाया।

भाभीजी उठीं और अन्दर चली गईं।

"हाँ तो बताइए बड़े साहब...क्या करना है ?"

"मुझे क्या बताना है ? मैं तो आपकी शरण में आया हूँ। बताना तो आपको है।"

इसके बाद दोनों पक्षों में इस बात पर लम्बी बहस हुई कि किसे बताना है। इतना जरूर हुआ कि बहस के दौरान भाई साहब ने जानने की कोशिश की कि कमलाकान्त को हटाकर कुम्भ मेला डिवीजन में पहुँचने के लिए बटुकचन्द ने मन्त्री की कितनी सेवा की थी। बटुकचन्द ने एक बार फिर बताया कि वे पैसे को हाथ की मैल समझते हैं

और एक बार किसी की सेवा करने के बाद उस रकम को याद करने की इच्छा उनके मन में कभी नहीं उठती। इस दरबार की सेवा करने के बाद तो उनके प्राण भी निकाल लिए जाएँ वे किसी के सामने मुँह नहीं खोलेंगे। भाई साहब ने इसके उत्तर में जो कहा उसका आशय यह था कि बटुकचन्दजी के प्राण बड़े कीमती हैं और उनकी इस भावना की वे कद्र करते हैं कि ऐसे सम्बन्धों में गोपनीयता बड़ी जरूरी चीज है।

इसके बाद जो वार्तालाप हुआ उसे अगर सन्दर्भ से अपरिचित कोई छात्र आड़ में बैठकर सुनता तो यही समझता कि इस कमरे में अंकगणित, बीजगणित और रेखागणित की कुछ जटिल समस्याओं पर दो कमजोर विद्यार्थी विचार-विमर्श कर रहे हैं।

भाई साहब ने कुम्भ के बजट की राशि का उल्लेख करते हुए बताया कि अब तो प्रधानमन्त्री ने भी घोषित कर दिया है कि सोलह आने में सिर्फ चार आने जनता तक पहुँचता है इसलिए इस कुम्भ में तो बड़े साहब की चाँदी है और उनकी सात पुश्तों को इस कुम्भ के बाद कोई काम नहीं करना पड़ेगा।

बटुकचन्द ने विनम्र निवेदन किया कि हालाँकि भाई साहब खुद राजनीति में हैं पर अगर वे बुरा न मानें तो बटुकचन्द उन्हें बताना चाहेंगे कि राजनीतिज्ञों की बातों को गम्भीरता से नहीं लेना चाहिए। वे लोग अक्सर गम्भीर मुद्रा बनाकर मजाक करते हैं। प्रधानमन्त्री ने भी जनता को हँसाने के लिए कुछ कहा था पर हमारे देश में लोगों का सेंस आफ ह्यूमर इतना कम है कि लोगों ने हँसने की जगह उसे मुँह लटकाकर सुना और ज्यादा गम्भीर हो गए।

फिर कुछ देर तक कुम्भ के बजट पर गम्भीर चर्चा हुई। दोनों अनुमानों में कुछ इतना अन्तर था कि अगर उसे कोई सुन रहा होता तो सुननेवाले को संसद में बजट पर होनेवाली बहसों का-सा आनन्द आ जाता। भाई साहब ट्रेजरी बेंच पर बैठे वक्ता की तरह बोल रहे थे जिसके अनुसार बजट में इतना पैसा था कि देश इस साल तो क्या अगले कई सालों में इस बजट का पैसा खर्च नहीं कर पाएगा। बटुकचन्द की भूमिका विपक्षी सदस्य की थी जो यह साबित करने में लगा था कि इस बजट से तो बस इतना ही हो सकता है कि सरकार पिछले कर्जे चुका दे और नए कर्जों के लिए फिर कटोरा लेकर निकल पड़े। कुम्भ का बजट भी कुछ ऐसा है कि बस राम-राम करते कुम्भ निकल जाएगा।

जैसा कि इस तरह की लम्बी बहसों में होता है, यहाँ भी हुआ कि दोनों पक्षों को याद आने लगा कि उनके पास सब कुछ है पर एक बहुमूल्य चीज जिसे समय कहते हैं, उसकी कमी है। दोनों की अपनी विवशताएँ थीं। भाई साहब को उन दुखियारों की चिन्ता सता रही थी जो प्रदेश के दूर-दराज इलाकों से आकर उनके ड्राइंग रूम में बैठे थे और चूँकि राजधानी में कोई काम नहीं करता, सिर्फ उनके दरबार में उनके दुख-दर्द सुने जाते हैं इसलिए उनका यह फर्ज बनता है कि वे इन दुखीजनों का दुख-दर्द सुनें और उनकी मदद करें। यह मदद तभी हो सकती है जब बटुकचन्दजी अपना दुखड़ा कुछ संक्षेप में कहें और शीघ्र ही मंच से प्रस्थान करें। बटुकचन्द को भी समय की चिन्ता

कम नहीं थी। कुम्भ सर पर आ गया है। अभी तक कुछ हुआ नहीं। कमलाकान्त नामक एक अयोग्य प्राणी सिर्फ सिफारिश के बल पर मेला डिवीजन का अधिशासी अभियन्ता बनकर बैठा था और सब कुछ बर्बाद करने पर तुला हुआ था। अभी तक जितना नुकसान वह कर चुका था उसी को सँभालने में बटुकचन्द के छक्के छूट जाएँगे, उसे और कुछ दिन रहने दिया गया तो बटुकचन्द भी क्या कर पाएँगे ? जो कुछ नुकसान होगा उसकी भरपाई असम्भव हो जाएगी। इसलिए बटुकचन्द को आज ही आदेश मिल जाना चाहिए।

समय की कमी का अहसास होते ही दोनों पक्षों में उसी राशि के बारे में तबादला-खयालात होने लगा जिसे भाई साहब पार्टी फंड में जमा करने की बात कर रहे थे और जिसका उल्लेख करने से पहले वे हर बार यह स्पष्ट करना जरूरी समझते थे कि उनके और उनकी पत्नी के लिए तो किसी तरह का धन छूना गो-मांस खाने के बराबर है। वो तो मुख्यमन्त्रीजी ने पार्टी फंड के लिए कुछ धन-संग्रह करने का काम सौंप रखा है इसलिए वे लोग दुखी जनों से उनकी श्रद्धा के अनुसार कुछ शुल्क ले लेते हैं। पार्टी का मसला न होता तो उनके छोटे-से परिवार के लिए भगवान ने बहुत कुछ दे रखा है। बटुकचन्द भी हर बार बड़ी श्रद्धा के साथ सर हिलाकर यह स्पष्ट कर देते कि उन्हें भाई साहब के कथन में पूरा यकीन है। पूरे प्रदेश में उनकी और भाभीजी की ईमानदारी के डंके बज रहे हैं, अब तो अदालतों में लोग उनकी कसमें खाकर गवाही देते हैं।

समय की कमी थी, राशि पार्टी फंड के लिए माँगी जा रही थी, बाहर बैठे दुखियारों के दूत के रूप में कुछ जमीनी कार्यकर्ता आकर ताक-झाँक कर गए थे—पर इन सब के बावजूद काफी जद्दो-जहद के बाद ही एक राशि पर बात टूटी। बहस में भाग लेने वाले दोनों प्राणी अन्तर्यामी नहीं थे, अगर होते तो भाई साहब पाते कि ऊपर से लुट गए का भाव बनाए, मुँह लटकाए बटुकचन्द का दिल अन्दर-अन्दर खुशी से उछल रहा था। उन्होंने जितने का अनुमान लगाया था उससे काफी कम में सौदा पट गया था। इसी तरह बटुकचन्द अगर भाई साहब का मन पढ़ सकते तो पाते कि वे भी खुश थे। वे इस समय यह हिसाब लगाने में जुटे थे कि मुम्बई में जिस फ्लैट का सौदा उन्होंने अपने साले के नाम किया है उसके लिए बकाया रकम का इन्तजाम आज सुबह के दुखियारों से हो जाएगा या नहीं ? उन्हें लग रहा था कि हो जाएगा।

रकम तय हो जाने के बाद उसके भुगतान की अवधि और स्थान पर थोड़ी देर तक बहस हुई। बटुकचन्द की राय थी कि विश्व बैंक और आई.एम.एफ. की तरह भाई साहब इस रकम को एक लम्बी अवधि के कर्जे की शक्ल में चुकाने का अवसर दें। भाई साहब की राय थी कि इस तरह के मामलों में अपने बाप का भी यकीन नहीं किया जा सकता। बटुकचन्द के बार-बार यह कहने पर कि वे उन लोगों से बाहर थोड़े ही हैं और अब तो उनके परिवार के सदस्य बन चुके हैं, भाई साहब ने हर बार सहमति में सर हिलाया लेकिन हर बार यह बताने से नहीं चूके कि भुगतान की देरी तरह-तरह की गलतफहमियों को जन्म देती है और वे नहीं चाहते कि उनके और बटुकचन्द के

बीच, जो अब उनके परिवार के अंग हो गए हैं, कोई गलतफहमी उत्पन्न हो। उन्होंने बटुकचन्द को वह मुहावरा सुनाया जिसे बटुकचन्द बचपन से पंसारियों की दुकान पर पढ़ते आए थे और जिसका मतलब था कि उधार नामक कैंची प्रेम नामक किसी तत्त्व को काटती है। भाई साहब नहीं चाहते थे कि यह कैंची उनके बीच चले।

सहमति इस बात पर बनी कि तयशुदा रकम का आधा बटुकचन्द अभी दे दें। शेष का आधा आदेश की प्रति हाथ में आने पर शाम को पहुँचा दें। शेष कुम्भ का पहला टेंडर पास होते ही दे दिया जाए। इसके लिए बटुकचन्द ने आश्वस्त किया कि पहले टेंडर की नोटिस अखबार में छपते ही वे स्वयं इस रकम को लेकर राजधानी हाजिर हो जाएँगे।

भाई साहब ने प्यार से मना किया और अनुरोध किया कि बटुकचन्दजी बड़े अफसर हैं और कुम्भ में इतने व्यस्त हो जाएँगे कि उनके लिए राजधानी आना सरकारी काम में बाधा पहुँचाने जैसा होगा। इसलिए वे स्वयं न आएँ, उनके किसी दूत द्वारा यह कार्य सम्पादित हो सकता है।

बटुकचन्द ने अपने ब्रीफकेस को खोलकर रुपए गिनने शुरू कर दिए और वे तब तक उन्हें गिनते रहे जब तक भाभीजी वापस नहीं आ गईं। रुपए भाई साहब के हाथ में थमाते हुए उन्होंने रकम का उच्चारण इस तरह किया कि भाभीजी भी उसे सुन लें।

"आप निशाखातिर रहें। शाम तक ऑर्डर मिल जाएगा।"

भाई साहब के इस वाक्य की जरूरत नहीं थी। बटुकचन्द को मालूम था कि भाभीजी जो आदेश चाहेंगी वही शाम तक हो जाएगा। वर्तमान मुख्यमन्त्रीजी जब तक हैं तब तक इसमें किसी शक की गुंजाइश नहीं थी। इसीलिए अपने उसूल के खिलाफ उन्होंने आधी रकम एडवांस में दे दी थी।

"तो मुझे आदेश दें," बटुकचन्द ने खड़े होकर आधा झुककर पति-पत्नी को बारी-बारी से नमस्कार किया।

"अरे क्यों धर्म-संकट में डालते हैं बड़े साहब...आप तो हमारे बुजुर्ग हैं।"

बटुकचन्द बाहर दरवाजे की तरफ बढ़े।

"बड़े साहब यह दलाल आपको कहाँ मिल गया ?"

बटुकचन्द खड़े हो गए। उन्होंने पीछे मुड़कर भाभीजी की तरफ देखा।

"अरे यही लड़बहेर। शर्मा...कल भी था...आज भी आपके साथ आया है।"

बटुकचन्द हौले से हँसे—

"आपके दरबार में कैसे-कैसे जीव-जन्तु पलते हैं भाभीजी, कल आया तो बाहर खड़ा था। मेरे साथ-साथ दरबार में घुस आया। आज भी सुबह पहुँचा तो गेट पर मिल गया। लगता है, आपने कल मुझे आज सुबह आने के लिए कहा तो इसने सुन लिया था।"

"अच्छा ऽ ऽ ऽ तभी...आप इधर से निकल जाइए। उसे हमारे लड़के देख लेंगे।"

●●●